廖柏森／著

翻譯教學論集

自序

　　全球化帶來人類文明史上前所未有的文化交流榮景，而翻譯活動在其中扮演不可或缺的角色，使不同語言的社會之間得以溝通無礙。翻譯工作的重要性也讓學術界體認到翻譯研究（translation studies）的價值，各國高等教育機構紛紛設立翻譯系所以訓練專業口筆譯員和培養翻譯理論學者。國內翻譯學科發展則源自於 1988 年輔仁大學創立全國第一所翻譯學研究所，此後口筆譯相關課程逐漸受到眾多大專院校的青睞，截至 2012 年止全國已設有七所翻譯研究所或碩士學程（台大、台師大、輔仁、長榮、彰師大、高雄第一科大、文藻），兩個翻譯學系（長榮、文藻），其它開設翻譯學程或課程的外文系所更是難以勝數。翻譯此一新興學科在國內短短二十餘年如此蓬勃成長，實屬難得。而為了增進訓練譯者的成效，翻譯教學的理論建構和實務操作也逐漸受到重視。

　　翻譯雖是非常古老的文化交流活動，從人類在不同地域的文明開始接觸就有翻譯的活動。但是翻譯進入學術殿堂的時間並不長，一般是以 1972 年 James S. Holmes 發表 *The name and nature of translation studies* 一文後，翻譯研究（Translation Studies）成為一獨立學門才可謂正名成功。翻譯既是一門新興的獨立學科，難免在翻譯教學的理論架構、課程設計、教法教材使用、品質評量

等基礎規範上仍有不足之處,而建立的方式除了有賴翻譯學者的著作論述、翻譯教師的經驗分享之外,筆者認為還需有實證研究的結果來支持,才能更全面呈顯翻譯教學活動的系統性與學術性。而本書就是筆者過去幾年來從事翻譯教學的經驗反思與實證報告,希望能提供國內翻譯教師更多元的思考觀點和創新的教學模式,進而提升對翻譯教學的認知與成效。

本書中的文章都曾發表在國內各大翻譯專業期刊和學術研討會上,經過多位研究同行的匿名審查才刊出,應有基本的學術價值。所有文章共分為「筆譯教學」、「口譯教學」和「翻譯學書評」三大篇,其中在國立教育研究院出版的《編譯論叢》上發表過的有〈溝通式翻譯教學法之義涵與實施〉、〈大學生翻譯學習型態與其翻譯能力之關係〉、〈大學生英譯中的筆譯錯誤分析與教學上的應用〉、〈臺灣大專中英口譯教學現況探討〉、〈翻譯理論與實務的關係〉、〈翻譯研究方法的入門指引〉等文;在台灣翻譯學學會發行的《翻譯學研究集刊》上發表〈科學教科書翻譯方法對讀者理解程度的影響〉、〈大學入學考試英文科翻譯試題之探討〉、〈台灣大學生對於口譯課程看法之探討〉等文;在國立台灣師範大學英語系出版的《英語教學期刊》上發表〈大學生中譯英搭配詞能力與錯誤之探討〉。另外在中國大陸第十四屆全國科技翻譯研討會上曾發表〈科技翻譯教案之編撰與實施〉;在國立台灣大學語言訓練測驗中心國際學術研討會上發表〈如何養成新聞譯者──專業編譯的建議〉和〈從傳聲筒到掌控者──法庭口譯角色探討〉;在輔仁大學跨文化研究所主辦之第 16 屆口筆譯教學國際學術研討會上發表〈口譯學生的焦慮與心流經驗及其對口譯教學之意涵〉。以上都是筆者個人以及與其他教師或

研究生合作的成果，在此謹向曾經參與研究的同事與同學致謝，也希望這些成果能為國內翻譯教學的奠基與發展提供微薄的助力，那我們所曾盡過的最大努力也就值得了。

國立台灣師範大學翻譯研究所副教授

廖柏森

2012 年 5 月 31 日

目次

第一篇

筆譯教學

溝通式翻譯教學法之意涵與實施

摘要

　　翻譯研究（Translation Studies）一直晚至廿世紀下半期才蓬勃發展，漸次獨立成為一門學科。但現時的翻譯教學在理論研究和實務方法上仍深受外語教學領域的啟迪和影響。尤其因文法翻譯教學法（Grammar-Translation Method）之影響所致，形成由教師主導（teacher-fronted）的翻譯教學方式，學生的學習往往顯得被動無趣，也常因譯文不易達到教師的標準而備感挫折。有鑑於此，愈來愈多的翻譯教學研究者和教師提倡有別於傳統作法的另類翻譯教學法，其中如 Kiraly（1995, 2000）、Colina（2003）等人就倡導與溝通式外語教學法（Communicative Language Teaching）密切相關的溝通式翻譯教學法（communicative translation teaching）。溝通式翻譯教學法是奠基於建構論（constructivism）的教學觀，強調以學生為中心（student-centered），協助學生發展翻譯的知識和技能，讓學生意識到翻譯是兩種文化溝通的過程，而非只是兩種語言規則詞彙的機械式互換。因此本文旨在為國內現行的大專翻譯教學提供理論基礎，論證以建構論為翻譯的教學觀、以溝通式教學（communicative method）為翻譯教學法、而翻譯教學技巧則包含小組合作學習、同儕討論互評、網路教學平台以及任務教

學等，期望能作為國內翻譯教師在教學上之參考，以促進翻譯教學之多元發展，並提升學生學習翻譯之成效。

關鍵詞：溝通式翻譯教學法、文法翻譯教學法、翻譯教學

壹、緒論

　　翻譯研究（Translation Studies）一直晚至廿世紀下半期才蓬勃發展，漸次獨立成為一門學科。雖然過去幾十年來翻譯研究議題的深度和廣度都有顯著成長，但翻譯教學的探討仍是屬於相對邊陲的領域。尤其長久以來，翻譯教學附屬於外語教學的一環，用以增進學生的外語技能。近年來則由於國際化呼聲高漲，帶動專業翻譯意識的提升和人才的需求，國內許多大專院校乃紛紛設置翻譯系所或學程，直接提高翻譯教學的地位，亦使翻譯躋身專業技能行列。但是不論將翻譯定位成獨立的學門或是外語技能的組成部份，不可諱言，現時的翻譯教學在理論研究和實務教法上仍皆深受外語教學的啟迪和影響。

　　翻譯教學缺乏自身的學術研究傳統，參酌使用性質接近的外語教學理論和方法本是無可厚非。可是外語教學領域常能配合或依循最新發展的語言學、教育學和學習心理學等理論以修正改進其教法教材，而翻譯教學法卻顯得較保守而停滯不前。現代外語教學由最早的文法翻譯教學法（Grammar-Translation Method, GTM），歷經直接教學法（Direct Approach）、視聽教學法（Audio-Lingual Method）、團體語言學習（Community Language Learning）、默示教學法（Silent Way）、肢體動作回應法（Total Physical Response），直到自 1970 年代以來廣為施行的溝通式語言教學法（Communicative Language Teaching, CLT）等，各種教學方法推陳出新以貼近時代社會和學術進展的脈動。

　　國內過去常視翻譯為學習外語的輔助科目，並未受到重視，

直至 1988 年輔仁大學首創翻譯學研究所，才標示出翻譯學正式
躋身學術殿堂的里程碑。其後國內各大專院校競設翻譯系所和課
程，但因為翻譯作為一門專業學科在課堂上教授的歷史並不長，
各校教師對翻譯教學的目標、方法、教材和評量方式都尚未形成
共識，大多仍承襲傳統外語教學中文法翻譯教學法的觀念和作法
來從事翻譯教學。其教學重心大體上是集中在兩種不同文字結構
的符碼轉換，但對文字所承載的文化意識和社會溝通功能缺乏恰
當的認識；而教學程序通常是由教師在課堂上先講解原文篇章和
對譯技巧，接著提供翻譯作業由學生隨堂或回家練習，待學生繳
交作業後再行批改。教師會指出學生在翻譯技巧上的缺失並改正
其譯作語言結構上的錯誤，有時也提供模範譯文供學生模仿，以
期待學生未來能避免重蹈相同的錯誤。在此種由教師主導的翻譯
教學方式下，學生的學習往往顯得被動無趣、甚至因不易將原文
譯得如教師要求的譯文一樣而備感挫折。

　　有鑑於傳統翻譯教學法的單調貧乏和忽略溝通特質，愈來愈
多的翻譯教學研究者和教師開始提倡另類的翻譯教學法，其中如
Kiraly（1995，2000）、Colina（2003）等人即倡導與目前蔚為主
流的溝通式外語教學法（Communicative Language Teaching）密切
相關的溝通式翻譯教學法（communicative translation teaching）。
他們將翻譯教學的目標訂定為培養學生溝通翻譯的能力
（communicative translational competence），強調翻譯時應注重文
本的社會情境，而不僅是兩種語言結構的轉換而已。劉宓慶也提
道：「翻譯的方法和技能技巧的發揮必須以語言的交際功能為依
據和依歸（1997:345）」。而 Colina（2003:24）更進一步把翻譯
視為溝通能力的一種特殊類型（translation is a special type of

communicative competence），亦即溝通翻譯能力除了包含第一與第二語言的溝通能力外，更需要跨語言和跨文化的溝通能力。

　　無論何種教學法都有其源起的理論基礎和其發用的教學技巧，如同溝通式語言教學法是奠基於建構論（constructivism）的知識論和教學觀，溝通式翻譯教學法也從建構論中擷取不少的理論養份和實踐教法。溝通式翻譯教學是以學生為中心（student-centered），協助學生發展自主學習翻譯的知識和技能，讓學生意識到翻譯是種溝通性詮釋的過程，而非只是語言規則詞彙的機械式互換。為了培養學生溝通翻譯的能力，教師需要在教學時實施多元的溝通式教學技巧和任務（tasks），並融入問題解決（problem-solving）、合作學習（cooperative learning）、同儕指導（peer tutoring）、真實教材（authentic materials）等，以符合學生未來在職場上或生活中的實際翻譯需求。

　　目前國內大部份的翻譯教學研究文獻多集中在翻譯技巧的傳授，較少關注從翻譯教學觀（teaching approach）以降乃至於對翻譯教學方法（teaching method）和教學技巧（teaching technique）的整體考量。許多教師對於教學觀、教學方法和教學技巧之間的區別似乎也不清楚，而本文引用 Anthony（1963）對教學觀、教學法、和教學技巧三個層次的定義[1]，首先最上層的教學觀乃是一套說明學科內容、學習活動和教學性質的基本假設；居於中間層次的教學法，是依循某種特定教學觀所發展出具整體性和系統性

---

[1]　Richards 和 Rodgers（1986）曾依據 Anthony（1963）的主張而提出類似的三個語言教學層次，分別為教學觀（approach）、教學設計（design）和教學程序（procedure），詳見其著作 *Approaches and methods in language teaching: A description and analysis*。

的教學模式；而最下一層的教學技巧則是符應其上層教學觀和教學法而在課堂中實施的具體教學活動。國內的翻譯教學研究為求深遠發展和建立完整體系，應嘗試同時研討翻譯的教學觀、教學方法和教學技巧及其之間的關係。

因此本文旨在為國內現行的大專翻譯教學提供理論基礎，論證以建構論為翻譯的教學觀、以溝通式教學（communicative method）為翻譯教學法、而翻譯教學技巧則包含合作學習、同儕討論互評、網路教學平台以及任務教學等。在章節安排上，本文首先介紹建構論的翻譯教學觀，為溝通式翻譯教學法奠下理論基礎。其次討論何謂溝通式翻譯教學法，包括其與外語教學的文法翻譯教學法和溝通式語言教學法的關係，並提及 Newmark（1981，1988b）等學者所提溝通式翻譯（communicative translation）之概念體系，以及溝通式翻譯教學法之理念和特點。最後就實務教學層次討論溝通式翻譯教學法的實施技巧，包括筆者個人的翻譯課程設計和教法實施。本文所討論之溝通式翻譯教學法的內涵和實施方式，期望能作為國內翻譯教師在教學上之參考，以促進翻譯教學之多元發展，並提升學生學習翻譯之成效。

貳、溝通式翻譯教學法的理論基礎：建構論

一、建構論與傳統教學觀的區別

廿世紀的教育學和心理學思潮歷經行為主義（behaviorism）和認知主義（cognitivism）之後，建構論於廿世紀後期大興（Brown，2007），成為對傳統教學方法和學習理念的一種革新。

所謂「傳統教學」基本上是種講述教學（didactic instruction），張靜嚳（1996）曾界定為：「教師講解和學生聽講與練習的教學」，他認為奠基於行為主義的傳統教學有以下優點：(1)簡單方便，教師只要依進度講解教材即可；(2)經濟快速，方便大班授課；(3)省時省事，節省學生自行摸索實驗的時間；(4)應付考試，特別是對需要記憶事實的考試尤其有效。但相對地，傳統教學也有其重大缺點：(1)效率低，教師需要重覆講解，學生也需要大量練習才有效果；(2)效期短，教學效果短暫，學生容易遺忘；(3)適合特定性質、範圍小與層次低的學習內容；(4)非人性化的學習方式，忽視學習者獨特的人格和經驗。

而建構論就是對傳統教學的反動和補正，建構論對於知識具有三項重要主張：(1)知識為學習者根據自身經驗來理解外界事物並主動建構的意義，而非被動接受或吸收的訊息；(2)知識是學習者主觀經驗的合理化或實用化，而非客觀存在的事實或不變的真理；(3)知識是學習者與他人互動與磋商而形成的共識（張世忠，2001；Kaufman, 2004；Piaget, 1970；Vygotsky, 1978）。因此所謂學習並不是如傳統教學法中由教師和教科書不斷地線性傳輸（transmit）知識給學生，也不是讓學生被動記憶所謂的客觀真理，而是學習者在面對新訊息時，基於自己的背景知識，並經由與他人和環境交互作用所主動共同建構，創造出對自己有意義的知識。

學習者建構知識的方式是基於基模（schema）、亦即個人認識外在世界的基本結構，來使用同化（assimilation）和調適（accommodation）兩種方式以調和主體認知和客體事物之間的衝突；而認知主體也從原本的平衡狀態（equilibrium）因受到外

界刺激產生懷疑或不確定而導致不平衡（disequilibrium），直到解決困惑後此認知結構才又達成一個新的平衡階段（Piaget & Inhelder, 1969；Piaget, 1970）。學習者就是透過一次又一次的平衡作用（equilibration）來建構知識並擴大其認知結構，也因而此種知識具有開放性、多元性、社會性、動態發展性等特質，可以取代或修正學習者的既有知識（prior knowledge），也因此與傳統教學觀認為知識是單一、客觀、穩定和可傳輸的觀點大相逕庭。

二、建構論教學觀中教師與學生的角色

　　在建構論的教學觀裡，教師與學生的定位也與傳統教學中的角色有很大的區別。在傳統教學中，教師於課堂中將知識從上而下地單向灌輸給學生，教師成為知識的擁有者和分配者（teacher as the possessor and distributor of knowledge）。教師的責任是將上課材料整理清楚以及管理學習情境，使知識的傳輸更有效率；學生則是被動地專心吸收由教師傳遞的知識，較少提出質疑或挑戰。另外，如上述傳統教學的四項優點：簡單方便、經濟快速、省時省事和應付考試，究其實也都是為了方便教師教學，而非方便學生學習（張靜嚳，1996），因此傳統教學基本上是服膺以教師為中心（teacher-centered）的理念。

　　但是建構論強調以學習者的立場出發來關注其個別發展、滿足其學習需求、及鼓勵其自主學習和知識建構。教師必須從過去課堂中的知識權威者轉型成為學生學習的促進者（facilitator），創造優質的學習環境和提供豐富的學習資源，並將學習的情意和社會因素考慮在內，以協助學生共同建構和發現學習的意義。而

學生則必須為自己的學習成效負起責任，成為自主的學習者，因此建構論是以學生為中心的教學觀。

三、建構論對教學的影響

建構論中有幾個概念影響教學甚鉅，首先是 Vygotsky（1978）所提出的「潛能發展區」（zone of proximal development, ZPD），亦即學習者目前的發展階段與未來潛在發展之間的距離（the distance between learner's existing developmental state and their potential development）（Brown, 2007）。目前發展階段指的是學生已經穩固確立的能力，而潛在發展則是學生尚未習得、但在他人協助下即可完成的能力，兩者之間的差距即是「潛能發展區」。而教學就是引發學習者潛能的歷程，學習能力較差者若能獲得知識較豐富者如教師或同儕的「鷹架支持」（scaffolding），就能透過互動而幫助能力較低的學習者發展更高層次的認知。待學生發展出足夠調控個人學習過程的能力之後，教師就可撤除原本支持學習的「鷹架」，放手讓學生獨立自主學習和探索知識。

從「潛能發展區」可衍生出合作學習（cooperative learning）的觀念，既然個體的認知能力是通過社會互動而發展，那麼在教學上應讓學生相互合作，安排可以刺激學生認知結構的學習活動，讓他們共同來完成學習目標以增進學習成效。目前的研究指出，相較於個人學習，合作學習可增強學生的內在動機（intrinsic motivation）、自尊（self-esteem）、培養關懷他人的心態和降低學習焦慮及偏見（Dörnyei, 1997；Oxford, 1997）。另外在異質團體中，不同能力和成績的學生得以相互交流知識意見、獲得支持

協助，學生不僅可在課業表現上有進步，其社交技巧和認知發展也都會成長（Baloche, 1998；Johnson & Johnson, 1991）。

另一深受建構論啟發的教學活動為任務型教學（task-based instruction），它提供學生一個自然真實的情境去實際使用他們所要學習的技能，以完成所設定的任務。在完成任務的過程中學生會有許多機會互動協商和解決問題，進而增長他們的知識和能力（Candlin & Murphy, 1987）。任務型教學不僅重視任務的成果（outcome），更重視完成任務的過程（process），包括評量學生在過程中所付出的努力和所使用的策略。而教師在過程中通常只擔任諮商者（counselor and consultant）的角色而不介入指導任務的進行。這種教學方式通常可以彌合學科的理論和實務之間的差距，亦可激發學生的學習動機，鼓勵他們為自己的學習行為負責（Henry, 1994）。

綜上所述，建構論所主張的教學觀是教師和學生對所學知識共同建構意義的過程，而且教師主要扮演促進學習的角色，這種以學生為中心所建構出來的意義是多元開放的，相當契合翻譯教學的需求。

四、建構論與翻譯教學

自廿世紀末以來的教育學和心理學的發展是以建構論為主流，也成為學校中各種學科教學的理論基礎，外語教學自不例外（Wason-Gegeo, 2004）。雖然已有學者提倡以建構論的視角來建構翻譯學的理論（呂俊、侯向群，2006），但是目前國內在翻譯教學上主張使用建構論的學者或教師並不多。一方面是因翻譯教學的理

論向來不受學界重視[2]，屬於邊緣議題（Kiraly, 1995）；二來是大部份翻譯教學仍是固守行為主義的傳統典範（paradigm），長久不思改進。然而近年來因全球化的浪潮推升翻譯市場的需求，譯者的品質和訓練逐漸成為關注焦點，開始有愈來愈多的學者注意到現行翻譯教學的發展瓶頸而提出建言。例如 Kiraly（2000:17）曾評論道就像過去對翻譯活動的理解只是把一種語言的文本轉移成另一種語言（transferring a text from one language to another），傳統教學法中的翻譯教師也被常視為只是把自己腦中的知識轉移給學生（the translator trainer's job has primarily been seen as one of transferring knowledge to the students），過去這種對翻譯活動和翻譯教學法的理解都是片面的、不夠完整的。他進一步指出，翻譯的知識不是靜態的，也並非僅是一套技巧和知識的組合，可以讓人被動地吸收、記憶和反芻。因此他對翻譯教學提出以下建議：

I propose that translator education be seen as a dynamic, interactive process based on learner empowerment; on the emancipation of students from the domination of the teacher and from the institution as the designated distributors and arbiters of truth; on a change in focus from the tyranny of teaching, to learning as a collaborative, acculturative, and quintessentially social activity.（2000:18）

劉敏華（2003）在口譯教學上也提倡以建構論為本，她認為傳統教學法把口譯現實情境的複雜性和豐富性簡化了，學生學到的是口譯技巧，而不是足以應付複雜與豐富口譯環境的能力

2　翻譯學理論和翻譯教學理論是兩種不同的理論範疇，翻譯學常自語言學、文學、文化研究、哲學等學門擷取學術養分，翻譯教學則常借鑒教育學和心理學的研究結果。而且翻譯學理論受學界重視的程度遠超過翻譯教學理論。

（2003:29）。而建構論主張學生透過與真實情境的互動去建構知識，經由反思去賦予經驗意義。這些主張應用在口譯教學上，教師選擇和使用教材就不是為了教導學生如何把某一篇演講譯得好，而是把教材視為某種真實情境的個案，而學生則透過各種個案的學習來累積完整的口譯能力。劉敏華對於在口譯教學上使用建構論的看法也可以施用於筆譯教學上，亦即教師教學並不是為了讓學生學習如何譯好某一篇特定的文章而已，而是要訓練學生如何處理文本溝通真實情境的能力，發展解決翻譯問題的策略過程（strategic process），成為能夠獨當一面的譯者。

　　而建構論和翻譯教學之間的關係可以表現在以下幾個層面：

　　(1)如同建構論所主張真實是多元的（multiple realities），認識真實的觀點也是多元的（multiple perspectives），因此知識不是客觀永恆的存在，而是透過學習主體的經驗來加以建構才具有實質意義。而翻譯不同語言的文本也如認識多元的真實一般不會有固定的方式或觀點，事實上連一般的翻譯作業和考試也少有所謂的標準答案，因此教學上更應該要鼓勵學生提出有個人特色和創意的譯文表現。

　　(2)亦正如建構論強調多元的真實需要在社會環境中經過商議（negotiation）、辯論（debate）才會使個人的觀點改變成長，翻譯知識也是由學習者與教師、同儕、教材、乃至於整個社會文化環境的互動才能建構進展。尤其要提高學生譯作品質和譯評眼界，更需要教師與學生間觀摩討論譯作，相互激盪出佳譯的火花。

　　(3)建構論對於教師角色的要求也相當適合翻譯教學的特點，翻譯和一般學術科目不同，它強調翻譯實作和大量練習，不像某些學科需要教師以知識權威者的姿態來傳達專業理論，在翻

譯教學上反而是需要學生透過自己的努力實際操作才能增進翻
譯技能，教師的教學居於輔助的地位，重心是為學生提供學習的
支持鷹架。

(4)建構論另一重要的啟示在於提高學生主體性的地位，它認
為教師無法把翻譯知識直接傳輸給學生，就算教師在上課時盡心
竭力地教授知識，學生也不見得就能全盤或是正確地接收，因此
較有效率的作法是由教師和學生共同探索翻譯的技能。翻譯教師
也不再只是提供正確譯文的權威者，而是促進學生學習翻譯的輔
導者；而學生則必須體認到自己才是翻譯技能的主動建構者和翻
譯困難的主要解決者，為學習翻譯負起最大責任。

由以上幾點，筆者認為建構論相當適於作為翻譯教學的理論
基礎，尤其是溝通性的翻譯教學，以下則當論述何謂溝通式之翻
譯教學法。

參、溝通式翻譯教學法的意涵

一、傳統的翻譯教學與文法翻譯教學法

翻譯教學長久以來附屬於外語教學，作為增進外語能力的
一部份；而翻譯教學時也少不了外語的強化訓練，以增進翻譯
的能力，翻譯教學和外語教學兩者的關係十分密切。即使目前
翻譯已逐漸朝獨立學門的方向邁進，發展出不少專業的翻譯研
究領域和學科，但是翻譯教學在教學法上仍深受外語教學之影
響。例如 Kiraly（1995）和 Colina（2003）都認為傳統的翻譯教
學法非常類似外語教學中的文法翻譯教學法（GTM）。文法翻譯

教學法的使用可追溯到羅馬帝國時期，歷經歐洲中世紀時的古典拉丁文教育，一直到十九世紀而被視為是種最早的外語教學法（Howatt,1984）。它是以記誦字彙、修習文法和翻譯方式來學習外語，目的是讓學生能夠閱讀外語寫作的文學作品。教師則是課堂裡的權威，學生基本上都是順從教師的指導來學習，而學生與教師間以及學生與學生間都缺乏互動（Larsen-Freeman, 2000）。

反觀傳統的翻譯法，翻譯活動本身也常被化約成一條條的翻譯規則（translation rules），就像語言的文法規則一樣，由教師在課堂上講述這些翻譯規則和提供翻譯練習，而學生的工作就是按部就班地把所有的規則學習完畢。例如 Kiraly 就觀察到傳統教學中有許多老師仍保有一些迷思，他們認為"Translation involves little more than the mechanical replacement of linguistic elements in a text with objectively identifiable equivalent linguistic elements from a second language."（1995:6）這種對翻譯活動的看法如同 Vermeer 所言，是基於一個不盡正確的假設"The underlying presupposition is that the surface structure of a text manifests its meaning, and that imitating this surface structure by transposing it into grammatically correct target language units guarantees the preservation of content."（1998:61）

以上假設是受到語言學中結構主義（structuralism）的影響，使得傳統翻譯教學法相當重視兩種語言間的對比分析（contrastive analysis），教師常把對譯的兩種語言文本化約成字彙和句型的單位一一相以比較，以期找出最正確的對等翻譯。在教學程序上由教師教授由下而上的語言技能（bottom-up skill），讓學生從理解源語文本的單字、片語、句子的意義開始，再線性地轉換為目標

語的語言對等形式（Vermeer, 1998）。在翻譯習作評量上，學生的作品必須與教師提供的譯作版本比較，只要有不同的地方就會被提出來修正，因此學生的注意力都集中在自己的翻譯錯誤或和教師譯文不同之處。這種傳統教學模式下的翻譯課究其實還是一種外語課，就像賴慈芸（2006:110）所言：「中譯英像教英文寫作，英譯中像教英文閱讀。」因為大部份的教學時間和資源都投注在兩種語言對應的學習上，而忽略了翻譯活動本身最重要的文化溝通特質和功能，也就較難培養出整體的翻譯能力。

　　另外，傳統翻譯教學和文法翻譯教學法一樣亦是以教師為中心，強調以教師的翻譯知識權威來主導和校正學生的學習過程。教師的職責基本上是將語言的結構和翻譯的規則傳導給學生，並糾正學生翻譯上的錯誤。許多教師常將講解翻譯技能作為授課的唯一重心，只專注在學習的認知層面，而未顧及學生學習翻譯的社會層面和情意層面如學習動機、學習焦慮、學習策略和學習型態（learning style）等面向。因此傳統的翻譯教學法雖已行之多年，但在課堂施行上可能產生的負面影響包括：(1)教師施教的內容不見得能符合所有學生的語言程度和學習需求，部份同學在飽受挫折之餘可能會放棄學習；(2)教師選用的翻譯教材或教學活動有時脫離學生生活經驗，無法引發學生的學習興趣，導致內在學習動機低落；(3)同學容易養成被動學習的慣性，教師若未指定學習進度或待學期結束後，學生就缺乏主動求知和練習翻譯的意願；(4)學習翻譯淪為只是應付教師的規定和通過考試，學生難以體會在不同語言間悠遊轉換的樂趣，甚至對學習翻譯產生負面觀感（廖柏森，2007b）。

二、溝通式翻譯教學與溝通式語言教學法

　　溝通式翻譯教學法很容易與外語教學中的溝通式語言教學法
（CLT）聯想在一起，事實上兩者的教育學和心理學的理論基礎
都是源自於建構論[3]，也因此在教學理念和教學技巧上有許多相通
之處。在外語教學領域中，從廿世紀初期起，由於國際間的交流
日益頻繁，外語教學界發現傳統的文法翻譯教學法過於偏重語言
結構和規則，難以教導學生使用口語表達外語的能力。在歷經各
種推陳出新的外語教學法如直接教學法、視聽教學法等，直到 1970
年代興起的溝通式語言教學法才算真正提供了學生在不同社會情
境互動所需要的外語溝通能力，迄今仍是外語教學方法的主流。

　　而溝通式語言教學法所致力培養的溝通能力（communicative
competence）之概念，最早是由 Hymes（1971，1972）針對 Chomsky
（1965）主張的語言能力（linguistic competence）所提出的質疑
和補充。語言能力側重抽象的語言形式和句法規則，是有關語言
系統的知識（knowing about language as a system）；溝通能力則
著重實際語言使用的社會特性和溝通功能，是如何使用語言的知
識（knowing how to use language），兩者應該相輔相成。也就是
說在使用外語溝通時，除了依賴語言的結構和規則，還要考慮對
方的身份地位和場合情境，以及要使用何種語言功能來達到溝通
的目的。之後 Canale 和 Swain（1980）更進一步把溝通能力解析
為四個組成部份：(1)文法能力（grammar competence）、(2)語篇
能力（discourse competence）、(3)社會語言能力（sociolinguistic

---

[3]　　另外，溝通式語言教學法的語言學理論基礎主要來自於 Halliday（1964,
　　1970）所提出的功能語言學派（functional approach）。

competence）、(4)策略能力（strategic competence），可知完整溝通能力的內涵是包含了語言能力。

　　如同外語教學中的溝通語言教學法是要培養學生的語言溝通能力，溝通式翻譯教學法也是要發展學生的翻譯溝通能力（communicative translational competence）。以往對於翻譯能力內涵的界定著重於語言間對比分析和結構轉換的能力，如 Wilss（1982）曾主張翻譯能力包括(1)來源語的接收理解能力（source language receptive competence），(2)目標語的再製表達能力（target language reproductive competence），和(3)兩種語言訊息的轉換能力（a supercompetence reflecting the ability to transfer messages between the two languages）。但這種對翻譯能力的傳統論述在目前看來顯然是不足的，已有愈來愈多的學者提出溝通式翻譯（communicative translation)的觀點[4]（如 Bell, 1991；Colina, 2003；Gile, 1995；Hatim & Mason, 1997；Kiraly, 1995, 2000；Newmark, 1981, 1988b 等）。其中 Newmark（1981:39）對於溝通式翻譯所下的定義為"communicative translation attempts to produce on its readers an effect as close as possible to that obtained on the readers of the original"，強調訊息的「說服力」（force）大於訊息的內容（content），因此其譯文通常較為流暢簡明、符合目標語的閱讀習慣。如此的定義相當類似 Nida 所提的動態對等（dynamic equivalence）（Nida & Taber, 1969）或功能對等（functional equivalence）（Nida, 2001）。而對於與溝通式翻譯相對的語義性

---

[4]　也有些學者雖然不是使用溝通式翻譯的名稱，但實質上仍是一種重視翻譯溝通目的和功能的翻譯觀，如 Nord (1997)提出的工具性翻譯（instrumental translation）。

翻譯（semantic translation），Newmark 則定義為"semantic translation attempts to render, as closely as the semantic and syntactic structures of the second language allow, the exact contextual meaning of the original."，此譯法強調忠於原文的形式，因此其譯文傾向較為複雜生硬[5]。

　　傳統翻譯教學所強調的語言能力其實只是整體翻譯能力的一部份，而在溝通式翻譯教學中翻譯能力的內涵較為豐富，例如 Bell 界定譯者的溝通能力（translator communicative competence）為"the knowledge and ability possessed by the translator which permits him/her to create communicative acts- discourse- which are not only grammatical but…socially appropriate." (1991:42)譯者的工作在於確保不同社會情境的譯文讀者能夠恰當理解另一社會情境的原文而達到跨文化溝通的目的。而 Cao（1996）也進一步主張溝通翻譯能力是由(1)語言能力（language competence）、(2)策略能力（strategic competence）和(3)知識結構（knowledge structures）所組成，其中策略能力是居間使語言和知識能力得以發揮翻譯溝通功能的關鍵。因此從溝通式翻譯教學的角度來看，發展學生的翻譯策略和意識以提升其翻譯能力才是教學的重要元素。

---

[5] 但要注意 Newmark 提出的溝通式翻譯是一種翻譯方法，並不等於溝通式翻譯教學法，也並非意謂溝通式翻譯教學法就只是教授溝通式翻譯法。而 Newmark 主張不同的語篇類型應使用不同的翻譯方法，對於以訊息功能（informative function）和呼籲功能（vocative function）為主的文本使用溝通翻譯較為適宜；而對於較注重語言形式、以表達功能（expressive function）為主的文本則可採語義翻譯（Newmark, 1988），溝通式和語義式翻譯法都各有擅場。

三、溝通式翻譯教學法的特點

翻譯是種複雜、有目的性的心智活動，更是種跨語言文化的溝通活動，而培養學生的翻譯能力本質上就是發展其跨語言文化的溝通能力。如 Gile（1992:187）曾針對翻譯教學提出溝通模式（communication model），他認為傳統翻譯教學方式容易讓學生誤以為翻譯是種以語言為中心的活動，因此致力於學習語言的對等，而忽略了翻譯更是種以人為導向的專業服務，更重要的是要學習文本的溝通效果。他認為原文作者只為源語讀者服務，但是譯者要作為原文作者的溝通者，同時也必須對目標語讀者負責。因此學生應該要了解他們所翻譯的訊息並不需要貼近原文的語言結構和用字，而是要讓譯文對於目標語讀者的影響盡量貼近原文作者所希望達成的影響。也就是讓學生建立以溝通為主的翻譯觀，了解譯者是扮演文化溝通的角色，而翻譯活動應重視以讀者為導向的社會功能，努力使原文作者與譯文讀者雙方的溝通暢行無礙。

在溝通式翻譯教學法中，基於建構論的教學原則，在教師對學習的認知、翻譯教法和翻譯評量等方面可呈顯以下幾項特色：

（一）教師對學習的認知方面：

(1)教師了解學習是種動態、主客體相互作用的過程，希望在課堂中營造的是一種開放支持的氣氛，透過多元的教學方式讓學生有意義地學習翻譯，並非只是讓學生靜態被動地接受教師的知識。因此在教學上強調互動，包括學生與教師、同儕、翻譯文本或教材、乃至於外在學習環境的互動。

(2)教師是具備翻譯技能的專家，但並不是翻譯知識的擁有者和分配者，也不可能解決所有專業領域的翻譯問題或困難，例如文科背景的教師就不見得具有足夠的主題知識和能力來處理科技或法律的文本。因此教師的主要工作在於創造良好的學習翻譯環境，提供豐富多元的學習資源，並透過各種教學活動引導學生有效地學習。尤其目前網際網路上極易取得翻譯軟體、字典、語料庫、新聞媒體和百科全書等，教師應視學生程度和需求加以篩選並教導學生有效率地使用。

(3)教師首先在「潛能發展區」概念的基礎上，了解學生學習翻譯的需求和能力，設定可以發揮學生翻譯潛能的課程目標、授課方式和評量方法。其次，教師也應注意學生翻譯過程所使用的策略，並提供諮詢商討的支持系統，期勉學生發展獨立學習翻譯和作業的能力，之後就可以逐步撤除原本支持學生學習的鷹架。

(4)考慮翻譯中的文化和社會因素，除了培養學生的雙語言能力之外，也應帶領學生對原文和譯文雙方的文化都有深入的探究，以增進文化溝通的品質。

（二）在翻譯的教法方面：

(1)強調翻譯教學活動的目的性和教材的真實性，翻譯教材最好能貼近實際生活，例如新聞時事、實務性或應用性文體等能讓翻譯作業與學生生活經驗結合，增加其翻譯動機和興趣。

(2)實施小組活動或合作學習，同學經由與同儕討論翻譯的方法和作品，可以學習到他人對於同一文本的不同觀點和譯法，鼓勵彼此相互觀摩學習。

　　(3)但是在課堂內的翻譯學習時數有限，不足以有效提升學生翻譯能力，因此課堂外的學習和練習也就格外重要。例如可請同學於課外收集譯文譯例，再於課堂進行比較評析。

　　(4)注重學生學習的情意層面，增進學生的內在學習動機，例如容許學生自行選取翻譯材料作為上課的部份教材或作業。

（三）在翻譯的評量方面：

　　(1)在翻譯評量上注重動態或功能上的等值，而非只有形式上的意義。教師需體認到沒有所謂「一篇完美的譯文」，所有的譯文從不同角度或不同情境來審視都可能還有不同的呈現樣貌，因此教師的責任並不在於錙銖必較地從學生的譯文中挑出錯誤和提供一篇模範譯文作為學生模擬學習的對象，而應該是幫助同學對同一篇文本找出更多翻譯的可能性。

　　(2)教師處理學生的翻譯錯誤或問題時，必須採取開放的態度，鼓勵學生對自己和對他人的譯作表達各種不同的見解。在此種民主開放的課堂氛圍下，學生較容易從教師和同儕得到對自己譯作的回饋，進而養成自我偵測翻譯問題和改正錯誤的能力。

　　(3)翻譯的成品（product）和過程（process）都很重要，而評量學生的翻譯成品相對容易，但評量其翻譯過程就需要檢視學生翻譯策略的使用。尤其台灣學生相當缺乏後設認知策略（metacognitive strategy）的意識和作法，也就是在翻譯特定文本時所進行的心理過程如計畫（planning）、監控（monitoring）和評估（evaluation）等（Liao, 2007），都需要加以評量並給予意見。

肆、溝通式翻譯教學法的實施

　　經過前述有關溝通式翻譯教學的理論基礎和相關意涵後，本節建議可於課堂中實施溝通式翻譯教學的技巧，茲以筆者在北部某大學應用外語學系任教之「翻譯專題」一門課為例。此課程要求學生自行分組，利用教師提供的網路學習平台和資源，共同來翻譯學生自行選擇的專書。上課時各組輪流上台報告及討論翻譯的成品、過程、所碰到的翻譯困難、如何解決這些困難和分享翻譯心得，並接受教師和班上其他同學的提問。以下簡述該課程的教學綱要內容、教學資源工具、評量方式和學生反應，並討論實施心得。

一、課程綱要

　　「翻譯專題」為大四口筆譯組同學必修之科目，教師在第一堂上課時就將課程綱要（course syllabus）發給全班同學，上面載明該課程的教學目標、授課規定、實施方式以及對學生的要求，可讓同學了解這門溝通性翻譯教學課的性質以及如何達到課程所設定的目標。此課程綱要的課程目標和概述之內容如下：

Purpose and Description:

This course is designed to sharpen your communicative translational competence by giving you a semester-long translation project to complete independently. All students in this class will be divided into several groups of your choice. Each group is suggested to be consisted of 5 to 8 students and selects a book to translate as a term project. The class will meet regularly for you to report your progress, but you are always welcome to visit my office for any problems or ideas concerning your translation task. Through class discussion, work in small groups, and individual learning, you are expected to translate naturally, accurately, and with maximum effectiveness.

This is not a "lecture" course, but one which stresses active participation and translation practices. In a collaborative learning environment, you will participate in group work to analyze and critique existing translation works and to develop your own translation strategies and translation versions. At the end of the semester, each group is required to orally present your translation results and to submit a copy of book translation as well as an annotation (reflections and thoughts on the translation task).

二、教學資源和工具：

本課程建議同時使用實體教室和網際網路的教學平台，更能落實溝通式翻譯的教學原則。例如使用目前相當受教師歡迎的 Moodle 網路教學平台[6]，不僅無需費用，而且很容易就能置入課程相關的資料如課程進度、翻譯教材、講義和作業以及輔助翻譯的資源如雙語字典、百科全書、新聞媒體、機器翻譯（machine translation）、和語料庫（corpus）等供學生在翻譯過程中查詢使用。此平台更重要功能的是提供社會互動的工具，例如同步（synchronous）的聊天室和非同步（asynchronous）的討論區都可供同學討論其翻譯的作品或提出翻譯問題請他人共同解決，鼓

---

[6]　Moodle 的官方網站之網址為 http://moodle.org/，可以免費下載程式和操作手冊。

勵師生形成一個學習翻譯的社群，分享彼此習得的成果和資訊。
此網路教學平台的首頁如下：

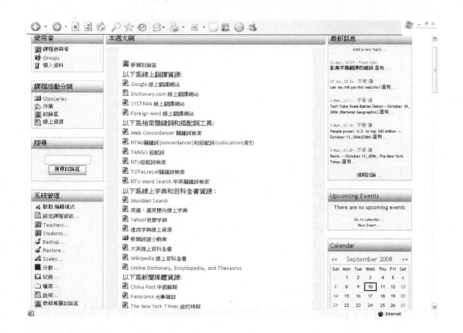

三、評量方式：

本課程除了重視學生的翻譯作品之外，也很注重學生如何翻
譯的過程，因此評量方式上除了請各組同學繳交共同合作的譯文
之外，每次上課還要求學生報告他們翻譯過程中使用哪些翻譯技
巧和資源、碰到何種困難和如何解決問題的策略，並反思自己的
譯作表現。這些都要在課堂上和教師以及其他同學討論並交換意
見，而且作為評量的重要依據。此課程要求學生對整學期的翻譯
任務所進行的反思問題如下：

The following questions can be used to reflect on your translation task:

1. Why did your group choose this particular book as your translation project?
2. What are the features or characteristics of genre of the book you select?
3. What principles or methods you have applied to translate this type of genre?
4. What is the best part of this project? Why?
5. What is the weakest part of this project? Why?
6. What was the most difficult part of this project? Examples.
7. What skills or strategies did you practice when doing this project?
8. What assistance or resources did you use to complete this project?
9. What did you learn from doing this project?
10. How would you make this project better?

四、學生學習之反應

　　至於學生接受溝通式翻譯教學法的成效可參閱筆者的另一篇教學實證論文〈使用 Moodle 網路平台實施筆譯教學之探討〉（廖柏森，2008）。學生覺得除了電腦網路設備的故障令人困擾和教學網頁版面過於呆板之外，大體上他們對課程的反應都相當正面。學生感受到教師的角色有明顯改變，傳統的教學是由老師

來教導學生的單向學習，但在溝通式教學法中教師作為學習的促進者（facilitator），是在以學生為中心的學習社群中提供協助。加上網路教學平台提供豐富與方便擷取的學習資源，學生與教師、其他同學以及教材之間產生傳統教學所難以達到的互動性。例如在傳統課堂中不好意思舉手發問的同學就可以透過網路提問，而其他同學或教師都可提供解答或參與討論，可降低學生學習的焦慮（learning anxiety）和增加參與感。而且同學在訪談時提到他們能自覺主動地篩選和處理網路上的資源來完成筆譯作業，不需要像傳統教學中教師在課堂上諄諄教導，形成「老師有教的才學，沒教的就不學」那種被動學習的心態。而課堂的翻譯任務也使學生間容易產生合作和共享的自主學習氣氛，進而提高學習動機。

五、課程實施討論

以上課程的教學技巧基本上都是與溝通式教學法的原則一致，主要包括以下幾個層面：

（一）以學生為中心：本課程允許學生自行尋找同組的成員，再由小組所有成員決定翻譯的文本，用意在增加學生學習的自主權和動機。但各組選擇的書籍仍需先經過任課教師的審核，以避免部份同學選取過易或太難的文本，此目的是在為同學創造適當的「潛能發展區」，讓同學目前的翻譯能力與潛在能力之間維持適當的距離，在良性的挑戰下完成翻譯任務。

（二）合作學習：此課程以分組活動進行，要求學生自行分成 5 到 8 人的小組，主要是考慮譯書的工作量龐大，非一兩人所

能負擔，而增加人數同時也能訓練同學與人合作學習和工作的能力。如 Kelly（2005:102）也提出翻譯教學上應該使用分組活動的理由：(1)教育研究已證實合作學習更為有效；(2)是學生重要的社交和個人經驗；(3)人際技能不但對專業譯者很重要，也是翻譯雇主要求的重要技能；(4)小組比大班活動更能發展高階的認知能力如解決問題、推論或證成提議和決定等。

（三）任務型教學：任務型教學的目的是為了提供學生一個自然情境和明確目標來使用翻譯技能，為了完成譯書任務，同學有強烈的動機需要與許多人進行溝通性互動，包括計劃整學期專題的進度、分配小組每位成員負責翻譯的範圍和相關工作、監控執行翻譯的進度和評估執行的效果，最後每個人交出的部份譯文也需經過大家統整編輯才能合成全書的譯文。而在翻譯過程中，同學還可以觀察到不同人對於同一文本的各種詮釋和翻譯方式，最後再經由討論商議而決定出最佳的譯文。整個完成任務的過程和最後產出的作品都能大幅提升每位成員的溝通翻譯能力和增進對翻譯作業的認知。

（四）自主學習：同學為完成翻譯任務，必須自主性選擇翻譯的材料，利用網路教學平台和其它管道的豐富資源，並收集相關資料以獲得所需的文本背景和專業知識後，才能參與文本的翻譯，進行小組的對話討論和意見交流。在此過程中同學相互合作支持，不僅在最後完成翻譯全書的任務，而且也增強了個人的知識結構、鍛練了翻譯技巧和與養成自主學習的習慣，未來就算無需再修習翻譯課，同學也具備獨立作業的能力，可自行從事翻譯。

伍、結語

溝通式翻譯教學之有別於傳統的翻譯教學，不僅只是教學活動和技巧的不同，更重要的是教學理念或典範的轉變。傳統翻譯教學與外語教學中的文法翻譯教學法雷同，都是以教師為中心。教師是翻譯知識的擁有者和分配者，在教學上強調翻譯語言文法和結構的正確性，實施教學時注重如何有效傳達教師心目中的理想譯法給學生，譯文也以教師所提供的範例為最高標準。而相對地，溝通式翻譯教學與外語教學中的溝通式語言教學法皆是以建構論為教學理論基礎，認為知識是由學習者和教師共同建構，而非僅由教師傳輸，因此學習本身是師生互為主體的動態過程。溝通式翻譯教學以學生為中心，重視學生翻譯的過程中建構翻譯知識和使用翻譯策略的能力，強調要翻譯出原文的語用和溝通目的，而譯文表現的各種可能性都可考慮接受。

本文所建議「翻譯專題」的教學案例，可具體呈現「潛能發展區」、合作學習、任務型教學和自主學習等溝通式翻譯教學的原則，也指出網路線上教學的應用可為溝通式翻譯教學提供一個有力的平台，便於創造學習翻譯的社群。該課程除了要求學生繳交翻譯作品之外，同學還必須同時提出其譯書「心路歷程」的報告，包括他們使用哪些翻譯工具、資源和策略，以及如何解決翻譯上的難題。

總之，溝通式翻譯教學的理想是希望能提供空間讓學生充分發揮自己潛能、與他人共同建構譯文意義以及自主學習翻譯，並培養學生分析文本和解決翻譯問題的獨立作業能力。未來無論面對何種類型或專業領域的文本，學生都能利用其翻譯策略和溝通能力來解決困難，有效完成跨文化和跨語言的溝通翻譯活動。

大學生中譯英搭配詞能力與錯誤之探討

摘要

　　本文探討使用搭配詞輔助中譯英教學的可能性並分析錯誤的翻譯搭配，研究者藉由建置線上教學平台和語料庫供學生使用，並收集學生搭配詞語料。以 26 位修習翻譯課的大學生為對象，兼採量性和質性研究方法。量性方面以準實驗的單組前測後測設計（one-group pretest-posttest design）來探究學生搭配詞能力與中譯英能力的關係以及搭配詞學習是否有助提升中譯英的能力。在質性研究上則著重分析歸納學生中譯英搭配錯誤之語料，以探討其翻譯時的思考過程和犯錯的原因，進而提出因應這些中譯英搭配錯誤的解決之道。

關鍵詞：中譯英；搭配詞能力；搭配詞錯誤

壹、緒論

　　長久以來國內翻譯教學一直附屬於英語教學的一環，用以增進學生的英語技能。雖然目前翻譯已有獨立發展的系所，但因為翻譯作為一門專業學科在課堂上教授的歷史並不長，缺乏自身的教學研究傳統，因此在理論研究和實務方法上皆仍深受英語教學的啟迪和影響。而近年來在英語教學領域逐漸注重搭配詞（collocation）的教學，國內外也有愈來愈多的研究都在探討搭配詞在語言教學上的應用和成效（如 Lewis, 2000, 2002a, 2002b；Liu, 2000；Nattinger & DeCarrico, 1992；Nesselhauf, 2003），各種搭配詞教材、詞典和相關語料庫也應運而生（如 Benson, Benson, & Ilson, 2010；Hill & Lewis, 2005；McCarthy & O'Dell, 2005；*Oxford collocations Dictionary for students of English*, 2002 等），用以輔助教學和提升學生學習成果。

　　所謂搭配詞，根據 Lewis（2002a:8）的定義為：「某些字在自然文本中以大於隨機的頻率共同出現」（certain words co-occur in natural text with greater than random frequency）。另外引用 *Oxford Collocations Dictionary for Students of English*（2002:vii）上所提供的定義：「搭配詞是某語言中字彙合併的方式，以產出自然的口語和文字」（Collocation is the way words combine in a language to produce natural-sounding speech and writing）。基本上而言，英文個別詞彙的意義相當靈活多元，不容易確定其義，要等到它和其前後的文字組合形成一個特定的搭配關係後，意義單位才會穩定明朗。而英文詞彙的搭配雖不見得有嚴謹的規則來規

範，卻也不是任意組成，有其固定的搭配形式以形成搭配詞。Benson，Benson 和 Ilson（1999）認為若要流暢正確地口說和寫作，就必須學習如何將字詞組合成片語、句子和文章，這種組合的方法就是搭配（collocate）。也因為搭配詞具有固定形式之特性，Hill（2003:84）就主張熟悉搭配詞可使我們具備「大量現成的表達方式和句子（a vast repertoire of ready-made expressions and sentences）」用以流暢和自然表達意見。他還進一步認為學習搭配詞需要借重翻譯，畢竟每種語言的搭配方式都不一樣，透過翻譯的比較分析會讓學習搭配詞的成效更佳。

　　另一方面，在翻譯教學上，大學生常視中譯英為畏途，其譯作常難以道地自然的英文表達，反而經常呈現出受母語影響的中式英文（Chinglish）。此類譯作有時從英文語法的角度來看似乎並無太大問題，但是其詞語的搭配卻不是英語母語人士慣用的方式。尤其學生在中譯英時出現的中式英文譯法常是採用逐字翻譯（word-for-word translation）或字面翻譯（literal translation），結果反而成為效果欠佳的硬譯或死譯。這些所謂中式英文歸結其原因大部份還是來自於搭配的錯誤。翻譯學者 Newmark（1981）就曾評論過，許多人的外語文法和字彙能力可能甚至比以該外語為母語人士來得好，但仍然會出差錯的原因就在於使用無法接受或不恰當的搭配詞（unacceptable or improbable collocations），可見搭配詞在翻譯上扮演的重要角色。

　　雖然英語教學領域已經開始重視教導字詞搭配以提供英文能力，但是在翻譯教學上仍缺乏這方面的研究，尤其很少注意到中譯英詞彙的搭配用法。證諸之前在英語教學領域的研究結果，可知學習搭配詞確實有助提升學生的字彙使用以及理解和表達

等各種語言技能，而這些語言技能都與筆譯技能息息相關，因此我們似也可假設英文搭配詞能力有助於學生中譯英的能力，只是目前並無任何實證研究證據支持此假設，而本文就是希望能填補此研究不足的缺口。

　　因此本文旨在探討以學習英語搭配詞來輔助中譯英教學的可能性，並分析錯誤的翻譯搭配及其成因。研究者藉由建置線上教學平台和語料庫供學生使用練習，並同時收集學生的搭配語料。一方面探究大學生英文搭配詞能力與其中譯英能力之間的關係，另方面也驗證學習搭配詞是否有助中譯英譯文品質之提升，而且在教學過程中亦可了解學生中譯英搭配詞的使用傾向和錯誤類別。本研究的結果希望能稍加彌合英語教學與翻譯教學間實務與研究的限隔，並提供翻譯課堂更多具有實證基礎的教學活動。

貳、相關文獻探討

　　許多英語教學研究都一貫指出搭配詞使用是學習英語者的一大問題，學生不能只學習孤立的英文單字，而應擴大語言的單位養成學習詞組的習慣。或也有人認為只要大量閱讀即可提供學生語境來習得字彙（如 Krashen, 2004），但事實上在國內英語環境欠佳的情況下，大部份學生透過閱讀英文而學到的一般字彙知識（knowledge of vocabulary in general）仍難以轉化成為搭配詞知識（knowledge of collocations），因此 Bahns 和 Eldaw（1993）、Hill（2003）等都主張在課堂上實有教授搭配詞的必要。

　　搭配詞較為有系統的分類是由 Benson，Benson 和 Ilson（1999:xv）所提出的語法搭配（grammatical collocation）和詞義

搭配（lexical collocation）兩種類別。所謂語法搭配是由一個支配字（dominant word）如名詞、形容詞或動詞，再加上介系詞或其它語法結構，如不定詞或子句所組成的片語，共有八類：「名詞+介系詞」、「名詞+to+不定詞」、「名詞+that+子句」、「介系詞+名詞」、「形容詞+介系詞」、「形容詞+to+不定詞」、「形容詞+that+子句」以及第八類的 19 種動詞模式。而詞義搭配則通常不包含介系詞、不定詞或子句，而是由名詞、形容詞、動詞和副詞所組成，共有七類：「動詞+名詞」（表創造或使活動）、「動詞+名詞」（表根除或使無效）、「形容詞+名詞」、「名詞+動詞」、「名詞+of+名詞」、「副詞+形容詞」、「動詞+副詞」。這些分類方式之後就成為許多搭配詞研究的基礎。

　　在英語教學領域，英語學習者的搭配詞能力與其英語技能之間的關係常是研究的焦點，在現有文獻中常以測驗方式例如選擇、填空、寫作或翻譯來測量學生的字詞搭配能力，再與學生的英語能力作比較。目前國內在大學生方面的研究有 Wu（2005）證明大學生的搭配詞能力與其英文能力有密切關係；Chu（2006）的研究指出大學生的英語字詞搭配能力與其口語能力呈現顯著正相關；但是 Tang（2004）的研究卻指出中級程度學生所犯搭配錯誤最多，初級程度學生反而最少，可能是因程度高的學生較願嘗試新的或複雜的詞語搭配方式反而容易犯錯所導致。而在中學生方面，Hsiao（2004）的研究證明學生英語能力確實會影響其詞語搭配能力；但是 Hsueh（2003）的研究中則指出在「形容詞+名詞」的搭配上，英文程度越低的學生犯錯頻率越高，但在「動詞+名詞」的搭配上，不同英文程度的學生在使用語詞搭配上並無顯著差異。

　　另一搭配詞的研究重點在於其教學效果，探討在課堂上教導詞語搭配是否有助於提升學生學習英語的成效，如 Lin（2002）的研究證明搭配詞教學對於高中生英文能力的增進有顯著效果；Chan（2004）指出搭配詞教學對大學生學習英文字彙是有效的；Hsu（2005）則是探討字詞搭配教學對於大學生英語聽力的影響，在三組接受搭配詞教學、單一單字教學和沒有任何教學處理的學生中實施聽力測驗，實驗結果證明經教導搭配詞後的學生於聽力測驗中表現最好。

　　對於搭配詞錯誤分析的研究也相當多（如 Chen, 2002；Liu, 1999；Tang, 2004；Tseng, 2002），而分析的方式通常是以 Benson，Benson 和 Ilson（1999）所提出的搭配詞分類作為基礎。例如 Tang（2004）研究中的大學生，其寫作測驗中呈現的語法搭配錯誤多於詞義搭配錯誤，其中最常見的錯誤類型為「動詞+名詞」、「形容詞+名詞；名詞+名詞」和「動詞」，最少犯的錯誤類型則是「形容詞+that+子句」、「名詞+that+子句」和「連接詞」。而 Chen（2002）所發現高中生的 272 個詞語搭配錯誤中有 147 個語法搭配和 125 個詞義搭配，其中「介系詞+名詞」和「動詞+補語」是最常犯的語法搭配錯誤，而「形容詞+名詞」和「動詞+名詞」是最常見的詞義搭配錯誤。

　　至於搭配錯誤的來源，有 Liu（1999）的研究旨在辨識、分類和解釋大學生的英文寫作搭配錯誤，結果發現大部份的搭配錯誤是受到母語中文的影響，語際轉移（interlingual transfer）造成搭配錯誤的情況多於語內轉移（intralingual transfer），她並將學生的搭配錯誤區分為六大類：(1)過度類推（overgeneralization）、(2)對規則限制的無知（ignorance of rule restrictions）、(3)錯誤觀

念假設（false concepts hypothesized）、(4)使用同義字（the use of synonyms）、(5)負向轉移（negative transfer）、(6)創造新字和使用近似字（word coinage & approximation）。

另外，在搭配詞研究和教學中最常使用的工具為語料庫（corpus），語料庫可提供豐富自然的語料和快速檢索查詢搭配詞的工具，又有加註詞類搭配和按照使用頻率排序等功能，讓學生在自主學習上發揮極大的效益，是傳統的紙本學習方式所無法達到的。目前國外對於使用語料庫從事語言教學的研究有大興之勢（如 O'Keeffe & Farr, 2003；Sinclair, 1991；Teubert, 2003），臺灣也已有多項以語料庫輔助英語教學的研究（如 Chan, 2004；Chen, 2002）。其中 Chen（2002）使用英國國家語料庫（British National Corpus）作為詞語搭配錯誤分析的參考與準則，收集 90 份高中生的英文作文，找出錯誤後再作分類與統計，並逐句提供修改的建議。而 Chan（2004）則是以大學生為對象，針對學生常犯之動詞和名詞搭配錯誤設計線上教材，並利用前後測檢驗學生搭配詞表現，結果發現學生動詞和名詞搭配詞程度有顯著進步。

其實在翻譯教學上，詞語搭配也是一個重要的問題，Baker（1992:54）就曾提出來源語和目標語之間搭配模式的差異常會對翻譯造成不同程度的困難，包括(1)來源文本模式的深刻效果（the engrossing effect of source text patterning）、(2)對於來源語搭配意義的誤解（misinterpreting the meaning of a source-language collocation）、(3)表達正確性與自然性之間的拉鋸（the tension between accuracy and naturalness）、(4)特定的文化搭配詞（culture-specific collocations）、(5)來源文本的標記搭配詞（marked collocations in the source text）。

　　而就中英兩種語言的對譯而言，黃自來（2003）認為必須尋求中英文等值詞語搭配的內涵或深層意義，但傳達內涵深層意義的表面結構往往會因中英文化價值觀、社會經驗、思維方式乃至於構詞方式的差異而有所不同，無法望文生義而直接對譯。何況許多英文詞語的搭配方式是約定俗成，有其歷史因素經長期累積而凝化成固定的用法，難以用中文的語義符應或邏輯推論加以翻譯。一般而言，中文詞語的語義較模糊，搭配能力相對較靈活；而英文的詞義較具體，搭配的要求較嚴格，相對地搭配能力就較弱而容易犯錯（王大傳、魏清光，2005），因此在中譯英時就要特別注意英文的正確搭配。

　　但是目前國內以詞語搭配應用在翻譯教學上的實證研究相當稀少（如林佑齡，2007；解志強，2002），其中解志強（2002）認為搭配詞是個頭痛而無法規避的問題，他以翻譯系學生的譯文為語料來分析，發現學生最不擅長的是詞義搭配，而且中譯英比英譯中更容易遇到搭配困難。其實教師在翻譯教學過程中也可觀察到，臺灣同學在中譯英時常傾向簡化中文與英文字彙之間的對應關係，而且常因受到母語中文影響而造成中譯英時搭配詞的錯誤。

　　傳統的中譯英教學方法主要是大量練習和教師講評，而同學在中譯英時最喜用的工具是漢英詞典或電子字典，這些工具雖然能對個別字彙定義提供快速的翻譯和解釋，但是對字與字之間的搭配關係卻力有未逮。但是品質好的翻譯並不能只是逐字翻譯，尤其在中譯英的過程中，學生要判斷其譯文是自然的英文還是中式英文時常感到困難，此時語料庫就可以扮演重要的角色。語料

庫提供大量真實自然的語料和搭配詞檢索系統，可應用至翻譯教學中來協助學生對治中譯英時出現中式英文的困境。目前國內使用語料庫從事翻譯教學的研究也愈來愈多（如董大暉、藍月素，2007；盧慧娟、林柳村、白芳怡，2007）。其中盧慧娟、林柳村、白芳怡（2007）曾使用語料庫協助大學生自我訂正西班牙文寫作搭配詞的錯誤，獲致良好成效。簡言之，為改善大學生中譯英譯文的品質，值得我們進一步深入探討如何在翻譯課使用語料庫教導搭配詞以及分析學生中譯英的搭配錯誤。

參、研究目的

綜合以上研究背景和文獻探討所言，可知國內目前探討以搭配詞輔助中譯英教學的實證研究並不多見，也鮮少分析其翻譯搭配錯誤之成因與類別，因此本研究之主要目的有三：

(1)探究大學生的英語搭配詞能力與其中譯英能力之間的關係，以推斷兩者是否具顯著之正向相關性。

(2)了解大學生學習英文搭配詞是否有助於其中譯英譯文品質之提升，以驗證搭配詞於翻譯教學上之成效。

(3)分析大學生中譯英搭配詞的錯誤類型和成因。在歸納出中譯英較常犯的搭配詞錯誤後，可以在教學上提醒學生注意避免再犯相同的錯誤。

肆、研究方法

本研究兼採量性和質性方法，以期達到不同的研究目的。在

處理(1)學生的英語搭配詞能力與其中譯英能力之間的關係以及(2)學習英文搭配詞是否有助於中譯英譯文品質之提升時,採取準實驗（quasi-experiment）的單組前測後測設計（one-group pretest-psottest design）；而於探究(3)學生中譯英搭配詞的錯誤類型和成因時則採質性的分析。

首先在量性研究上,學生的英語搭配詞能力和中譯英能力是透過測驗來評量,藉由翻譯課的期初前測（pretest）得知學生的起點能力,並確立搭配詞能力與中譯英能力的相關性。而經過實驗處理（treatment）,也就是一學年以搭配詞為輔助的翻譯教學後,在期末實施後測（posttest）,再比較中譯英前後測成績是否有顯著性差異,以確認學習搭配詞是否有助於提升中譯英的能力。

其次在質性研究上,由於翻譯是一種心理認知活動,難以直接觀察學生的搭配詞使用行為,必須經由分析其中譯英的搭配錯誤作間接推斷。因此本研究亦透過網路教學平台,蒐集學生的中譯英作業並分析其中搭配錯誤之語料,探討其翻譯時的思考過程和犯錯的原因。希望藉以了解大學生中譯英搭配詞的錯誤類型和成因,進而提出因應這些中譯英搭配錯誤的解決之道。

一、研究對象:

研究對象為臺灣北部某國立大學應用外語學系二年級學生,該系學生之大學指考錄取平均分數佔該組全國報考人數的前3%至6%,英語屬中上程度。本研究以某一門筆譯課上下兩學期共四學分的班級蒐集研究資料,該班學生人數共 26 名。由研究

者擔任授課教師。

二、研究材料：

　　本研究使用材料主要為搭配詞測驗卷以及中譯英的前測和後測測驗卷，用以評估學生能力和學習的成效。搭配詞測驗卷為填空式之翻譯搭配題，學生必須根據中文的文意來填入英文的搭配詞，而這些題目按不同詞性搭配來分類共為四類四十題，包括(1)「動詞+名詞」或「名詞+動詞」共 15 題，(2)「形容詞+名詞」共 10 題，(3)「副詞+形容詞」或「形容詞+副詞」共 8 題，(4)其它如「介系詞+名詞」、「名詞+介系詞」或「名詞+of+名詞」共 7 題（詳見附件一）。中譯英測驗卷則為兩篇中文短文（詳見附件二），請同學譯為英文。

　　其它教學工具和材料還包括 Moodle 網路教學平台（含語料庫和翻譯記憶庫），翻譯教科書使用劉宓慶所著《文體與翻譯》（1997），搭配詞教材則使用 Woolard 所著的 *Key words for fluency*（2004）以及 McCarthy 和 O'Dell 合著的 *English collocations in use*（2005）等。

三、研究過程：

(1)於上學期初實施前測，建立學生的搭配詞和中譯英能力的關係：

　　研究者於授課前，亦即學期初實施前測，包括一份搭配詞和一份中譯英的試卷，以了解學生的搭配詞和中譯英能力，作為其

起點學習基準。並以此期初的搭配詞和中譯英的前測成績進行相關性分析，以了解搭配詞能力高的學生其中譯英的品質是否也較好？藉此回答搭配詞能力與中譯英能力關係的問題。

(2)於課堂建置翻譯網路教學平台：

研究者於翻譯課中使用 Moodle 翻譯網路教學平台，建置有課程模組提供上課教材和課程內容，作業模組可讓學生上傳翻譯作業，聊天室（同步）和討論區（非同步）可讓同學提問和回應翻譯問題，測驗區可評量學生學習翻譯的成就，意見調查可讓同學共同決定意見和調查學習反應。而線上資源區則整合國內外的中英語料庫、專屬字庫及翻譯記憶庫和線上翻譯網站等軟體供學生查詢參考。學生可使用電腦網路登入課堂的網站來執行翻譯作業。而且學生上線的所有瀏覽和學習活動都可紀錄保存在電腦中，因此研究者可方便儲存所有學生的翻譯作業和練習，並追蹤評量學生學習情況。研究者在過去的授課經驗中可證實此 Moodle 翻譯網路教學平台的教學效果良好。

(3)實施以搭配詞輔助翻譯教學：

學生同時在實體教室上課以及從網路教學平台上取得課程資訊和語料庫等資源的協助。而且除了一般的翻譯教學內容和教材之外，授課的研究者特別加入搭配詞的輔助學習，以增進學生對於搭配詞的認識和使用能力。搭配詞的學習方式主要是透過網路教學平台上提供的多種中英文語料庫，在經過教師介紹使用方式後，學生可以課堂內外時間自行利用檢索工具如文內詞頻統計（ word frequency list ）、關鍵詞索引（ key word in context,

KWIC）、和關鍵詞檢索（concordancer）等功能。而研究者可以
在教學平台上監看學生使用語料庫的頻率和情況。以下列出在本
課程中使用的網路語料庫網址：

TANGO（搭配詞檢索）

http://candle.fl.nthu.edu.tw/collocation/webform2.aspx

The Web Concordancer（網路關鍵詞檢索）

http://vlc.polyu.edu.hk/concordance/

MUST（搭配錯誤訂正）

http://candle.fl.nthu.edu.tw/vntango

TOTALrecall（關鍵詞檢索）

http://candle.fl.nthu.edu.tw/totalrecall/totalrecall/totalrecall.aspx

NTNU Concordancer and Collocation Retrieval System（臺師
大關鍵詞和搭配詞檢索系統）

http://140.122.83.246/cwb/

COCA（Corpus of Contemporary American English，美國現代
英文語料庫）

http://corpus.byu.edu/coca/

　　此外，身為教師的研究者也依據 Conzett（2001）、Hill, Lewis
和 Lewis（2001）等人對於搭配詞教學的建議，在課堂上教導學
生搭配詞的概念，並練習搭配詞作業等教學活動。這些搭配詞訓
練都整合至翻譯教學中，成為培訓學生筆譯技能的一部份。在經
過一學年的翻譯教學後，研究者於期末實施中譯英後測，並以後
測成績和前測成績作比較，來檢視學生學習的成果。

(4)研究資料蒐集：

　　資料來源主要為學生搭配詞和中譯英前後測驗的成績。其成績計算方式在搭配詞是每錯一題扣 2.5 分，共四十題以 100 分為滿分；在中譯英測驗上則是以譯文訊息是否正確與表達是否貼切兩個面向評分，出現嚴重錯誤扣 3 分，輕微錯誤扣 1 分，總分亦為 100 分。此外，透過教學網站還蒐集到學生所有的翻譯作業和練習，包括其上課出席狀況、考試和作業成績等文件。以多元的方式蒐集資料，以期對學生中譯英翻譯搭配錯誤成因的了解更為周全。

四、研究資料分析：

　　研究資料之分析兼採量性和質性兩種方式。在量性分析方面，首先為探討學生的英語搭配詞能力與其中譯英能力之間的關係，以學生的搭配詞和中譯英的前測成績執行 Pearson 積差相關係數（product-moment correlation coefficients）的計算，求得學生搭配詞和中譯英兩種能力間關係的方向和強度。

　　其次針對學習英文搭配詞是否有助於提升中譯英譯文品質此問題，本研究對學生的中譯英前測與後測成績作比較，因為前後測都是相同的一群受測學生，因此需使用相依樣本 *t* 檢定（paired-samples *t*-test），以檢視教學前和教學後的兩次測驗成績是否具顯著性差異。

　　在質性方析方面，研究者蒐集彙整理學生中譯英錯誤的語料，詳加閱讀後加以編碼（encoding），再由研究者歸納出大學生中譯英搭配詞錯誤的傾向，以助詮釋學生所犯搭配錯誤的原因。

伍、研究結果

一、英語搭配詞能力與其中譯英能力的相關性

　　首先為探討大學生的英語搭配詞能力與其中譯英能力之間的關係，本研究就學生搭配詞的前測和中譯英的前測成績執行 Pearson 積差相關分析，結果如下表：

表一　搭配詞前測和中譯英前測成績的相關分析結果

	搭配詞前測	中譯英前測
搭配詞前測	1.00	0.45*
Pearson 相關顯著性		0.03
中譯英前測	0.45*	1.00
Pearson 相關顯著性	0.03	

　　由上表可知學生的搭配詞成績與中譯英成績的相關係數 r=0.45，而 p=0.03 小於 0.05 的顯著水準，亦即學生的搭配詞能力與中譯英能力呈中度的正向相關性。

二、中譯英前後測之比較

　　其次為得知學生在修習過一學年的翻譯課之後，搭配詞教學是否有助於提升中譯英譯文品質，本研究對學生中譯英的前測與後測成績作比較。測驗的描述性統計結果如下表：

表二　中譯英前後測之描述性統計結果

	平均數（M）	個數（N）	標準差（SD）
中譯英前測	79.15	26	6.24
中譯英後測	87.19	26	5.50

同學中譯英前測的成績平均為 79.15 分，標準差為 6.24；後測成績為 87.19 分，標準差為 5.50。後測的平均分數比前測多了 8.04 分。接著再執行相依樣本的 t 檢定，結果如下表：

表三　中譯英前後測之 t 檢定結果

t 值	自由度	P 值
-7.29	25	0.00

上表中 p=0.00，達顯著水準，因此中譯英前測和後測的成績具顯著性差異，亦即在經過一年筆譯課加上搭配詞的訓練後，同學的中譯英能力已有明顯成長。

三、學生搭配錯誤類型

學生的搭配詞測驗卷是以詞性作為題項分類的方式，以期在四大類詞性搭配方式中看出學生犯錯的頻率。而以詞性分類總題數配方為分母，所有學生在該詞性犯錯總題數配分為分子，計算犯錯比例結果如下表：

表四　學生搭配錯誤類型及其頻率

	犯錯頻率
(1)「動詞+名詞」或「名詞+動詞」	40%
(2)「形容詞+名詞」	39%
(3)「副詞+形容詞」或「形容詞+副詞」	32.5%
(4)「介系詞+名詞」、「名詞+介系詞」或「名詞+of+名詞」	33%

　　由上表可知，學生犯錯頻率最高的詞性搭配方式為「動詞+名詞」或「名詞+動詞」，達 40%；犯錯相對較少的則為「副詞+形容詞」或「形容詞+副詞」，犯錯頻率為 32.5%。

四、學生搭配錯誤的原因

　　學生搭配詞錯誤的原因經分析後可歸納為以下六大類：

(1)中文的負面轉移（negative transfer of Chinese）

　　學生受其母語中文使用習慣的干擾（interference），將中文表達方式負面轉移到英文上而不自覺，例如：

中文：我的父親記憶力很好，容易保留資訊。

英譯：My father has a good memory and finds it easy to keep facts.

　　正確的搭配應該是 retain，但有同學受中文影響，將「保留」直接譯成 keep 或 save。

中文：我起床時感到劇烈的頭痛。

英譯：When I woke up, I felt a serious headache.

正確的答案應該是 had，受中文影響的學生會將「感到」譯成 felt，但是在英文裡 feel 不會與 headache 搭配。

(2)英文的過度類化（overgeneralization of English usage）

這通常是因為學生的英文已有一定的程度，對於某些詞彙的表達過於自信，將在某文境中正確的英文搭配用法類推到另一文境時，卻不知會產生錯誤的搭配，例如：

中文：你犯了幾處文法的錯誤。

英譯：You have <u>committed</u> several grammatical mistakes.

正確的答案應該是 made，但有同學用 commit mistakes 來譯「犯錯」，可能是因 commit 可以和許多負面的事件例如 error, crime, suicide, murder, offence, conspiracy, robbery, fraud, sin, harm 等字搭配，同學容易過度推論將 commit 和 mistake 搭配。

中文：這個颱風對農作物造成嚴重的損壞。

英譯：This typhoon <u>made</u> serious damage to the crops.

正確的搭配應該是 caused，但有些同學用 made 搭配名詞 damages，可能是從 made mistakes 的用法過度推論所產生的錯誤。

(3)譯詞不夠精確

此類搭配用法其實是正確的，只是無法精確譯出題目所需的搭配詞意，例如：

中文：這些討論簡明地解釋所呈現的觀念。

英譯：The discussions <u>simply</u> explain the concepts presented.

正確的答案應該是 succinctly，但也有同學用 simply 來譯「簡明地」，這字雖然也是正確的搭配，但只能表達出「簡單地」的意思，但無法表示「簡明地」的意義，用詞不夠精確。

中文：過去兩週部隊<u>一再</u>嘗試突破敵人陣線。

英譯：For two weeks the army made <u>second</u> attempts to break through enemy lines.

正確的答案應該是 repeated，可表「多次」；但有同學用 second 來譯「一再」，只能表達「第二次」，不足以表達多次的原文意義。

(4)使用錯誤的近似字（approximation）：

Tarone（1981:286）曾提過語言學習者在釋義（paraphrase）時，常會使用與正確用字在語義特徵上很接近的字，但卻是錯誤的用法，這種使用近似字的現象就稱作 approximation。這種情況在本研究同學的搭配詞翻譯中也經常出現，例如：

中文：我母親長期對抗癌症，更<u>加強了</u>她對上帝的信念。

英譯：My mother's long battle against cancer has only <u>strongened</u> her belief in God.

正確的答案是 strengthened，但有學生卻用了 strongened，表示他知道答案是名詞 strength 的相關字，只是不知道是要轉成動詞 strengthen。

中文：所收集的實證證據<u>不足</u>以支持該假設。

英譯：<u>Unsuffieicnt</u> empirical evidence has been gathered to support the hypothesis.

正確的答案是 insufficient，但是某些同學寫成 unsufficient，可知是近似字的誤寫。

(5)句法知識不足（grammatical irregularity）

學生對英文句法結構或詞性的知識不足，導致在使用搭配詞時發生錯誤，例如：

中文：想想其它例子並試著達成結論。

英譯：Think of other examples and try to <u>make</u> at a conclusion.

正確的答案是 arrive，可是很多同學寫成 make，reach 等答案，都未注意介系詞 at 應該之前加不及物動詞，也就是 arrive。同學的答案若是在沒有 at 的情況下就會是正確的搭配。

中文：這些結果超乎我們的預期。

英譯：These results <u>beyond</u> all our expectations.

正確的答案是 exceeded，很多同學卻譯成 beyond，該字雖有「超越」之意，但它是介系詞，不可能如題目所要求作動詞用，可見是學生句法知識不足所導致的錯誤。

(6)字彙用法不對（word usage problems）

學生對英文字彙的用法只有表面的認識，雖然詞義接近，但用法不對，導致搭配字詞時發生錯誤，例如：

中文：你只是身體接觸，不會傳染上這種疾病的。

英譯：You can't <u>infect</u> the disease just from physical contact.

正確的答案是 catch，而很多同學喜用 infect，雖然 infect 也有「傳染」的意義，但其用法是 infect someone with disease，不能直接加 disease，這是屬於字彙的用法錯誤。

中文：你為何不<u>查閱</u>一下字典？

英譯：Why don't you <u>look up</u> a dictionary?

正確的答案是 consult，可是許多同學都用 look up，其實該片語的正確用法是 look up the word in a dictionary，不能直接搭配名詞 dictionary，可知同學對這個片語動詞的用法並不清楚。

(7)其它錯誤（miscellaneous）：

有些錯誤無法歸類和分析其犯錯原因，只能歸諸於學生隨機性的猜測，或者有人根本未寫答案，例如：

中文：我希望他不要再<u>違反</u>承諾。

英譯：I wish he would stop <u>disobeying</u> his promises.

正確的答案是 breaking，但是有同學卻寫出 disobeying，不僅不符合中文的「違反」的詞意，和名詞 promises 的搭配也不對，只能說是學生個人的臆測。

陸、結論

一、研究結果討論

本研究旨在釐清搭配詞與大學生中譯英能力之關係，並蒐集分析學生中譯英常犯之錯誤，以了解學生筆譯錯誤的原因，並提出可能之解釋以作為未來翻譯教學上的參考依據。

首先在搭配詞與中譯英的能力之關係上，分析結果得到的相關係數為 r=0.45，達顯著性的中度正向關係，此結果與 Chu（2006）針對大學生的搭配詞與英語口語能力的研究結果相當一致，都是

具有顯著性的中度正相關。另外，Wu（2005）也證明大學生英語能力愈好，搭配能力愈強，只是整體而言，大學生的搭配詞能力仍然欠佳。本研究亦有類似發現，雖然本研究學生的搭配能力與中譯英能力呈正相關，但搭配詞測驗的平均分數偏低，顯示學生在搭配詞學習上仍有大幅努力改進的空間。

其次，在經過一年的筆譯課後，學生的中譯英前後測的成績經比較後有顯著提升。換句話說，學生在修習筆譯課過程中，搭配詞的訓練可扮演某種角色協助同學發展中譯英能力。但是我們對此結果的解釋還是需要小心，因為搭配詞主要是詞組的單位，依賴學生對於詞彙用法的認知；然而中譯英時處理的語言單位除了詞組之外，還需擴大到句子、段落、篇章等，而且中譯英能力的組成還包含文本分析、文法句構、翻譯策略和背景知識等。另外在測驗的評分上，搭配詞測驗只需注意詞語搭配的合理正確性，但是中譯英測驗的評分除了看詞語搭配的對錯之外，還要看譯文整體的流暢性和表達力，因此即使學生的筆譯作品中出現個別搭配錯誤，但在譯文整體上可能還是有不錯的表現。由此可知中譯英能力的內涵是遠大於搭配詞能力的內涵。

接下來本研究發現學生搭配錯誤的類型是以「動詞+名詞」或「名詞+動詞」最高，這可能跟一般語言使用中「動詞」和「名詞」的搭配頻率較高、固定搭配型態亦較多有關係，這也與 Tang（2004）和 Chen（2002）的研究結果一致。相對地，學生在「副詞+形容詞」或「形容詞+副詞」的搭配型式所犯錯誤最少，推測應該是「形容詞」和「副詞」搭配範圍的彈性相當大，可替代的詞彙也較多，因此犯錯機率較少。

　　而在學生搭配錯誤的原因中，中文負面轉移的情況最嚴重，學生經常受到母語中文的影響而造成中譯英的搭配錯誤，之前Liu（1999）和解志強（2002）也有相同發現。其它錯誤原因還包括英文的過度類化、譯詞不夠精確、使用錯誤的近似字、句法知識不足、字彙用法不對和隨機性猜測。Liu（1999）的研究也曾辨識出過度類化和使用近似字的搭配錯誤，但其研究是針對英文寫作，而本研究是針對中譯英之研究，即使學生的語言搭配正確，不過若不符合中文原義，就會產生譯詞不精確的搭配錯誤，這可說是本研究與之前研究不同之處。

二、搭配詞在翻譯教學上的意涵

　　本研究結果指出詞語搭配的概念和意識對於翻譯活動相當重要，Lewis（2002a）曾提到教師常會抱怨學生翻譯時採取逐字對譯（translate word-for-word），導致譯文品質低落，但卻不知如何教導他們以更好的方式來翻譯。其實我們可以訓練學生以兩種語言的意義區塊來翻譯（translate chunk-for-chunk），特別是將語義緊密連接的文字如搭配詞視為同一的單元（as single unit）來翻譯，比較容易將完整正確的內容傳達出來。Lewis（2002a:64）進一步建議在翻譯指涉性文本（referential text）時可遵循以下步驟：

　　(1)先找出主要名詞並翻譯（find and translate the key noun），

　　(2)再找出搭配恰當的動詞或形容詞（search for appropriate collocating verbs and/or adjectives），

(3)最後再找出與形容詞或動詞搭配的副詞片語（search for adverbial phrases which collocate with any adjective or verb）。

　　如此按照詞語搭配區塊的翻譯步驟，可望提升學生中譯英的效率和品質。

　　此外，在中譯英課程上也可訓練學生從語料庫中檢索大量自然真實的翻譯或平行語料，進行對比分析、歸納綜括中英詞彙不同的搭配方式，用以增進中譯英能力。研究者也體會到在翻譯課中使用語料庫的功能包括：

　　(1)可為學生提供豐富多樣的真實語料，又能快速方便擷取。

　　(2)有助於建立發現式的學習環境（discovery learning），培養學生反思和分析能力。

　　(3)方便探討翻譯技巧策略的使用。

　　(4)就算沒有教師在旁指導，學生仍可使用語料庫自主學習翻譯。

　　本課程在實施過程中也發現以下教學步驟可供其他教師參考：

　　(1)老師不需要直接教授翻譯技能，而是先呈現翻譯的難題，由學生自行從語料庫中檢索找出可能的搭配方式來組成譯文。

　　(2)如果學生無法馬上檢索出恰當的搭配詞組，老師可鼓勵學生針對這些翻譯難題先提出一些可能的譯文作為假設，再經由檢索語料庫來證實或排除這些假設，最後再得出結論。

　　(3)老師可要求學生分成小組來觀察、記錄並報告其使用語料庫來解決翻譯問題的過程和策略，增加合作學習的成效。

　　簡言之，翻譯是強調實作的技能，教師應盡量引導學生去觀察探索翻譯的現象，使學生在使用語料庫輔助翻譯的過程中逐步累積翻譯經驗，進而培養翻譯意識和策略能力。

三、研究限制

　　本研究證明搭配詞與翻譯能力之關係，也分析出大學生常犯之翻譯搭配錯誤類型以及其錯誤之可能原因。另外在搭配詞輔助筆譯教學的效果上，學生的中譯英能力在經過一學年搭配詞訓練後似有顯著進步。不過我們對於研究結果的詮釋仍需謹慎，畢竟中譯英能力的內涵是大於搭配詞能力的內涵，也就是說搭配詞的能力和中譯英能力雖然有正向關係，但是學生中譯英能力的成長並不一定只有依賴搭配詞的能力，還需整合其它相關技能。

　　另外，本研究受限於學生人數與教學環境，在探討學習搭配詞是否有助於中譯英譯文品質所採取的實驗設計中，只能採一組實驗組的學生做前測與後測之比較，缺乏另外一組未經實驗處理的控制組學生表現來做為對照，否則當可增進此研究的效度。而未來研究亦可探討學生檢索語料庫以增進搭配詞能力的翻譯過程和策略使用，以期進一步瞭解學生如何自主學習並提升翻譯技能的歷程，作為改進翻譯教學的參考。

附件一

英文搭配詞測驗卷

　　請於下列空格中填入你認為最適當的搭配詞彙，劃線的中文字可提供你翻譯時的提示：

「動詞+名詞」或「名詞+動詞」

1. 我的父親記憶力很好，容易<u>保留</u>資訊。
   My father has a good memory and finds it easy to ＿＿＿＿＿＿＿ facts.

2. 這位導演的新片<u>引起</u>許多人的興趣，每個人都在談論這部電影。
   This director's new film has ＿＿＿＿＿＿＿ a lot of interest. Everybody is talking about it.

3. 將來必須興建更多的托兒所，以<u>符合</u>高品質兒童照護的需求。
   More nurseries will have to be built to ＿＿＿＿＿＿＿ the need for high-quality child care.

4. 我希望他不要再<u>違反</u>承諾。
   I wish he would stop ＿＿＿＿＿＿＿ his promises.

5. 我母親長期對抗癌症，更<u>加強了</u>她對上帝的信念。
   My mother's long battle against cancer has only ＿＿＿＿＿＿＿ her belief in God.

6. 我起床時<u>感到</u>劇烈的頭痛。

When I woke up, I ＿＿＿＿＿＿＿ a serious headache.

7. 你只是身體接觸，不會<u>傳染上</u>這種疾病的。

You can't ＿＿＿＿＿＿＿ the disease just from physical contact.

8. 這種情況下會<u>出現</u>什麼困難？

What kind of difficulties may ＿＿＿＿＿＿＿ from this situation?

9. 你<u>犯了</u>幾處文法的錯誤。

You have ＿＿＿＿＿＿＿ several grammatical mistakes.

10. 你為何不<u>查閱</u>一下字典？

Why don't you ＿＿＿＿＿＿＿ a dictionary?

11. 這個颱風對農作物<u>造成</u>嚴重的損壞。

This typhoon ＿＿＿＿＿＿＿ serious damage to the crops.

12. 許多其它問題<u>仍待</u>解決。

Many other questions ＿＿＿＿＿＿＿ unanswered.

13. 他們<u>引用</u>幾項實證研究來挑戰對於亞洲學生的刻板觀點。

They ＿＿＿＿＿＿＿ numerous empirical studies that challenge the stereotyped view of Asian students.

14. 想想其它例子並試著<u>達成</u>結論。

Think of other examples and try to ＿＿＿＿＿＿＿ at a conclusion.

15. 這些結果<u>超乎</u>我們的預期。

These results ＿＿＿＿＿＿＿ all our expectations.

「形容詞＋名詞」

1. 這種藥一般被視為是避孕<u>最可靠</u>的方法。

   This pill is generally regarded as the most _____ method of contraception.

2. 政府機構中男性和女性的人數<u>不成比例</u>。

   There is a _____ number of men compared to women in the government.

3. 青少年抽煙似乎是<u>愈來愈大</u>的問題。

   Smoking seems a _____ problem among teenagers.

4. 那不是一個令人<u>可以信服</u>的解釋。

   That's not a very _____ explanation.

5. 過去兩週部隊<u>一再</u>嘗試突破敵人陣線。

   For two weeks the army made _____ attempts to break through enemy lines.

6. 此研究是對年輕人高危險行為獲得<u>初步</u>理解的重要一步。

   The research is an important step to obtain a _____ understanding of the high-risk behaviors of youngsters.

7. 我的朋友和我對於政治有截然<u>相反</u>的觀點。

   My friend and I have sharply _____ views on politics.

8. 很不幸地某些家庭仍常有<u>家</u>暴情事發生。

   Unfortunately, _____ violence is a regular occurrence in some families.

9. 更多<u>特定</u>的資訊會更有用。

   More _____ information would have been useful.

10. 所收集的實證證據<u>不足</u>以支持該假設。

 _____ empirical evidence has been gathered to support the hypothesis.

「副詞+形容詞」或「形容詞+副詞」

1. 儘管憂鬱會<u>嚴重</u>影響生活品質，但它常被忽略或置之不理。

 Although it can _____ affect quality of life, depression is frequently overlooked or dismissed.

2. 學生需要機會去批判性地分析其溝通時的內容、組織和用字。

 Students need the opportunity to _____ analyze the content, organization, and lexis of communication.

3. 大多數學生<u>大力地</u>強調他們學習字彙的需要。

 The majority of the students _____ emphasized their need for vocabulary instruction.

4. 這些討論<u>簡明地</u>解釋所呈現的觀念。

 The discussions _____ explain the concepts presented.

5. 這種疾病在西方世界<u>突然快速</u>增加。

 This disease is increasing _____ in the western world.

6. 此種研究對於教學可能有<u>深刻的</u>衝擊。

 This line of research has potentially _____ impacts on educational practices.

7. 我相信這個方法是在科學<u>上健全的</u>。

 This is the approach which I believe is scientifically _____.

8. 研究者介紹讀者幾種有理論<u>基礎的</u>方法。

The researcher introduces his readers to several theoretically

_____ methods.

其它

1. 他<u>解決</u>問題的方法在於學習過程的初期。

   His _____ to the problem would lie in the initial learning process.

2. 京都議定書旨<u>在</u>削減空氣污染對世界的破壞性效應。

   The Kyoto Protocol aimed _____ reducing the devastating effect of air pollution on the world.

3. 這顆美麗<u>無與倫比</u>的鑽石是皇冠上的一部份。

   The diamond _____ comparison in its beauty is part of the Crown jewels.

4. 語言<u>間</u>彼此的不同可以是無限的。

   Languages can differ _____ each other without limit.

5. 教師必須確定他們英文文法知識的<u>程度</u>。

   The teacher must ascertain the _____ of their knowledge of English grammar.

6. 他的評論顯示他對此問題完全<u>缺乏</u>了解。

   His comments showed a complete _____ of understanding of the problem.

7. <u>一連串</u>的爆炸後，飛機就解體掉落到地面。

   There was a _____ of explosions, and then the plane broke up and fell into the ground.

附件二

中譯英前測題目

　　過去十年來為通過高中或大學入學考試而設立的補習班數量激增逾五倍之多。這現象顯示教育部十年前所推動的教育改革實際上充斥嚴重弊病。十年前政府邀請眾多學者專家集思廣益規劃一大型教改計畫，冀望能解決國內學生長久來課業壓力所招致的苦痛。計畫中推動的措施包括廣設大專院校和廢除聯考，以減輕國內高中生課業負擔。但這些目標在十年後並未達成，大多數學生每天仍需苦讀應付學校的大小考試，過著充滿壓力的生活。中央研究研院院長李遠哲博士甚至為教改失敗導致教育品質下降而道歉。現在正是重新檢視教育改革，並代以能真正解決教育問題之措施的時機了。

中譯英後測題目

　　長期以來，與日本和東南亞等鄰國相較，台灣在觀光產業發展上確實落後一大步。台灣人胼手胝足半世紀，一直為了更美好的生活打拼，卻忽略了腳下的美麗河山，致使觀光產業並未受到應有的重視。但在進入廿一世紀的今天，生活水準提高、科技產業的產值逐步攀升之際，情況總算改觀。國人不但愈來愈重視旅遊，行政院也將觀光業列為振興經濟的重要一環。根據觀光局的統計，2001 年國人出國旅遊人數為七百一十多萬人，外匯支出高

達新台幣兩千八百億元。但在國內旅遊人數雖高達九千七百萬人，旅遊支出卻只有新台幣兩千四百八十億元，顯見國內旅遊的市場仍大有可為，值得政府推動和業者大力投入。

大學生英譯中的筆譯錯誤分析
與教學上的應用

摘要

　　本研究從翻譯錯誤（translation errors）的角度來探討學生翻譯的過程，希望能增進翻譯教學的成效。翻譯錯誤在翻譯教學上向來被視為一種弊病，但是從第二語言習得領域的對比分析（contrastive analysis）和錯誤分析（error analysis）等研究顯示，其實學生在學習翻譯時所犯的錯誤更可視為其習得翻譯技能的必備手段和過程，有助我們了解學生是如何嘗試內化翻譯的技能。由於翻譯是一種心理認知過程，難以由學生外在的行為直接觀察，必須經由其書面譯作間接推斷，尤其是透過學生翻譯上的錯誤，較容易探知其翻譯思考時的文字轉換過程。但是國內翻譯研究仍缺乏學生翻譯錯誤的實徵證據，因此本研究於大學翻譯課堂利用網路平台教學大量蒐集學生英譯中翻譯作業和練習上的錯誤，主要利用質性分析方法，將這些翻譯錯誤歸納為有系統的三大類型（typology），分別為解譯錯誤、語言錯誤和其它錯誤，並且發現大學生的語言錯誤次數遠高於解譯錯誤。本研究進一步解釋這些錯誤類型的可能成因及因應的解

決之道，最後根據這些錯誤原因提出翻譯教學上的意涵和應用。期望這些結果能提供翻譯教師作為教學上的參考，以發展更有效能的翻譯教學和評量方法。

關鍵詞：翻譯錯誤、翻譯教學、錯誤分析

壹、緒論

　　語言學習者的錯誤（errors）在第二語言習得（second language acquisition）領域向來是重要的研究議題，在廿世紀六十年代就盛行對不同語言間作對比分析（contrastive analysis）的研究，認為外語學習的錯誤主要是來自於母語的干擾（first language interference），當時對於錯誤的認知仍是相當偏狹，視錯誤為一種失敗的學習。及至七十年代的錯誤分析（error analysis）研究興起，才讓教學工作者重新認識到學習者犯錯其實是很正常的學習現象。而且學生的語言錯誤是種實際的實徵語料（factual empirical data），不是教師個人的理論揣測（theoretical speculation），而透過收集大量學生錯誤語料，可以讓我們更深入了解學習者的第二語言習得歷程（Schachter & Celce-Murcia, 1977；Brown, 2007）。

　　學習者的錯誤在其語言習得過程中扮演很重要的角色，如同 Corder（1967）所言，錯誤有三種作用：(1)教師可以根據學生的錯誤來了解學生學習進展的情況以及還需加強學習之處；(2)錯誤可以提供研究者實徵的證據，告訴我們學生如何學習語言，包括使用哪些策略及其過程；(3)錯誤是學生學習不可或缺的手段。其後 Selinker（1972）提出中間語（interlanguage）的概念，認為語言錯誤是學生語際轉移過程以及學習溝通策略的證據，雖然中間語是介於母語和目標語之間的不正確語言，但其形成是有系統、有規則可循的。而學習者中間語錯誤的來源通常是借用母語的模式、延用目標語的模式、和使用學習過的詞彙和語法來表達意義

（Richards, Platt, & Platt, 1992）。

從上述語言錯誤的觀點出發，學生在學習翻譯時所犯的錯誤亦可視為其習得翻譯技能的必備手段和過程，例如 Seguinot（1990）就主張翻譯錯誤不僅是評量譯作的依據，更是窺視譯者翻譯過程的窗口（windows into the translation process）。而 Kiraly（1995）也認為中間語的概念能改變我們對於翻譯錯誤的看法，研究學生的翻譯錯誤可以告訴我們學生是如何嘗試內化翻譯的技能，此過程應有助啟發翻譯教師設計相應的課程和評量方式來符合學生的需求。

探討翻譯錯誤的重要性就在於可以得知學生翻譯時的認知思考過程。一般而言，此種心理過程是無法從外在直接觀察，而只能透過學生的譯作所顯示的錯誤作間接推測，因此翻譯錯誤在某種程度上可顯示學生是如何在腦中思考和轉換兩種文字的程序。但是國內翻譯研究仍缺乏對於學生翻譯錯誤的系統性探究，因此本研究旨在翻譯課堂上蒐集學生翻譯作業和練習上的錯誤，將這些翻譯錯誤分類為有系統的類型，並解釋這些錯誤類型的成因，最後根據這些錯誤原因提出翻譯教學和評量上的意涵和應用。期望本研究的成果能為國內的翻譯教學提供實徵研究之基礎，以發展更有效能的翻譯教學和評量方法。

貳、文獻探討

在第二語言習得的領域中，Corder（1974）曾提出語言錯誤分析的程序如下：(1)選擇蒐集語料，(2)辨認出語料中的錯誤，(3)將錯誤加以描述分類，(4)解釋這些錯誤，(5)評估這些

錯誤以作為改進教學的依據。而且 Corder（1971）還提出一個模式（model）來辨識學習者的第二語言產出語料中所呈現的顯性和隱性錯誤（overt and covert errors）。所謂顯性錯誤是指明顯於句子層次中就有不合文法之處；而隱性錯誤則是在句子層次裡看似沒有錯誤，但在整體語境中卻出現無法令人理解的情況。換句話說，顯性錯誤是句子層次的錯誤，而隱性錯誤是篇章層次的錯誤。在其偵測錯誤的模式中，Corder 就是以翻譯作為外語產出語料是否受母語干擾的檢測和分析工具，可見翻譯在學習者的外語理解和產出上都扮演重要角色。

　　相對而言，外語能力對於學生的翻譯過程也具有重要地位，但所謂的翻譯錯誤（translation errors）目前在翻譯學界上的定義尚未取得共識，分類類型也並不完整（Vivanco, Palazuelos, Hormann, Garbarini, & Blajtrach, 1990 ;Pym, 1992 ;Melis & Albir, 2001 ; Hatim, 2001）。其中 Pym（1992）就認為翻譯錯誤的原因非常複雜（如理解不對或時間不夠），且錯誤的層次不同（如語言、語用、或文化），乃至於對錯誤的描述等都沒有共同的看法。因此 Pym（1992:282）提出二元錯誤（binary errors）和非二元錯誤（non-binary errors）的概念。二元性是只有對與錯兩種可能性（For binarism, there is only right and wrong），非二元性則是至少具備兩個以上正確翻譯以及其它錯誤的可能性（for non-binarism there are at least two right answers and then the wrong ones）。而 Pym（1992）主張翻譯錯誤一定是非二元的錯誤，也就是應該要在多種可能性的譯法中出錯才是屬於翻譯上的錯誤，若是在對或錯的二分法上犯錯就只能算是語言學習上的錯誤。

　　至於翻譯錯誤的原因，Melie 和 Albir（2001）認為主要是來自於缺乏知識（lack of knowledge）和翻譯原則的不當運用或同化（inadequate application or assimilation of the principles governing translation），亦即翻譯方法的問題，但這樣的說法似乎過於籠統空泛。而筆者認為翻譯錯誤的形成與翻譯的過程息息相關，從翻譯過程來分析翻譯錯誤可能比從翻譯方法的角度更加合適。例如 Gile（1994）提出序列模式（the sequential model）來分析錯誤的成因（如圖一），他把翻譯過程分為理解（comprehension）和再製（reformulation）兩階段，於理解階段中，譯者需針對翻譯單位（translation unit）提出意義上的假設（meaning hypothesis），再依據譯者的語言和背景知識測試其假設的合理度（plausibility）；而於再製階段中，譯者則應就其譯文的忠實度（fidelity）和目標語的接受度（linguistic acceptability）作測試。如果過程一切盡如人意，就會是篇正確的翻譯；但如果出現翻譯錯誤，則可以依照錯誤類型找出原因。例如若是譯文發生文法錯誤，也就是語言錯誤，那可能是譯者在再製階段未作好接受度的檢測；而若是譯文讀來不合邏輯，那就可能是譯者在理解階段未作好合理度的檢測，或是在再製階段沒實施忠實度的檢測。

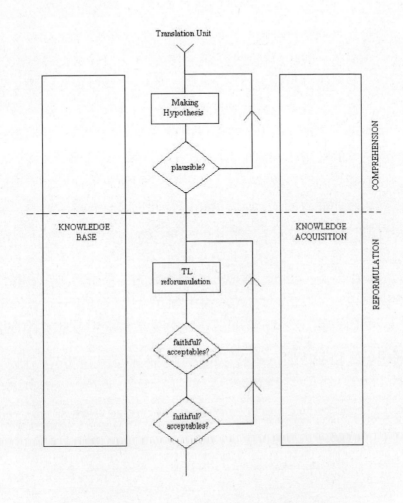

圖一　翻譯的序列模式（The sequential model of translation）

　　另外，Nida（1964）則是將翻譯的過程區分為三個階段：(1)
分析（analysis）、(2)轉換（transfer）、(3)重建（restructuring）
（如圖二）。簡述如下：(1)分析：是翻譯的第一步，是對原文

不同層次意義的透徹瞭解，包含解析原文深層的字彙意義、句法結構、邏輯關係和負載的文化社會意涵，以求得正確無誤的理解。此階段是整個翻譯活動的基礎，有了精確深入的原文分析，而後才能有效地轉換和產出貼切的譯文表達。若是一開始分析有誤，之後的翻譯步驟都是白費功夫。(2)轉換：是指譯者使用翻譯的技巧和原則將某一語言文字轉化為另一語言文字，這也是譯者的專業技能所在。有些精通兩種語言的人士卻不見得能夠勝任翻譯工作，原因就在於他們無法掌握轉換兩種文字訊息的技能。要成為譯者除了語言能力外，仍需倚重跨語言轉換溝通的能力。(3)重建：也就是把原文不同層次的意義表達成為譯文的階段，譯者需要把分析和轉換的結果用譯文的形式重新建構出來，但是之前分析和轉換的正確無誤並不一定等於重建的貼切妥當，譯者仍需具備良好的文字修養和考量讀者的閱讀需求才能譯出優質的作品。

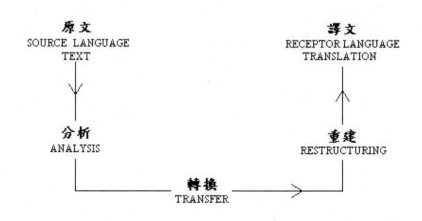

圖二　翻譯的過程（The process of translation）

　　而國內現時在翻譯錯誤相關議題上的研究文獻並不多，部份是學者或專業譯者從實務經驗中所歸納出的錯誤類型，例如周兆祥（1986）將翻譯常犯的錯誤分為 12 類：(1)誤譯出字面意義，(2)跳不出原文句法的規限，(3)混淆語法規律，(4)沒有好好查詞典，(5)忽略文化的差異，(6)忽略原文的習語成語，(7)忽略原文語社會的語言習慣，(8)忽略個別行業的術語，(9)誤譯原文的意圖，(10)譯文上下文不對稱，(11)誤用地方語，(12)粗心大意。另外，柯平（1994）則是把翻譯錯誤分析為五類而歸屬於三種原因：(1)由言內因素或不當的翻譯原則引致的錯誤有欠額翻譯和超額翻譯；(2)言內和言外因素均可引起的錯誤包括錯解原意和使生誤解；(3)言外因素引致的錯誤則是穿鑿附會、曲解原文。但以上分類多屬直觀思辨和經驗分享，缺乏實徵研究證據的支持，而且分類基礎不嚴謹，常將錯誤的類別與原因或後果混為一談，例如「沒有好好查詞典」或「忽略文化差異」等是造成翻譯錯誤的因素，或如「使生誤解」是翻譯錯誤的後果，皆無法視為翻譯錯誤的類型。

　　除了對翻譯錯誤依主觀原則的分類和討論外，從蒐集客觀實際翻譯錯誤語料來探討錯誤相關現象及因應策略的實徵研究也不多。其中陳獻忠（1999）認定的翻譯錯誤範圍較廣，包括所謂「翻錯了」和「翻不好」。「翻錯了」是指譯文的訊息內容比原文的訊息內容多出或少掉，是譯者在閱讀理解上的錯誤所造成；「翻不好」則是指受原文干擾或目標語的表達能力不足所影響，導致訊息的傳達不如理想。陳獻忠在該文中並從指稱、界定、關係、搭配、選字、變化、語氣、風格、多義性、比喻、基調、原文干擾等多個角度來分析學生翻譯上的錯誤。黃俐絲（2005）則

是探討大專學生在英譯中時如何處理歧義詞，並採用錯誤分析法來檢驗學生筆譯時的困難。其研究結論指出名詞字意測驗的正確率明顯低於動詞的字意，而她也針對學生的翻譯錯誤作分類，共計有選錯字意、自創特異風格、省略不譯、和套用其他詞性字意等四類。

　　另外，賴慈芸（2009）採用 Pym（1992）的分類方式，將二元性錯誤（binary errors）再區分為英文誤解和中文語病兩類，在非二元性錯誤中則再分為用詞不當和轉換技巧不足。而何慧玲（1997）亦採用 Pym（1992）的分類，針對學生英到中視譯的對應錯誤（binary errors）[1]探討其錯誤的原因和補救的方法。她還將學生在英中視譯的錯誤原因分為九類：(1)缺乏常識，(2)不識複合字或片語，(3)不解幽默或特殊風格，(4)假設錯誤，(5)無法迅速正確分析繁複的語法，(6)遇上陌生的字眼或不熟悉的用法，(7)不懂文化指涉，(8)緊張粗心，和(9)字詞搭配錯誤。其研究雖是針對視譯而言，但其研究方法和結果對筆譯錯誤亦有啟發。

　　目前國內對於學生翻譯錯誤的觀點大多仍視為欲去之而後快的翻譯弊病，但若從語言習得的角度和以上諸多研究結果觀之，錯誤其實是我們得以窺見學生內在翻譯思維過程的窗口，對於了解學生是如何從事翻譯的過程與其翻譯策略使用有很大助力。而且對於翻譯教師在教學和評量上有重要的啟示，例如教師對於學生譯作的錯誤往往只能給予抽象的批評如「譯錯了」或「譯得不好」，但學生不一定能夠理解其錯誤或不好在哪裡，

---

[1] 何慧玲（1997）將 Pym（1992）所提的 binary errors 譯為對應錯誤，與本文和賴慈芸（2009）所譯的二元性錯誤不同，但其實質意義一樣。

甚至老師本人可能也不是很清楚翻譯錯誤有哪些型態，因此有進一步探討的必要。綜合以上所言，本研究之主要目的有三：

1. 蒐集並描述學生的翻譯錯誤，將這些錯誤分類為有系統的類型。

2. 經由翻譯錯誤類型，探討學生翻譯為何錯誤的原因，推論學生學習翻譯的困難。

3. 針對這些錯誤原因提出翻譯教學上的建議，以降低再犯相同錯誤的機會，增進教學和評量的品質。

參、研究方法

　　本研究之方法以質性分析為主，由於翻譯是一種心理認知過程，難以由學生外在的行為直接觀察，必須經由其書面譯作間接推斷，尤其是透過學生翻譯上的錯誤，較容易探知其翻譯思考時的過程。本研究在蒐集大量的學生翻譯作品並辨識出翻譯錯誤之語料後，再以歸納方式從紛亂複雜的翻譯錯誤中爬梳整理出錯誤的類型，並探討其成因及提出處理類似錯誤的解決之道。

一、研究對象：

　　研究對象為北部某國立大學應用外語系修習翻譯課程學生，以筆譯課上下兩學期共四學分的兩個班級為蒐集筆譯錯誤的來源，其中一班學生人數為 29 人，另一班為 23 人，共計 52 名學生。並由筆者擔任授課教師。

二、研究過程：

1. 於課堂建置翻譯網路教學平台：

於翻譯課中採用模組化物件導向動態學習環境（Modular Object-Oriented Dynamic Learning Environment, Moodle）製作翻譯網路教學平台，學生可於有網路連線的電腦使用瀏覽器，登錄網頁使用翻譯資源，執行翻譯工作，提供學生方便的網路翻譯環境。此教學平台的架構分為網站管理區、學習管理區、和課程設計區。而課程設計區中有課程模組提供上課教材和課程內容，作業模組可讓學生上傳翻譯作業，線上資源區則整合其它線上翻譯網站、語料庫、機器翻譯等軟體供學生查詢參考。而且學生上線的所有活動都可紀錄保存在電腦中，因此筆者可方便存取所有學生的翻譯作業和練習，並追蹤評量學生學習情況（廖柏森，2008）。

2. 施行翻譯教學：

學生在實體教室上課之餘，也能從網路教學平台上取得課程資訊以從事課前預習、課後複習、和翻譯練習上的協助。每位學生需在網站上建立個人資料，並將整學年的翻譯作業、練習以及其它學習資料上傳至網站上由授課教師批閱。另方面教師和其他同學也能評賞比較彼此翻譯的作品，提供同儕互評和教師評量的園地。到了學期結束，教師再把整班同學的檔案列印出來置於實體檔案夾中，就成為一份內容豐富的翻譯作品檔案（translation portfolio）。

三、研究資料蒐集：

資料來源主要為學生的英譯中作業和練習，學生有充份的時

間尋求資源來完成譯文。翻譯文本則包括新聞、論說、公文、描述文、科技、和應用六種文體。由於筆者是採取實體教室和線上翻譯教學兩者並行的課程（a hybrid course），因此可透過網路教學平台蒐集學生所有的翻譯作業和練習，還包括其上課出席狀況、考試和作業成績等，以多元方式蒐集資料，使筆者對學生翻譯過程和錯誤成因的了解更為周全。經過一學年的教學與評量，總共蒐集到學生的有效翻譯文本 188 份，以文體區別則分別為新聞文體 13 份、論說文體 28 份、公文文體 45 份、描述文體 31 份、科技文體 38 份和應用文體 33 份。

四、研究資料分析：

　　質性資料分析程序首先採用開放式編碼（open coding），筆者蒐集彙整學生翻譯錯誤的語料作為原始資料，詳加閱讀後將各項語料逐一進行持續比較分析（constant comparative analysis），辨識出翻譯錯誤間的類似和不同之處，有類似處就分類於同一面向（dimension）。筆者對該面向先暫時賦予一個名稱（naming）使其概念化（conceptualizing），每一個概念就代表一種翻譯錯誤的現象，之後再將相同的概念集合成一個類型。至於量性分析方面，因為抽樣方式、研究人數和取得文本之限制，筆者只有計算各類翻譯錯誤的頻率（frequency）和在所有學生錯誤中所佔之百分比（percentage）來呈現其高低等級的資訊（ranking data），屬於描述性統計數據，並未進一步就錯誤類型和學生翻譯能力間之關係作任何推論性統計。

筆者並參考美國譯者協會[2]（American Translators Association）在翻譯證照考試評分時所使用的 22 種錯誤類型以及加拿大口筆譯暨術語學會[3]（Canadian Translators, Terminologists, and Interpreters Council）在評量證照考試所依據的兩類錯誤：翻譯錯誤（translation errors）和語言錯誤（language errors），以協助建立本研究翻譯錯誤分類類型之架構。所謂翻譯錯誤是指理解時無法成功解譯原文意義（failure to render the meaning of the original text），而語言錯誤則是指表達上違反目標語的文法或其它使用規則（violation of grammatical and other rules of usage in the target language）。有了分類架構之後就便於區分各種不同錯誤型態，接著再討論這些型態背後所代表的意涵，並有助詮釋學生所犯錯誤之原因。

肆、研究結果和討論

一、翻譯錯誤之分類和統計結果

身為教師的筆者批改完學生的 188 份英譯中作業後，總共辨識出 1,248 項翻譯錯誤。再進一步將收集的翻譯錯誤分類後，可區分出三種錯誤型態：(1)解譯錯誤（rendition errors），主要是檢視學生轉換技巧影響譯文的正確程度，包括對於原文的理解是否造成欠額或超額翻譯、意義偏差和未察覺文中的專業術語而誤譯等；(2)語言錯誤（language errors），主要是針對在譯文再製

---

[2] 有關美國譯者學會的資訊請參閱其網址：http://www.atanet.org/
[3] 有關加拿大口筆譯暨術語學會的資訊請參閱其網址：http://www.cttic.org/mission.asp

或表達上所呈顯的問題，包括不合句法、表達拙劣、語域或語體不恰當、過於直譯或意譯、錯字和標點符號錯用等；(3)其它錯誤（miscellaneous errors），主要是因疏忽大意所造成的漏譯或缺譯。

　　至於本文採取以上三種錯誤型態分類的理由如下：首先，有些學者認為翻譯教學應該與語言教學區隔清楚才能凸顯翻譯教學的主體性，因此主張翻譯教學只需注重翻譯錯誤，至於語言錯誤是屬於語言教學的範疇。如前所述 Pym（1992）就強調翻譯的錯誤是屬於非二元錯誤，若是對或錯二分法的二元錯誤就只能算是語言學習上的錯誤。但是在翻譯教學現場，要求教師只注意學生的翻譯錯誤而忽視其語言錯誤是不負責任的作法，學生的翻譯能力要進步不能不同時提升其語言能力，所以在分析翻譯錯誤型態和提供學生翻譯回饋時應一併考量翻譯錯誤和語言錯誤，較能符合教學實情和學生需要。

　　其次，也有人主張只要正確譯出原文的意義，而表達方式或風格欠佳不能算是一種錯誤，只能算是譯得不好，但本文的立場是只要翻譯教師在批閱學生譯作時會加以改正的情況都算是一種錯誤，如同教育部主辦的翻譯能力考試以及國外的翻譯證照考試閱卷時都必須同時考量譯文的訊息正確性和表達流暢性，譯文即使意義正確，但表達不夠通順妥當還是要扣分（賴慈芸，2008）。而第二語言習得理論曾嘗試區別錯誤（errors）和失誤（mistakes）兩者的意義（Brown, 2007），錯誤是指學習者語言能力（competence）尚未建立成熟，導致使用時偏離正確語法規則；失誤則是學習者在已習得的語言系統中因表現（performance）上出問題而犯錯，例如成人在母語使用上所犯的錯大多是種失誤。本文的分類系統將借用此概念，將英譯中

的語言表達不當視為一種失誤，但在術語表達上為求一致，仍沿用錯誤（error）一詞。

其三，若按加拿大的翻譯證照考試把「翻譯錯誤」和「語言錯誤」作為分類基礎，可能會產生翻譯能力與語言能力事實上難以全然二分的疑慮。因此筆者以翻譯過程為基礎來理解不同的錯誤類型，如解譯錯誤傾向在翻譯過程的理解轉換階段中產生，而語言錯誤則容易發生於再製表達階段。原文解譯和譯文再製正好符應 Gile（1994）序列模式中所提翻譯過程兩階段中的理解和再製。另外在 Nida（1964）所提翻譯過程(1)分析、(2)轉換、(3)重建的三階段中，解譯錯誤通常就發生於分析和轉換兩個階段，此前兩個階段中任何一階段若是發生錯誤，第三階段重建通常也隨之犯錯。可是若前兩階段的進行都正確無誤，也就是學生的理解和轉譯都正確的話，第三階段重建按理只有表達風格是否貼切妥當的語言問題，亦即可能犯語言錯誤，但並不是解譯錯誤。而最後第三類的漏譯或缺譯並無法歸類為在解譯或再製階段上犯錯，而是譯者在翻譯過程中不夠嚴謹仔細所造成的疏漏筆誤。

本研究將以上三種翻譯錯誤型態再進一步編碼，共分析出五類解譯錯誤（編碼由 R1 至 R5）、六類語言錯誤（編碼由 L1 至 L6）和一類其它錯誤（編碼 M1）。不過實際上任何翻譯錯誤不一定只隸屬於某一特定分類型態，而且一個句子裡也可能同時產生好幾種不同錯誤，因此以上分類主要是為了分析和說明上的方便。而學生在六種不同文體中產生的翻譯錯誤類型和次數都有相當大的差異，亦可證明翻譯文體是產生不同翻譯錯誤型態的重要變數，並有助解釋學生犯錯的原因之一就是對某文體的熟悉程度

不足。各類錯誤次數計算的結果如下表一，其中第二欄提供學生各類翻譯錯誤次數及其佔所有翻譯錯誤的比例，而第三欄兩個圓餅圖呈現的則是各類翻譯錯誤次數分別在翻譯錯誤和語言錯誤中所佔的比例：

表一　翻譯錯誤類型和次數表

錯誤類型	錯誤次數 （佔所有錯誤比例）	各錯誤類型分配比例
解譯錯誤 （rendition errors）	562 (45.0%)	解譯錯誤
R1： 誤解原文	265 (21.2%)	
R2： 欠額翻譯，譯文意義過於寬泛造成與原文意義有別	37 (3.0%)	
R3： 超額翻譯，譯文意義過於具體造成與原文意義有別	32 (2.6%)	
R4： 譯文意義細微偏差、不夠精確	118 (9.5%)	
R5： 未察覺術語而誤譯	110 (8.7%)	

錯誤類型	錯誤次數 （佔所有錯誤比例）	各錯誤類型分配比例
語言錯誤 （language errors）	646 (51.8%)	
L1： 文法錯誤，譯文結構不合句法	16 (1.3%)	
L2： 表達拙劣，包括語義模糊不清、搭配錯誤、贅字和不必要的重複等	503 (40.3%)	
L3： 語域或語體不恰當	24 (1.9%)	
L4： 過於直譯，幾近逐字對譯，導致譯文意義不明	25 (2.0%)	
L5： 過於意譯，幾近改寫，導致與原文訊息有異	16 (1.3%)	
L6： 錯字、標點符號有誤、譯名不一致	62 (5.0%)	
其它錯誤 （miscellaneous errors）	40 (3.2%)	
M1： 漏譯或缺譯	40 (3.2%)	
共計	1248 (100.0%)	

語言錯誤

L5 2% L6 10% L1 2%
L4 4%
L3 4%
L2 78%

其它錯誤

　　表一顯示此研究對象中的大學生所犯的語言錯誤（N=646）多於解譯錯誤（N=562），雖然兩種錯誤類型的比較基礎不盡相同，但大體上仍可看出此研究中的大學生在英譯中時其譯文中文

的表達能力是低於對原文英文的理解轉換能力。

二、解譯錯誤之分析

解譯錯誤較常發生在理解原文的認知過程，亦即 Gile 所提翻譯過程中的理解或 Nida 所講的分析和轉換階段，而學生一旦在這個階段出現錯誤，那麼在表達時也難免與原文意義不符，以下分析則是按學生犯錯的頻率高低依序分別討論。

1. R1：首先「R1：誤解原文」在解譯錯誤中次數最高，達 265 項，而且在每種文體中的解譯錯誤比例也都最高。如以下學生錯譯的例子：

Information processing theory examines the thinking processes associated with learning and remembering.

*信息處理的理論在審查想法的過程與學習和記憶相關連。

學生顯然在解譯英文時發生錯誤，不知道 associated with learning and remembering 是修飾其前的名詞 the thinking processes，造成誤譯。正確譯法應為「<u>資訊處理理論探討與學習和記憶有關的思考過程</u>」。

2. R4：「R4：譯文意義細微偏差、不夠精確」（N=118），意謂學生對於原文的理解只有部份正確，以致於譯文無法精確傳達原文訊息。如下例：

Liability for loss, delay, or damage to baggage is limited unless a higher value is declared in advance and additional charges are paid.

*行李遺失、延遲或損害的賠償責任設有限制額度，若是乘

客預先聲明較高價之行李，並額外支付保值費，則無賠償限額。

　　上句主要的錯誤在於把 declared 譯為「聲明」，字面上的意思似乎合理，但更精確的譯法應為「申報」，而且句末說「無賠償限額」也不太準確，全句可以修訂為「航空公司對於行李遺失、延遲或損害的賠償責任，除旅客預先申報較高價值並支付額外保費外，皆設有賠償限額」。

　　3. R5：「R5：未察覺術語而誤譯」（N=110）則是因學生缺乏背景知識，沒有察覺原文中出現的專業術語，而仍以一般詞彙譯出。此類錯誤在科技文體的譯文中出現最多，可想見文科背景的同學對於科技文本常感陌生，即使查字典也難免會誤將某些專業術語當作一般詞彙處理。例如：

DNA is a double-helix structure formed from four types of bases, and organized into 46 human chromosomes.

　　*DNA 是由四個單位組所形成的雙股螺旋結構，並組合成四十種人類染色體。

　　學生把 bases 這個專業術語當作一般詞彙處理才會譯成「單位組」，其實應該譯成「鹼基」才正確，而且對於染色體的單位用「條」來計量會比用「種」更符合染色體的外形，因此錯誤原因主要是未察覺專業術語而誤譯。全句可改譯為「DNA 是人類四十六條染色體上四種鹼基所組成的雙股螺旋結構。」

　　4. R2 及 R3：「R2：欠額翻譯，譯文意義過於寬泛造成與原文意義有別」（N=37）和「R3：超額翻譯，譯文意義過於具體造成與原文意義有別」（N=32）的錯誤相對較少。根據 Newmark

（1988b:284-285）的定義，欠額翻譯是指譯文的訊息比原文更缺乏細節或更寬泛（the translation gives less detail and is more general than the original），而超額翻譯是指譯文比原文提供更多細節或更具體的字眼（a translation that gives more detail than its corresponding SL unit. Often a more specific word），按此定義，學生欠額翻譯錯誤的譯例如下：

The U.S. will also begin the process of removing North Korea from its designation as a terror-sponsoring state.

*美國也將開始洗刷北韓資助恐怖分子的刻板印象。

學生對於原文的理解不夠正確，可能是對該事件的背景知識不足，才會把具體行為的 removing...from its designation as 譯成很寬泛的「洗刷...刻板印象」，其實譯成「美國將會把北韓從資助恐怖份子國家名單中除名」即可。

另外，學生超額翻譯錯誤的譯例如下：

Our culture is superficial today, and our knowledge dangerous, because we are rich in mechanisms and poor in purpose.

*當今文化和知識水準膚淺鄙陋皆起因於我們雖然富有機械，卻盲目地不知生產目的為何。

首先原文中 our knowledge dangerous 譯成「知識水準……鄙陋」已經是屬於 R1 誤解原文的錯誤，而其後的 mechanisms 譯為「機械」和 purpose 譯為「生產目的」則是太過具體的超額翻譯，改譯為「我們享有豐富的物質文明卻缺乏目標，導致現有文化膚淺，知識有害無益」較佳。

三、語言錯誤之分析

學生的語言錯誤通常是發生在 Gile 所提翻譯過程中的再製或 Nida 所講的重建階段，以下分析則是按學生犯錯的頻率高低依序分別討論。

1. L2：「L2：表達拙劣，包括語義模糊不清、搭配錯誤、贅字和不必要的重複等」的錯誤頻率最高，也是本研究所有翻譯錯誤中次數最多者，高達 503 項。學生的譯例如下：

We are being destroyed by our knowledge, which has made us drunk with power.

*我們正被知識所傷害，因為知識使得我們陶醉於自己因知識而擁有的力量。

此譯文可看出學生對於英文原文的理解基本上沒有太大問題，但是中文的表達卻相當拙劣，句子一開始用被動形式「我們正被知識所傷害」就很不自然。之後又有許多贅字，如同一句中使用「因為知識」和「因知識」的相同結構，建議改成「知識正在毀滅我們，亦使我們沈醉於自己的力量」較為簡潔。

2. L6：「L6：錯字、標點符號有誤、譯名不一致」的 62 項。L2 的錯誤顯示學生的中文程度不如理想，有些情況則是粗心大意，以致於就算能正確理解原文，但在表達階段仍是容易出錯。例如：

Party A is entitled to rescind the contract and claim damages for the breach of contract.

*甲方有權力中止合約並要求違約賠償。

　　學生在撰寫中文時很容易因使用同音異義字而犯錯，如上例的「權力」就是「權利」的誤用。

　　3. L4 及 L5：「L4：過於直譯、幾近逐字對譯，導致譯文意義不明」（N=25）和「L5：過於意譯，幾近改寫，導致與原文訊息有異」（N=16）皆屬於翻譯的表達技巧問題，其中 L4 的錯誤次數明顯高於 L5，亦表示學生在處理英譯中文本時仍受英文表面結構影響頗深，以致於譯文生硬難讀。學生 L4 錯誤譯例如下：

But Japanese Prime Minister Shinzo Abe said in Tokyo that his country would not contribute aid to the North until the issue of the abductions of its citizens by North Korea is resolved.

　　*但日本首相安倍晉三在東京表示，他的國家將不會提供援助給北韓，直到北韓誘拐日本人民的議題解決為止。

　　學生能夠理解英文原文，可是譯文結構卻幾乎是跟著英文的詞序來表現，連 until 都直譯為「直到」。建議可修改詞序而譯為「但日本首相安倍晉三在東京表示，除非北韓綁架日本公民的事件獲得解決，否則日本不會提供北韓援助」。

　　4. L5 的錯誤發生在描述文體的頻率最高，可能與其文體特性有關，同學為表現文采或以為理解充份，就偶有天馬行空而幾近改寫原文意旨之譯文出現。如下例：

And we shall not be saved without wisdom.

　　*然而除了智慧以外，我們也不可能有其他的出口。

　　學生應該知道英文原文的意涵，但對於 saved 的譯法原本可用簡單的「救贖」或「拯救」即可，她卻採取與字面意義不同的

意譯為「有其他的出口」，顯得冗贅而不貼切。建議改為「唯有智慧才能使我們得到救贖」。

5. L3：「L3：語域或語體不恰當」（N=24）的錯誤則直指學生對於文體特有的語域或語體認識不足，使用的譯文詞彙無法完全反映該文體的特色。在六種不同文體中，L3 錯誤最多的文體為公文文體，完全沒有 L3 錯誤的則為描述文體。這可能是因為學生對於公文文體的認識和使用不多，但是描述文則因寫作時經常使用，因此 L3 的錯誤可能與學生對某文體的寫作熟悉程度而有別。學生的錯譯例子如下：

If Party A materially breaches this contract, Party B or its successor in interest is entitled to terminate this contract or claims damages for the breach of contract.

*如果甲黨顯著的破壞這份合約，乙黨或是其利益上的後繼者被授權可以終止這份合約或是要求違約賠償金。

由於學生對於合約語體的認識不足，雖然了解英文原文的意義，但是在表達上卻無法按合約慣用的語體寫作，而把 Party A 譯成「甲黨」，breaches this contract 譯成「破壞這份合約」，successor in interest 譯成「利益上的後繼者」等都不合乎合約語體的規範，建議改成「如果甲方實質違反本合約，乙方或其權益承繼人有權終止本合約或要求損害賠償」。

6. L1：至於語言錯誤最少的一項為「L1：文法錯誤，譯文結構不合句法」（N=16），這是因為同學使用母語中文作為譯文，在句法使用上不會有太大困難。這些 L1 的錯誤其實大多是由一

位僑生所寫出，雖然該僑生的中文口語表達能力沒有問題，但在要求較為嚴謹的英譯中寫作上仍常出現不合句法之處。例如：

This round of six-party talks marks an important and substantial step forward.

*這次的國會談標記了一個重要且堅實的大步邁進。

此句譯文若無英文原文對照，其結構不合中文語法，幾乎無法理解。句首的 six-party talks 譯成「國會談」是少了「六」字，屬於 M1 漏譯錯誤。而其後的譯文基本是逐字直譯，若要歸類為 L4 的錯誤也未嘗不可，但因此句的文法問題嚴重，故列成 L1 錯誤。

四、其它錯誤之分析

除了上述的解譯錯誤和語言錯誤兩種錯誤型態之外，最後一種錯誤與翻譯過程無直接關係，而是取決於翻譯完後有無執行編校（editing and proofreading），重頭檢視譯文幾遍來確保沒有疏漏缺譯。本文將此種錯誤編碼為 M1，整體而言錯誤頻率（N=40）雖然不多，但卻是最不應該發生的錯誤，只要小心謹慎即可避免。例如：

Three cognitive learning models shed light on how learning strategies work: information processing, schema theory, and constructivism.

*三種認知的學習模式闡明了學習策略如何運作。

學生的譯文完全沒有譯出句中的三種學習模式：資訊處理、基模理論和建構主義，顯然是粗心疏忽所致，並非解譯或語言上的錯誤。

五、學生翻譯錯誤之原因

透過分析學生的翻譯錯誤，我們可以了解學生犯錯的可能原因，進而調整教學方法和內容。例如教師在批改學生翻譯作業時辨識其錯誤並非只是為了扣分懲罰或評量翻譯成績，更重要的是讓他們得到學習翻譯的回饋和改進的依據。而此次研究結果所分析的三種翻譯錯誤類型可以對應至三種可能的犯錯原因：

解譯錯誤主要起因於(1)學生對於英文原文的理解能力不足（lack of comprehension of the source language），以及(2)對於原文語法和文境的分析錯誤、語義的邏輯關係未釐清；(3)翻譯技巧使用欠佳，對於加減譯文訊息量的拿捏不準確；(4)缺乏對原文文化和習語（idioms）的理解和(5)背景知識有限，對於專業領域的術語或專有名詞的認識不清。

語言錯誤主要是因為(1)學生使用母語中文的寫作程度不足（inadequate performance in the translator's mother tongue），就算學生對於英文原文的理解正確，但同時也受到英文結構和用詞的干擾，以致在中文譯文的表達常顯生澀阻滯，不夠清晰流暢。其它原因還有(2)詞彙的搭配和選擇不當，不符中文表達習慣；(3)過於直譯通常源自於學生的信心不足，怯於脫離原文結構的桎梏，只能逐字堆砌出譯文；(4)過於意譯則是因學生表達太過自由，使譯文所傳達訊息與原文不同；(5)錯別字和標點符號的誤用則是學生中文寫作程度低落的另一面向展現。

其它錯誤中的漏譯或缺譯則主要是因學生的粗心大意和未作校對所致。

六、翻譯教學對策

　　翻譯教師在面對學生譯作時，常常只是給一個分數再加上一些抽象的評論如「翻錯了」或「翻得不好」，但學生可能還是不清楚翻譯過程中是哪些環節出了問題，而且常會把教師的訂正視為一種懲罰，看到錯誤就會在心裡產生畏懼和壓力。但筆者希望學生將翻譯錯誤視為一種學習的機會，如果教師能依據本文提出的錯誤型態分類系統，在提供學生回饋意見時可以更具體或更可操作（operational）。教師在上課時可以先花一些時間跟同學講解各種翻譯錯誤型態的定義和其相應的代碼，以後在評改學生譯文時就並不需要幫他們訂正改寫成老師心目中的版本，而只需要修訂處註記並寫上錯誤型態的代碼（如 R1，L2，M1 等），然後再發還給同學根據代碼及其涵義來修訂譯文，最後再交給老師複閱。這樣可以使學生有多次思考譯文並修改的機會，一方面可以訓練學生的翻譯技能和提高省思意識，二方面也可加深他們對自己常犯翻譯錯誤的學習，另外也可扭轉他們害怕犯錯的心態而轉變為積極的嘗試學習。

　　為了提升學生的自主學習精神，老師還可以更進一步請同學將自己的翻譯錯誤填置於「修正表」（correction chart）中（如下表二）。此表改編自 Sainz（1993）所提出的修正表[4]，共分為五欄，第一欄 Source Language（來源語）讓學生寫下英文原文；第二欄 Errors（錯誤）是寫下錯誤的中文譯文；第三欄 Type of

---

[4]　Sainz（1993）提出的修正表為四欄，而且順序與本文不同，其第一欄為 Mistakes，第二欄為 Possible Correction，第三欄為 Source，第四欄為 Type of Mistake.

Error（錯誤種類）則可以利用本研究分類型態而寫出錯誤類型或其代碼；第四欄 Possible Correction（可能的訂正）是學生訂正過後的譯文，但仍需要教師確認是否適切；第五欄 Source（訂正來源）則是讓學生反思如何訂正，例如是查詢辭典、上網搜尋資訊、請教別人或自我思考而得到的訂正結果。這些訂正、紀錄錯誤類型和改正方式能幫助學生歸納自己常犯的錯誤，檢視自己的學習困難，也就能對症下藥來克服缺點，避免再犯類似的錯誤，而整個過程也提供他們最佳的自主學習機會。

表二　改正表

Source Language	Errors	Type of Error	Possible Corrections	Source

另外，根據本研究中同學犯錯的原因在翻譯教學上可以實施的對策還包括：

1.教導學生如何增進對英語的理解，在課堂上教授閱讀和分析文本的技能、增加字彙和習語量以及文法知識等。

2.提高學生表達中文的能力，學生對於自己母語的表達能力往往過於自信，不思加以改進成長。即使學生能正確理解英文原

文，中文寫作的結構沒有嚴重句法問題，但要表達通順精確和合乎邏輯，仍需加強中文寫作之訓練，也要注意錯別字和標點符號之使用。

3.訓練學生掌握翻譯技巧，例如轉換詞性、順譯逆譯、加譯減譯、直譯和意譯之有效使用，以提高翻譯效率，使學生具有自覺的技巧意識去處理翻譯上的各種難題，而不是只憑藉直覺來從事翻譯。

4.拓展學生的知識層面，包括不同語言的文化背景和專業領域的主題知識。

5.提供大量翻譯練習和評析，檢討自己和別人的譯作，學生方有自知之明並且能見賢思齊。

6.引導學生使用輔助翻譯的工具，例如雙語字典、搭配詞典、專業術語詞典、參考工具書、語料庫和網路搜尋引擎等，培養其獨立翻譯作業的自主學習能力。

7.針對漏譯或缺譯，則是要求學生養成習慣，在譯完全文後必須進行校對修訂來避免此類的錯誤。

伍、結論與建議

一、研究結論

本研究在課堂上蒐集學生在各種文體作英譯中練習時所產出的大量譯文，經由身為教師的筆者批改辨識學生之翻譯錯誤，再透過有系統的分類和計算錯誤次數，以了解學生筆譯錯誤的可能原因，並提出解釋和作為翻譯教學上的參考依據。

本研究之結果歸納出三大錯誤類型，分別為解譯錯誤、語言錯誤和其它錯誤。而解譯錯誤中又可區分為五種錯誤：R1 誤解原文、R2 欠額翻譯、R3 超額翻譯、R4 意義不夠精確和 R5 未察覺術語；語言錯誤亦可再細分為六種：L1 文法錯誤、L2 表達拙劣、L3 語域語體不恰當、L4 過於直譯、L5 過於意譯和 L6 錯字、標點符號有誤等；而其它錯誤就包括 M1 缺漏譯。

由分析結果可看出，本研究中的大學生在英譯中作業裡語言錯誤次數遠高於解譯錯誤，亦即學生的中文表達能力其實不如其英文理解能力理想。而從學生在各種文體上譯文的表現也顯示出不同的文體確實會影響學生翻譯錯誤的類型傾向和犯錯頻率。本研究之結果希望能增進教師對學生筆譯過程的理解，根據學生翻譯錯誤提出相應之對策，並協助學生面對錯誤的態度能由厭惡的壓力轉為正面和自主的學習經驗，長期以往就能提高國內翻譯教學的品質。

二、研究限制和建議

本文嘗試建立大學生英譯中之錯誤類型，並探討其錯誤成因和提出教學對策，但這仍只是翻譯錯誤的初步研究。雖然筆者認為學生的翻譯錯誤是系統性的，但由於此系統性無法直接觀察，必須藉由分析學生的翻譯作品來推論，加上翻譯錯誤不是很穩定的現象，在不同文體或情境下，同一學生所犯的翻譯錯誤可能會不一致，導致錯誤類型不易分析。例如有時同一錯誤可以歸屬於不同的錯誤類型，有時不易辨別學生犯錯是對於原文理解的錯誤還是對於譯文表達的錯誤，有時也不知是學生的無心之過還是因

翻譯技能不足而犯錯等，這些因素都可能會導致對於錯誤類型和頻率的判斷有疑義。然而本研究的主要精神是讓翻譯教師對學生譯作錯誤提供回饋意見時不是只有評分高低和抽象概括性地評論說「翻錯了」或「翻得不好」，而是能有具體合理的分類依據。但至於對個別錯誤如何分類其實可以有一些彈性，同一錯誤容或有不同的分類方式；也就是說這些分類型態是開放性和描述性，而非規範性，能給學生具體回饋意見和修正機會才是最重要的。

　　再者，上述對於學生的翻譯錯誤都是以句子為單位，並無針對翻譯段落和篇章（discourse）單位上的缺失作探討，而段落和篇章翻譯的銜接性（cohesion）、一致性（coherence）和風格特徵（stylistic features）應該也是翻譯錯誤研究上的重要指標，未來可作為探討的主題。未來研究還可以透過增加不同評分者來辨識翻譯錯誤，以提升資料分析的評分者信度。也可以根據學生的翻譯錯誤再來訪談學生，以求更深入了解其翻譯過程中的思考模式及為何犯錯的原因。另外，也可以將學生的翻譯文本建置成一種學習者語料庫或評量語料庫，利用電腦軟體對翻譯語料進行儲存、分類和檢索，能大幅提升研究的效能，例如透過統計分析和語言對比可以歸納出學生翻譯的錯誤傾向和學習困難之處（Bowker, 2001；Bowker & Bennison, 2003；張裕敏，2009）。只要我們對於學生翻譯錯誤的理解愈深刻，就愈有可能協助學生提升學習翻譯的成效，本文僅嘗試踏出第一步，以後仍有待更多翻譯教師共同關注此研究議題。

大學生翻譯學習型態與其翻譯能力之關係

摘要

　　國內翻譯教學的成效往往未能盡如人意，其中一個可能原因在於學生的翻譯學習型態（translation learning styles）未能契合翻譯學科的特性和教師的教學方式，導致其學習行為缺乏效率。不過目前翻譯教學的研究多集中在教學方法和課程設計上，對於學生學習翻譯型態的研究則完全闕如，也不確定學生的翻譯學習型態是否會影響其翻譯能力。因此本研究旨在設計一份「翻譯學習型態」問卷，先透過專家評定和學生預試（pilot test）確保該問卷量表的信效度，接著針對三所國立大學共 120 名修習翻譯課的學生進行施測。收回問卷後先進行描述性統計如次數分配、平均數、標準差等計算，了解全體學生在各種翻譯學習型態上的傾向。再以學生的學期成績與其學習型態執行 Pearson 積差相關性統計，檢視學生的翻譯學習型態與其翻譯能力之間的關係。最後以學生成績的前 25%和後 25%區分為高成就和低成就兩組與其學習型態做獨立樣本 t 檢定，探究筆譯高低成就與其學習型態間是否具顯著性差異。研究結果希望有助闡明翻譯學習型態與翻譯

能力之間的關係，增進翻譯教師對於學生學習筆譯過程的理解，在教學上也可協助學生有意識地認識自己的學習型態，以擴大其學習效能和增進翻譯能力。

關鍵字：翻譯學習型態、翻譯能力、翻譯教學

壹、前言

　　近年來國內的翻譯系所、學程和課程急速增加，但可惜的是教學成效卻往往未能盡如人意（李亭穎、廖柏森，2010；戴碧珠，2003）。儘管許多學校致力於提供良好的翻譯教學環境，包括增加設備師資和改進教材教法，可是教學成效仍屬有限。探究其原因，除了教師教學方面的因素之外，另一層面可能來自於學生本身的學習歷程，尤其是其翻譯學習型態（translation learning styles）如果並未契合翻譯學科的特性和教師的教學方式，就容易造成學習行為缺乏效率。因此若要提升學生的翻譯學習成效，就要增進我們對於學生學習翻譯過程的理解。而這方面的研究不妨可借鏡第二語言習得（second language acquisition）領域的成果。

　　第二語言習得研究者於 1970 年代就發現，雖然語言教學法不斷推陳出新，但卻沒有一種教學方法能保證教學的成功；而同一種教學方法卻會因學習者的學習型態和策略運用，而獲得不同之成效。因此研究者意識到教師在教學時也必須同時重視學習者的學習歷程。教學研究的重心不能只是放在教師要如何教，也應考量學習者是如何學。許多與學習有關的構念（constructs）諸如學習型態（learning styles）、學習策略（learning strategies）、學習動機（learning motivation）和學習焦慮（learning anxiety）等都先後被納入第二語言習得的研究領域而被視為影響個人學習外語成效的關鍵因素，國內外對於這些學習相關議題的研究文獻也相當豐富。

　　不過翻譯教學領域對這些學習歷程的諸多議題仍感生疏、缺

乏探討。這可能因為長久以來，翻譯教學一直附屬於外語教學的一環，目前翻譯雖已被視為獨立的新興學門，大學也設置愈來愈多的翻譯系所與學程，但翻譯作為一門專業學科在課堂上教授的歷史並不長，教學研究的議題仍在摸索建立當中。雖然現在學界對翻譯教學的研究愈來愈重視，但大部份仍都集中在教學方法和課程設計上，對於學生學習翻譯過程的研究則相對較少，有必要進一步深入探究。

　　目前國內對於翻譯學習議題的有限研究中，Liao（2007）曾探討大學生的翻譯策略使用，Chiang（2008）調查過學生學習口譯的焦慮，然而對於翻譯學習型態的研究則完全闕如。而Robinson 在其專書 *Becoming a Translator*（2007）中曾專章討論從學習者的角度來檢視譯者的養成過程，其中就以相當多的篇幅來論證譯者的學習型態如何影響其譯作表現。他主張學習者了解自己翻譯學習型態的益處包括：(1)可以有意識地發現自己學習上的長處，進而調整學習環境來強化這些長處，這當中包括能夠察覺自己身為譯者的效能（effectiveness as translators）；(2)可以擴展自己學習的可能性，例如有些學習者發現自己屬於衝動型（impulsive)的學習型態，就可多加培養自己在反思型(reflective）上的學習方式，發展多元的學習能力（Robinson, 2007:57）。不過 Robinson 在書中註腳處（2007:60）也坦承他的觀點只是揣測，並非實證研究的結果，因此本研究希望能夠為 Robinson 對於學習型態與翻譯學習之間的論述提供一點實證研究的基礎。

　　學習型態在學習翻譯過程中可能扮演某些角色，但在國內的翻譯教學領域中長期被忽略。因此本研究以大學生學習翻譯的型態為主題，探究其翻譯學習型態與翻譯能力之間的關係。研究方

法以問卷調查學生學習型態的傾向，進而協助學生發展適當的學習方式來增進學習翻譯效能。並建議教師在課堂上配合學生學習型態來提供適切的教材教法，以提升教學品質。

貳、文獻探討

美國早從 1970 年代起就相當注重學習者的個別差異，發現學習者皆具有個人獨特的學習或認知型態，偏好以不同的方式來接收、理解和擷取訊息。這些研究結果有助於學生認識自己的學習型態以選擇適合的學習環境和學習策略，發揮學習長處並彌補短處，進而提高學習成效；另一方面，教師也能了解學生的學習過程並配合這些學習型態提供適當的教學活動（Dixon, 1985；Domino, 1979；Jenkins, 1982；Keefe, 1979）。

其中 Keefe（1979:4）將學習型態定義為：「是認知、情意和生理上的特質，它們是相對穩定的指標，指出學習者是如何感知、影響和回應其學習環境。」而 Reid（1995:viii）則定義學習型態為：「個人在吸收、處理和保留新資訊與技能之時，他們自然傾向、習慣性和偏好的方式。」另外，Brown（2007:119）也認為學習型態是個人內在一致和持久的傾向或偏好。

可見學習型態是學習者的一種內在特質，是個人偏好用來吸收、處理和擷取訊息的方式，可以用來解釋學習者如何獲取知識、與環境互動並回應環境的變化。一般而言，學習型態到了成人階段已經相當穩定，但這並不意謂學習型態就無法改變，如Dörnyei 和 Skehan（2003）就主張學習型態的傾向雖然根深蒂固，但仍有彈性的成長空間，可因特定的環境或工作需求而改變原有

的學習型態。Brown（2007）也認為所謂的「才智或成功之士」就是能善用各種不同學習型態之人。

　　簡言之，學習型態是個人的學習習慣和傾向，表現在其面對學習環境的態度和處理學習資訊的方式。每位學習者的學習型態都有其獨特性、穩定性，但同時也具備可塑性，會因不同的學習任務或學習環境而改變其學習型態的傾向。而且學習型態本身沒有價值高下和對錯之分（Dunn, 1983），只要是學習者本身感覺適切並且學習有效的型態就是最佳型態。研究也顯示，學習者若能逐步拓展自己的學習型態，在具備多種型態後，便能於各種不同的環境中有效學習。而且每位學生的學習型態都有或多或少的差異，因此幫學生找出其主要的學習型態以增進學習效率便成為教師教學的要務之一。

　　由於學生的學習型態非常多元，學界目前所辨識出的認知或稱學習型態（learning/cognitive styles）[1]種類相對繁多，例如 Riding 和 Chemma（1991）回顧以往文獻就歸納出 30 多種型態，而 Ehrman 和 Leaver（2003）也整合之前研究提出 10 對共 20 種型態。但這些分類中不乏過於瑣碎或概念名稱上有重疊之處（Brown, 2007），因此本研究只選擇與翻譯學習有關的型態加以討論。首先在學習型態的分類上，Jensen（2000）分為四種範疇（categories），分別為情境（context）、輸入（input）、處理（processing）和回應（responses）。而其他研究者在每類範疇中也曾提出數種學習型態，例如：

---

[1]　Riding 和 Chemma（1991）認為早期的研究都以認知型態為名，但 1970 年代之後漸漸被學習型態一詞所取代，代表從過去的理論趨向轉為教育實務的研究。

1.情境：指學習的環境，從學習者對於學習情境的依賴程度
　還可分為：
　(1)場域獨立型（field independent）：Ehrman（1998）認為
　　　場域獨立學習者偏好學習缺乏脈絡的材料（learn
　　　material out of context）。這類學習者通常喜好分析、注
　　　重細節，課業成績較突出（Naiman, Fröhlich, Stern &
　　　Todesco, 1978），在第二語言學習上的表現也較佳
　　　（Abraham, 1985；Chapelle & Green, 1992）。另一方面，
　　　Robinson（2007）認為場域獨立型譯者喜歡在課堂上學
　　　習和教授翻譯以及將翻譯理論模式化，勝過於實際的翻
　　　譯操作。
　(2)場域依賴型（field dependent）：Ehrman（1998）認為場
　　　域依賴學習者偏好學習有脈絡的材料（learn material in
　　　context）。這類學習者通常具同理心、喜社交。而在學
　　　習翻譯上，Robinson（2007）認為場域依賴型譯者是經
　　　由做翻譯來學習翻譯，他們通常迴避翻譯學術課程和抽
　　　象翻譯理論，但會從強調實際操作的訓練方式中受益。
2.輸入：指感官接收資訊並輸入到腦部的方式，包括：
　(1)視覺型（visual style）：Reid（1995）描述此種學習者
　　　以視覺刺激的型式學習時效果最佳，例如喜歡長時間閱
　　　讀、用圖表輔助學習、上課時希望老師將重點寫在黑板
　　　上、相當依賴筆記等。老師上課若只是偏重口語講演或
　　　討論，視覺型學習者可能會覺得較吃力或捉不到重點。
　　　在學習翻譯上，Robinson（2007）認為視覺型的譯者通
　　　常喜歡在源語和目標語之間的作對比分析（contrastive

analysis），在腦海中或書面上會重新安排兩種語言的結構。不過他們通常不會成為口譯員，因為口譯對視覺型譯者而言沒有源語文本可以依循。

(2)聽覺型（auditory style）：Reid（1995）認為此種學習者偏好利用聽覺感官來學習新知，例如上課喜歡聽講和老師的口語解釋、回家收聽廣播或影音節目、錄音帶或 CD 等教材，但聽覺型學生可能對閱讀或寫作活動感到較為困難。而 Robinson（2007）則認為聽覺型譯者會自然傾向從事口譯工作，而就算是從事筆譯，他們也喜愛把源語和譯文唸出來讓自己聆聽，或是在腦海中默唸。他們也較喜歡與其他譯者口頭討論自己的譯作和翻譯過程。

(3)動覺型（kinesthetic style）：Reid（1995）認為此種學習者注重體驗的學習，以需要動手操作具體實物的學習方式最佳，偏好參與各項活動例如校外教學、課堂內編製教材和圖表、或做報告等。但對於長時間坐在座位上聽課和需要抽象思考的理論性題材可能感到不耐煩。而 Robinson（2007:67）則認為動覺型譯者不論在從事筆譯或口譯工作時都能感受到語言的律動（movement of language），與其說是他們在翻譯兩種文字，不如說是他們在「駕馭」文字的流動。

3.過程：指學習者處理資訊過程中所使用的不同方式，基本上可分為：

(1)分析型（analytic）：Oxford（2003）認為此型的學習者注重學習內容的規則和細節，要求精確，喜歡進行邏輯分析和對比，在不確定的情況下不喜歡揣測文意。

Robinson（2007）認為分析型譯者通常傾向喜好高度結構化的工作情境和文本，他們也比較容易成為某個領域的專家。

(2)整體型（global）：Oxford（2003）認為此型的學習者傾向把學習的焦點置於整體的架構上來全面看待問題，在學習語言時喜歡溝通性的活動，而避開瑣碎的文法分析。就算缺乏足夠的資訊，他們也會從文境中猜測意義。在翻譯工作上，Robinson（2007）認為整體型譯者比較不喜歡從事需要太講究細節正確性（minute accuracy）的譯事，而喜歡大體上「符合」（a general overall "fit"）語意的工作。

4.回應：指學習者對於所輸入和處理之資料而產生之回應方式，包括：

(1)反思型（reflective）：Ewing（1977）認為反思型與系統型（systematic）學習有關，學習者針對問題常是三思而後行，衡量所有的可能性後才提出解決方案。在第二語言的閱讀表現上，反思型學習者的閱讀速度比衝動型學習者緩慢而謹慎，但較為正確。另方面，Robinson（2007）認為反思型譯者需要較多時間仔細思考後才會進行翻譯，若是要求速度或有時間限制的翻譯工作反而會引起他們的焦慮。

(2)衝動型（impulsive）：Ewing（1977）認為衝動型與直覺型（intuitive）學習相關，大多是依賴直覺來揣測結果和做出判斷。在第二語言的閱讀表現上，衝動型學習者的閱讀速度較快，但容易出錯。在翻譯上，Robinson（2007）

認為衝動型譯者通常是口譯者,尤其像同步口譯就要求口譯者對於資訊處理具備快速自然的反應能力。

除上述 Robinson(2007)討論與翻譯學習相關之學習型態之外,教育學界經常探討的學習型態還包括個人型(individual)和團體型(group)(Reid, 1995)、左腦型(left-brain dominance)和右腦型(right-brain dominance)(Torrance, 1980)、內向型(introverted)和外向型(extraverted)(Myers & McCaulley, 1985)、思考型(thinking)和感受型(feeling)(Oxford, 2003)等眾多型態,這些學習型態與翻譯學習之間也有或多或少的關係。

在教育界已有許多學科將學習型態整合至課堂教學,如外語教育(Reid, 1998)、工程教育(Felder & Silverman, 1988)、醫學教育(Jones, 2007)、護理教育(Suliman, 2010)等皆已有實徵研究結果,Sabry 和 Baldwin(2003)也曾針對網路互動學習和學習型態之間提出報告,教學成果都相當正面。其中 Reid 可說是第一位將感知學習型態偏好(perceptual learning style preferences)的概念和調查問卷引進至外語教學領域。Reid(1987, 1995)曾從事跨文化的學習型態研究,發現亞洲學生通常是高度視覺型的學習者,視覺型程度最高的是韓國學生,與美國學生的視覺型學習型態呈現顯著性差異;操西班牙語族裔學生的聽覺型態最為突出,而日本學生的聽覺型程度則是最低,甚至比中國和阿拉伯學生更不明顯。而且 Reid 也指出,學習型態的傾向與學習者的性別、主修系所、和在國外居留時間長短等因素都有關係。

由上可知,近幾十年來教育研究上一個重要的發現就是每個人在學習任何事物時都有自己獨特的學習型態,我們可以推論學習型態對於翻譯學習或許也有某種程度的影響。因為翻譯活動大

體上可謂是譯者對於不同語言文本的理解和表達上的認知過程，而心理學和教育學上的諸多實徵研究已證實每個人的認知型態都有其獨特性，亦即不同的人對於資訊的思考、吸收、儲存、組織、擷取和呈現方式都有不同的傾向或偏好，而認知型態應用在教學的情境時就是指學習型態，因此不同譯者在學習翻譯過程中按理也應有不同的認知或學習型態。只是目前我們對於翻譯學習上的認知或學習型態尚未有系統化的整理和認識，殊為可惜。

綜合以上研究背景和文獻探討，學習型態在學習過程中可能扮演重要角色，但是國內目前探討筆譯學習型態之實徵研究則完全闕如，也尚未分析翻譯學習型態以及翻譯能力之間的關係。因此本研究的主要研究目的有三：

(1)依據學理基礎與大學生學習翻譯現況設計具有效度與信度之翻譯學習型態問卷。

(2)以該問卷調查大學生的翻譯學習型態，探討他們有何偏好或傾向的學習型態。

(3)討論大學生筆譯學習型態對於其筆譯能力之影響，分析高成就和低成就學生學習型態之差異，並討論形成差異的可能成因。

參、研究方法

一、研究設計

本研究主要採量性研究方法，研發調查學生翻譯學習型態的問卷，包括預試（pilot test）的問卷初稿和大量施測的正式問卷都用統計方法和專家評定以確保量表工具的信度和效度，並在施

測後計算學生對於問卷的回應以及探討學習型態和翻譯能力兩個變項之間的關係。

二、研究對象

研究對象為國內北部三所國立大學修習翻譯課程的學生共120位,其中台北大學 51 位,台灣師範大學 29 位,交通大學 41位,年級分佈在大二至大四。另外,對於研究對象中高成就學生和低成就學生的界定是以學生在翻譯課的學期成績為標準。雖然學生的學期成績並不完全等同於翻譯能力,還受其出缺席紀錄、作業繳交與否、教師個人印象等因素影響。但翻譯能力畢竟是學期成績中最主要的組成部份,而且在教育研究上也慣常以成績作為能力或成就的操作定義,因此本研究亦採學期成績作為翻譯能力的指標。將佔全體受測對象成績前 25%的學生界定為高成就學生,後 25%則定義為低成就學生,因此高低成就學生共佔所有研究對象的 50%,另外 50%則為中間程度學生。

三、發展研究工具

研究工具為研究者所設計之〈翻譯學習型態問卷〉,並進行預試和專家評定,以建立問卷的信度和效度。研究者首先參考在第二語言習得研究上常使用的幾份具高效度和高信度的量表工具,包括 Reid(1995)所設計的 *Perceptual Learning Style Preference Questionnaire*,Oxford(1993)的 *Style Analysis Survey*(SAS),O'Brien(1990)的 *Learning Channel Preference Checklist*(LCPC),Kinsella(1995)的 *Perceptual Learning Preferences Survey* 和

Kinsella 和 Sherak（1995）的 *Classroom Work Style Survey*，Ely（1989）的 *Second Language Tolerance of Ambiguity Scale*，Canfield（1992）的 *Learning Styles Inventory*（LSI）等相關之學習型態問卷；再根據學習筆譯的特定情境、資訊輸入處理過程和回應方式來設計本研究所使用〈翻譯學習型態問卷〉的題目。問卷初稿首先擬出七個學習型態構面及其預試題目，分別為視覺型（visual style）19 題、聽覺型（auditory style）18 題、動覺型（kinesthetic style）15 題、反思型（reflective style）24 題、衝動型（impulsive style）18 題、團體型（group style）9 題、個人型（individual style）8 題。經進一步篩選後將每個構面的題數縮減為 5 題，並且以中英文對照方式呈現。

　　研究者設計完問卷題目初稿後，先從事專家效度檢驗，研究者與四位大學翻譯教師[2]共同討論修訂問卷內容概念和用字之妥適性。例如，初稿中的第 10 題（衝動型）原文如下：

　　「我很快就會決定好要如何翻譯。

　　I reach translation decisions quickly.」

　　而經過專家評定後，決定將原先中英對照的型式改為只有中文的題目，符合受測對象皆為國內大學生的需求，並減輕其閱讀負擔。另因原題的陳述脈絡不夠清楚精確，決定將全題修訂如下：

　　「我讀完原文通常很快就能決定要如何翻譯。」

　　在與專家逐題討論後訂定出預試的問卷版本，以期達到問卷題目的構念效度（construct validity）和內容效度（content validity）。

---

[2] 此四位大學翻譯教師的教學年資約為二至六年，分別在不同公私立大學教授口筆譯課程。而且這四位教師皆具翻譯研究所碩士學位，目前皆正就讀翻譯學博士班。

接下來針對問卷進行預試，對象與正式施測的研究對象相同，都是修習筆譯課的大學生，共 28 人。預試中先請學生填寫問卷，研究者並就其結果作項目分析（item analysis），得出該問卷初稿的內在一致性信度係數 Cronbach α 為 0.64。另外亦訪談受測學生，檢視問卷的用字行文是否精確易懂。最後再依據以上的量性數據和質性意見修訂初稿成為正式問卷，俾便施測時使用，而且預試中實施問卷的程序也可作為正式施測程序的參考。

四、施測過程

研究者親自至台北大學翻譯課中實施〈翻譯學習型態問卷〉的填答，台灣師範大學和交通大學則委託另外兩位翻譯教師在其課堂上施測。研究者和受委託教師首先向受測學生解釋研究之目的並且說明如何填答此問卷。然後提醒學生於填寫此問卷時，所有答案並無好壞對錯之區別，只需誠實地回答每項翻譯學習型態之陳述。受測者完成問卷調查後，都收到研究者致贈一份表達謝意的小禮物，而所有的填答資料都輸入電腦並進行統計分析。

五、資料分析

資料採量性方法，使用統計套裝軟體 SPSS 第 18 版，把受測者之有效問卷加以編碼，並將所填答案及各項資料轉化成數值輸入電腦，以進行統計分析。第一步先進行描述性統計，呈現全體受測者對問卷調查之反應，以計算次數分配（frequency）、平均數（means）、標準差（standard deviations）等各種統計數值，顯示全體學生在各種翻譯學習型態上的傾向。接著以學生的學期

成績與其學習型態作 Pearson 積差相關性統計（product-moment correlation），以檢視學生的翻譯學習型態與其翻譯能力之間關係的方向和強度。最後再將筆譯成績前 25%和後 25%的學生區分為高成就和低成就兩組，與其學習型態做獨立樣本 t 檢定，探討筆譯高低成就的學生與其學習型態間是否具顯著性差異。

肆、研究結果與討論

一、問卷信度

　　經學生預試訪談以及專家建議修訂後，正式問卷施測所得係數 Cronbach α 由預試時的 0.64 稍加提升至 0.67。而七個構面（dimensions）分量表的 α 係數分別為視覺型 0.45，聽覺型為 0.62，動覺型為 0.33，反思型為 0.55，衝動型為 0.38，團體型為 0.74，個人型為 0.8，其中視覺型、動覺型、反思型和衝動型的信度並不理想。但一般來說，α 係數會受到量表的構面和題數多寡影響，構面愈多或題數愈少的情況下，α 係數就會變小（吳明隆，2010；傅粹馨，2002）。而本問卷的量表構面多達七個，每個分量表只有五題，導致 α 係數容易變小。按 DeVellis（1991）的建議，α 係數值介於 0.65 至 0.7 之間為最小的可接受水準。吳明隆（2010）也認為問卷如果是由分量表組成，信度係數在 0.6 至 0.7 之間是可以接受使用。因此本研究設計之問卷信度已達可使用之程度，其信度係數雖然不高，但在類似性質的心理問卷中其實是相當普遍的現象（如 Reid, 1990），同時也可作為發展後續問卷的參考。

二、問卷構面與題目設計

正式施測問卷題目共有 35 題，分成七個構面，每個構面各有五題。填答選項採李克特式 5 點量表（5-point Likert scale），分別以(1)表非常不同意、(2)表不同意、(3)表沒意見、(4)表同意、(5)表非常同意，來調查學生的翻譯學習型態。但為避免受測者因相同構面題目連接在一起而傾向填寫相同的答案，故本問卷將相同構面的題號打散，讓受測者必須就每題所具備的不同構面來思考回答。下表呈現各個構面的名稱和在問卷中的題號：

表一　〈翻譯學習型態問卷〉各個構面名稱與題號

構面名稱	問卷題號
視覺型（visual）	1，6，11，16，21
聽覺型（auditory）	2，13，17，22，35
動覺型（kinesthetic）	3，8，19，27，31
反思型（reflective）	9，15，23.28，32
衝動型（impulsive）	5，10，25，29，33
團體型（group）	7，14，20，24，30
個人型（individual）	4，12，18，26，34

三、問卷的描述性統計結果

在三所不同大學施測後，共取得 120 名大學生對於此份〈翻譯學習型態問卷〉的有效回答，首先受測對象對於各題回應的平均數和標準差如下表：

表二　〈翻譯學習型態問卷〉各題的平均數和標準差

題目	平均數	標準差
1. 翻譯時我會在原文的重要部份劃線或標示重點。	4.04	.87
2. 翻譯時我會在心中默唸原文或譯文的內容給自己聽。	4.20	.82
3. 我不喜歡一直坐在書桌前翻譯，自由地活動更能讓我好好思考翻譯。	2.84	1.11
4. 我通常比較喜歡一個人翻譯，勝過和其他同學同組合作翻譯。	3.03	1.02
5. 我較不喜歡上課聽講或讀教科書，寧可直接動手做翻譯。	3.03	1.18
6. 翻譯時我會在腦海中浮現原文內容的影像、數字或文字。	3.67	.89
7. 我和其他人一起翻譯時更有效率。	3.13	1.08
8. 課堂上的翻譯實作會讓我學習更有效率。	4.13	.78
9. 我喜歡翻譯課堂依據清楚的規劃內容來進行。	4.04	.85
10.我讀完原文通常很快就能決定要如何翻譯。	2.71	.97
11.如果我翻譯前先寫下翻譯的想法（例如譯法、用字等）會譯得比較好。	3.63	.95
12.我一個人翻譯時，學習翻譯的效果比較好。	2.95	.92
13.我在翻譯課堂上聽講會比自己閱讀更容易記得學習內容。	3.75	.87
14.我喜歡和同學一起寫翻譯作業。	3.38	.95
15.我會運用邏輯分析來解決翻譯問題。	3.60	.92
16.每當我想到翻譯的好點子時，我會馬上寫下來。	3.55	.99
17.我會將翻譯的原文唸出來給自己聽，幫助自己理解內容。	4.05	.94
18.我一個人翻譯時，譯作品質會比較好。	2.94	.79
19.在課堂上我喜歡藉由實作來學習翻譯。	4.01	.83
20.我一個人翻譯會覺得很無趣。	2.75	.95
21.看老師寫在黑板上的內容可幫助我學習翻譯。	3.93	.76
22.聽別人講解如何翻譯會讓我學得更好。	4.18	.73
23.我會規劃自己的翻譯流程、按部就班地翻譯。	3.11	.99
24.在翻譯課堂上和其他人一起討論，會使我的學習效果更好。	3.82	.82
25.我無法完全看懂原文的意思時就會覺得很煩。	4.29	.82
26.我獨自一人寫翻譯作業比較能夠專心。	3.76	.86
27.我喜歡直接做翻譯，勝於寫有關翻譯的報告。	4.15	.88

題目	平均數	標準差
28. 我會按照我制定的計畫來翻譯。	3.18	.99
29. 我不會把原文中看起來無關緊要的細節譯出來。	3.20	.93
30. 我喜歡和具備不同能力的同學一起翻譯，可以學到不同的東西。	4.11	.92
31. 我不喜歡一再校閱自己譯好的作品。	2.48	1.04
32. 翻譯時我喜歡想出許多新的表達方式。	3.78	.89
33. 我不喜歡太多的翻譯規則。	3.48	.90
34. 和同學在小組翻譯時，讓我覺得像是在浪費時間。	2.38	.92
35. 在學習翻譯時，我喜歡先聽取相關資訊再動手翻譯。	4.01	.81

　　問卷調查結果顯示，就個別學習型態的行為而言，學生回應平均數最高的題目依序為第 25 題「我無法完全看懂原文的意思時就會覺得很煩」（M=4.29），第 22 題「聽別人講解如何翻譯會讓我學得更好」（M=4.18），和第 27 題「我喜歡直接做翻譯，勝於寫有關翻譯的報告」（M=4.15）。而回應平均數最低的題目按倒數為第 34 題「和同學在小組翻譯時，讓我覺得像是在浪費時間」（M=2.38），第 31 題「我不喜歡一再校閱自己譯好的作品」（M=2.48），和第 10 題「我讀完原文通常很快就能決定要如何翻譯」（M=2.71）。

　　其次，針對七個學習型態構面，受測對象回應的平均數和標準差如下表：

表三　〈翻譯學習型態問卷〉各構面的平均數和標準差

構面名稱	平均數	標準差
視覺型	3.76	.50
聽覺型	4.04	.53
動覺型	3.52	.48

構面名稱	平均數	標準差
反思型	3.54	.56
衝動型	3.34	.52
團體型	3.44	.66
個人型	3.01	.67

　　由上表可知，學生在翻譯學習型態類別上並未有明顯的好惡，平均數大多分佈在 3 與 4 之間，相對比較高的傾向為聽覺型（M=4.04），其次為視覺型（M=3.76）。而學習型態傾向最低的是個人型（M=3.01），次低為衝動型（M=3.34）。但是過去對亞洲學生的英語學習型態研究，通常都是屬於高度視覺型的學習者（Reid, 1987, 1995），與本研究的學生以聽覺型為主不同，其差異的原因推測如下：第一是學習英語的聽覺來源語為英語，國內學生對於英語的聽力多有障礙，在學習型態偏好上難免較低；而學習翻譯的聽覺來源語是中文，包括教師和他人的講解，對學生以聽覺來理解學習翻譯沒有問題。其次，有人可能認為筆譯以書面文本為工作素材，理應以視覺為主要的學習感官，但本研究的對象是剛剛始學習筆譯的大學生，他們仍須依賴教師和旁人的口語講解指導，才有信心從事筆譯，因此聽覺型在大學生的翻譯學習過程中似乎扮演較重要角色。另外，個人型學習型態得到最低的平均數似乎也反映出學生對於自己目前的翻譯能力信心仍不足。

四、相關性統計結果

　　問卷中的各種學習型態之間以及與學生期末筆譯成績之間的關係使用 Pearson 相關執行顯著性的檢定，結果如下表：

表四　學習型態之間以及與成績之相關性檢定結果

		視覺型	聽覺型	動覺型	反思型	衝動型	團體型	個人型	成績
視覺型	Pearson 相關	1.00							
	顯著性（雙尾）	.							
聽覺型	Pearson 相關	.53**	1.00						
	顯著性（雙尾）	.00	.						
動覺型	Pearson 相關	.22*	.13	1.00					
	顯著性（雙尾）	.02	.17	.					
反思型	Pearson 相關	.40**	.39**	.27**	1.00				
	顯著性（雙尾）	.00	.00	.00	.				
衝動型	Pearson 相關	-.03	-.05	.35**	-.11	1.00			
	顯著性（雙尾）	.76	.59	.00	.24	.			
團體型	Pearson 相關	.11	.21*	.26**	.15	.06	1.00		
	顯著性（雙尾）	.22	.02	.01	.10	.51	.		
個人型	Pearson 相關	.03	-.07	.05	.05	.04	-.70**	1.00	
	顯著性（雙尾）	.73	.43	.56	.58	.65	.00	.	
成績	Pearson 相關	.02	.02	-.04	-.02	.10	-.15	.04	1.00
	顯著性（雙尾）	.80	.79	.68	.83	.27	.12	.68	.

** 在顯著水準為 0.01 時（雙尾），相關顯著。

*　 在顯著水準為 0.05 時（雙尾），相關顯著。

以上結果顯示，學生的翻譯學習型態與其筆譯成績之間並未具有顯著的相關性，可見一般而言，學生的翻譯學習型態對於其筆譯能力的影響並不大。而在各種翻譯學習型態之間則有高低不同和顯著性互異的相關性，係數最高的是視覺型和聽覺型的相關（r=0.53, p < 0.01），屬中度相關（邱皓政，2009），而且統計顯著性的 p 值小於 0.01，也就是說視覺型學習傾向高的學生，其聽覺性傾向也相對較高；反之聽覺型學習傾向高的學生，其視覺性傾向也相對較高。另外值得注意的是，團體型和個人型的學習型態呈現高度負相關（r=-0.70, p < 0.01），也就是說傾向團體學習翻譯型態的學生通常較不喜歡個人學習翻譯，反之傾向個人學習翻譯型態的學生通常也較不喜歡和他人一起學習翻譯。此結果可以下一節高低成就學生翻譯學習型態的差異得到進一步支持。

五、高低成就組學生的學習型態 t 檢定統計結果

以上相關性統計雖然指出所有學生的整體翻譯學習型態與其筆譯成績間沒有顯著相關，但如果只針對高成就和低成就學生的翻譯學習型態來檢視其差異，可能會有不同的結果。因此最後要處理的研究問題是學生高低不同的筆譯總成績與其翻譯學習型態之間有無差異。首先，所有受測學生 120 人的筆譯成績平均數和分佈如下：

表五　學生筆譯成績的描述性統計

	個數	最大值	最小值	平均數	標準差
筆譯成績	120	93	75	85.43	3.93

可知研究對象的筆譯成績最高為 93 分，最低為 75 分，平均為 85.43 分。本研究以全體受測學生成績前約 25%，也就是 89 分以上共 28 人訂為高成就組，其平均分數為 90.7；而成績後約 25%，也就是 82 分以下共 24 人訂為低成就組，其平均分數為 80。接下來計算兩組同學在七種學習型態上的平均數和標準差，結果如下表：

表六　高低學習成就組學生在學習型態之平均數和標準差

		個數	平均數	標準差
視覺型	高成就	28	3.76	.47
	低成就	24	3.74	.41
聽覺型	高成就	28	4.01	.44
	低成就	24	4.02	.48
動覺型	高成就	28	3.54	.52
	低成就	24	3.66	.36
反思型	高成就	28	3.65	.49
	低成就	24	3.70	.46
衝動型	高成就	28	3.40	.53
	低成就	23	3.32	.39
團體型	高成就	28	3.31	.71
	低成就	24	3.68	.56
個人型	高成就	28	3.16	.63
	低成就	23	3.00	.72

由上表可看出高低成就兩組學生在七個翻譯學習型態傾向上互有偏好，平均數差異有高有低。為進一步確認其平均數之差異是否具有統計上之顯著性，先經過變異數相等的 Levene 檢定後，接著再執行獨立樣本 t 檢定。結果如下表：

表七　高低學習成就組學生在學習型態之 Levene 檢定和 *t* 檢定結果

		變異數相等的 Levene 檢定		平均數相等的 *t* 檢定		
		F 檢定	顯著性	t	自由度	顯著性（雙尾）
視覺型	假設變異數相等	0.61	0.44	0.18	50.00	0.86
	不假設變異數相等			0.19	49.97	0.85
聽覺型	假設變異數相等	0.09	0.76	-0.02	50.00	0.99
	不假設變異數相等			-0.02	47.02	0.99
動覺型	假設變異數相等	1.90	0.17	-0.98	50.00	0.33
	不假設變異數相等			-1.01	47.95	0.32
反思型	假設變異數相等	0.02	0.88	-0.37	50.00	0.71
	不假設變異數相等			-0.38	49.56	0.71
衝動型	假設變異數相等	2.07	0.16	0.58	49.00	0.56
	不假設變異數相等			0.60	48.52	0.55
團體型	假設變異數相等	1.92	0.17	-2.09	50.00	0.04
	不假設變異數相等			-2.13	49.57	0.04
個人型	假設變異數相等	0.67	0.42	0.83	49.00	0.41
	不假設變異數相等			0.82	44.24	0.42

　　檢定結果顯示，高低成就兩組學生在所有七個翻譯學習型態中，只有在團體型呈現顯著性差異。而之前的 Levene 檢定結果

顯示，F=1.92, p=0.17，p 值未達.0.05 的顯著水準，應接受虛無假設，把兩組變異數視為相等。因此 t 檢定要看第一列「假設變異數相等」中的數值，也就是 t=-2.09, p=0.04。再進一步檢視兩組學生的平均數（見表五），高成就學生的平均數（M=3.31）低於低成就學生（M=3.68）。換句話說，高成就學生比起低成就學生較不傾向團體型的學習型態，但是在其它學習型態上則和低成就學生沒有顯著不同。根據研究者授課時的觀察，同學在從事團體翻譯作業時常有爭論不休的情況，雖然這種討論有助於不同翻譯能力同學之間的交流學習，但高成就同學的正確意見或譯法有時不見得會被其他同學採納接受，難免會產生挫折感。另外，低成就同學可因團體討論而受惠較多，團體作業的成績也比其個人作業成績高。因此兩組學生相較，高成就學生較不傾向團體型學習，而低成就學生則較傾向團體型學習。不過話說回來，高成就學生在團體型學習的平均數仍達 3.31，顯示他們其實也不排斥團體型學習，只是在傾向程度上不像低成就學生那麼高，而且兩組的差異程度在統計上是顯著的。

伍、結論

本研究旨在設計一份適用於調查大學生學習翻譯型態的研究工具，並據以針對三所國立大學 120 位學生施測，希望能釐清大學生學習翻譯之型態。所得研究結果可看出，學生在此七種翻譯學習型態中並未有極端的好惡，在 5 點量表中所得的平均數大體上介於 3 至 4 點之間，也就是一般而言，學生在學習翻譯時都具備這些型態。但相對而言，聽覺型的平均數最高（M=4.04），

可能與學生需大量對於翻譯的口語講解的輸入有關，而個人型的平均數最低（M=3.01），也顯示大學生對於獨自學習翻譯的傾向相對較低。

而各種學習型態之間的相關性統計中，只有聽覺型和視覺型為中度相關（r=0.53），團體型和個人型呈高度負相關（r=-.70），而且學生的學習型態與其筆譯成績未具有顯著相關性。但是在高低成就兩組學生學習型態差異的 t 檢定結果，發現高成就學生的團體型平均數低於低成就學生，可能原因在於高成就學生在團體翻譯作業中不易發揮其才能，翻譯創意受到壓抑，反而低成就學生能從團體學習中受益較多。

本研究也發現學習型態雖然大都是以成對兩兩一組的型態來呈現，但是學習者所具備的學習型態並不是嚴格的對反二分法（dichotomous），而是偏好比例程度的多寡。例如本研究中的學生視覺型和聽覺型的平均數都相當高，同學可同時具備視覺型和聽覺型的學習型態，若有同學較偏重視覺型，可能多集中精神和時間在閱讀上，學習成效會較佳，但也不會排除聽覺型的學習方式。而學習者除了加強自己偏好型態上的學習外，應該也要擴展其它的學習型態，以獲致不同面向的助益。

最後，本研究所研發之問卷雖然力求其信度及效度，但畢竟受測學生人數有限，也集中在北部的國立大學，導致樣本的代表性不足。未來仍需要更多不同地區和學校的翻譯學生持續施測，以增進問卷之品質並檢證本研究之結果。未來研究可進一步探討教師如何將學習型態的理論整合至課堂教學中，提供符應學生學習型態的教材教法，使筆譯教學活動更加多元，協助學生善加利用個人的學習型態。另外，將來也可再探究學習口譯學生在學習

型態上與筆譯學生有何差異，其中一個仍待驗證的假設是口譯表現較好的學生是否如 Robinson（2007）所主張在聽覺型和衝動型的學習型態上比筆譯學習者突出，若能得到肯定結果，應可對口譯教學有所啟發。

　　總之，翻譯學習型態的研究是希望能增進教師對於學生學習翻譯過程的理解，在教學上協助學生有意識地認識自己的學習型態，發揮既有長處和補足短處，擴大其學習效能和增進翻譯能力，還希望有更多的翻譯教師投入此領域的研究。

大學入學考試英文科翻譯試題之探討

劉月雲、廖柏森

摘要

　　大學入學考試行之多年，其試題的內容和評分方式影響考生權益甚鉅。以英文科試題而言，其中翻譯題配分的比例雖然不高，但在分數錙銖必較的大學入學考試中仍具有舉足輕重的地位。不過這些翻譯試題的目的主要在評量考生是否能運用高中英文所學的常用字彙與基本語法，將中文的語意轉換成簡潔正確的英文，與專業翻譯把不同語言間的動態轉換視為一種技能的觀點不同。而探討大學入學考試的翻譯試題可有助釐清翻譯在國內高中英語教學中所扮演的角色，可惜國內向來缺乏這方面的研究。因此本文旨在討論大學入學考試英文科翻譯試題的命題內容，從歷屆試題中分析其常考的時態、語態、句數、配分、題型、句構和句型。然後再建議高中英文教師可運用翻譯技巧來加強學生的翻譯能力。本研究結果發現歷屆翻譯試題最常考的時態是現在式和過去式；語態方面以主動語態為主；題型方面有獨立式和連貫式題型；句構方面則以簡單句和複句最多。此外，翻譯技巧在考題的應用上，以順譯法、逆譯法和加譯法較常用。希望本文的分

析結果可提供高中英文教師作為參考，在課堂上引導學生更有效率地提升翻譯能力和英文程度。

關鍵詞：大學入學考試英文科試題、翻譯試題分析、翻譯技巧

壹、緒論

　　大學入學考試行之多年，其試題的內容和評分方式影響考生權益甚鉅。英文科的出題方向與取材方式對於高中的英文教學也有很大的影響。回顧歷屆大學入學考試，英文科試題的命題技巧與試題內容都有顯著進展，尤其是翻譯試題的題型從過去的選擇題、填充題、重組題到目前的連貫式翻譯題型，變化幅度頗大。不過許多高中英文教師教授翻譯的方式仍偏重於生字與文法的死板記憶，成效也欠佳。據報載九十八學年度大學學測英文科翻譯試題有 22,179 人得零分，比例高達 15.6%；九十七學年度大學指考翻譯試題有 18,973 人得零分，比例更高達 20.2%（中時電子報，2008）。該屆考生還是第一批自小學五年級起就開始上英文課的學生，卻仍約每五人就有一人在翻譯試題上考零分。

　　高中英文的教學目標為培養學生聽、說、讀、寫之語言溝通能力，並透過富有知識性、趣味性及啟發性之選文與活動，提升學生的學習興趣和人文、社會與科技的知能（施玉惠、林茂松、黃崇術、Brooks，2006）。而這個過程中，翻譯其實在培養學生對於英文的閱讀理解、詞彙應用以及寫作練習上都可扮演重要的角色（廖柏森，2007b）。另一方面，根據財團法人大學入學考試中心提供的「學科能力測驗英文科考試說明」，對於翻譯題的測驗目標定為：「評量考生將中文句子譯成正確、通順、達意之英文句子的能力」（2007:7），而歷屆大學入學考試英文科幾乎都有翻譯題，具備基本的語意翻譯能力成為高中學生必備的英文能力。

　　何況目前台灣高中英文教學深受考試領導教學的回沖效應（washback effect）影響，考試考什麼，上課就教什麼。所以當大學入學考試英文考科出現翻譯題，其配分的比例雖然不高，但在分數錙銖必較的大學入學考試中仍具有舉足輕重的地位，英文教師自然就會把翻譯視為教學重點之一。基本上翻譯試題是屬於一種整合性測驗（integrative test），測驗考生對於英文單字片語和句型的綜合應用。考生考翻譯時的提示只有中文的文字敘述，而允許有不同可能的答案；相較於分項式測驗（discrete-point test）的選擇題要求考生選擇唯一的正確答案，翻譯題型是比較能測驗和反映出考生整體的英文能力（English competence）。

　　不過這些翻譯試題的目的主要是評量考生是否能運用高中英文所學的常用字彙與基本語法，將中文的語意轉換成簡潔正確的英文，與專業翻譯把不同語言間的動態轉換視為一種技能的觀點不同。而探討大學入學考試的翻譯試題可有助釐清翻譯在高中英文教學中的地位，但國內向來缺乏這方面的研究。因此本文旨在討論大學入學考試英文科翻譯試題的命題內容，從歷屆試題中分析其常考的時態、語態、配分、題型、句構和句型。然後再建議高中英文教師可運用翻譯技巧來加強學生的翻譯能力。常見的翻譯技巧例如順譯法、逆譯法、加譯法、詞類轉換法和合併法等，都是筆譯工作者經常使用，但卻是高中英文教師教學時沒有意識到的方法，相當可惜。希望高中英文老師除了教授英文單字、文法和句型外，不妨融入翻譯技巧的觀念和練習，進而引導學生更有效的學習方向。

貳、文獻探討

一、高中英文教學的概況

　　從過去的「大學聯考」到現在的「大學學測」與「大學指考」，李振清（2008）認為考生在英文科所反映出的基本問題，主要在於語法結構生澀與缺乏學以致用的能力，以致於對大學學測與指考中簡單的翻譯題都無法有效表達，翻譯得零分的考生更是不計其數。學生讀了至少六年的英文，竟然在大學學測與指考中表現如此不理想，確實令人感到憂心。不過這正是台灣中學英文教育的現實。此外，台灣中學生的英文教學太偏重於生字與文法的死板記憶，缺乏靈活的練習和表現。學生不但學英文常有無力感，更無法在學測與指考中獲取高分。加上有些學校以適應「考試」為理由，不斷地測驗學生，純粹是「為考試而教學」的被動填鴨方式。因此許多學生對於翻譯題這類需要應用實作的題目缺乏足夠的意識（awareness）與練習，因而導致他們在大學入學考試翻譯題的成績不佳。

二、英語教學與翻譯的關係

　　一般而言，翻譯是聽、說、讀、寫這四種語言技能的綜合反映。翻譯訓練可以幫助學習外語的學生更加明確地意識到兩種語言的特點以及它們所折射的兩種文化的差異，從而提高語言的學習能力（柯平，1994）。近年來國外有愈來愈多的文獻指出翻譯活動有助於增進第二語言習得的能力（to enhance L2 acquisition），因而逐漸擺脫過去文法翻譯教學法（Grammar-Translation Method）

的陰影，在外語教學上開始扮演重要的角色（Malmkjar，1998）。
廖柏森（2007b）也認為翻譯能幫助外語學習，因為翻譯時學習者
必須先理解原文的意義，重新組織後再用譯文表達出來，這其中
包含複雜的認知過程，可以有效培養學習者對外語的敏感度。從
第二語言習得和認知學習理論出發，檢視翻譯在外語學習過程
中所扮演的角色時可發現，學習者常在自覺或不自覺的情況
下，利用母語和翻譯來篩選外語的輸入以及表達外語的概念。
母語其實是一種重要的知識和資源，用母語翻譯外語的心智認
知運作是學生非常自然，甚至難以避免的活動。簡言之，翻譯
在外語學習上的角色非常多元，不僅可以當作一種教學技巧
（teaching technique）和學習策略（learning strategy）來增益學
子的學習成效，亦能輔助閱讀、寫作和字彙等外語技能的發展，
而且針對不同程度的學習者皆有不同面向的助益（Liao，
2007）。因此，高中英文老師若能了解翻譯本身就是種學習英
語的方式，而且利用課堂時間來充實翻譯教學，應該能提升學
生的翻譯能力和英文程度。

三、翻譯試題的題型演變與發展

（一）題型的演變

　　周正一（1996）曾針對民國 68 年到 83 年間大學聯考的翻譯
試題加以分析，題型演變方面是由選擇題、填空題、重組題轉變
到目前的獨立語句題到連續語句題。由於民國 68 和 69 年的聯考
採電腦閱卷方式，所以翻譯試題以選擇題方式為之。後來民國 83
年聯考因英文試題改為選擇題和非選擇題兩種，翻譯試題遂以非

選擇題的方式來測驗。民國 70 年聯考的中譯英和英譯中是以填空的方式進行，而民國 72 年的中譯英則採選字重組式。從民國 74 年起，翻譯試題有了重大的變革，取消英譯中的考項，而以含有五個中文句子的中譯英作為翻譯試題的主流。

黃燦遂（1994）也提到大學聯考英文試題中譯英翻譯題的演變過程，最早的出題方式是選擇題，然後是填空題、部分重組，到最近幾年變成獨立式題型或連貫式題型。以選擇題來看，他認為這種考法純粹只是考文法，談不上翻譯。填空題比選擇題好一點，不過兩者皆測不出考生的翻譯能力。部分重組的考題附有中文句子，可是即使沒有附上中文意思，考生仍然可以憑藉英文能力選出正確答案，因此這種出題方式並不好，仍測不出學生的翻譯能力。後來翻譯題型又有變化，從民國 72 年到 82 年的題型變成獨立式題型或連貫式題型。所謂「獨立式題型」是指每個中文句子之間互相獨立，每題都可以有一個獨立的主題，不受上下句的干擾，可以同時測驗不同的句型；「連貫式題型」則是所有中文句共用一連貫的主題，因此句型的變化比較有限。但以往測驗考生翻譯能力的選擇題、填空題和部分重組的題型已經不再出現，目前考題形式都傾向是獨立式或連貫式題型。不過以上的研究只到民國 83 年，相隔至今的期間內翻譯試題的題型還有變化，有繼續探討的必要。

（二）試題分析

周正一（1996）針對民國 68 年到 83 年間大學聯考的翻譯試題加以分析，其中英文時態方面以現在簡單式比例最高，其次是過去簡單式。句型方面以五大句型（陳純音，2000）歸納歷屆試

題，五大句型主要是根據動詞的五種不同特性來歸類，例如動詞中有及物動詞、不完全及物動詞、不及物動詞、不完全不及物動詞和雙賓動詞這五種。周正一的分析結果發現 S+Vt+O 的比例最高，高達 47.52%，其次是 S+Vi+SC 和 S+Vi 這兩種句型，其比例各佔 26.73%和 20.79%。句子種類方面則分析單句、合句、複句和複合句的分配，結果是單句的比例最高，佔 45.45%，其次是複句，佔 40.26%，合句為 14.29%。不過值得注意的是複合句的比例是零，也就是說從民國 68 年到 83 年間翻譯試題從未考過複合句。

范伯余（2001）則指出目前的翻譯試題仍維持近年常考的連貫式題型。題型內容也傾向學生的生活經驗，例如逛書店、睡眠習慣、溝通對話、看醫生等。不過民國 91 到 92 年的英文科沒有翻譯試題，直到 93 年翻譯試題才再度出現，但題數卻由以往的五題濃縮到兩題，配分從 10 分減為 8 分。唯一不變的是連貫式題型，連貫式題型因受限於主題需連貫，所以句型的變化比較有限，但是具備寫作的基礎訓練，對於英文作文有幫助。

游春琪（2004）提出，民國 91 和 92 年的指考，非選擇題部分只有考英文作文，沒有翻譯試題，高中老師普遍反映學生的造句翻譯能力有退步跡象，有必要再加強寫作訓練。游春琪（2005）也針對民國 94 年指考非選擇題部分，將考生作答時所使用的詞彙、語法結構加以整理，做為日後命題或教學的參考。她認為考生在句型結構上可以達到基本的寫作能力，但是詞彙使用就不太理想，拼字錯誤的機率太高，可能是平日練習不夠的結果。對於未來的研究，她建議在設計試題時，先擬出可能使用的詞彙、句型，再進一步評估試題的適用性。考生作答錯誤的分析也可做為日後研究的參考。

四、翻譯試題的評分方式

（一）專業翻譯考試的評分方式

　　專業翻譯的評分方式主要是以訊息準確和表達風格兩項來作為評分的標準（賴慈芸，2008）。訊息準確是指譯文所傳達的訊息要與原文相同，而表達風格是指譯文的陳述方式能否清晰明白，並且在用詞、語域、搭配和標點方面是否恰當。這種評分方式主要是用在專業的翻譯考試上，例如教育部主辦之「中英文翻譯能力檢定考試」所使用的六／四評分法就是依據賴慈芸（2008）所作的研究，其研究結果顯示這種評分法的信度最高，也是較為穩定而有效的翻譯評分工具。在六／四量表中，設定訊息準確達5分以上和表達風格達3分以上方為及格成績。其評分方式和標準如下表一和表二：

表一　六／四量表中訊息準確量表

6分	譯文所傳達的訊息，與原文完全相同，沒有錯誤。
5分	譯文所傳達的訊息，與原文大致相同，但有一處次要的錯誤。
4分	譯文所傳達的訊息，與原文有所不同，有兩處以上的次要錯誤。
3分	譯文所傳達的訊息，與原文相當不同，有一處重大錯誤，或三處以上次要錯誤。
2分	譯文所傳達的訊息與原文極為不同，有兩處以上重大錯誤，或只是堆砌字詞的字面解釋。
1分	譯文所傳達的訊息，與原文根本不同，或完全缺譯。

表二　六／四量表中表達風格量表

| 4分 | 陳述清晰明白，且用詞、語域、搭配、標點方面皆無不當。 |
| 3分 | 陳述大致清晰明白，但用詞與表達方面有一兩處不當，或有錯別字、贅字等。 |

2分	陳述勉強可以理解，但有句法上的錯誤，用詞與表達也有多處不當。
1分	陳述不符合句法，難以理解，或完全缺譯。

（二）大學入學考試英文科翻譯試題的評分標準

　　大學入學考試英文科翻譯試題的測驗目標為評量考生將中文句子譯成正確、通順、達意英文的能力，也就是測驗考生是否具備運用英文詞彙、句型與語法表情達意的能力。而大學入學考試的考生是高中生，所以評分標準大體上是以拼字、大小寫、標點符號和文法來作為扣分的依據。以 97 年學科能力測驗英文科的翻譯試題為例，其試題和評分標準如下（林秀慧，2008）：

　　1.聽音樂是一個你可以終生享受的嗜好。

$$
\text{Listening to music is} \left\{ \begin{array}{l} \text{a hobby} \\ \text{an interest} \\ \text{a pastime} \end{array} \right\}
$$

$$
\left(\left\{ \begin{array}{l} \text{which} \\ \text{that} \end{array} \right\} \right) \text{you can enjoy} \left\{ \begin{array}{l} \text{all (of) your life.} \\ \text{(for) a lifetime.} \\ \text{your whole life.} \\ \text{for life.} \end{array} \right\}
$$

表三　英文科翻譯試題評分標準

每一題滿分 4 分（兩題總分 8 分）。
每題分兩半部，每部份總分 2 分。每題前後子句各 2 分。

| 每個錯誤扣 0.5 分，各半獨立，扣完為止。 |
| 各半部之拼字錯誤最多扣 1 分。 |
| 每題大小寫、標點最多扣 0.5 分。 |

　　由表一到表三來看，專業翻譯考試和大學入學考試英文科翻譯試題的評分標準截然不同。專業翻譯考試期望考生是以現職翻譯人員或翻譯系所學生為主，評分標準以訊息準確和表達風格作為篩選專業譯者的依據。而大學入學考試的考生是高中生，評分是由閱卷老師參照大考中心所提供的參考答案，再依據評分標準主要以拼字、大小寫、標點符號和文法錯誤來扣分。不同性質的翻譯考試有不同的評分標準，但無論評分標準為何，其目的都是為了考試的公平性，必須具備一定的信度和效度，才能為社會大眾採信接受。

參、研究方法

一、研究材料

　　研究材料為民國 73 年至 97 年的大學入學考試英文科的翻譯試題共 100 句，包括民國 73 至 90 年大學聯考翻譯試題 80 句，民國 93 至 97 年學測翻譯試題 10 句和民國 93 至 97 年指考翻譯試題 10 句。

二、資料收集

　　研究者首先從坊間參考書《歷屆大學聯考英文試題全集》（劉

毅，2005）中取得民國 73 年至 90 年大學聯考的翻譯試題，並從大考中心網站下載民國 93 至 97 年學測和指考的翻譯試題（民國 91 年和 92 年學測和指考未考翻譯題）。至於翻譯試題的參考答案來源，民國 87 年到 97 年是依據大考中心提供的英文考科試題分析冊中的答案以及大考中心網站提供的參考答案。不過因為大考中心目前只提供民國 87 年以後的英文考科試題分析冊，所以民國 86 年以前的翻譯試題參考答案乃依據坊間書籍，例如劉毅的《歷屆大學聯考英文試題全集》（2005）、黃燦遂的《大學聯考英文試題分析》（1994）等。

三、資料分析

（一）歷屆翻譯題的題數與配分情形

從 100 句翻譯試題中按年份順序將題數和配分表列出來，並且逐年比較題數和配分。

（二）時態分析

從 100 句翻譯試題中歸納出常考時態，以現在式、過去式、未來式、現在進行式、過去進行式、未來進行式、現在完成式、過去完成式、未來完成式、現在完成進行式、過去完成進行式和未來完成進行式共十二種時態為分類依據，並且統計句數和計算百分比。

（三）語態分析

從 100 句翻譯試題中分析哪些句子屬於主動語態，而哪些屬於被動語態，並且統計句數和計算百分比。

（四）獨立式題型、連貫式題型分析

從 100 句翻譯試題中歸納哪幾年是獨立式題型，哪幾年是連貫式題型。

（五）句構分析

從 100 句翻譯試題中歸納四種英文句子結構：簡單句（Simple Sentence）、合句（Compound Sentence）、複句（Complex Sentence）和複合句（Compound-Complex Sentence）

（六）常考句型分析

從 100 句歷屆翻譯試題中歸納出十五種高中英文教學常考的句型，並按文法架構來分類，包括連接詞（although, if, because, when, as long as, but, so, and, as, before, or, since, that）、五大句型（S + Vi, S + Vi + SC，S + Vt + O, S + Vt + O + OC，S + Vt + IO +DO）、S + V + (that)+名詞子句、S + V + so + adj./adv. + that + S + V、S + beV + P.P.（被動語態）、S + not only + V/ N/ Adj....but also + V/ N/ Adj.、分詞構句 V-ing ... ，S + V...、S/N +介詞片語+ V、S + beV/V +比較級+ than + S、It is/was + S + that + V、 S + V + how/ what/ when/where/ who + S +V。

（七）翻譯技巧分析

以一般中譯英常用的翻譯技巧例如順譯法、逆譯法、加譯法、詞類轉換法和合併法等作為分析統計這 100 句翻譯試題的類別。

肆、研究結果與討論

一、時態的分析

　　本研究首先針對從歷屆翻譯試題的時態作分析，結果發現最常考的是現在式，比例為 58%，超過半數。其次為過去式，比例為 29%，將近三分之一。未來式和現在完成式只各佔 5%。現在進行式、過去完成式、現在完成進行式都只佔 1%而已。其餘的過去進行式、未來進行式、未來完成式、過去完成進行式和未來完成進行式從來沒有考過。詳細數據如表四：

表四　翻譯試題的時態統計

時態	句數	百分比
現在式	58	58
過去式	29	29
未來式	5	5
現在完成式	5	5
現在進行式	1	1
過去完成式	1	1
現在完成進行式	1	1
過去進行式	0	0
未來進行式	0	0
未來完成式	0	0
過去完成進行式	0	0
未來完成進行式	0	0
合計	100	100

（一）現在式

大學入學考試翻譯試題最常考的時態是現在式，比例超過半數，而且幾乎年年都會出現。從民國 73 到 97 年間的翻譯試題來看，每年至少考一題。所有時態中，現在式通常用來表達一般性的真理（general truths）、普遍接受的事實（accepted facts）、或習慣性的動作（habitual actions），是最基本也是最簡單的時態，成為每年必考的時態。考題例句如下：

專家警告我們不應該再將食物價格低廉視為理所當然。（97 指考）

Experts warn that we should no longer take low-price(d) food for granted.

（二）過去式

過去式的考題大約佔三分之一，不過從民國 93 年學測後到目前 97 年指考卻未曾出現在試題中。過去式是用以報告過去某時曾經發生過的事件或狀態，與現在式比較之下，過去式屬於相對較難的時態，考生必須先分辨時間是否為過去，而且動詞還要改為過去式的形式。考題例句如下：

雖然 Lily 生來又瞎又聾，但她從來不氣餒。（93 學測）

Although Lily was born blind and deaf, she never gave up.

（三）未來式

未來式的題目考得更少，只佔 5%，考題只曾出現在民國 85 年和 86 年。未來式通常表未來即將發生的事件或存在的狀態，使用未來式之前，要先判斷時間是否為未來的時間或是指未來會

發生的事，動詞也要改為未來的形式。考題例句如下：

我們大概會到台灣東部去，因為那兒風景很美。（85 聯考）

We will probably go to the eastern Taiwan because the scenery there is beautiful.

（四）現在完成式

現在完成式也只佔 5%，只有在民國 82、84、93、96 和 97 年有考過。現在完成式用於表達「有過的經驗」或是「從過去某時開始一直持續到現在的動作或狀態」。同學常把現在完成式和過去式視為差不多的用法，其實兩者的意義還是有別。過去式強調的是過去的一個時間點，而現在完成式是強調從過去一直到現在都仍存有的過程，對於一般高中生而言有相當難度。考題例句如下：

全球糧食危機已經在世界許多地區造成嚴重的社會問題。（97 指考）

The global food crisis has caused serious social problems in many regions around the world.

其他時態如過去進行式、未來進行式、未來完成式、過去完成進行式和未來完成進行式幾乎從來沒有考過。而現在式和過去式的出題比例就將近九成，推測原因有可能是為了讓學生容易答題，閱卷老師容易評分。而其他較複雜時態用法考得非常少，應該也是為了要避免增加評分與閱卷的困難度，因此在大學入學考試翻譯試題中是少考複雜的時態。

二、語態的分析

　　翻譯試題最常考的語態是主動語態，比例高達百分之 97%，而被動語態卻只有 3%（如表五）。主動語態較常考的原因可能是按照中文的習慣用法，被動語態是少見的。其實中文許多被動的概念可用主動的形式來表達，例如「這本書寫好了」，事實上是指書被寫好。在中譯英時受中文句法的影響較常譯成主動句。此外，也可能是因主動句比較有利於學生答題和評分。

表五　翻譯試題的語態統計

	句數	百分比
主動語態	97	97
被動語態	3	3
合計	100	100

　　被動語態的考題如下

　　我的腳踏車上禮拜天<u>被偷</u>了。（73 聯考）

My bicycle <u>was stolen</u> last Sunday.

　　一般在翻譯被動語態時最常用「被」字來表示，由題目中「被偷」這兩字可以判斷該題在翻譯時需使用被動語態。對多數學生來說，被動語態屬於難度較高的句型，因此考題的設計通常會有明顯的文字提示以利考生答題。不過民國 73 年到 97 年之間，被動語態的題目少之又少。亦可印證翻譯考題的設計是以容易答題和評分為主，以避免閱卷困難與給分不公的現象發生。

三、獨立式題型與連貫式題型的分析

　　歷屆翻譯試題的題型從民國 75 年由獨立式題型轉為連貫式題型，其中除了民國 81 年和民國 89 年又回到獨立式題型之外，截至目前為止，翻譯試題的題型仍維持連貫式題型（如表六）。

表六　獨立式題型與連貫式題型的統計

聯考年份（民國）	獨立式題型句數	連貫式題型句數
1984（73）	5	
1985（74）	5	
1986（75）		5
1987（76）		5
1988（77）		5
1989（78）		5
1990（79）		5
1991（80）		5
1992（81）	2	
1993（82）		5
1994（83）		5
1995（84）		5
1996（85）		5
1997（86）		5
1998（87）		5
1999（88）		5
2000（89）	5	
2001（90）		5
2002（91）	0	0
2003（92）	0	0
2004（93）學測		2
2004（93）指考		2
2005（94）學測		2
2005（94）指考		2
2006（95）學測		2

聯考年份（民國）	獨立式題型句數	連貫式題型句數
2006（95）指考		2
2007（96）學測		2
2007（96）指考		2
2008（97）學測		2
2008（97）指考		2

（一）獨立式題型分析

獨立式題型因為各題之間互相獨立，每題都可以有一個獨立的主題，比較能測驗不同的英文句型。以下例來說，民國 73 年的考題就是獨立式題型。

1.運動對健康有益。

Exercise is good for health.

2.我的腳踏車上禮拜天被偷了。

My bicycle was stolen last Sunday.

3.大多數的學生都不曉得如何使用圖書館。

Most students do not know how to use a library.

4.我在今天的報紙上看到一則很有趣的新聞。

I read an interesting piece of news in today's newspaper.

5.要學好英文，必須下功夫。

If you want to learn English well, you have to study hard.

（二）連貫式題型分析

連貫式題型是目前翻譯試題的趨勢，主要是為了讓學生了解句子與句子之間的連貫性（coherence）和一致性（unity），也是一種基本寫作的測驗。例如以下民國 82 年的考題就是連貫式題型。

1.這個月，我的運氣真是好的我都不敢相信。

I cannot believe how good my luck has been this month.

2.月初，我的數學月考考了九十分。

At the beginning of the month, I got ninety marks on my monthly math test.

3.月中，父親送我一部電腦當生日禮物。

In the middle of the month, my father gave me a computer for my birthday.

4.前幾天，英語演講比賽我得了第二名。

A few days ago, I won second place in an English speech contest.

5.這輩子，我的運氣從來沒有這麼好過。

I have never been so lucky all my life.

由上可知，獨立式題型和連貫式題型各有優缺點：獨立式題型因為各題之間互相獨立，每題都可以有一個獨立的主題，較能測驗不同的句型；連貫式題型因受限於主題之連貫性，所以句型的變化比較有限。不過連貫式題型就像一種短篇寫作，也算是英文作文的基礎訓練，有助測出學生英文作文的能力。而目前的出題趨勢以連貫式題型為主，主題則通常都和學生的日常生活經驗有關，譬如學英文的方法（76、77 年聯考題）、感冒（79 年聯考題）、好運氣（82 年聯考題）、弟弟的轉變（83 年聯考題）、生活方式（84 年聯考題）、旅行（85 年聯考題）、逛書店（87 年聯考題）、睡眠習慣（88 年聯考題）和看醫生（90 年聯考題）等。未來這兩種題型若能交替出現，翻譯試題就可以有較多樣的變化。

四、歷屆翻譯試題的題數與配分

　　歷屆翻譯試題的題數可以民國 90 年作為分界，由於該年是大學聯考的最後一年，在這之前翻譯試題的題數都以五題為主（民國 81 年除外），而民國 91 年和 92 年則取消翻譯考題。不過從民國 93 年學測以後，翻譯試題的題數就只剩兩題，而且一直維持到現在。配分方面，從民國 75 年到 86 年之間（民國 81 年除外）一直維持在 20 分。不過從民國 87 年開始，翻譯試題的配分降為 10 分，維持到 93 年的學測。從民國 93 年的指考後翻譯題的配分又減少了 2 分，所以目前的配分只剩 8 分（如表七）。

表七　翻譯試題題數與配分的分析

聯考年份（民國）	題數	配分（分）
1984（73）	5	10
1985（74）	5	15
1986（75）	5	20
1987（76）	5	20
1988（77）	5	20
1989（78）	5	20
1990（79）	5	20
1991（80）	5	20
1992（81）	2	10
1993（82）	5	20
1994（83）	5	20
1995（84）	5	20
1996（85）	5	20
1997（86）	5	20
1998（87）	5	10
1999（88）	5	10
2000（89）	5	10
2001（90）	5	10

2002（91）	0	0
2003（92）	0	0
2004（93）學測	2	10
2004（93）指考	2	8
2005（94）學測	2	8
2005（94）指考	2	8
2006（95）學測	2	8
2006（95）指考	2	8
2007（96）學測	2	8
2007（96）指考	2	8
2008（97）學測	2	8
2008（97）指考	2	8

　　翻譯試題的題數和配分變化的主要原因是從民國87年起選擇題部分加考一篇閱讀測驗，由原本的三篇閱讀測驗變成四篇閱讀測驗，題數就由原本的 50 題增加到 55 題。另外，從民國 93 年指考開始，英文科試題多了篇章結構這一大題，而且佔了 10 分。所以從那一年開始翻譯試題就只剩 8 分，且因時間只有 80 分鐘，只能考兩題。翻譯試題由原本五題濃縮到兩題，配分從 20 分掉到只剩 8 分，可能也是要減低人工閱卷的困難度和主觀性，而且也能增快閱卷的速度。不過這也意謂著翻譯試題的重要性已逐年下降，值得後續觀察。而此種命題題數和配分趨勢若無明顯改變的話，預估未來依然會維持只考兩題，配分也只有 8 分的情況。

五、句構的分析

　　由以下表八可得知翻譯試題常考的句構以簡單句居多，比例為 48%，將近五成。其次是複句比例為 36%，將近四成。然而，

合句和複合句相對之下，比例達不到兩成。簡單句之所以考得最多，推測可能就是讓學生容易答題，閱卷老師也容易評分，以免因句型過於複雜造成閱卷困難與給分不客觀的爭議。

表八　句構的統計

句構類型	句數	百分比
簡單句（simple sentence）	48	48
複句（complex sentence）	36	36
合句（compound sentence）	13	13
複合句（compound-complex sentence）	3	3
合計	100	100

（一）簡單句

簡單句涵蓋了五大句型的所有句子，舉考題為例如下：

例一：句型 S + Vi

有了高速鐵路，我們可以在半天內往返台灣南北兩地。（96 指考）

With the high-speed rail, we can travel between the south and the north of Taiwan in half a day.

例二：句型 S + Vi + SC

昨天晚上我感覺有點不舒服。（90 聯考）

I felt a little uncomfortable last night.

例三：句型 S + Vt + O

全球糧食危機已經在世界許多地區造成嚴重的社會問題。（97 指考）

The global food crisis has caused serious social problems in many regions around the world.

例四：句型 S + Vt + O + OC

太空科技的快速發展，使我們得以探索它的奧秘。（94 學測）

The rapid developments in space technology make it possible for us to explore its mystery.

例五：句型 S + Vt + IO + DO

但能彈奏樂器可以為你帶來更多喜悅。（97 學測）

But being able to play a musical instrument can give you much more pleasure.

（二）合句

合句的考題都是由一個對等連接詞（and、so、but 等）來連接兩個子句。

例如以下考題：

人類對外太空所知非常有限，但長久以來我們對它卻很感興趣。（94 學測）

Human beings know very little about the outer space, but we have long been interested in it.

（三）複句

複句考題常以從屬連接詞如 that, before, as long as, since, when, because, so, although, if 來連接兩個子句為主，不過高中英文課本教過的從屬連接詞還有很多，例如 after, for, even though, even if, as soon as 等，不過民國 73 年到 97 年，這 25 年間卻只考

這過九個連接詞。考題例句如下：

如果我們只為自己而活，就不會真正地感到快樂。（96 學測）

If we live only for ourselves, we will not feel truly happy.

（四）複合句

複合句考題是以合句和複句合併而成的句子，不過歷屆翻譯試題不常考，只有在民國 76、78 和 83 年聯考曾考過。考題例句如下：

弟弟說他永遠會記得並感謝這位老師。（83 聯考）

My brother said he would always remember and thank this teacher.

六、句型的分析

由以下表九可知翻譯試題常考的句型仍以五大句型 S +Vi、S +Vi +SC、S +Vt + O、S +Vt + O +OC、S +Vt + IO +DO 為主，五種句型加起來總共佔 45%，將近五成。其中又以 S +Vt + O 和 S +Vi + SC 考得最多，比例各佔百 16%和 15%。其次才是測驗學生連接詞（although, if, because, when, as long as, but, so, and, as, before, or, since, that）的運用，考題佔 32%，將近三成。而另一個值得注意的是句型：S + V +（that）+名詞子句，這個句型經常出現在最近這幾年試題中，分別是民國 90 年聯考、93 年學測、95 年學測以及 97 年指考。

表九　句型的統計

句型類型	句數	百分比
一、連接詞+S+V…，S+V… 　　S+V…+連接詞+S+V…	32	32
二、S+Vt +O	16	16
三、S+Vi + SC	15	15
四、S+Vi	8	8
五、S+V+（that）+名詞子句	8	8
六、S+Vt +O +OC	4	4
七、S+V + so + adj./adv. + that +S+V	3	3
八、S+ beV + P.P.（被動語態）	3	3
九、S+Vt + IO +DO	2	2
十、S+ not only + V/N/Adj. but alsoV/N/Adj.	2	2
十一、分詞構句（V-ing）…，S + V…	2	2
十二、S/N +介詞片語+ V	2	2
十三、S+beV/V +比較級+than + S	1	1
十四、It is/was + S + that + V	1	1
十五、S+V+ how/ what/ when/where/ who 　　　+ S +V	1	1
合計	100	100

　　其它句型像是 not only…but also（79 聯考、94 指考）、so…that（76、80、96 聯考）、分詞構句（83、85 聯考）、比較級（90 聯考）、被動語態（73、75、84 聯考）等出現的比例都達不到 5%，可能因為這些句型較為複雜，容易增加學生作答和老師閱卷的困難度。

七、翻譯技巧的分析

　　從以下表十可得知翻譯試題確實可以利用一般筆譯時中譯英的翻譯技巧應考。其中逆譯法、順譯法和加譯法運用較多，比

例介於 22%到 29%之間。逆譯法之所以比例高一點，主要是因為中英文的語法不同所致。例如中文的時間、地點等訊息時常擺在句子的前面，但在英文中卻常擺在後面。所以在中譯英時得經常變動位置，才能譯出符合英文語法的譯文。加譯法的比例也變高，因為中文無主詞的句子較多，而英文句子一般都要有主詞，所以在翻譯時就必須根據語境補上主詞，使句子更完整。相較之下，使用詞類轉換法和合併法的考題不多。不過對於某些詞語，有時也得利用詞類轉換法和合併法將原句中的詞類、句型或語態等進行轉換或合併，才能使譯文符合目標語的表述方式、方法和習慣。

表十 翻譯技巧的統計

翻譯技巧	句數	百分比
1. 逆譯法	29	29
2. 順譯法	25	25
3. 加譯法	22	22
4. 合併法	17	17
5. 詞類轉換法	7	7
合計	100	100

（一）順譯法

把句子按照與中文相同的語序或表達方式譯成英文，無須考慮改變原句的形式結構，已經接近字面翻譯（literal translation），可說是最基本的譯法。考題例句如下：

英文是一種很重要的語言，所以很多人都在學習。（77 聯考）
English is an important language, so many people are learning it.

（二）逆譯法

　　把句子按照與中文相反的語序或表達方式譯成英文。若在英文原文中的陳述順序和中文的表達習慣相反，在翻譯時會將中文句前的訊息改放到英文譯文的句後，而原本在中文句後的訊息則提前到譯文的句前，也就是從原文的後面開始譯起。以下是考題例句：

　　　　昨天早上我出門的時候，天氣相當暖和。（79 聯考）

　　　　It was quite warm when I left home yesterday morning.

（三）加譯法

　　翻譯時有時為了通順傳達訊息，必須根據上下文的意義、修辭或句法上的需要而增加原文中未有的詞彙。中譯英有時需要增補主格之代名詞，而在英譯中時又需要根據情況適當地刪減。英文的詞與詞、詞組與詞組以及句子與句子的邏輯關係一般用連接詞來表示，而中文往往通過上下文和語序來表示這種關係。因此在中譯英時還要注意增補一些原文中暗示而沒有明示的詞語，以確保譯文意思的完整。總之，透過加譯法是為了讓譯文的語法結構能更完整而且意思也能更明確。以下是考題例句：

　　1.要學好英文，必須下功夫。（73 聯考）

　　If you want to learn English well, you have to study hard.（加譯主詞）

　　2.其實，只要方法正確，英文的閱讀能力並不難培養。（76聯考）

　　In fact, as long as your methods are correct, it is not difficult to develop your reading ability.（加譯所有格）

3.是他的高中老師發現了他的潛力，並且不斷地鼓勵他。（83 聯考）

It is his senior high school teacher that discovered his potential, and continually encouraged him.（加譯虛主詞）

4.年輕人和老年人的睡眠習慣很不相同。（88 聯考）

Young people's sleeping habits are quite different from those of old people's.（加譯代名詞）

5.許多年輕人往往很晚還不睡，第二天早上就不能早起。（88 聯考）

Many young people tend to stay up late, so they are unable to get up early the next morning.（加譯連接詞）

（四）合併法

通常中譯英時要根據需要來利用連接詞、分詞、介詞或不定詞等把中文的幾個短句連成一個英文長句。以下是考題例句：

1.我不是告訴過你，我到車站的時候他們已經走了嗎？（74 聯考）

Didn't I tell you that they had gone when I got to the station? （利用連接詞合併）

2.六年繼續不斷的鍛練使我不但更加強壯，而且也長得更高。 （78 聯考）

The non-stop, six-year training had made me stronger and taller. （利用連接詞合併）

3.這兩種不同睡眠習慣，哪一種比較有益健康呢？（88 聯考）

Which of the two habits is better for health?（利用介詞合併）

（五）詞類轉換法

翻譯過程中為了使譯文符合目標語的表述方式、方法和習慣，因而對原句中的詞類進行轉換。例如中文的句構中動詞用的比較多，一個句子可以連用數個動詞；但在英文的句構中則只能有一個謂語動詞，而且英文用名詞用得較多，其他意義則需要透過不定詞、動分詞、分詞、介系詞等形式來表現。具體來說，在詞性方面，可以把名詞轉換為代名詞、形容詞、動詞；把動詞轉換成名詞、形容詞、副詞、介詞；把形容詞轉換成副詞或片語。以下是考題例句：

1.一位戴黃帽子的外國人是誰？（74 聯考）

Who is that foreigner with a yellow hat?（動詞轉換介詞）

2.雖然遭到許多癮君子的反對，這對不抽煙的人的確是一大福音。（95 指考）

Although many heavy smokers oppose this, it is definitely good news for non-smokers.（名詞轉換動詞）

由以上的考題來看，這五種翻譯技巧確實都能應用在翻譯測驗上。高中英文教師可以適時地把翻譯技巧融入翻譯教學中，教導學生熟練使用或至少意識到這些技巧，應有助於補強他們的翻譯能力。

伍、結論

一、翻譯試題分析結果

　　本文分析近二十五年（民國 73 年到 97 年）歷屆大學入學考試英文科的翻譯試題，發現題數已從過去的五題減為目前的兩題，減輕學生答題負擔，評分老師閱卷也比較容易，而且批改兩題的速度也增快許多。配分方面從過去的 20 分降為目前的 8 分，是英文科考卷所有題項中佔分比例最少的。翻譯題數和配分的降低可能有助於避免閱卷者主觀評分因素過高，造成給分不公的現象，也可增加評分者效度（inter-rater reliability）。

　　出題的時態以現在簡單式和過去簡單式為主，可能也是考慮到學生作答的能力，因為現在式和過去式是多數學生熟悉又容易掌握的時態用法。句子類型則以簡單句考得最多，而合句和複合句的出題比例較低。句型方面，大部分考的是五大句型和連接詞的運用。從高中英文課本和文法書籍中來看，通常最先介紹的基本句型就是五大句型。從分析結果得知，五大句型的考題就將近五成，其次是連接詞也將近三成。由此看來，翻譯試題測驗的是句子基本的句型和字彙用法，所以高中英文老師在教翻譯時無需本末倒置，捨棄基本句型的練習而去教艱澀難懂的教材。

　　此外，翻譯技巧在考題的應用上，以順譯法、逆譯法和加譯法較常用，題目設計以及評分方式也有利於學生使用字面直譯來回答和得分。翻譯試題的主題近年來都是以時事和學生的生活經驗為範圍，所以學生除了學習文法和句型，平日也應該學習運用英文來表達時事和自己周遭的人、事、物。尤其時事方面可以多

閱讀中英文報紙，對於一些新詞應勤做筆記，隨時複習。而老師在教學上也不要只執著在文法和句型而已，而忽略翻譯技巧的教學，應當適時將翻譯技巧融入教學中，以增加學生的翻譯能力。

另外，大考中心和坊間參考書對歷屆翻譯試題所提供參考答案的適切性也有待商榷。首先，為了評分的客觀公平和方便，翻譯試題的設計大部份採取中英字對字的對應關係，其參考答案難免失去翻譯靈活動態對等的精神。其次，有些參考答案的本身就已經是有問題的，蘇正隆先生曾於第十四屆口筆譯教學國際研討會上就翻譯試題參考答案的不當發表評論，例如民國 90 年聯考題「昨天晚上我感覺有點不舒服」參考答案為 I felt a little uncomfortable last night.但「不舒服」在中文是屬於生理狀況的不適，不宜用 uncomfortable 在英文中屬於心理情緒上的不快來對譯，因此改譯為 I was not feeling well last night 或 I felt sick last night 較佳。諸如此類的翻譯試題和參考譯文很容易造成學生學習英文的錯誤觀念，教師在教學時不可不慎。

二、翻譯教學的重要性

「聽、說、讀、寫、譯」這五項英文能力是相輔相成，同時在學習上也互相影響。不過學生在大學入學考試的英文科翻譯題成績卻反映出目前日益嚴重的英文教學問題。事實上，對於翻譯題作答有困難的學生，就表示他們英文的基礎能力有限，通常也無法在第一部份的選擇題中有良好的表現。但相對來看，在非選擇題如翻譯和作文題表現優良的學生，其選擇題部份通常也有不錯的成績。

　　翻譯在外語教學上也可算是種閱讀和寫作練習，更是重要的評量工具。學習者可透過翻譯的練習，理解原文的意義，重新組織後再用譯文表現出來。這中間的認知過程，能讓學習者意識到中英兩種語言系統間的差異，更能明確地意識到兩種語言的特點，進而提高學習語言的敏感度，加深對英文和中文的理解（柯平，1994）。此外，學生還常使用翻譯來當作一種學習英語的策略，翻譯只要使用得宜，確實可以幫助學生釐清語意和認清自己學習上的弱點（廖柏森，2007b）。

三、教師在翻譯教學上的應用

　　高中英文老師除了教導句型文法之外，還可以將翻譯本身視為一種語言技能，再藉由翻譯教學來提升學生的翻譯能力和英文程度。教師可以善用課堂翻譯教學的時間，不要只檢討翻譯作業上的錯誤，也不要過於執著艱深單字、文法和句型的教導，或者以考試來代替教學，這些對於學生學習翻譯都會有負面的影響。課堂上除了老師的講解之外，也可以讓學生分組翻譯和討論，藉由觀摩比較的學習會使學生更專注。老師可以文法、句型、翻譯技巧等作為翻譯教學的主要內容，再配合學生分組討論的方式來強化翻譯教學的進行。學生在分組活動中彼此互動切磋，截長補短互相學習，使上課氣氛熱鬧有趣。分組翻譯的好處不但讓學生學習分工合作，更能增進彼此的友誼。所以上課時應該多讓學生討論翻譯，也可增進學生的英文能力和翻譯技巧。

　　其實歷屆大學入學考試的翻譯試題都不是很難，但是多數考生的表現仍有待加強，就是因為翻譯題強調整體性的詞彙用

法與文法觀念對於不求甚解而執著於死背文法單字的學生來說是很大的挑戰。英文測驗中翻譯題應是能有效檢測學生英文能力的項目，希望高中英文老師能夠更關心目前的出題情況並且對症下藥，無需再盲目教一些艱澀難懂的東西，徒增學生的挫敗感，失去對英文的學習興趣。只要老師能夠教導學生基本的翻譯觀念和熟悉各種譯法，不但能補強學生的翻譯能力，亦能增進其英文程度。而如何擺脫傳統的死板教法，轉而教導學生基本的翻譯技巧和培養正確的翻譯觀念，應當是目前高中英文老師的重要工作之一。

四、研究限制

本文針對 100 題翻譯試題所討論的範圍很有限，僅止於單字、片語、時態和句型的層面來分析歸納和製作統計數據。這是因為大學入學考試英文科的翻譯試題只是限定高中生對於基本的英文單字、片語和句型的應用。本文並未針對測驗評量和翻譯理論的觀點加以討論。

五、未來研究的建議

建議未來對大學入學考試翻譯試題有興趣的研究者，可以討論其它相關議題。例如研究高中英文教師與學生對於翻譯試題的看法？考翻譯對於高中英文教學的影響為何？或是調查高中生如何因應準備翻譯題等。若能從問卷調查或實際訪談中蒐集資料，獲得更具體的回應或數據，那麼我們對於翻譯在高中英文教學的角色以及在大學入學考試中的定位將會更加清楚。

科學教科書翻譯方法對讀者理解程度的影響

陳慶民、廖柏森

摘要

　　科學教科書的譯本對學生學習科學知識的價值不容忽視，然而多數學生卻常認為翻譯本艱澀難懂。此種現象是否因翻譯方法所致，目前並無實證研究結果支持，因此本研究旨在探討科學教科書譯本的不同翻譯方法對大學生讀者理解能力的影響。研究方法是自大學物理教科書的中譯本中選取四篇典型的科學文章做為原譯文本，另外應用奈達（Nida）的功能對等理論和紐馬克（Newmark）的參數對照法檢驗，將該四篇譯文以溝通翻譯法改譯後作為改譯文本，再針對這四篇文本的內容設計選擇測驗題。隨機分組的兩組學生於規定時間內分別閱讀原譯與改譯兩種譯文後填答測驗題。測驗結果經 t 檢驗後顯示兩組得分達到顯著差異。亦即閱讀改譯譯文的學生，對譯文內容的理解程度明顯高於閱讀原譯譯文的學生。此結果指出如果翻譯科學文本時能應用適當的翻譯方法與理論，就能顯著地改善讀者的理解程度，這也同

時證明奈達和紐馬克的理論以及溝通翻譯方法在科學文本的翻譯上具有應用價值。研究者在後續與學生座談中亦發現：科學教科書中照字面翻譯較容易誤導讀者，而長句譯文較容易使讀者困惑。

關鍵詞：翻譯方法、科學翻譯、理解程度

壹、動機

在台灣，理工科領域中相關人員在求學過程當中常會經歷一個挫折的經驗：教科書的中文譯本常常讓人難以理解，以至於有很多學生必須學習看原文本。雖然學習閱讀科技原文本有其必要性，但相對地翻譯本也有其存在價值。只要是品質好的譯本，絕大多數讀者的理解程度和速度都遠超過看原文本，對初學者來說，翻譯本更是獲得資訊不可或缺的來源。

雖然如此，大家對科學性翻譯本的印象卻大多不佳，就科學教科書來說，讀者需要詳盡清晰的解釋，才可能了解書內艱深的原理，如果譯文本身不知所云，讀者就更難理解書中內容。因此科學翻譯對譯文的清晰度和正確性有更高的要求，如果譯文稍有錯誤或不通順，讀者的閱讀和理解就很容易受影響，也因此容易導致印象不佳。

在田靜如所著《科技英文》一書中（2007:65），討論科技翻譯時提到：「直譯是一絲不苟的把原文的內容意思，逐字逐句的全部翻譯出來，也是最忠於原作的翻譯方法。一般來說科技書籍，尤其是教科書，大多採用這種翻譯的方法。」由此可以看出逐字逐句翻譯在科學界是可以被接受的。但逐字翻譯也可能是目前中文歐化的原因之一（王艷，2008），余光中也曾對中文的西化現象痛下針砭，認為學科學的人士濫用抽象名詞（余光中，2006）。這些由逐字翻譯而產生的西化中文，是否就是讓讀者難以理解的原因？長期以來大家對教科書翻譯本不通順的印象是否由此造成？這些問題都值得探討。

　　如果坊間的譯本內容不容易理解，是否有比較適合科學文本的翻譯方法，能讓譯文更加清楚易懂？ 科學性文章有一項特性，它以描述實物世界中的現象居多，也就是實際發生的事以及實際存在的物。因此所謂原文的意思轉化成實際的事與物時，就不易產生模稜兩可、因人而異的情形。不過問題是：當用譯文呈現時，是否能夠清楚地描寫這些事與物，也就是說，譯文能否發揮和原文同樣的功能？在這個問題上，奈達（Nida，1964）的功能對等理論剛好適用。譯文可不必顧慮能否完全傳達原文作者所要表達的形式，而是應注重讀者對譯文的認知，是否和原文讀者所獲得的資訊相同。換句話說，翻譯的方式是力求能夠清晰描寫發生的事物，讓讀者獲得確實的資訊，而不必過度拘泥於原文所用的字句。

　　對於如何檢驗譯文的效果，紐馬克（Newmark）曾提出具體的方法。他採用三個翻譯參數 X, Y, Z （Newmark, 1988a）來檢驗譯文。首先，根據原文（Y）找出它相對於現實世界的現象（X），然後根據這種現象，探討使用此種方法所產生的譯文，是否能在讀者心中產生同樣的印象（Z），以至於能更確實、更有效率地理解文章的內容。因此本研究採用的譯法，即根據奈達的理論，以讀者的認知為目標的翻譯方法，並且應用紐馬克的參數，比對原文、實物世界的現象、讀者的印象三者，來確保譯文能達到功能對等的要求。

　　在確定了翻譯方法後，本研究採用實證方法，以科學教科書的當然讀者大專學生為對象，檢驗學生在分別閱讀現行科學翻譯文本，以及由上述方法產生的對照翻譯文本後，對譯文中所描述科學現象的理解程度是否有差異。本研究希望能判別何種方法較

適合翻譯科學教科書，以作為譯者的參考，並釐清長久以來大眾對科學文章譯文印象不良的原因。

貳、翻譯理論與譯法

在近代西方翻譯理論的學者中，國內最熟悉的莫過於奈達和紐馬克（胡功澤，2005）。奈達以其功能對等理論最著名，所謂功能對等就是譯文應和原文在語言上的功能相等，而非形式上的對等。至於如何才算對等？哪方面的功能要對等？奈達認為不應侷限於文字，而應注重讀者的心理感受，並且把文章的功能分為九種（Nida，1964）。這和傳統上依主觀意識判斷譯文好壞的論述完全不同，翻譯理論因而展開了嶄新的一面。

奈達畢生的翻譯研究都集中在聖經翻譯，認為翻譯聖經不必保留原文的語法和形式，重要的是能否重現聖經中所要傳達的訊息，如果譯文能達到這個目的，就無須受到原文的限制，必要時或許改寫也未嘗不可。簡言之，奈達的功能對等可說是以譯文讀者為中心的理論，這對科技性文章來說尤其有幫助。

為了達到功能對等，奈達提出了幾種方法：一、採用詞類（word class），而不用傳統的詞性，二、提出核心句（kernel sentence）的概念，三、引用同構體的理論。舉例來說，在英文裡，形容詞修飾名詞，而副詞修飾動詞，但中文未必這樣用。因此當譯者按照英文的詞性架構翻譯成中文時，就可能不像中文了。奈達主張將文字分成實物（object）、事件（event）、抽象（abstract）、關係（relation）四種。這樣只要根據詞的種類來翻

譯即可,不必管它的詞性。這四種後來又增為七種[1],但基本模式是一樣的。

另外,原文的句子結構和文法,很可能和譯文的結構和文法不同,因此如果依照原文結構翻譯時,就容易出現翻譯腔,很多譯者常常受到這種限制,無法跳脫原文框架。針對這個問題,奈達提出了核心句的主張,他認為再複雜的句子,其實都是由最簡單、最基本的句子所組成,只要把整個句子拆解成這種簡單句,再依照譯入語的習慣文法結構,組合成譯文句子。經過這個過程,翻譯起來就不太會出現翻譯腔了。

奈達所提出的同構體的概念,是指不同的詞或物在不同的文化中可能代表不同的意義,這時如果照字面翻譯的話,譯文讀者將會不知所云。因此翻譯時,必須注意這種因文化差異,使同樣的象徵所產生的不同意義。但如果兩個不同象徵在兩個文化裡代表相同的意義,那就應該採用此種象徵,而不該拘泥於原文字面的意思。

奈達的方法雖是從翻譯聖經的經驗中得到的結論,但應用在科技文體上也相當可行。尤其科技文體常用描述性的句子,有時句子很長,也就不容易翻譯得清楚,這時應用奈達的組成句,問題即可迎刃而解。但奈達最重要的貢獻,還是在功能對等的概念上。聖經是在傳達神的意旨,而科技文章是在傳達科學知識,兩者的譯文都希望做到清楚傳達原文的訊息,因此功能對等應用在科技文體上非常恰當。只要能正確傳達資訊,原文的格式、字句其實不重要,譯者可有最大的發揮空間,以達到傳達原文資訊的

---

[1]　這七種分別為:實體(entities)、活動(activities)、狀態(states)、過程(processes)、特徵(characteristics)、連結(links)、指示(deictics)。

目的。這樣的譯文，應比按照原文字句架構逐字翻譯的譯文容易了解，但國內有關這方面的實證研究仍很欠缺。

　　如果說奈達以他的功能對等理論聞名，那紐馬克應該是以他的實用翻譯方法著稱[2]。紐馬克借用比勒（Bühler，1965）的方法，將文本的功能根據其目的分為六大類，認為翻譯策略應隨著文本的目的而改變，這六大功能分別為表述功能（the expressive function）、資訊功能（the informative function）、呼籲功能（the vocative function）、美學功能（the aesthetic function）、寒暄功能（the phatic function）、後設語言功能（the metalingual function）

　　由紐馬克的分類可知，科學性文章和教科書是屬於資訊功能，其目的主要在讓讀者接收到作者想要傳達的資訊，所以翻譯時應以資訊正確為首要，不必過度顧及原文作者的風格特性。傳統譯論都以原文為基礎，來探討譯文的優劣點，紐馬克則以文章的目的來分類，再探討用何種翻譯方法比較適當。因此，對資訊性文章或科學性文本，譯者應注重的是文本所處的情境，而無須受限於原文文字。也就是說，文字形式本身並不重要，重要的是譯文能清楚傳達原文所要傳遞的資訊。

　　紐馬克有感於長久以來只有直譯和意譯兩種主要翻譯方法，而到底該採用直譯或意譯的爭論，也總是將作者、譯者和讀者混為一談。為了擺脫這種限制，他特地提出八種翻譯方法，列表如下：

---

[2]　紐馬克的名著《翻譯教程》（A textbook of Translation）（Newmark，1988b）一書，在國內已有詳實的翻譯本（賴慈芸譯，2005），本論文中相關名詞即採用此書的譯名。

注重來源語的譯法	注重目標語的譯法
逐字譯（Word-for-word translation）	改寫（Adaptation）
直譯（Literal translation）	自由翻譯（Free translation）
忠實翻譯（Faithful translation）	本土翻譯（Idiomatic translation）
語意翻譯（Semantic translation）	溝通翻譯 （Communicative translation）

其中左邊的翻譯方法偏向直譯，右邊就接近意譯。

紐馬克（1988b）特別指出，只有語意翻譯和溝通翻譯能達成翻譯的兩大目的：一是正確（accuracy）、二是精簡（economy）。一般而言，語意翻譯的譯文是以作者的語言程度為準，溝通翻譯則以讀者的語言程度為準。語意翻譯常用於「表述類」文本，溝通翻譯則常用於「資訊類」與「呼籲類」文本。由此可以看出，針對科技性文本，紐馬克主張以目標語為重的溝通翻譯，注重讀者的認知，也就是偏向意譯，這與坊間譯本的現況不太相同。可見紐馬克的理論並未獲國內科學界譯者所採用，而且紐馬克的應用效果也尚未經實證研究，因此依據紐馬克的理論所產生的譯文，是否真能達到有效傳達資訊的目的，也就值得進一步探討。

確認了翻譯的功能後，紐馬克採用了 Frege 的分類，經修改後，提出根據文字、指涉與心理所對照的 X、Y、Z 三個層面，提供譯者在翻譯時對照比較。其中 Y 就是原文文字本身，也就是文字層面；X 是原文所描寫的現實世界中的情境，這是原文的指涉層面；Z 則是讀者在讀完文本後的感受，也就是讀者的主觀層面。紐馬克認為譯者在翻譯時，應該在這三個層面下功夫。任何翻譯都從原文的文字層面出發，但譯者有指涉層面的 X 和主觀層面的 Z 可以參考。在翻譯過程中不斷的比較這三個層面，來確認譯文產生的功能是否和原文一樣。紐馬克的分類，不僅讓譯者有

了一個可以確切依循的工作指引，也提供了研究者一個深入分析譯文的工具。

　　不同的文本種類，所強調的功能也不一樣，三個翻譯層面的重點也會不同。由於科技性文章本來就是描述現實世界的現象，譯者必須在 X 層面下功夫，看看譯文所描寫出來的是否和原文相同。接著要在 Z 層面下功夫，考慮讀者在讀完譯文後，能否獲得像原文讀者一樣的資訊。由於讀者由譯文所獲得的資訊是可以確實檢驗的，紐馬克的理論在科技翻譯方面應具有應用價值。這個概念可由下圖來表示：

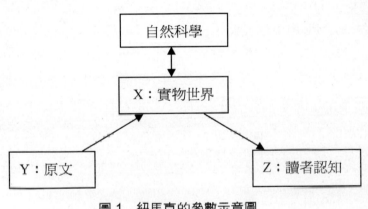

圖 1　紐馬克的參數示意圖

　　也就是說翻譯原文時，譯者不要從原文的 Y 層面，一下子就直接跳到 Z 層面，如此只是在翻譯文字，而不是在傳遞資訊。此時應該將 Y 對照到 X 層面，考慮到他對應的實物世界是什麼狀況，然後再轉換到 Z 層面，看譯文如何表達才能描寫出 X 層面的內容。

　　本研究所採用的翻譯方法就是紐馬克的溝通翻譯，但就如何在英漢科技翻譯中應用奈達與紐馬克的理論，目前似乎尚無相關的實證研究。本論文將根據奈達功能對等的精神，應用紐馬克的翻譯方法與參數來翻譯科學性教科書，然後檢驗此種方法是否會影響讀者對文本的理解程度。

參、研究方法

　　本研究採用測驗（testing）方法進行驗證。從大一物理學的課本中，選取四段較典型的譯文作為原譯譯文，再利用紐馬克的XYZ 參數對照檢驗的譯法，將其修訂為改譯譯文。然後針對譯文的內容設計選擇測驗題，先交由 30 位學生做預試（pilot study），接著根據測試結果和受測學生座談，修正測驗題中容易誤導受測者之處，之後再選擇 100 位學生分兩組做正式測驗。結果經由SPSS 軟體進行 t 檢定，分析兩組的差異性是否顯著，並和受測學生座談，以探討造成差異性的原因。

一、測試譯文

　　本研究選定的大學物理教科書譯本是 Serway（2002）的 *Principle of Physics*，它的內容深度很適合工程系的學生，許多工程系都選它做教本。譯本書名為《物理學》（呂正中等譯，2003），分為上下兩冊，由滄海書局出版，譯者皆為物理專業人士。

　　受測譯文應該具有某種程度的代表性，因此本研究選擇較典型的段落做為原譯的文本，另外為減少因學生背景知識所產生的

干擾變項，選文時也儘量選擇學生尚未學習過的內容。基於以上考量，本研究選定四篇測試原文及譯文，分別簡介如下：

1.柏努利原理：原文（Serway, 2002:525）；原譯（呂正中等，2003，上冊第 596 頁）

此篇描寫廚房水槽下方的 U 形管，如何藉由積水防止排水管中的臭氣竄進屋內，但是因為柏努利原理，排水時產生的低壓會讓 U 形管中的積水流掉，也就無法發揮功能。此時如果在排水管上接一個通往屋外的通氣管，就能解決這個問題。

2.宇宙溫度：原文（Serway, 2002:1083）；原譯（呂正中等，2003，下冊 637 第頁）

兩位科學家在一次實驗中偶然發現了宇宙大爆炸的遺跡－背景輻射，後來經過多位科學家的努力，美國太空總署也發射了人造衛星來測量，最後確定了大爆炸的理論。

3.阿爾發衰變：原文（Serway, 2002:1145）；原譯（呂正中等，2003，下冊第 715 頁）

原子核的核力將核子緊緊的限制在原子核內，但有些原子核卻能放射出阿爾發粒子來，這種現象一直無法用古典物理解釋，直到科學家發現了量子力學，才知道阿爾發粒子有逃脫原子核束縛的機率。

4.自由膨脹：原文（Serway, 2002: 641）；原譯（呂正中等，2003，下冊第 122 頁）

量子力學的機率是描寫原子、分子微觀世界中的現象，它和巨觀世界的現象有何關聯呢？此篇文章描寫一個熱力學中常見的簡單過程－自由膨脹，由機率的角度來看一個巨觀世界的現象。

二、改譯原則與方法

因為本研究改譯重視的是原文所要傳達的資訊，不是原文的形式，因此測試譯文改譯的原則是必須符合奈達的功能對等原理。當原文結構和中文相差太多時，利用奈達的詞類（word class）與核心句（kernel sentence）的方法（Nida, 1964），改變文句的形式，力求譯文清晰易懂。在改譯的過程中，不斷以紐馬克的X,Y,Z 參數對照檢驗。首先確認原文 Y 所描寫的內容，在現實世界中所指的現象 X 為何，改譯後再三確認譯文所傳達給讀者的資訊 Z 是否正確無誤。因為改譯的原則注重譯文讀者的認知，根據紐馬克的分類，這就是一種溝通翻譯，也是最適合具有資訊功能文章的翻譯方法（Newmark，1988b）。

舉例來說，在阿爾發衰變中有下列文字：

原文：

This increased probability should be reflected as an increased activity and consequently a shorter half-life.

原譯：

機率的增加應該反映在放射活性的增加及較短的半衰期，

由上文可以看出原譯幾乎直接按照原文的字義直接譯出，increased probability 譯為*機率的增加*，should 譯為*應該*，reflected 譯為*反映在*，increased activity 譯為*放射活性的增加*，shorter half-life 譯為*較短的半衰期*。譯文平鋪直述，幾乎完全按照原文格式和順序直接翻譯過來，這也是科學教科書中最普遍的翻譯方法。但如果依造紐馬克的方法，先想像這實際上在描述什麼狀況？它其實是說如果阿爾發粒子的放射機率增加，表示有很多阿

爾發粒子會跑出來，也就是說原子的放射性變強了。原子放射出阿爾發之後會衰變成別的原子，所以放射強就表示原子衰變快，也就是在較短的時間內衰變，因此半衰期就短。整句的意思可以由下表來說明：

放射機率增加

　　　　→放射性變強

　　　　　　→原子衰變快

　　　　　　　　→半衰期變短

　　上面四句其實就類似奈達的核心句，它的翻譯很直接，接著再依照中文的習慣，將這幾句重組合併而成，不須受到原文限制，這樣就不易出現翻譯腔。如此改譯後的句子如下：

改譯：

<u>機率增加表示原子核的放射性變強，因此放射性的半衰期會變短。</u>

三、測驗設計與預試

　　本研究將原文重新改譯後，再針對文章內容設計選擇測驗題，以檢驗讀者對文章內容的理解程度。因為原譯和改譯的用字不同，相對的測驗題也會修改部分文字，但不會變更問題內容。四篇譯文中每篇有 10 題單選題，總共 40 題。為了確認測試題目的適切性，研究者先徵求志願受測學生共 30 人，再根據亂數表（林清山，2006）隨機選取一半學生測試原譯，另一半學生測試改譯。測試時間約一小時，受測者從未學習過測試譯文所涵蓋的內容，其背景知識的影響應該不大。

　　預試結果顯示，閱讀改譯譯文學生得分比閱讀原譯的學生高。接著研究者分別訪談兩組受測同學，分析得分高低的原因，再根據同學的意見修改測驗題目和譯文。最後定案的題目，以針對阿爾發衰變的測驗題舉例如下：

（　　）9. 具有較高能量的 α 粒子的原子核半衰期較短的原因是
　　　　　(1)能量較高的 α 粒子發射較快
　　　　　(2)能量較高的 α 粒子位能阱較小
　　　　　(3)能量較高的 α 粒子穿透性較強
　　　　　(4)能量較高的 α 粒子能量障礙較低。

　　本測驗所有題目只測試文章的內容，也就是原文所要傳達的訊息，而不問學生對文章的感受。

四、正式施測

　　受測對象為工程學系的兩班學生總共 100 名。研究者根據亂數表隨機從這兩班中抽出一半學生 50 名作為測試組，閱讀改譯譯文；另一半 50 名同學為對照組，閱讀原譯譯文。隨機抽取的兩組學生，其物理背景知識應該很接近，因此所測結果如有差異，就可排除是因為兩組學生原本的物理知識不同所造成。施測時四篇測驗譯文和題目同時發給受測同學。同學可反覆閱讀，填答題目時也可對照譯文。施測時間約 50 分鐘，全部同學都在此時間內填答完畢。

肆、結果分析

一、統計分析

　　本研究之測驗每題以一分計，總分 40 分。測驗結果顯示原譯組最高為 21 分，最低為 7 分；改譯組最高為 28 分，最低為 8 分。若將兩組得分換算成百分比，則原譯組最高只對了 52.5% 題，並不及格，而改譯組最高只對了 70%題，成績只能說差強人意。最低分方面，原譯組答對 17.5%，改譯組是 20%，可見兩組得分皆明顯偏低。這表示文本內容對受測學生來說可能偏難。另一方面，現在大學生程度普遍低落，技職體系學生更是如此，可能也是原因之一。兩組得分由 SPSS 軟體計算平均值與標準差，結果如下表：

表一　測驗組別平均值統計結果

譯文	抽樣數	平均值	標準差	標準誤
原譯組	50	12.54	3.00	.42
改譯組	50	17.26	4.61	.65

　　描述性統計結果顯示改譯組的得分較高，接著用 SPSS 軟體作 *t* 檢定，分析結果如下表：

表二　測驗獨立樣本 *t* 檢定結果

		變異數相等的 Levene 檢定		平均數相等的 *t* 檢驗				
		F 檢定	顯著性	t	自由度	顯著性（雙尾）	平均差異	標準誤差
得分	假設變異數相等	7.970	.006	-6.065	98	.000	-4.72	.78
	假設變異數不相等			-6.065	84.263	.000	-4.72	.78

　　由 Leven 的 F 檢定結果，p=.006<.05，因此符合假定兩種結果的變異數不相等，則須看表格中第二列的結果。其中顯著性 p=.000<.01，因此兩組成績的差異已達到 99%的顯著水準。也就是說，原譯和改譯的結果，在統計上已經達到顯著的差異性，改譯組的得分明顯高於原譯組。

二、學生答題分析座談

　　由測驗結果可推論，改譯的譯文應該比原譯清楚，因而讓讀者更能理解文意，從而更正確回答測驗問題。但為何改譯比較清楚？原譯有哪些地方讓讀者困惑？為了探討這些問題，本研究首先比較兩組學生回答每一題測驗的得分，看兩組在哪些題目得分較高或較低，接著詳細分析每一題答案選項的分佈情形，例如是集中在某些選項，還是分散分佈，以整理出相關的問題在隨後的座談中討論。

　　接下來研究者徵求受測同學參與座談，座談會的目的是探討讀者面對每一題題目選擇某選項的原因，共有 31 位同學參加。

其中閱讀原譯的同學 17 名，閱讀改譯者 14 名。佔總受測人數 1/4~1/3。

座談過程採逐篇逐題討論的方式，探討受測同學選擇每一個選項的原因，並歸納整理出重點。首先，討論結果發現原譯最容易誤導讀者的譯文大多是照字面直接翻譯的結果。

舉例來說，下列譯文中的「*捕捉……水*」三個字對同學的影響很大。原因是同學認為這種表達方式並不常見，既然在譯文裡出現，一定有其重要性：

The water trap in the pipe below the sink captures a plug of water that prevents sewer gas from finding its way from the sewer pipe, up the sink drain, and into the home.

原譯：

在水槽下的 U 形水管捕捉了一部份水，以防止臭氣從下水溝沿著同樣路徑經過水槽下水管而飄進屋子。

原文中的 captures…water，原譯按照字面翻譯為「*捕捉……水*」，在譯文中顯得突兀，容易吸引學生的注意。但是學生若無法理解它的意思，就胡亂猜測，以為這就是答案。由此可見只按照字面意思翻譯所產生的文字，很可能誤導讀者。

另外一種情形是原譯有時不通順，可是很多同學還是能夠理解譯文的意思。以下這題最能說明這種現象，其原文和譯文為：

We now turn to a structural model for the mechanism for alpha decay that allows some understanding of the decay process.

原譯：

我們現在著手於 α 衰變機制的結構模型，這給予我們對衰變過程的瞭解。

　　原譯將 turn to 譯為「*著手*」，that 譯為「*這*」，並未譯為「那」，some 沒有譯出，為了讓動詞「*給予*」有個受詞，加了一個「我們」之外，其他部分完全按照原文翻譯。測試結果顯示讀者還是能夠理解原譯的文意，只是就整體的翻譯品質而言，原譯相對地較不容易讓學生理解。

　　改譯的文本其實也有部份譯文不夠清楚，這可分為兩種情況，其中有些改譯句子太長，讀者很難一下子接收這麼多資訊，以至得分比原譯低，這是翻譯時必須特別注意的地方。另外一種情況是改譯有「過度翻譯」的現象。以致於比原譯長了許多，更重要的是為了讓譯文清楚易懂，特地略過幾個不常見的字不翻譯出來，但如此反而讓譯文不清楚了。

　　此情況以下題為代表，原文、原譯和改譯如下：

Imagine that the alpha particle forms within the parent nucleus so that the parent nucleus is a combination of the alpha particle and the remaining daughter nucleus.

　　原譯：

想像 α 粒子在母核中形成，所以母核是 α 粒子及剩餘的子核的組合。

　　改譯：

　　想像在一個原子核裡形成了一個 α 粒子，這時這個原子核可以看作是由此 α 粒子和其餘部分所形成的子核所構成。

　　改譯在這裡較不清楚的原因，除了比原譯長了許多外，更重要的是為了讓譯文清楚，特地略過「母核」兩字不翻，如此反而失去了原文中「母核」與「子核」的對應關係，讓讀者困惑，這點值得注意。

伍、結論與建議

　　本研究旨在探討科學教科書的不同翻譯方式如何影響讀者的理解能力。為此，本研究選取大學物理教科書譯本中較典型的文章四篇做為測驗文本。另外應用奈達的功能對等理論，並參考紐馬克的參數對照法檢驗，改譯這四篇文章。接著針對這四篇文本內容設計選擇測驗題，再選取兩組學生分別閱讀上述兩種譯文以填答測驗題。測驗結果經由 t 檢驗，顯示兩組得分在 99%的信心水準下達到顯著差異。最後研究者和受測學生座談，探討影響理解譯文的原因，並做成結論和建議。

一、結論

　　由兩組學生的得分看來，原譯組平均得分為 31.35%，改譯組平均 43.15%，顯然兩組的得分都偏低。換算成題數，原譯組大約每 4 題才答對 1 題，而改譯組大約每 3 題答對一題。這表示文本內容對受測學生來說偏難，受測學生對譯文的理解偏低。造成這種現象的部分原因，可能是因目前科技大學的學生一般程度欠佳。除此之外，也可能因技職體系學生的中文理解力較低，較難理解文意。另一方面來說，這也可能顯示科學教科書對學生來說不易閱讀，因此選擇一本清楚易懂的翻譯本，對技職體系學生尤其重要。

　　本研究分析兩組在各題的得分，顯示各題的改譯文句大多比原譯清楚。檢視改譯得分明顯高於原譯的題目和其相關譯文段落，發現兩組得分差異較大的原因多數都是按照原文字面意思逐字翻譯的結果。這種按照原文字面意思逐字翻譯所產生的中文，

在不同文字和文化的差異下，讀者所得到的訊息和原文想要表達的內容會有落差，讀者因此產生錯誤認知，造成誤解。而改譯得分較高，是因為其文句跳出原文句構的框架，利用奈達的理論檢驗核心句，不受原文文字或詞類的限制，而專注於原文所要描述的現象或過程，再以平順的中文敘述其意思，這樣中文讀者就能得到相同的資訊。因為資訊正確，得分自然較高。

對於有些試題改譯得分雖高於原譯，不過分數差異稍微小一些。這表示原譯有些譯文讀者仍可清楚理解，只是改譯更清楚。原譯在這部分仍有誤導的情形，只是程度上比較輕微，所以仍有部份學生能看懂文意。而有些明顯不通順的文字，對同學並未造成預期的困擾，所以原譯和改譯得分差不多。

不過部份改譯譯文也有改善的空間。某些部分改譯組的得分甚至低於原譯組，表示改譯更不清楚。同學們認為最主要的原因是改譯譯句太長，所以無法理解。這顯示陳桂琴（2005）與鄭聲濤（2008）等人認為對於長句的翻譯處理要非常小心，否則讀者難以理解文意，這種主張是正確的。

從以上可知，即使改譯未做到十全十美，結果仍顯示改譯譯文較容易理解，這表示本研究的改譯方式比現行教科書中的翻譯方式更恰當，這點呼應郭建中（2007）的觀點，亦即科技翻譯採用「重寫」較恰當。他的「重寫」就是溝通翻譯，也是本研究的改譯方式。但本研究採實證法，提出更多實證結果與數據，並經統計檢驗，比先前的研究完備，也更可信賴。

探討改譯譯文之所以比原譯清楚，首要原因是在翻譯時注重原文所要傳達的資訊，然後檢驗譯文能否傳達同樣的訊息。也就是重視原文的資訊功能，希望譯文能達到對等功能。這顯示奈達

的功能對等原理的確適用於科學翻譯。由改譯的過程中可以得知，核心句法是個非常實用的翻譯利器。當遇到難以翻譯的句型時，可以先檢驗整句的核心在哪裡，然後跳脫原文，換一種詞類來翻譯，常常可以獲得不錯的結果。另外，紐馬克的方法提供了一個在翻譯時確實可行的步驟。翻譯時先想像原文 Y 所描寫的在實物世界中是什麼情況 X？然後以中文來描寫相同的情況，應該怎麼敘述才能讓讀者獲得正確的資訊 Z？本研究採用了此方法來改寫譯文，實證結果顯示，改寫後的譯文的確較易於讓讀者理解。這表示對科學翻譯來說，紐馬克的方法很實用。

　　不過採用時也有需要注意之處。首先，譯者要能正確理解原文所要描寫的現象。但是當譯者在腦中將其轉換成為對應的圖像，接著將腦中的圖像轉換為文字時，譯者對譯文的認知，和讀者對譯文的認知也不一定相同。換句話說，譯者對譯文的解讀和讀者的解讀有時會發生落差，這時就容易使讀者無法理解或誤解譯文。

　　針對科學性翻譯文章的實證研究並不多，本研究可說是此領域的初探。所得結果證實採用功能對等的翻譯方法比現行教科書中的譯文更容易讓讀者理解，但其實這也顯示譯者只要肯多為讀者設想，通常即可獲得較好的結果。雖然奈達的理論和紐馬克的方法相當實用，但最後仍須依賴譯者努力，以及譯者與出版社或甚至與審訂者三方的合作，才有可能產生好的譯作。

二、建議

　　由於科學性文章較為嚴謹，所以很多譯者為了怕遺漏資

訊，認為最好每個字都逐字翻譯出來，結果反而譯出資訊不清、難以理解的譯文。事實上，科學性文章因為較客觀，形容詞用得少，有時跳脫原文架構的譯文反而比較清楚易懂。由本研究可以看出，因為跳脫原文句構束縛的翻譯方式，用字較符合中文習慣，讀者會覺得比較通順，較容易理解。因此本研究建議，譯者在翻譯科學性文章時，為求文意清楚易懂採用此種方法也無妨。本研究也發現奈達功能對等理論非常適用於科學性文章，因此建議科學性文章的譯者應重視功能對等的效用，翻譯時儘量符合此原則。

目前坊間科學教科書的譯者，幾乎清一色都是大學教授等專業人士。他們都具備相關的專業知識，但翻譯文筆就不一定優於專業的譯者。但翻譯能力較好的專業譯者，卻因缺乏科學專業知識，難以勝任這些教科書的翻譯工作。這樣如何能夠提升科學教科書的翻譯品質呢？

面對這個問題，目前的解決之道似乎是採用顧問方式，讓專業譯者能夠參與翻譯的工作，至少能夠負責校稿，以提升譯文的品質。這與市面上教科書譯本審訂者的工作類似。余佳玲（2003）在她的論文中提到，一般科普的翻譯流程是由譯者翻譯完成後，交由外編修訂後再交予出版社編輯校正，接著就直接出版譯本了，以致於譯者有可能完全看不到最後的成品，更別說能有和外編直接溝通的機會。這顯示在科普方面翻譯一本書的標準作業流程似乎有待商榷。余佳玲因為編輯中途換手，反而幸運地能看到外編修訂後的譯文，也因此可以一再以譯者的立場修正譯文，消弭了外編一些用字不當的部份。如此一來，專業外編修正專業譯者的科學專業知識的部份，而專業譯者修正專業外編文字的部

分，兩者截長補短，似乎是個不錯的方法。對科學教科書來說，因為內容專業，或許一定得由專業教授來翻譯，但文字部分顯然也需要專業譯者來參與。由此，本研究建議，有興趣的專家學者繼續探討此問題，以解決科學性文章翻譯的困境，提高科學教科書譯本的品質。

三、研究限制

雖然本研究獲得確切的結果，但結論仍有一些限制。首先本研究是依據研究者的背景，選擇較熟悉的物理學科來探討，其他學科還有待進一步多方測試研究，才可能有定論。再來是文本的選擇，在不可能全面探討所有教科書的情況下，本研究結果只能說在物理學教科書中有此現象，不能推論說所有教科書都有這種現象。接著是譯文的選擇，本研究雖選取較典型的段落，並且儘量涵蓋各種類型，但也無法確認每本教科書中都有這些類型的段落，因此推論性還是受到限制。

再者，本研究雖然探討了譯文文字的部份，但與學生座談中發現，就算不看文字，學生也能從文本所附的圖表本身得到一些資訊。一本教科書通常包含了數據、圖表、文字三部份，就算文意不清楚，讀者還是可以從數據和圖表獲得很多的資訊，文字所呈現的資訊是否具有決定性的影響？讀者是否因為難以理解文字的部份，就難以理解整體的資訊？本研究並未能探討這點，只能就文字的部分下結論。

最後，本研究只選用了一本教科書中的四篇文章，對於科學性文本的代表性和涵蓋性仍嫌不足，而受測者也僅限於一校中的

兩班學生。對於翻譯方法對讀者理解力的影響，仍有待後續更多的研究加入探討。或許未來的研究可以涵蓋更廣泛的科普文本範圍；而且選取一般大學的學生受測，或許會有不同的研究結果。對其他領域如工程、商業等的中譯本，也值得以類似研究方法來探討不同翻譯方式對讀者理解能力的影響。

附錄一

測試原文與譯文

一、Bernoulli's principal：

原文（Serway, 2002: 525）

Consider the portion of a home plumbing system shown in Figure 15.23. The water trap in the pipe below the sink captures a plug of water that prevents sewer gas from finding its way from the sewer pipe, up the sink drain, and into the home. Suppose the dishwasher is draining, so that water is moving to the left in the sewer pipe. What is the purpose of the vent, which is open to the air above the roof of the house? In which direction is air moving at the opening of the vent, upward or downward?

Let us imagine that the vent is not present, so that the drain pipe for the sink is simply connected through the trap to the sewer pipe. As water from the dishwasher moves to the left in the sewer pipe,

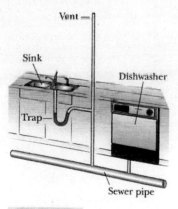

Figure 15.23

(Thinking Physics 15.7) What is the purpose of the vent—the vertical pipe open to the atmosphere?

the pressure in the sewer pipe is reduced below atmospheric pressure, according to Bernoulli's principle. The pressure at the drain in the sink is still at atmospheric pressure. Thus, this pressure differential pushes the plug of water in the water trap of the sink down the drain pipe into the sewer pipe, removing it as a barrier to sewer gas. With the addition of the vent to the roof, the reduced pressure of the dishwasher water causes air to enter the vent pipe at the roof. This keeps the pressure in the vent pipe and the right-hand side of the sink drain pipe close to atmospheric pressure, so that the plug of water in the water trap remains in the trap and prevents sewer gas from entering the home.

一、柏努利原理

原譯（呂正中等，2003，上冊596頁）

（網底標明的段落是補正原譯漏譯的部份。）

　　考慮一個家庭水管系統的部份，如圖15.23。在水槽下的U形水管捕捉了一部份水，以防止臭氣從下水溝沿著同樣路徑經過水槽下水管而飄進屋子。假定洗碗機正在排出廢水到下水溝裡的左邊。則做此排氣管有何目的呢？此排氣管的開口一直延伸到房子屋頂上。在排氣管的開口處，空氣的移動方向是向上還是向下呢？

　　想像排氣管並不存在，因此水槽下的排水管簡單的經過U形管連接到下水溝。當廢水從洗碗機排出到下水溝左邊時，下水溝的壓力被降低到一大氣壓以下，此乃根據柏努利原理。而水槽下的水管其壓力仍維持一大氣壓。因此，此壓差足以將水槽下的水推越過U形管而往下水溝流去，因而無法成為下水道氣體的障礙，若加入排氣管而延伸至屋頂，則洗碗機排出的水所減低的壓力將導致空氣從屋頂上進入排氣管。在排氣管內壓力將一直保持著，而且水槽下排水管的右手邊的壓力也將接近於一大氣壓，因此在U形管內的水將一直維持著，並防止臭氣進入屋內。

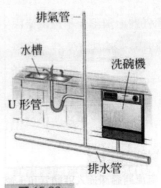

排氣管

水槽

洗碗機

U形管

排水管

圖 15.23

(物理思考 15.7)開向大氣的鉛直排氣管其目的爲何？

一、柏努利原理

改譯

請見圖 15.23 中所顯示的住家廚房排水系統。水槽下方的 U 形管積了一些水，可以防止排水管中的臭氣往上竄，從排水孔進入屋內。假設洗碗機正在排水，排水管中的水是往左邊流。通往屋頂的通氣管的用處是什麼？在通氣管內靠近上方開口處，空氣流動的方向是向上還是向下？

我們先想像一下如果沒有通氣管會怎樣？這時水槽經由 U 形管直接連到排水管。當洗碗機流出的水在排水管中流向左邊時，根據柏努利原理，排水管內的壓力會低於外界的壓力。在水槽的排水孔處，壓力仍然是當時的大氣壓力。因為 U 形管兩端的壓力差，管內的積水被迫流到排水管中，也就失去了阻止臭氣進入屋內的功能。如果加上能通到屋頂的通氣管，洗碗機排水所產生的低壓會讓空氣從屋頂上的通氣孔進入通氣管內。這樣能讓通氣管內和 U 形管右側的壓力維持在接近當時的大氣壓力，如此 U 形管內的積水能停留在管內，因而能防止排水管內的臭氣進入屋內。

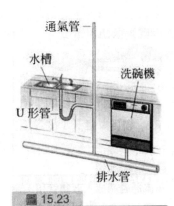

通氣管

水槽

洗碗機

U 形管

排水管

圖 15.23

（思考物理 15.7）和外界空氣相通的垂直通氣管的功能是什麼？

二、Cosmic temperature：

原文（Serway, 2002:1083）

In 1965, Arno Penzias and Robert Wilson of Bell Telephone Laboratories were measuring radiation from the Milky Way galaxy using a special 20-ft antenna as a radio telescope. They noticed a consistent background "noise" of radiation in the signals from the antenna. Despite their great efforts to test alternative hypotheses for the origin of the noise in terms of interference form the Sun, an unknown source in the Milky Way, structural problems in the antenna, and even the presence of pigeon droppings in the antenna, none of the hypotheses were sufficient to explain the noise.

What Penzias and Wilson were detecting was the thermal radiation from the Big Bang. The fact that it was detected by their system regardless of the direction of the antenna was consistent with the fact that the

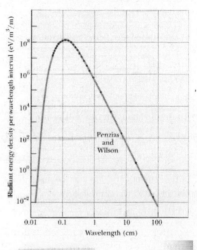

Figure 28.25

Theoretical blackbody wavelength distribution (red curve) and measured data points for radiation from the Big Bang. Most of the data were collected from the Cosmic Background Explorer (COBE) satellite. The data point of Penzias and Wilson is indicated.

radiation is spread throughout the Universe, as the Big Bang model predicts. A measurement of the intensity of this radiation suggested that the temperature associated with the radiation was about 3 K, consistent with Alpher, Gamow, and Hermann's prediction from the 1940s. Although the measurement was consistent with their prediction, the measurement was taken at only a single wavelength. Full agreement with the model of the Universe as a black body would come only if measurements at many wavelengths demonstrated a distribution in wavelengths consistent with Figure 28.25.

In the years following Penzias and Wilson's discovery, other researchers made measurements at different wavelengths. In 1989, the COBE (Cosmic Background Explorer) satellite was launched by NASA and added critical measurements at wavelengths below 0.1cm. The results of these measurements are shown in Figure 28.25. The series of measurements taken since 1965 are consistent with thermal radiation associated with a temperature of 2.7K. The whole story of the cosmic temperature is a remarkable example of science at work — building a model, making a prediction, taking measurements, and testing the measurements against the predictions.

二、宇宙溫度

原譯（呂正中等，2003，下冊 637 頁）

1965 年貝爾電訊實驗室的亞諾潘斯（Arno Penzias）及羅伯威爾森（Robert Wilson），利用一特別的 20 呎天線當作無限電望遠鏡測量來自銀河系的輻射，他們注意到來自天線的訊號包含了背景的雜訊，無論他們多盡力的測試多種不同的假設包括雜訊是來自太陽的干擾，銀河中不明的來源，天線的結構問題，或甚至是鴿子落在天線上的排泄物，沒有一個假設足以解釋此雜訊。

潘斯和威爾森所測得的是來自大爆炸的輻射熱，他們的系統不論天線在任何方向所測得的與輻射散佈在宇宙中的事實相符合，正如大爆炸所預測，輻射強度的測量說明輻射的溫度約 3K，與愛佛、葛莫及賀曼在 1940 年代所預測相符，雖然測量與他們的預測相符合，但測量是取在單一波長而已。整

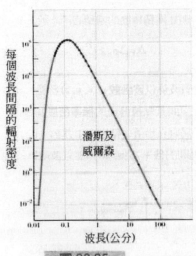

圖 28.25

理論的黑體波長分佈(紅色曲線)及對來自大爆炸輻射的測量數據點，大部分的數據是來自宇宙背景探測衛星(COBE)，標示點為潘斯及威爾森的數據點。

個宇宙如同黑體的模型說法能被接受需要完成在很多波長的測量時能得到與圖 28.25 相符的波長分布。

　　潘斯和威爾森的發現之後，其他研究員在不同波長下做測量，1989 年 COBE（宇宙的背景探測，Cosmic Backgcownd Explorer）衛星由 NASA 所發射且增加在 0.1cm 下波長的重要測量，測量結果如圖 28.25 所示，由 1965 年起一系列的測量均與溫度 2.7K 的熱輻射相符合，整個宇宙溫度的歷程為從事科學值得注意的範例，即建立模型，做預測、測量，且對測量結果與預測做比較。

二、宇宙溫度

改譯

在 1965 年，貝爾實驗室的兩位科學家，亞諾‧潘斯（Arno Penzias）及羅伯‧威爾森（Robert Wilson）利用一個 20 呎長的天線來測量銀河系所發出的輻射。他們發現天線接收到的訊號中包含一個穩定的背景「雜訊」。他們努力地尋找產生這種背景訊號的可能來源，例如太陽的干擾，銀河系中不明的來源，天線本身結構或許有問題，甚至天線中可能有鴿子的排泄物等，但這些都不是這個背景訊號的成因。

潘斯和威爾森所測得的其實是來自大爆炸的熱輻射。不論天線往哪個方向偵測，他們的系統都能接收到熱輻射，表示這種輻射分布在整個宇宙中，這和大爆炸模型所預測的完全相符。由輻射的強度可知它相關的溫度是 3K，這和愛佛、葛莫及賀曼在 1940 年代所預測的相符。雖然測量的結果和預測相符，但他們只

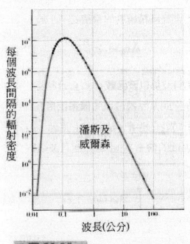

每個波長間隔的輻射密度

波長(公分)

■ 28.25

黑體輻射的波長理論值（紅色曲線）及測量大爆炸輻射的數據點。大部分的數據是由背景輻射探測衛星所測得，標示出的是潘斯和威爾遜的測量結果。

測了單一的波長的輻射而已。只有測量多種波長的輻射後能夠得到和圖 28.25 一致的波長分佈，才能確認測量結果和宇宙可以看作是個黑體的理論完全一致。

　　在潘斯和威爾森發現宇宙輻射後的這些年來，其他的科學家們測量了不同波長的輻射。在 1989 年，美國太空總署（NASA）發射了宇宙背景輻射探測衛星（COBE, Cosmic Background Explorer），特別測量了波長在 0.1 公分以下的輻射。測量結果顯示在圖 28.25 中。從 1965 年以來的測量數據，都和一個 2.7K 的黑體輻射分佈一致。整個有關宇宙溫度的發展過程是一個進行科學研究的的典型範例－也就是如何建立模型，做預測，從事測量，然後將測量結果和預測做比對。

三、Alpha decay：

原文（Serway, 2002:1145）

　　We now turn to a structural model for the mechanism for alpha decay that allows some understanding of the decay process. Imagine that the alpha particle forms within the parent nucleus so that the parent nucleus is a combination of the alpha particle and the remaining daughter nucleus. Figure 30.14 is a graphical representation of the potential energy of this system of the alpha particle and the daughter nucleus. The horizontal axis is the separation distance r between the center of the daughter nucleus and the center of the alpha particle. The distance R is the range of the nuclear force. The curve represents the combined effects of (1) the repulsive Coulomb force, which gives the positive peak for $r > R$, and (2) the attractive nuclear force, which causes the energy curve to be negative for $r < R$. As we saw in Example 30.5, a typical disintegration

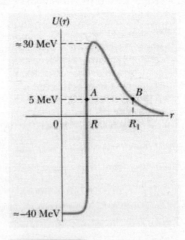

Figure 30.14

Potential energy versus separation distance for a system consisting of an alpha particle and a daughter nucleus. Classically, the energy associated with the alpha particle is not sufficiently large to overcome the energy barrier, and so the particle should not be able to escape the nucleus. In reality, the alpha particle does escape by tunneling through the barrier.

energy is a few MeV, which is the approximate kinetic energy of the emitted alpha particle, represented by the lower dotted line in Figure 30.14. According to classical physics, the alpha particle is trapped in the potential well. How, then, does it ever escape from the nucleus?

The answer to this question was provided by Gamow and, independently Ronald Gurney and Edward Condon in 1928, using quantum mechanics. The view of quantum mechanics is that there is always some probability that the particle can tunnel through the barrier, as we discussed in Section 28.13. Our model of the potential energy curve, combined with the possibility for tunneling, predicts that the probability of tunneling should increase as the particle energy increases, due to the narrowing of the barrier for higher energies. This increased probability should be reflected as an increased activity and consequently a shorter half-life. Experimental data show just this relationship—nuclei with higher alpha particle energies have shorter half-lives. If the potential energy curve in Figure 30.14 is modeled as a series of square barriers whose heights vary with particle separation according to the curve, we can generate a theoretical relationship between particle energy and half-life that is in excellent agreement with the experimental results. This particular application of modeling and quantum physics is a very effective demonstration of the power of these approaches.

三、阿爾發衰變

原譯（呂正中等，2003，下冊 715 頁）

　　我們現在著手於 α 衰變機制的結構模型，這給予我們對衰變過程的瞭解。㊟圖 30.14 是 α 粒子與子核這個系統位能的圖示。橫軸是子核中心與 α 粒子中心的距離 r。距離 R 是核力的範圍。曲線所表示的是以下兩個作用力的組合，(1) 庫倫斥力使得 r ＞R 時產生正的峰值；(2) 吸引的核力導致在 r＜R 時能量曲線為負的。如同我們在例題 30.5 所見，典型的衰變能只有幾個 MeV，約為放射出的 α 粒子動能，以圖 30.14 中較低的虛線標示之。根據古典物理，α 粒子被圈陷在位能阱中。然而它如何脫離原子核？

　　這個問題的答案由葛莫（Gamow）與 Ronald Gurney 和 Edward Condon 在 1928 年分別地以量子力學所提出，量子力學的觀點是粒子總是有能夠穿透位能阱的些許機率，如我們在 28.13 節中所討論。我們的位

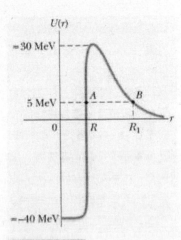

圖 30.14

由 α 粒子和子核組成的系統其位能與距離的關係圖。古典上，α 粒子的能量不足夠大到能克服能量障礙，所以粒子應該不能夠脫離原子核，事實上，α 粒子經由穿隧通過能量障礙。

能曲線模型，結合穿透的可能性，預測穿透的機率應隨粒子能量增加，起因於對於較高能量粒子，位能阱較窄。機率的增加應該反映在放射活性的增加及較短的半衰期，實驗數據顯示這個關係－具有較高能量的 α 粒子的原子核半衰期較短。如果圖 30.14 中的位能曲線被設計成一系列的方形位能阱，根據曲線，其高度隨粒子間距離改變，我們可以算出粒子能量與半衰期的理論關係，這與實驗上的結果非常符合，這個模型及量子力學的應用是非常有效的方式。

三、阿爾發衰變

改譯

現在讓我們來討論一個能夠說明阿爾發（α）衰變機制的結構模型，它能幫助我們了解 α 衰變的過程。想像在一個原子核裡形成了一個 α 粒子，這時這個原子核可以看作是由此 α 粒子和其餘部分所形成的子核所構成。圖 30.14 中顯示了 α 粒子與子核之間的位能。橫軸 r 代表 α 粒子中心點到子核中心點之間的距離。曲線代表以下兩個力共同作用的結果：(1)排斥的庫倫力，它使得位能在 $r >$ R 時為正，並且有個峰值；(2)吸引的核力，它使得位能在 r $< R$ 時變成負的。圖中較低的虛線代表 α 粒子的動能，由例題 30.5 知典型的衰變能量只有幾個 MeV，放射出的 α 粒子的動能就大約等於它。以古典物理的觀點來說，α 粒子被侷限在這個位能阱裡了。那它到底是怎麼脫離原子核的呢？

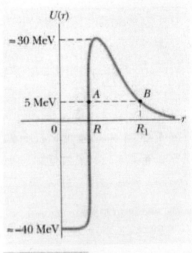

圖 30.14

一個由 α 粒子和子核組成的系統其位能和兩粒子間距離的關係圖。在古典理論中，α 粒子沒有足夠的能量來克服位能壁，所以無法脫離原子核，但實際上，α 粒子能穿透而脫離。

　　針對這個問題，在 1928 年，葛莫（Gamow）利用量子力學，對這問題提出了解答。同時，羅納・葛尼（Ronald Gurney）和愛德華・康登（Edward Condon）這組人也利用量子力學得到了同樣的答案。以量子力學的觀點來說，α 粒子還是有一些穿透位能壁的機率，就如我們在 28.13 節中所討論的。在我們的位能曲線模型中，有著能量越高，位能壁越窄的特性，加上 α 粒子的確有穿透的可能，可以預測 α 粒子的能量越高，穿透機率越大。機率增加表示原子核的放射性變強，因此放射性的半衰期會變短。實驗數據證實了這點－能放射出較大能量α粒子的原子核具有較短的半衰期。圖 30.14 中的位能壁如果能由一種特殊的位能模型來代表，這個模型是由一連串的方形位能壁連結而成的，每個方形位能壁的高度根據位能曲線改變，我們就能找到一個非常符合實驗結果的理論，這個理論能建立 α 粒子的能量和半衰期之間的關係。這個例子很有效的展現出，建立模型和量子力學的應用，是個多麼有力的研究方法。

四、Free expansion：

原文（Serway, 2002:641）

In the kinetic theory of gases, gas molecules are taken to be particles moving in a random fashion. Suppose all the gas is confined initially to one side of a container so that the gas occupies volume V_i (Fig. 18.11a). When the partition separating the two sides of the larger container is removed, the molecules eventually are distributed in some fashion throughout the greater volume V_f (Fig. 18.11b). The exact nature of the distribution is a matter of probability.

Such a probability can be determined by first finding the probabilities for the variety of molecular locations involved in the free expansion process. The instant after the partition is removed (and before the molecules have had a chance to rush into the other half of the container), all the molecules are in the initial volume V_i. Let us estimate the probability of the molecules' arriving at a

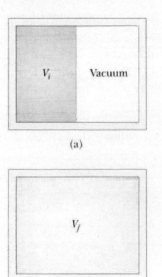

(a)

(b)

Figure 18.11

In a free expansion, the gas is allowed to expand into a larger volume that was previously a vacuum.

particular configuration through natural random motions within some larger volume V_f. Assume each molecule occupies some microscopic volume V_m and that each location of a molecule is equally probable. Then the total number of possible locations of that molecule in a macroscopic initial volume V_i is the ratio $W_i = V_i / V_m$, which is a huge number. In this expression, we use w to represent the number of ways of locating the molecule in the volume. Each way is a microstate.

As more molecules are added to the system, the numbers of possible microstates multiply together. Ignoring the small probability of two molecules occupying the same location, each molecule may go into any of the (V_i / V_m) locations. Hence, the number of possible microstates for N molecules is $W_i = w_i^N = (V_i / V_m)^N$. Although a large number of the possible microstates would be considered unusual (e.g., all of the molecules in one corner of the available space), the total number of microstates is so enormous that these unusual microstates are an infinitesimal fraction of all possible microstates. Similarly, if the volume is increased to V_f, the number of microstates increases to $W_f = w_f^N = (V_f / V_m)^N$.

四、自由膨脹

原譯（呂正中等，2003，下冊 122 頁）

（網底標明的段落是補正原譯遺漏的部份。）

　　在動力學上的氣體，氣體分子以一種隨意的方式做很細微的運動，假設所有的氣體都被限制在容器的一邊，所以氣體占了V_i的體積（圖 18.11a），當隔板被拿開而成為一個更大的容器時，分子以一些方式分布在一個更大的體積V_f中（圖 18.11b），像這種自然的分布現象也是一種可能的問題。

　　這樣的一個可能性，可以由在自由膨脹過程中最容易被找到之分子位置的變化來決定。在隔板被拿開的瞬間（在分子有機會衝到容器的另一半之前）所有的分子都在初始的體積V_i，讓我們測量一個更大體積 V_f 以自然隨意運動，移動至特定位置的可能性。假設每個分子佔了一些微觀態的體積 V_m，並且每個分子所在的位置都有相等的可能。那麼在巨觀態的起始體積V_i 之所有可能的分子位置的總數是比例 $w_i = V_i/V_m$ 位置。在這表示式中，以 w 代表將分子放在空間位置均可能方法的數目，而任一方法

(a)

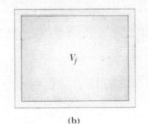

(b)

圖 18.11

在自由膨脹中，氣體可以被膨脹至一個原本是真空之更大體積中。

則為一個微狀態。

當更多的分子加入這個系統時，可能的微狀態數目乘在一起，忽略兩個分子佔據同一位置的微小可能，每一個分子可以被放在任一（V_i/V_m）個空間位置。因此，對此 N 分子來說，有可能的微觀態的數目是 $W_i = w_{if}^N = (V_i/V_m)^N$。雖然一個大量的可能微觀態是異常的（例如：所有的分子都集中在一個可利用的角落），微觀態的總數是如此龐大的，以至於對於這些的微觀態來說，這些不正常的微觀態被視為無限小的一部分。同樣的，若體積提升至 V^f，微觀態的數目則提升至 $W_f = w_f^N = (V_f/V_m)^N$。

四、自由膨脹

改譯

在氣體動力論中，氣體分子被看作是隨機亂動的微小粒子。假設一開始時，氣體只充滿容器的左邊，體積為 V_i（如圖 18.12a）。當分開容器左右兩邊的隔板被拿開以後，氣體分子會以某種方式分佈在體積為 V_f（Fig. 18.11b）的整個容器內。至於如何分佈完全是個機率問題。

要決定這個機率，我們先要知道在自由膨脹的過程中，氣體分子各種位置分佈的機率是什麼。在隔板被拿開的瞬間（分子還來不及擴散至容器的另一邊時），所有的分子都還在剛開始的體積 V_i 裡。氣體分子將會藉著隨機的運動擴散至體積為 V_f 的整個容器中，並產生某種分子位置的組合，讓我們來估計一下造成這種分佈的機率。假設每個分子都能佔據微小體積 V_m，而對任一分子來說分佈到任何位置的機率都相同。在初始體積 V_i 中，這個分子能夠選擇的位置數目可以由比例 $W_i = V_i / V_m$ 求得，它是一個很大的數字。在前面的表示式中，我們用 w 來代表一個分子在

(a)

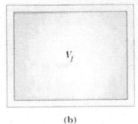

(b)

圖 18.11

在自由膨脹的過程中，氣體膨脹至原本是真空的容器內。

這體積中置入不同位置的可能方式總數。每一種方式都是一個微觀態。

　　當更多分子加入這個系統時，可能的微觀態總數就是這些分子的個別微觀態數目相乘。兩個分子佔據同一位置的機率很小，可以忽略，這時每一分子都可以佔據（V_i / V_m）個位置當中的任一個。因此，對 N 個分子來說，可供選擇的微觀態總數是 $W_i = w_i^N$ = $(V_i / V_m,)^N$。雖然有很多微觀態不太尋常（例如全部的分子都擠到容器的某個角落），但全部微觀態的數目是如此龐大，跟它比起來這些不尋常的微觀態只佔有微乎其微的一小部份而已。同樣的，當體積膨脹為 V_f 時，微觀態的數目增加為 $W_f = w_f^N = (V_f / V_m,)^N$。

科技翻譯教案之編撰與實施

廖柏森、丘羽先

摘要

　　優質教案可提供課堂教學的良好架構，使教師在教學步驟上有具體依循，實施系統教法和使用實用教材，學生也會對有序的教學過程更具信心。許多學科對於教案的編撰相當重視，藉以提升教學效能，但翻譯教學領域卻向來忽略教案之編寫，相當可惜。另外，由於翻譯活動所具備的特性和技能與其它學科不同，在教案設計也應該反映出這些特點。因此本文旨在以翻譯功能理論學派（functional theories of translation）和社會建構論（social constructivism）的教學觀為基礎，參照 Chamot 和 O'Malley（1994）的 CALLA（Cognitive Academic Language Learning Approach，認知學術語言學習法）教學架構，另外提出六階段的翻譯教學模式，分別為課前工作（pre-class task）、準備（preparation）、實施（presentation）、評量（evaluation）、作業（assignment）、延伸（expansion）。並以科技翻譯教學為例，以簡案型式呈現如何教導科技翻譯的技巧和實例。本文之教案格式和編撰原則希望

能為科技翻譯教學提供另一種可能性，增進教師對於系統化教學步驟的意識和用心。

關鍵字：翻譯教案、科技翻譯、翻譯功能理論

壹、引言

　　科技翻譯對於提升國家的科技水準有巨大貢獻，但大多數學生對於科技翻譯似乎有天生的畏懼感，很多老師也是避之唯恐不及，視科技翻譯課為畏途。但其實一般的翻譯課並不一定需要處理專業的科技知識文本，也可從事科普書籍或雜誌文本的翻譯，提供社會大眾所需的科技資訊。就算是文科背景的師生，只要平日涉獵廣博知識領域，加上適當的訓練，還是有能力翻譯這些科技文本。

　　另外，在教學程式上，如果教師能事先製作教案（lesson plans）以規劃良好的教學步驟，實施系統教法和使用實用教材，學生也會對科技翻譯的教學程式具有信心。目前許多學科對於教案的編撰相當重視，藉以提升教學效能，但是翻譯教學領域卻向來忽略教案之編寫，很多教師在教學程式上也缺乏系統和效能，相當可惜。

　　因此本文旨在以翻譯功能理論學派（functional theories of translation）和社會建構論（social constructivism）的教學觀為基礎，並參照 Chamot 和 O'Malley（1994）的 CALLA（Cognitive Academic Language Learning Approach，認知學術語言學習法）教學架構，提出六階段的翻譯教學模式所撰寫的教案。並以《科學》（Science）雜誌的文章為教材，教導學生翻譯時下相當受矚目的生質燃料（biofuels）議題，對拓展文科同學的知識視野極有幫助。教學的特色是使用合作學習（cooperative learning）、平行文本（parallel text）和翻譯綱要（translation brief），來協助學生

依據科技文本的風格與功能來翻譯。希望本文之教案格式和編撰原則能為科技翻譯教學提供另一種可能性，也能增進教師對於系統化教學步驟的意識和用心。

貳、翻譯教案的理論基礎

一、社會建構論的合作學習

　　社會建構論中有幾個概念可作為翻譯教學借鑒，首先是 Vygotsky（1978）所提出的「潛能發展區」（zone of proximal development, ZPD），亦即學習者目前的發展階段與未來潛在發展之間的距離。目前發展階段可以指學生已經穩固確立的翻譯能力，而潛在發展則是學生尚未習得、但在教師和其他同學協助下即可完成的翻譯能力，兩者之間的差距即是「潛能發展區」。而翻譯教學就是引發學生翻譯潛能的歷程，學習能力較差者若能獲得知識較豐富者如教師或同儕的「鷹架支持」（scaffolding），就能幫助能力較低的學習者發展更高層次的翻譯能力。待學生發展出足夠調控個人翻譯學習過程的能力之後，教師就可撤除原本支持學習的「鷹架」，放手讓學生獨立自主學習和探索翻譯知識。

　　從「潛能發展區」還可衍生出合作學習（cooperative learning）的觀念，既然個體的翻譯能力是通過社會互動而發展，那麼在教學上就應讓學生相互合作，安排可以刺激學生認知結構的翻譯學習活動，讓他們共同來完成翻譯目標以增進學習成效。

　　另一受建構論啟發的教學活動為任務型教學（task-based instruction），它主張提供學生一個自然真實的翻譯情境去實際使

用他們所要學習的翻譯技能，以完成所設定的翻譯任務。在完成
任務的過程中學生會有許多機會互動協商和解決問題，進而增長
他們的知識和能力。任務型教學不僅重視任務的成果（outcome），
更重視完成任務的過程（process），包括評量學生在翻譯過程中
所付出的努力和所使用的策略。而教師在過程中通常只擔任諮商
者的角色而不介入指導翻譯任務的進行。這種教學方式通常可以
彌合翻譯的理論和實務之間的差距，亦可激發學生的翻譯學習動
機，鼓勵他們為自己的學習行為負責。

二、Nord 的文本分析模式

　　德國的功能學派（functionalism）的特點是把翻譯視為跨文
化的溝通活動，不像傳統語言學派（linguistic translation theory）
所著重的語言符碼轉換，而是強調以文本類型和譯文的功能目的
來決定翻譯的方法。其中代表性人物 Nord（2005）提出原文文
本分析的模式（model of ST analysis），包含以下項目：
- 原文文本功能（function of source text）
- 原文文本讀者（addressees of source text）
- 原文接受時間（time of reception of source text）
- 原文接受地點（place of reception of source text）
- 原文傳播媒介（medium of transmission of source text）
- 原文製作動機（motive for production of source text）

　　透過文本分析可以得知原文的情境特性，但是要譯成譯文時
要產生何種情境特性就需要靠譯者的專業判斷以及事先設定的
翻譯綱要（translation brief）。Nord 主張每一項翻譯工作都應該

附有翻譯綱要，也就是對譯文特性的一種說明，用以指引翻譯的過程。此綱要的內容包括以下專案：

- 譯文文本預期功能（intended function of target text）
- 譯文文本讀者（addressees of target text）
- 譯文接受時間（time of reception of target text）
- 譯文接受地點（place of reception of target text）
- 譯文傳播媒介（medium of transmission of target text）
- 譯文製作動機（motive for production of target text）

　　譯者在翻譯時就是利用上述的翻譯綱要與原文分析進行比較，找出原文與預期譯文之間的同異，不論是在文本功能、讀者群、時間、地點、媒介和製作動機上，都可能有或多或少的差距而需要進行訊息的調整，這些比較結果即可作為翻譯過程的指導原則。

三、翻譯教學模式

　　翻譯課堂傳統的教學方法常是以練習和講評為主，在此種千篇一律的教學方式下，學生的學習往往顯得被動、甚至感到無趣單調，因此也常讓教師深覺挫折。但如果從學生為中心的教學觀出發，重視學生在學習上的主體性和地位，相應的教學模式就顯得比較多元而具成效。Chamot 和 O'Malley（1994）曾針對教授語言學習策略提出 CALLA（Cognitive Academic Language Learning Approach，認知學術語言學習法）的教學架構，深受全球教師的歡迎。

　　CALLA 是整合任務為本（task-based）與內容為本（content-based）的語言、學習策略及評量的教學模式，它提供明確的教學步驟，說明學生學習語言及其內容、並成為自我評量的獨立學習者。而且 CALLA 的理論基礎是社會認知學習模式，強調學生先備知識所扮演的角色、合作學習的重要性以及學生後設認知的發展。此教學架構和教學理念非常適合翻譯教學，我們可以將翻譯視為一項任務，各種文類如科技等題材也具有豐富內容可供學習，而教學程式中更可利用合作學習等步驟來提升教學成效。本教案就是依據 CALLA 架構[1]而加以調整修訂而成的翻譯教學模式，可分成以下六個階段實施教學：

(1)課前工作（pre-class task）：在上課前先請同學搜集研讀翻譯作業所需之資料，以配合教學活動之實施。

(2)準備（preparation）：上課時第一個階段是準備，教師先為翻譯教學內容主題暖身，通常是讓同學分成小組討論，啟動學生的先備知識和語言能力。

(3)實施（presentation）：第二個階段是實施，教師使用各種教學技巧讓學生習得翻譯知識和技能，包括小組活動、演示、電腦輔助教學等。通常是藉由活動讓學生練習翻譯技能，而且這些活動都具有合作學習、解決問題、動手操作等特性。

(4)評量（evaluation）：上課第三個階段為評量，評估學生對所學習的內容具有何種程度的理解和翻譯能力。

(5)作業（homework assignment）：課後請同學練習翻譯作業，而且必須交回給老師修訂評量。

---

[1]　CALLA 的架構原分為五個階段，分別為準備、實施、練習、評量和延伸，但本書教案為因應翻譯教學的特性所需而加以修訂成六個階段。

(6)延伸（expansion）：讓學生在課外應用課堂所學的練習活
　　動，或將所學的翻譯技能轉移到不同的情境。

　　以上這六個階段可以不斷往復迴圈實施，也可以視實際教學
情境而省略某些階段，讓教案的設計和實施更具彈性並符合教學
需求。

參、科技翻譯教案的範例實施

　　基於以上理論基礎，本文以下提供一科技翻譯的教案範例，
在結構上分成兩大部份：

一、教案提要

　　先針對教案的內容作簡要說明，包括單元名稱、所需教學時
間、適用課程如初階或高階課程、教學目標、所要翻譯文本的特
點、在翻譯過程中要注意的特點、教學所需設備以及教材等專案。

單元名稱	科技翻譯——以科學雜誌為例
所需時間	兩週四堂課共 200 分鐘
適用課程	高階翻譯
教學目標	(1)使同學熟悉英文科技文體的特色 (2)使同學熟悉科技翻譯應注意的原則 (3)使同學懂得利用平行文本補充領域知識
文本特點	(1)科學雜誌屬於資訊類文本，主要目的為傳播科學新知或報告研究進展。 (2)科學雜誌的文本類型常為研究論文或報告，經常包含圖表或引用參考文獻。 (3)科技文體的特點包含訊息正確精準、敘述清晰明瞭、文章結構完整及內容前後連貫。

	(4)科技文體的用字簡明、直接，較少具備如比喻或言外之意等修辭手法。 (5)科技英文文體富含被動語態、動詞名詞化及複雜的長句。
翻譯特點	(1)譯文應符合科技文體的特色，即訊息精準、用字簡明、敘述清楚、前後邏輯連貫。 (2)科技詞彙的譯名必須一致，並且以政府和學術機構常用的譯名為準。 (3)若原文為研究論文形式，譯文也應保留原文的論文格式。英文原文被動語態譯成中文時，可能需改為主動語態或補上主詞。 (4)英文原文若有動詞名詞化的現象，譯成中文時原則上應轉為動詞。 (5)處理複雜的英文長句時，應先區分主要子句與從屬子句，找出各子句的主詞與動詞，並釐清邏輯關係，隨後再依照中文句法習慣與上下情境採取順譯法、逆譯法或拆譯法。
教學設備	電腦、網路教學平台
教材列表	教材一：生質燃料補充資料範例 教材二：《科學》（Science）雜誌文章 教材三：原文文本分析表 教材四：原文文本分析表參考範例 教材五：中文平行文本 教材六：翻譯綱要表 教材七：翻譯綱要表參考範例 教材八：《科學》雜誌文章參考譯文 教材九：臺灣光華雜誌中文文章

二、教學簡案

　　教學簡案是以較短篇幅將教學的步驟扼要呈現，方便教師攜帶至教室中參照使用。簡案表格中的專案有：

● 活動主題／[教具]：說明每個教學步驟的活動主題以及所使用的教具，教具用[　　]框起來，與活動主題區隔。

● 互動：顯示課堂中師生互動的情況，在教案中的代碼表示如下表：

S,S,S	學生個人作業
S↔S	學生兩人一組
T→C	老師對全班講課
T+C	老師帶全班討論
GG	學生分組活動
G→C	各組學生向全班報告
(T)	老師自己的準備工作

● 過程：教學步驟實施的程式，以阿拉伯數字編號按次序教學。

● 分鐘：實施每個教學步驟所需的時間，以分鐘為單位。

	活動主題／【教具】	互動	過程	分鐘
課前工作				
0	搜集資料	T→C	0.1 老師於前一周宣佈本周翻譯作業的主題為生質燃料（biofuels），請同學先搜集中英文相關資料，於上課前上傳至網路教學平台。	
準備				第一周
1	分享資源【教材一】	T→C	1.1 老師針對同學搜集的資料提出心得或問題。	5
		T→C	1.2 老師可以詢問同學關於生質燃料的重要概念，並且補充相關資訊（見教材一）。	10
實施一				
2	文本分析【教材二、三、四】	GG	2.1 老師發下英文《科學》雜誌文章（見教材二），及原文文本分析表（見教材三），請同學 2 至 3 人一組討論，推測原文的功能、讀者、動機及文本特色。	25
		G→C	2.2 各組推派一位代表報告討論結果。	10
		T→C	2.3 老師總結原文文本特色，可提供參考	15

活動主題／【教具】	互動	過程	分鐘
		範例（見教材四）。	
實施二			
3　平行文本【教材五】	GG	3.1 老師發下中文平行文本（見教材五），請同學 2 至 3 人一組，比較中文平行文本的功能及讀者與英文原文有何異同，並且從中文文本中找出英文文章曾經提及的概念與詞彙。	15
	T→C	3.2 老師請同學發表意見，隨後補充説明，並指出平行文本對於翻譯過程的重要性。	10
實施三			
4　翻譯綱要【教材六、七】	T→C	4.1 老師發下翻譯綱要表（見教材六），並帶領全班一起討論填寫。老師可參照範例（見教材七）。	15
作業			
5　指定作業	GG	5.1 老師將《科學》雜誌文章（見教材二）指定為作業。由於篇幅較長，建議採用小組作業，並且可以選定語意連貫的段落請同學翻譯。老師請同學在第二周上課前將譯文上傳至網路教學平台，並且張貼翻譯過程的心得。	2
總結翻譯原則	T→C	5.2 老師總結翻譯本篇文章應注意的原則。	3
實施四			第二周
6　翻譯過程心得	T→C	6.1 老師課前在網路教學平台上瀏覽同學翻譯過程心得和成品，隨後在課堂上提出觀察所得。	10
討論譯文品質	GG	6.2 老師事先選取幾篇同學的譯文，並製作成講義。老師發下整理好的譯文講義，請同學分組討論譯文品質，特別留意譯文是否符合翻譯綱要中的要求。	25
翻譯評析【教材八】	G→C	6.3 老師請各組推派一位代表評論譯文。老師可參照教材八的參考譯文。	65
延伸			

	活動主題／【教具】	互動	過程	分鐘
7	中翻英練習【教材九】	S,S,S	7.1 老師可請同學選擇臺灣光華雜誌文章中有關生質燃料的兩個完整段落練習中翻英（見教材九）。	

教材一：生質燃料補充範例

● 線上字典

國立編譯館學術名詞資訊網：http://terms.nict.gov.tw/search_b.php

行政院環保署環境詞彙檢索：http://edw.epa.gov.tw/queryKeyWord.aspx

● 中英文對照資源

Scientific American: The Next Generations of Biofuels

http://www.scientificamerican.com/article.cfm?id=the-next-generation-of-biofuels

注：可利用科學人雜誌中英文雙語資料庫檢索中譯

Technology Review: Searching for Biofuels' Sweet Spot

http://www.technologyreview.com/energy/24554/

工研院《工業技術與資訊》收錄之中譯：

http://www.itri.org.tw/chi/publication/publication-content.asp?ArticleNBR=2475

● 中文數據

《能源報告》期刊生質燃料相關文章；http://energymonthly.tier.org.tw/out
dateorder.asp?ReportIssue=9704

● 影片

大愛電視臺系列報導：

http://www.youtube.com/watch?v=SC_p3y5sLxI

美國 NBC 電視臺專題報導：

http://www.youtube.com/watch?v=t_Fw6y4T3Po

US National Renewable Energy Laboratory：Introduction to Biofuels

http://www.nrel.gov/learning/re_biofuels.html

教材二：《科學》雜誌文章

How Green are Biofuels

Jorn P.W. Scharlemann and William F. Laurance

Many biofuels are associated with lower greenhouse-gas emissions but have greater aggregate environment costs than gasoline

Global warming and escalating petroleum costs are creating an urgent need to find ecologically friendly fuels. Biofuels—such as ethanol from corn (maize) and sugarcane—have been increasingly heralded as a possible savior (1, 2). But others have argued that biofuels will consume vast swaths of farmland and native habitats, drive up food prices, and result in little reduction in greenhouse-gas emissions (3–5). An innovative study by Zah et al. (6), commissioned by the Swiss government, could help to resolve this debate by providing a detailed assessment of the environmental costs and benefits of different transport biofuels.

To date, most efforts to evaluate different biofuel crops have focused on their merits for reducing greenhouse-gas emissions or fossil fuel use. Some studies suggest that corn-derived ethanol in the United States (7) and Europe (8) consumes more energy than it produces; others suggest a modest net benefit (2). Relative to petroleum, nearly all biofuels diminish greenhouse-gas emissions, although crops such as switchgrass easily outperform corn and soy (9). Such comparisons are sensitive to assumptions about local growing conditions and crop by-products, but even more important, their focus on greenhouse gases and energy use is too narrow.

(……)

● References and Notes

1.S. Pacala, R. Sokolow, *Science* 305, 968 (2004).

2.A. E. Farrell et al., *Science* 311, 506 (2006).

3.P. J. Crutzen, A. R. Moiser, K. A. Smith, W. Winiwarter, *Atmos. Chem. Phys. Discuss.* 7, 11191 (2007).

4.R. Righelato, D. V. Spracklen, *Science* 317, 902 (2007).

5.J. Hill, E. Nelson, D. Tilman, S. Polasky, D. Tiffany, *Proc. Nat. Acad. Sci.* U.S.A. 103, 11206 (2006).

(……)

教材三:原文文本分析表

	原文
文本功能	
文本讀者	
寫作動機	
文本特色	

教材四：原文文本分析表參考範例

	原文
文本功能	資訊類文本，主要功能為傳遞科技新知與研究發展
文本讀者	專業與一般讀者
寫作動機	提出生質燃料的利弊與爭議，並評論生質燃料對環境的衝擊評估
文本特色	1.訊息正確精準 2.敘述清晰明瞭 3.文章結構完整 4.內容前後連貫 5.用字簡明直接

教材五：中文平行文本

石油市場雙週報　　　　　　　　　　　　專題分析報導（2008/05）

兼顧糧食供應與環境保護之生質燃料發展
台灣綜合研究院研究二所所長　許振邦
2008.05.28

　　近年來油價從每桶 20 美元屢創新高突破 135 美元的價格，油價高漲將引導新能源與再生能源之發展。而生質能源的可再生、清潔、原料易得、利用形態便利等優點，使得世界生質能源產業格局顯現，美國、巴西、德國等國家將生質能源技術和本國特色相結合，走出本身特色的發展道路。但為了生產生質能源，許多土地被改為農地，新開發的農地會破壞生態；而生質能源的大量使用也造成糧食價格上漲，威脅到貧國與窮人的生存。

一、國際生質燃料發展現況

　　生質燃料主要有兩類，即從玉米、小麥、薯類、糖蜜或植物等為原料，經發酵、蒸餾、脫水製作而成的燃料乙醇，及由高油分含量植物大豆、向日葵、花生、油菜籽、棉花籽、胡麻、亞麻、蓖麻、橄欖、油棕、椰子、油桐等經由轉酯化反應、中和、水洗以及蒸餾等過程生成的生質柴油。作為生質燃料原料的作物，在美國主要為玉米和大豆，在歐洲為亞麻籽和油菜籽，以及巴西的甘蔗、東南亞的椰子油。

出處：http://www.tri.org.tw/oil/file/article17-970528.pdf

教材六：翻譯綱要表

	原文	轉換	譯文
文本功能			
文本讀者			
閱讀時間			
閱讀地點			
傳播媒介			
寫作動機			

教材七：翻譯綱要表參考範例

	原文	轉換	譯文
文本功能	資訊類文本。主要功能為傳遞科技新知與研究發展	忠實傳遞原文訊息	與原文相同
文本讀者	專業讀者為主，一般讀者為次	用字風格忠於原文，應力求精簡、通順易懂，不需使用太多花俏的修辭手法。	與原文相同
閱讀時間	2008 年 1 月	原文第二段 To date 指的是 2008 年 1 月之前，譯文時間如果比原文晚兩年，後續可能有新的研究發現。因此，to date 可能要譯成「截至 2008 年初」。	2010 年之後
閱讀地點	學術機構、網路		學術機構、政府機構、網路
傳播媒介	網路與紙本	需保留原文引用格式與參考資料	同原文
寫作動機	探討生質燃料的利弊，強調評估生質燃料對環境之衝擊的重要性		同原文

教材八：參考譯文

生質燃料真的環保嗎？

沙勒曼與勞倫斯

（Jorn P.W. Scharlemann and William F. Laurance）撰

少了溫室氣體，賠上環境成本？

　　由於全球日趨暖化、油價節節攀升，環保燃料的需求迫在眉睫。近來，生質燃料逐漸成為大家眼中的能源救星（1，2），如玉米及甘蔗提煉而成的乙醇即是生質燃料的一種。不過有人質疑，生產生質燃料會佔用大量農地、破壞原始棲息地、導致糧價飆漲，卻無法有效降低溫室氣體排放量（3-5）。瑞士政府委託 Zah 等人（6）進行一項創新研究，旨在詳細評估各種運輸生質燃料的環境效益與成本。或許有助釐清此環保爭議。

　　過去評估各種生質作物時，多半著重於比較各種生質燃料能夠降低多少溫室氣體排放量與化石燃料用量。有些研究指出，美國（7）與歐洲（8）在生產玉米乙醇的過程中，所消耗的能源其實比產出的能源多。有些研究（2）則認為玉米乙醇只有普通的

淨利益。相較於石油,大多數生質燃料的溫室氣體排放量都比較低。其中,柳枝稷等生質作物的減排效益又遠高於玉米及大豆(9)。不過,這類評比很容易受到種植環境與作物副產品的預設所影響。更重要的是,僅比較各種生質燃料的減排效益與生產時的能源用量,實在不盡周全。

　　(……)

教材九：臺灣光華雜誌中文文章

生質酒精何去何從

　　石油存量告急，國際油價從 2003 年的每桶 20 美元一路飆漲，目前已逼近 100 美元大關。為了讓全球 8 億輛汽車、2 萬架長程運輸客貨機不至於停擺，全世界都忙著找尋替代石油的生質燃料；另一方面，地球暖化威脅日益迫切，各國無不卯足全力，以潔淨能源來降低溫室氣體的排放。油荒、暖化二大危機交錯影響，能源議題在 21 世紀格外艱巨。

　　然而，就在發展生質能源一片紅火之際，國際間最近卻又喊煞車了！

　　2007 年 10 月底，聯合國專家提出「生物燃料暫緩 5 年」的呼籲。因為，在全球饑餓人口還有 8 億多人時，將生產農作物的土地轉植生質能源作物，以供有錢人開車、搭機，是違反社會公平與人權的。

　　稍早，歐盟舉行國際生質能源大會時，則力推生物燃料的環保標準，以防範其燃燒時「破壞環境」。

　　而生質酒精大國巴西近年已發生多起大型的農民抗爭行動，抗議跨國農企業的土地兼併和剝削；以往被認為可以振興農村經濟的「綠金產業」，如今儼然成為迫使巴西農民流離失所的

劊子手。

　　違反人權、壓迫農民、不環保、不經濟……，近來生質能源爭議四起。然而面對油荒，人類可能停止尋找替代能源嗎？又應如何抽絲剝繭、思考未來走向？

　　電視畫面上，一個加油幫浦彷彿手槍般地對準紅毛猩猩，「監督政府，慎選適當的生質燃料，否則紅毛猩猩就遭殃了！」英國多個環保團體在 2007 年 5 月透過這支廣告提醒社會大眾，要睜大眼睛，注意那些會破壞環境的生質燃料。

　　（……）

如何養成新聞譯者——專業編譯的建議

林紫玉、廖柏森

摘要

近年來國內大專院校對於翻譯教學愈加重視，其中「新聞編譯」常是學生認為實用有趣的課程，修課者眾。但是授課教師往往缺乏媒體翻譯經驗，教學內容與實際媒體職場要求常有很大差距，造成教學資源虛擲，殊為可惜。翻譯學者 Kiraly（2000）曾提出社會認知學徒制（socio-cognitive apprenticeship），主張在課程中導入翻譯專業社群的隱性知識和策略使用。另外，Colina（2003）也認為應將譯者的專家行為和社會化過程整合至教學中，才能培養學生成為譯者的自我概念（self-concept）和自我意識（self-awareness）。為提升新聞編譯教學品質，本研究基於前述翻譯教學理念，以在各大平面與電子媒體任職的 15 位專業新聞譯者為研究對象，以深度訪談（in-depth interviews）取得他們長期從事新聞編譯工作的心路歷程和慧思洞見。資料分析則採紮根理論（grounded theory）的編碼方法（Corbin & Strauss, 2008），建構出新聞編譯職場現況、作業流程和成品、編譯策略技巧、工作挑戰與成就、譯者條件與人格特質等主題範疇，以及這些專業譯者對於現行新聞編譯課程的建議。本文並提出如何把專業新聞譯者的職場觀點和學習建議應用到學校的課程

設計和教法教材上。所得結果期望能協助教師改進教學品質，縮減學校教學與職場所需的落差，以訓練出符合職場需要的新聞譯者。

關鍵字：新聞編譯課程、編譯實務經驗、翻譯教學方法

壹、緒論

　　近年來國內大專院校對於翻譯教學愈加重視，其中「新聞編譯」常是學生認為實用有趣的課程，修課者眾。新聞英文不但提供眾多的英文字彙、片語和句型等用法，更包含多元的題材例如政治、經貿、科技、文化和社會等內容。新聞英文更是種真實語料，報導發生在我們生活週遭的重大事件，學生具有較大的動機或興趣去瞭解。再者，新聞英文的取得相當容易，無論是網路上的免費資源或實體的報刊，都可以方便獲取而閱讀，因此也很適合學生長期持續學習，符合終身學習的理念（廖柏森，2007c）。而學生修習新聞編譯課，既可增進英文閱讀、中文寫作和中英翻譯能力、又能獲得最新的資訊知識，甚至可以專業新聞譯者為職志，多培養一種職業專長，可謂一舉數得。

　　但是目前新聞編譯的授課教師往往缺乏媒體翻譯經驗，教學程序則通常是由教師發下一則英文新聞，讓學生在課堂上或回家翻譯成中文，然後交由教師批改。批改完後還給同學，然後再針對同學譯文上的缺失一一檢討，之後再發下第二則英文新聞，如此周而復始，模式一成不變直到學期結束。此種教學內容和方法與實際媒體職場要求常有很大差距，造成教學資源虛擲，殊為可惜。

　　為彌補學校教學與職場所需的差距，翻譯學者 Kiraly（2000）曾提出社會認知學徒制（socio-cognitive apprenticeship），主張在課程中導入翻譯專業社群的隱性知識和策略使用。另外，Colina（2003）也認為應將譯者的專家行為（expert behavior）和社會化

過程整合至教學中，才能培養學生成為譯者的自我概念（self-concept）和自我意識（self-awareness）。但是國內新聞編譯的教師如果沒有在媒體工作的經驗，又如何將職場的實務操作方式和專業譯者的意識整合至課程教學中呢？或許透過訪談在職的新聞譯者，聆聽他們的職場經驗以及對學校教學的建議，會是個好的開始。

　　為提升新聞編譯教學品質和縮短教學與職場的差距，本研究基於前述翻譯教學理念，以各大平面與電子媒體任職的十五位專業新聞譯者為研究對象，採深度訪談（in-depth interviews）取得他們長期從事新聞編譯工作的心路歷程和慧思洞見。資料分析則採紮根理論（grounded theory）的編碼方法（Corbin & Strauss, 2008），建構出新聞編譯職場現況、作業流程和成品、編譯策略技巧、工作挑戰與成就、譯者條件與人格特質等主題範疇，以及這些專業譯者對於現行新聞編譯課程的建議。本文並提出如何把專業新聞譯者的職場觀點和學習建議應用到學校的課程設計和教法教材上。所得結果期望能協助教師改進教學品質，縮減學校教學與職場所需的落差，以訓練出符合職場需要的新聞譯者。

貳、文獻探討

一、新聞編譯的特性與定義

　　新聞一般是指從社會大眾從新聞傳播機構，包括報紙、雜誌、廣播、電視、通訊社等管道所獲得的最新訊息。透過各種媒介型式傳播，新聞可以報導和解釋事件、傳達意見、形成輿論、

以及提供娛樂，同時也影響民眾對世界各地乃至週遭社區發生事物的觀念與立場，深具引導社會議題和公共輿論的功能，甚至可以改變時代潮流，其重要性不言可喻。

而鄭貞銘（2002:3）進一步闡釋：「事件的本身並非新聞，任何事件的發生，必須經過正確的記錄，透過各種不同的傳播媒介而傳達到閱聽人的眼前，這才是新聞。明確的說，新聞並非指實際發生的事件，而是事件的報導。」在此定義中，事件與新聞被區分成兩種不同概念，新聞媒體雖然都自稱公正客觀，但同一事件透過不同媒體報導，往往卻形成立場各異的新聞，可知閱聽大眾只能接收到經過媒體詮釋過的新聞，而不是真實的事件本身。

上述的事件與新聞之限隔，在國際新聞傳播中又多了一道障礙，那就是外文。因此媒體機構都聘有專職譯者負責新聞編譯工作。新聞編譯與一般文體的翻譯不同，一般文體翻譯基本上仍保有對於兩個文本間對等的要求，不論是文字或效果上的對等；但新聞編譯包含翻譯和編輯兩種方式，必須對英文新聞原文加工整理，強調相當程度的編寫成份，難以用一般對等的翻譯觀來加以解釋說明。

換句話說，英文新聞一開始就是基於英文文化和讀者而寫，而譯文是要面向中文的文化和讀者而譯，受到兩種語言的差異和文化的制約，譯文不可能和原文在各方面保持一致，至於要如何變動或保留，就要視翻譯的目的而定。譯者在動筆之前就要先了解新聞編譯的目的為何？譯文的功能有哪些？甚至必須考量該媒體的意識型態，此時編譯工作才有遵循的依據。

新聞編譯的定義，可說是透過翻譯和編輯，將原語寫成的新聞進行翻譯、加工、綜合，使之成為用譯語表達的新聞（劉其中，

2006）。從描述性的翻譯觀點來看，來源語和目標語有文化和意識型態上的差異，加上媒體譯者為滿足國內特定立場讀者需求、興趣和文化認同，在譯文中常有不同程度的補充、刪減、總結、修正等結構調整。李德鳳（2009）也認為翻譯與編譯都是新聞翻譯採取的方法，但是以編譯為主、全譯為輔。而即使是全譯，也仍可對原稿作結構調整，例如合併段落、將直接引語改為間接引語等。而考慮到新聞讀者為一般普羅大眾，新聞編譯的文字風格應力求淺白流暢。

　　但也有研究指出，編譯常採取多種新聞來源，不像單篇全文翻譯較易為同業或讀者檢驗譯文的真實性，因此可受媒體操縱而滲入預設立場。羅彥潔、劉嘉薇、葉長城（2010）訪談國內四家主要報社的譯者共 8 人，發現四家報社老闆都會影響國內外重大新聞處理方式，以獎懲制度控制編譯產製過程；而就算譯者編譯時尚不至於違背事實，但在同一新聞事件中，也都會選擇符合報社立場部份加以放大強調，不符報社立場的內容就會縮減或省略。另外，陳雅玫（2009）也檢視台灣三大報的新聞譯文，發現同樣一則英文新聞在國內不同報紙就會呈現不同的譯文，證明新聞譯文必需符合報社政治立場，接近預期讀者的觀點，並以隱含方式傳遞其意識型態。而 Tsai（2005）則是以台灣的電視新聞編譯過程說明翻譯其實就是一種改寫（rewriting）。可見與其它文體相比，新聞編譯確實具有較大的自由空間可操控譯文，但筆者主張這仍需在專業新聞倫理和翻譯規範（translation norm）間取得平衡，避免過度主觀擷取乃至扭曲原文訊息，用以編造符合預設立場或甚至利益的新聞，新聞編譯的基本前提仍應需確保原文訊息的準確傳播。

二、新聞編譯的教學方法

目前在學校開設新聞編譯課程，訓練學生翻譯的方式，可能與實際職場所需技能有落差。Li（2006）曾調查香港四家報社翻譯國際新聞的方法，其結果的百分比呈現如下：

表 1　Li（2006）研究中香港報社國際新聞使用編譯方法的比例

國際新聞翻譯方式	百分比
全文翻譯（complete translation）	35.2%
選擇性翻譯／編譯（selective translation / trans-adaptation）	52.8%
記者報導（reports by staff）	6.3%
無法判斷（indeterminable items）	5.7%

其中選擇性翻譯或編譯（佔 52.8%）是新聞媒體最常用的方式，但是絕大部份教師在課堂上都是教授全文翻譯，並不符合實際職場現況，Li（2006）分析可能的原因如下：

(1) 傳統譯論講求原文和譯文之間的忠實（faithfulness）和對等（equivalence），受傳統譯論或文學翻譯訓練的教師常認為全文翻譯較能達到此兩項要求。

(2) 大部份教師缺乏新聞媒體翻譯經驗，也不知道實際職場上的編譯需求。

(3) 編譯比全文翻譯更具挑戰性，教學上的操作程序比較困難。

其次，從翻譯教學的角度出發，Kiraly（2000）反對由教師主導將自己的翻譯知識灌輸給學生，亦即傳統教學的傳輸觀（transmission perspective）；他提倡以社會建構論（social constructivism）為理論基礎，建立學習社群讓師生合作建構翻譯

的經驗與技能。而學生從生手（novice）學習成長為熟手（journeyman）的社會化過程也需要教師在教學時模擬真實職場的情境，並整合專業譯者的知識、技能、策略和行為，這就是所謂的社會認知學徒制。另外，Colina（2003）強調在翻譯課堂上應該訓練學生具備專業譯者的自我概念和意識，學習譯者的專家行為和翻譯決策，以培養成為譯者的信心和自尊。在教學程序上就需要使用真實文本、翻譯綱要（translation brief）和輔助工具來翻譯，儘量趨近實際的翻譯作業情境。

從以上文獻看來，職場新聞編譯的特性與學校新聞編譯的教學是有某種程度的落差，而學校中缺乏實務經驗的教師如何得知新聞職場的要求，進而提供學生接近真實情境的訓練呢？直接訪談第一線在各大新聞媒體執業的譯者，取得他們的經驗回顧和對學校教學的建議，至少是個改進目前新聞編譯課堂教學品質的開端。

參、研究方法

本研究採質性深度訪談為蒐集資料的方法，以專業新聞譯者為對象，以探知新聞編譯的養成歷程以及他們對學校新聞編譯課程的建議。研究對象主要是以滾雪球抽樣法（snowball sampling）或稱連鎖抽樣法（chain sampling）（Merriam, 1998）來取得，亦即研究者根據研究目的並透過人脈找到特定的研究對象，訪談完後再經由研究參與者介紹更多符合研究需求的對象。而抽樣來源和人數則採取最大變異抽樣法（maximum variation sampling）（Patton, 1989），也就是取樣儘可能涵蓋母群體（population）

所具備的場域和人員。最終共有十五位在國內各大平面與電子媒體任職的新聞編譯參與此訪談，其中有五位來自報社、五位在電視台任職、三位廣播電台和兩位新聞通訊社的譯者。編譯年資少則 4 年，多則長達 30 年之久，平均年資為 14.73 年，其它詳細背景資料如性別、學歷、專業訓練的時期等，請見附錄一。

　　研究執行過程中，首先由研究者逐一與訪談對象預約訪談時間，每次訪談歷時約一個半小時到兩個小時。研究者以事先準備好的半結構性訪談（semi-structured interview）所需的問題大綱（請見附錄二）提問，而訪談者除了回應這些大方向的問題外，也有相當大的彈性空間提出新的看法或問題，由研究者再進一步追問（probing）。此外，訪談在徵得受訪者同意後全程錄音。訪談結束後再將錄音檔謄寫為逐字稿以利分析。而為提升訪談資料的信實度（trustworthiness），研究者還將逐謄錄好的訪談逐字稿以電子郵件傳給訪談對象，讓他們過目並同意逐字稿正確無誤，研究者再繼續加以分析，達成質性訪談所需的成員檢核（member checks）（Merriam, 1998）。

　　分析方法則採用紮根理論（grounded theory）的編碼方法（Corbin & Strauss, 2008），建構出新聞編譯職場現況、作業流程和成品、編譯策略技巧、工作挑戰與成就、譯者條件與人格特質等主題範疇，以及這些專業譯者對於現行新聞編譯課程的建議。此次訪談研究產出的資料相當豐富，分析出的概念範疇也相當多，只是囿於篇幅限制，以下結果與討論僅能呈現其中與新聞編譯教學比較相關的兩個範疇：新聞編譯工作的困難與挑戰以及對現行新聞編譯課程的建議。其它訪談問題的回應則按多項主題範疇來分析並列表，結果請見附錄一。

肆、研究結果與討論

一、新聞編譯工作的困難與挑戰

本節探討新聞編譯工作所面臨的困難與挑戰，以及專業譯者就個人的經驗，談論他們如何克服職場上的困難與挑戰。

（一）不熟悉背景資料

受訪譯者中，有七位提到剛從事新聞編譯的困難主要是不懂新聞的背景，例如國際政治、外交、軍事、科技、醫學、經濟、財經、音樂等五花八門的議題，再如葛萊美獎、諾貝爾獎等相關新聞也不容易翻譯，譯者必須對背景資料累積深厚的基礎。如受訪譯者 J 表示：「每年十月寫諾貝爾獎的時候是很大的挑戰，不僅英文字比較艱澀難懂，可能字看懂了，背後的意義卻不懂，所以要多方面涉獵各領域知識。」除了對上述議題的不熟悉，受訪譯者 G 表示：「譯者對文化背景的不熟悉，常反映在對各國俚語、俗語的語言轉換上的障礙。」

（二）蒐集專有名詞及資料

受訪譯者論及過去工作時手邊的新聞資料非常少，網路也不發達，蒐集資料很辛苦，重要專有名詞都必須查詢、剪報、建檔等，必須自己彙整專有名詞作筆記和閱讀參考書。如受訪譯者 O 說道：「以前還沒有網路的時候，都靠問人、找辭書，自己一定要存很多的資料、筆記、剪報。現在資訊很多，反而要去判斷資訊的正確性，這就要靠經驗、常識。」而現在網路發達，資料充斥泛濫，譯者反而必須謹慎選擇，這就要考驗譯

者查找資料的功力。

（三）新聞文體的寫作

受訪譯者表示新聞為了要吸引一般閱聽大眾，通常不會使用艱深的詞彙句構，新聞寫作更是要求清楚明瞭，而且需在最短時間內決定最合適的切入角度來呈現新聞事件。如受訪譯者 C 表示：「除了熟悉新聞文體寫作之外，新進或不是新聞科系畢業的編譯，又或者在學校未曾實際操作的人，可能不知道新聞的重點在哪裡。倘若認知的重點和長官認為的新聞重點有落差，恐難完成任務。」

（四）受媒體意識形態限制

媒體多少都會受意識型態的制約，受訪的電視台譯者就提及編譯與意識形態的關係，此發現與羅彥潔、劉嘉薇、葉長城（2010）的研究結果不謀而合。例如若譯者未注意文字表達細節的差異，觀眾就會打電話來抗議。受訪譯者 B 就表示：「在我們的新聞台裡，處理對岸的新聞必須稱『中國大陸』，像民視新聞就會稱『中國』，有些電視台不能稱『中國』，而稱『大陸』或『內地』，在我們電視台裡不能寫『內地』，『內地』是一些藝人和中國當地的習慣用法。」另外一些外國的國家媒體如 BBC、德國之聲、美國之音等，因為要幫該國發聲，多少會影響其報導的角度和選材，所以譯者也要注意這些媒體所負載的意識型態及翻譯時的用字遣詞。

（五）口譯工作

除例行新聞筆譯工作外，電視新聞譯者還可能必須接下口譯的挑戰。如受訪譯者 E 說：「口譯分兩種類型，一種是可以準備

的，比方說奧斯卡頒獎典禮，另一種是突發狀況的口譯，因入棚整個環境是很干擾的，再加上要露臉又會分神注意體態，然後又要連線，有時還要面對鏡頭直接作翻譯，這會讓你很緊張。」因此電視台譯者又比平面媒體譯者更要具備口譯的能力。

（六）過音和剪接工作

在電視新聞編譯工作中還有一項是平面媒體編譯所沒有的挑戰，那就是新聞畫面的過音和剪接，若非新聞廣電科班出身，很難掌握過音和剪接的要訣。受訪譯者 D 分享經驗道：「我曾經整整花了半年的時間練過音，每天花半小時把各類型稿子都拿來作過音練習，這當中也有經過前輩的指正，慢慢將過音技能儲備起來。」可見電視台譯者的國語發音和讀稿技巧也是必須培養的能力。

以上呈現新聞編譯工作上常見的挑戰與困難，而以下是他們如何克服這些挑戰與困難的分享，期望能帶給新聞編譯課的師生諸多啟示：

（一）從做中學

十五位受訪譯者中高達十四位提到，新聞編譯工作成效的提升不外乎是從「做中學」磨練出來。資淺編譯對於事件背景資料缺乏了解，經驗又不足，很容易出錯，往往也因不知道有字數限制，拿到一篇稿子常會全譯，而見報時只有一小段，因此挫折感很大，但這也是一位新手磨練的必經過程。如受訪譯者 B 提及：「剛開始跑國際新聞常搞不懂一些國際事務，特別是國際政治、國際外交，比方以色列和巴基斯坦的關係、伊朗和伊拉克的關係等等，這些東西只能從做中學，不懂的時候就

多去查資料，多去關心這類新聞的發展，邊做邊學。」受訪譯者 D 亦回憶道：「一開始作編譯的時候，遇到重大的政治新聞我會把報紙影印下來帶回家看，漸漸對某區域的衝突或特定的新聞議題比較了解，很多特殊的名詞也較能掌握。」可見從做中學最能提升編譯的工作效率。

（二）譯稿比較

在十五位受訪譯者中也有十一位表示，透過每天跟別人比稿，也就是拿自己譯的稿件跟其他同事、報紙或新聞台比較，就會增強自己的翻譯功力。尤其是同一個消息來源，譯者應該觀摩別人的譯法、思考自己如何做出區隔、使內容更好、更有深度、畫面更活潑。如受訪譯者 L 提到：「我會拿別人的稿子進行比稿，觀察自己和別人的差別。第一個先比有沒有漏掉任何該編譯的新聞。同樣的國際新聞哪些媒體會用？再來是比較寫的稿子是否深入點、新聞處理得是否清楚、重要的精髓是否點出，新聞看起來有沒有感覺，有沒有內容？」畢竟各家新聞台都是收到相同的外電，如何做出有鑑別度和深度的譯文，就需要翻譯基本功和多方涉獵專業知識。特別是在學習階段，比稿就顯得相當重要。如受訪譯者 I 表示：「作為一個編譯，比較新聞是新聞工作每天的核心，就是每天要不斷地比較、看別家的報紙和媒體怎樣處理同樣的新聞，永遠都要有比較才會有進步。」

（三）大量閱讀

不管何種國際新聞，新聞編譯都要多涉獵，每天各大報一定要看完，還要看雜誌、電視、廣播及網路上的國際新聞大事，累

積夠多的國際新聞知識，有突發新聞事件時才不致於沒有頭緒，針對某些題材內容的報導也會較深入。受訪譯者 L 建議：「譯者必須多閱讀報章雜誌，像 Time、News Week 這類外國刊物。至於一般大學生、高中生不妨可多看聯合報的 New York Times 之類的新聞。也可以到一些新聞網站上去看，如 BBC、New York Times、Washington Post 的英文新聞、閱讀對新聞編譯都會有幫助。」另外，受訪譯者 O 則提出頗為獨到的見解：「新聞譯者應閱讀中國四大奇書，金庸全集，看完後國文程度就能提升。書看得多，才能掌握文字的美和邏輯性，也才能寫出符合不同文體的文章。」

二、對現行新聞編譯課程的建議

就譯者對現行新聞編譯課程的建議而言，必須先指出學校所學與職場需求的落差有哪些，才能進一步彌補接合兩者的差距。首先我們以哪些受訪譯者為相關科系畢業作為探討的起點，其中有十二位為翻譯或新聞系所相關科班畢業，有三位則是非科班畢業。非科班畢業的受訪譯者在學校裡並沒有學習過編譯的專業技能，較難判定學校所學與編譯職場上表現是否有關聯。而十二位科班畢業的受訪譯者當中，有七位認為學校所學與職場需求是有某種程度的落差，另五位則認為落差不大。

認為落差不大的五位譯者裡，只有兩位受訪譯者非常肯定學校的訓練，受訪譯者 F 表示：「在大學裡學會打字，工作上都會用到；而在外文系學到翻譯的各種技巧；還有，在美國研究所學到美國的種種如政治、經濟各方面的常識。」另外三位認為落差不大的譯者則認為，大學生不用太急著學習實務工作，利用大學

四年練好基本功,例如新聞的基本要素「5W+1H」,等進到職場再接受實務訓練即可。如受訪譯者 B 表示:「學校的理論給我人格和思考上的訓練,四年新聞系的訓練教我在思考及事件處理的態度上要正派。我認為學校本來就要教理論,這是想從事此職業本來就應該學的底子,我不認為學校要教學往實務面發展。」可見從專業譯者的觀點來看,所謂「學校所學」並不限於編譯的技能,更重要的還有奠定正確新聞理念、人格養成和思考訓練。

不過大部份受訪譯者還是認為學校與職場有相當程度的落差,以下再綜合受訪譯者的意見,整理出幾個學校訓練不足的面向:

(一)缺乏拆解、重組、整合訊息的編譯訓練

有兩位受訪譯者以及研究者都在學校教書,我們不約而同發現,很多教師其實不知道「編譯」和「翻譯」的差異,他們教導學生直接中英轉換,沒有訓練重新組合和重整原文訊息的技能,這與 Li(2006)在香港的大學所做研究結果非常類似。新聞媒體每天收到來自各通訊社、CNN 或其他各種管道的外電資訊,資料繁多,譯者必須要有「編譯」能力,能夠判斷及篩選原文重要訊息。一位好的編譯其實也是好的「殺手」,要刪除很多看似重要的新聞訊息,只挑選出重點來寫,這種「去蕪存菁」的技巧並不容易,必須在閱讀大量外電後,選定切入角度,再綜合多家媒體資料來譯寫。目前學生綜合稿子的能力明顯不足,可能教師在「摘譯」方面給與他們的訓練也不夠。如受訪譯者 H 表示:「學生綜合稿子的能力不足,寫單稿也許還能應付,但是要將三篇主題一樣、不同角度呈現的稿子,綜合成一篇完整又精確的新聞稿就不行了。」

（二）缺乏講故事能力的訓練

平面稿和電視稿的寫法不一樣，電視報導的結構會有受訪者的說法以及編譯的旁白，希望新聞節奏快速且容易讓人理解，必須在一分半鐘以內去表達某則新聞。所以編譯必須了解電視新聞的結構，從畫面來「看圖說故事」，而學校在這部分的訓練相當欠缺。如受訪譯者 E 表示：「電視編譯的東西最主要是受訪者的 bite，最後上字幕，而觀眾會看到的是字幕上的東西，這些東西其實就是講故事。」

（三）缺乏國際局勢知識的訓練

學生對國際局勢的掌握不足，對於世界時事演變欠缺敏銳度，也缺乏編譯所需的新聞感和背景知識。如受訪譯者 J 表示：「新聞編譯課程，除了新聞英文的能力養成之外，其實還需要讓學生了解一些國際情勢。如果只教英文字彙怎麼翻，但完全沒有培養學生國際觀、國際視野，無法掌握國際局勢，是沒辦法寫出好稿子的。」受訪譯者 O 也建議：「現在的年輕人不常看報，或者只看影劇、副刊。要強迫他們看國際新聞，交心得或抽考今日頭條，也要每天看社論，這可以幫助學生精進寫作能力、培養邏輯和世界觀。」

（四）缺乏英翻中新聞編譯的訓練

受訪譯者提及接觸實習生或新進人員時，常發現他們在寫作上有英式中文的問題。中英的語法和結構本來就不同，要把英文句子翻譯成為符合中文語法的句子並不容易，必須經過長時間的磨練，才能內化出自然轉換流暢英翻中的技能。受訪譯者 L 就表

示：「由實習人員的表現可觀察出：學校的訓練偏技術面，理論
基礎差，口語表達尚可，寫作技巧較弱。」而受訪譯者 F 憂心道：
「我們整個下一代的中文程度越來越低，要他們寫一篇通順的文
章可能都有困難，比如說『盜匪傾巢而出』，但沒有人說『警察
傾巢而出』；又如，我看過某報寫過『攻城掠地』，它的『掠』
寫成「略」。類似上述修辭的問題常常發生。」

（五）缺乏文化素養的訓練

　　訪譯者表示，教師必須長期培養學生的文化素養，其訓練無
法立竿見影。當碰到一些特殊文化背景的名詞或事件時，新進譯
者更需充分的認識，才不會因文化隔閡而誤譯。受訪譯者 F 表
示：「比如說，你必須懂得回教徒，何時有齋戒月、齋戒月做哪
些活動？這些都必須要有一些了解，不然文化的隔閡也會是編譯
工作上的一個問題。」而受訪譯者 G 則表示；「當編譯碰到一些
特殊文化背景所產生的名詞或事件時，如歐巴馬的國情咨文裡有
些引經據典用到的一些詞彙，如果不是長期對於西洋文化或英美
文學有所了解，恐怕就沒辦法翻譯得到位。」

　　上文談及從事新聞編譯基本上必需具備的能力，至於如何改
進新聞編譯的教學以養成專業新聞編譯人才，則以學校教師的課
程設計和學生本身的自修兩方面來討論。

（一）教師在學校課程的設計上

　　(1) 從事小班制教學，讓學生有更多分組編譯、合作學
　　　　習的機會。

　　(2) 教材要真實多元，尤其因為網路上的新聞更新快速，

容易尋得最新時事，可作為教材。而編譯教材要與時
俱進，才可同時提升學生的新聞敏感度和知識背景。

(3) 訓練學生精簡和綜合新聞報導的能力。如受訪譯者 H
表示：「文字精簡、少而美是以後新聞報導的趨勢，
必須訓練學生精專準確。」

(4) 大一、大二學生可著重翻譯技巧的基礎訓練，大三、
大四則可強調新聞編譯的實作經驗，越接近真實職
場的經驗對學生的實力養成越有幫助，例如拿 CNN
的稿子給學生作「過音、有畫面」的新聞實作練習。

(5) 加強學生新聞寫作及平行文本的訓練。如受訪譯者 O
建議：「像紐約時報都有翻譯好的對照，拿原文給
學生翻譯，再對照，訓練他們比稿。」這都是很好
的練習活動。

(6) 邀請新聞編譯到班上演講，分享實務經驗。

教師在新聞編譯教學的教學模式上，應遵循新聞寫作、翻譯
和編譯的次序教學。首先，可先請同學閱讀中文新聞，瞭解新聞
的結構與特色，分析新聞六大要素（5W+1H），了解新聞的結構
和用字特性並能用中文撰寫新聞文體。其次，可教導單篇新聞的
全文翻譯，培養學生的翻譯技巧。待單篇新聞翻譯熟練後即可逐
步將多篇英文新聞交給學生編譯成一篇中文新聞稿。而編譯的特
點端賴譯者的慧心巧思，按新聞事件的核心與附加資訊，按重要
性排列組合成符合新聞寫作規範的新聞譯文。

（二）學生本身對新聞編譯的自修上

(1) 加強中英文理解及表達能力。

(2) 避免亂用成語、錯別字，並提升引經據典的能力。

(3) 加強查詢網路及其它相關資料的技能。

(4) 多閱讀各種媒體的新聞，特別是取得便利的網路新聞。

(5) 積極爭取新聞編譯的實習機會，增加實戰經驗。

學生必須體認到光靠上課的練習是遠遠不足的，應該花費更多的時間及精神從事自學，才能有效提升新聞編譯能力。而在課外自修時，可以和其他同學組成編譯小組並自行選材練習，互相就彼此的譯文提供評論和回饋意見，有問題或爭議時也可請教老師。同學也應加強使用網路搜尋資料的技能，多閱讀各種媒體的新聞，如：Daily Mail、New York Time、Washington Post、Wall Street Journal、Financial Times、The Daily Telegraph、The Times、CNN、BBC、Al Jazeera（半島電視台）的新聞，尤其網路上提供的新聞更為方便，也可以多利用雙語新聞自行從事比稿。

伍、結論

本研究旨在透過對於現職新聞編譯的訪談，探討媒體職場編譯的現況，並提出對現行學校新聞編譯教學的建議。以受訪者豐富的工作經驗，訪談結果應有相當大的參考價值。主要發現可歸納如下：

編譯工作的困難與挑戰：有 46.67% 的受訪譯者表示新進的編譯人員可能會碰到「對於議題背景資料不熟悉」所造成的工作困難；其次有 33.33% 的受訪譯者則提到「新聞文體的寫法」。而多作新聞譯稿的比較、多寫作及閱讀、從做中學習等都可以彌補此缺憾。

　　對現行學校新聞編譯課程的建議：只有 33.33%的受訪譯者表示學校所學與職場所需之間的落差並不大。至於譯者認知的落差，可從實習生或新進人員的表現來推論，大致上都有「摘譯能力」、「國際局勢掌握」、「新聞英文寫作」、「文化隔閡」等方面訓練不足的情況，這也反映出學校對上述訓練的確有需要改善之處。訪談者與研究者也對學校教師課程設計上及學生自修上提出建議，作為調整新聞編譯課程之依據。

　　未來也可將本研究的發現運用在大學新聞系所、翻譯系所等所開設的「新聞編譯」課程中，進而觀察是否透過上述的修正建議，能夠提升學生畢業後進入新聞編譯職場的表現。並且也可以從業界實習生或新聞編譯新進人員的表現，來觀察新聞編譯教學在品質上面的變化。最後，本文期待能夠搭起新聞編譯課堂與產業間的橋梁，讓學校教學更為貼近職場需求，縮短學生達成新聞編譯專業的適應期，進而幫助新聞業界能更快速地用到更多優秀的新聞編譯尖兵，達到三贏的局面。

附錄一　新聞編譯訪談對象的背景資料與訪談分析結果

	項次	1	2	3	4	5	6	7	8	9	10	11	12	13	14	15
受訪者背景資料	媒體	TV					報紙					電台			通訊社	
	受訪者	A	B	C	D	E	F	G	H	I	J	K	L	M	N	O
	性別	女	女	男	女	女	女	男	女	男	女	女	女	女	女	男
	學歷	大學英文系／國際傳播所	大學新聞系／國際關係研究所	大學經濟系／大傳所	大傳系廣電組／電訊傳播研究所	大學地政系	大學主修國貿、副修外交／美國所	大學外文系／外交研究所	大學外文系／口筆譯所	大學德文系／新聞研究所	大學外文系	大學外文系／譯研所口譯組	大學外交系	大學德文系	大學新聞系	大學新聞系
	編譯年資	16	4	14	13	4.5	15	16	18	13	11	4.5	24	20	18	30
專業訓練	就業前	○	X	○	X	X	X	X	○	X	X	X	X	X	X	X
	職場中	○	X	X	X	X	X	X	X	X	X	X	X	X	X	X
	新聞來源	美聯社、法新社、路透社、NHK	CNN、NHK、AP	CNN、AP、路透社、NHK	CNN、AP、路透社、youtube	CNN、NHK、AP	美聯社、法新社、路透社		CNN、AP、NHK	路透社、中央社、中央社國際組	AP、路透社	美聯社、法新社、路透社、NHK	美聯社、法新社、路透社、NHK	德新社	路透社、法新社、美聯社	路透社、法新社、美聯社
	取材自主權	無	無	有	部分有	部分有	有	無	有	參半	參半	無	部分有	有	有	無
	部門編制	三班制	10人、三班制	13人、四班制	13人、三班制	10人、14人、三班制	一班制		12人、兩班制	10人、兩班制	6人、兩班制	5人、兩班制	5人、兩班制	5人、兩班制	12人、四班制	10人、兩班制	四班制

		1	2	3	4	5	6	7	8	9	10	11	12	13	14	15
編譯工作的專業條件	中英文能力	●	●	●	●	●	●	●	●	●		●	●	●	●	●
	廣博的常識	●	●	●	●	●	●				●	●	●	●	●	●
	搜尋整合資料的能力	●			●											
	新聞文體的寫法		●		●						●	●				
	其他技能			●												
編譯人員的人格特質	強烈的好奇心	●					●		●						●	
	耐心、吃苦耐勞	●			●		●		●							
	求知慾、虛心學習	●			●				●							
	抗壓性高				●											
	團隊精神		●		●					●	●					
編譯工作的困難與挑戰	飄題背景資料的不熟悉		●						●	●	●					
	新聞文體的寫法			●								●	●	●		
	專有名詞及資料的蒐集						●					●			●	●
	媒體意識形態											●	●			
	口譯工作					●										
	過音工作				●	●										
	文稿比較				●	●	●	●	●	●	●	●	●	●		
	從做中學	●	●	●	●	●	●	●	●	●	●	●	●	●		
	大量閱讀資訊	●														
編譯工作的成就感	編譯的新聞成為比較標準					●					●				●	
	第一時間見證歷史		●		●									●	●	
	能作第一手資料的報導													●	●	
	累積實力、成就自己	●							●							
	作深度報導、分享見聞		●		●											
學校所學與現場所需的落差	落差不大	●	●		●							●				
	缺乏拆解、重組、整合的訓練								●	●						
	缺乏訓練學生講故事的能力				●	●			●							
	國際局勢的訓練不足							●			●		●		●	
	新聞英文的寫作能力			●							●				●	●
	文化訓練不足造成文化隔閡						●	●		●				●		

245

附錄二：新聞編譯人員訪談題綱

一、譯者背景：

1. 請問您大學或研究所主修為何？
2. 您是在何種機緣進入新聞編譯的職場？
3. 請問您從事新聞編譯的工作有多久？
4. 在您進入職場之前或之後曾否受過專業編譯的訓練？
5. 成為新聞編譯應具備什麼樣的專業條件和人格特質？

二、職場上作業流程及呈現方式：

1. 請問您每天編譯作業的流程及呈現方式為何？
2. 國際新聞的來源為何？您是如何編譯不同來源的新聞？使用何種工作或資源？
3. 電視與報社的編譯作業程序與呈現方式有何不同？
4. 除了新聞編譯工作之外，貴單位是否還要求您從事其他工作事項？

三、譯者在新聞編譯工作上遇到的挑戰和成就：

1. 您在新聞編譯的工作中遇到最大的挑戰為何？
2. 您在編譯中感受到最大的成就為何？如何提升編譯工作上的成效？
3. 您在編譯過程中，取材方面是否會受主管、編譯或服務機

構意識形態或業績的影響？請舉例說明。

4.貴單位如何幫助譯者提升專業能力？

四、譯者對學校翻譯教學的看法與意見：

1.您在學校所學的知識及技能與職場所需有何差異？

2.您認為學校是否能訓練學生符合職場之需求？

3.學校教師該如何在課程設計、教材、教法和評量上改進，
以符合新聞編譯職場的需求？

4.以您的職場經驗來看，英文系、翻譯系所或新聞系所畢業
的同學是否較容易勝任此工作？為什麼？

五、最後，您是否還有其它要補充說明的地方？

第二篇

口譯教學

口譯學生的焦慮與心流經驗
及其對口譯教學之意涵

盧姿麟、廖柏森

摘要

　　口譯的認知處理要求常讓初學者備感壓力，許多學生表示在口譯學習的焦慮感受相當高。但儘管承受種種心理負荷，仍有許多學生表示喜歡口譯，願意進一步修習更高階的口譯課程，而這些學生從口譯過程中獲得樂趣極為類似 Csikszentmihalyi（1975）所稱的最優體驗或心流（flow）。為瞭解學生在學習口譯過程所產生的焦慮與心流感受，本研究採用問卷調查與個別訪談，探究翻譯研究所學生學習口譯的心路歷程。研究者參考之前研究文獻與問卷（Chiang, 2006；周兆祥、陳育沾，1999；劉和平，2005），發展出「口譯學習焦慮問卷」。調查對象為國內六所翻譯研究所修習口譯課的學生，施測後共收回 81 份有效問卷。經由統計分析所得結果，以最大變異取樣法（maximum variation sampling）（Patton, 2002）選出 11 位學生進行個別訪談。問卷分析結果顯示，研究所學生對於學習口譯具有中等程度的焦慮（M= 3.43），

且經獨立樣本 *t* 檢定顯示同學在不同性別、年級、有無口譯實務經驗等變項，並無顯著的焦慮程度差異。學生最感到焦慮的是演講主題不熟悉（M=4.28），其次是各領域的專業術語（M=4.26），以及講者口音（M=4.26）。進一步訪談結果顯示大多數學生皆曾在口譯過程中產生順暢、輕鬆不費力、與講者合而為一等感受，並在活動結束之後產生成就感、更有自信等心流狀態。雖然心流狀態的有無，主要取決於講者與題材，學生卻也近乎一致地表示，事前充實背景知識，良好的精神狀態，在活動前先讓自己平靜下來，會更容易產生心流。本文最後也探討如何將這些學習口譯的焦慮與心流經驗整合至口譯教學，藉此擴大口譯研究領域中對於學習口譯心理層面的瞭解，並提供口譯學習者與教師更多自學與教學上的參考。

關鍵字：口譯學習、焦慮、心流

壹、緒論

理想上，學生進入翻譯所學習口譯的先決條件是優異的雙語能力，但是現實上口譯學生的語言能力常未達所需的水準，造成學習上的諸多困難。更進一步而言，口譯過程還包含許多造成壓力的因素，如持續資訊超載、全神貫注、疲勞、口譯廂的空間侷促（Kurz, 2001）。口譯學生需先聽演講（接收訊息）、了解內容（解碼）、轉換語言（編碼），最後再說出翻譯的內容（產出）（Klonowicz, 1994），此過程中還要面臨一連串不確定因素，如講者的口音、專業術語、噪音干擾等，逐步口譯時還要站在台上面對聽眾，接受品評，更增加了口譯學生的壓力。

目前所知國內外口譯研究，內容有觸及焦慮的多以職業口譯員為研究對象（如 AIIC, 2002; Gerver,1974; Klonowicz, 1994; Moser-Mercer, 2003; 施彥如, 2004），針對口譯學生學習焦慮的相關研究則相對較少（如 Jimenez & Pinazo, 2001; Kurz, 2003; Chiang, 2006, 2009）。學生在學習口譯的過程常需經歷重重難關，而且研究證實口譯員的焦慮程度與資歷經驗呈現負相關，經驗愈豐富則焦慮感愈低（Riccardi, Marinuzzi & Zechin, 1996；施彥如, 2004）。Kurz（2003）也指出專業口譯員隨著經驗累積，較能應付同步口譯的壓力，反觀初學者對同步口譯常缺乏安全感、害怕失敗、壓力很大。若以資歷進行排列，焦慮程度會依口譯學生、新手口譯員、資深口譯員遞減，其中以口譯學生的焦慮程度最高。

但學習口譯過程既然這麼辛苦，為什麼學生還是競相投入學習？Csikszentmihalyi（1975）從心流的角度來看，許多活動

即使過程非常艱苦又無直接的外在報酬,還是有人樂此而不疲,願意一再投入其中,原因是他們在活動過程中體會了日常生活不易出現的最優經驗——「心流」(flow)。雖然學生的口譯技巧與能力尚未成熟,但也可能在練習過程體會箇中樂趣,進而平衡了學習過程中的焦慮感。目前國內並無研究探討口譯過程的心流體驗,僅有張方馨(2008)分析筆譯工作者在翻譯過程的心流狀態。若能進一步瞭解心流與焦慮在口譯學習過程的消長關係,應有助學生的學習成效,也為教師在培訓學生過程提供心理層面的建議。

為探討翻譯研究所學生學習口譯的焦慮與心流體驗,本研究以台灣六所翻譯研究所修習口譯核心課程(視譯、逐步口譯、同步口譯)的學生為研究對象,先透過問卷調查收集資料,再進行個別訪談,藉此瞭解學生學習口譯的焦慮程度,探討背景變項(性別、就讀年級、口譯實務經驗)對焦慮程度的影響,最後描述學生口譯過程的心流經驗。根據以上目的提出的研究問題如下:

　　1. 翻譯研究所學生對於學習口譯的焦慮程度為何?
　　2. 不同背景變項對口譯學習焦慮程度的影響為何?
　　3. 研究所學生在口譯過程的心流體驗如何?
　　4. 口譯學習焦慮與心流的關係為何?在口譯教學上的意涵又為何?

貳、文獻回顧

一、焦慮

　　焦慮不是眼前的威脅，而是種莫名的不自在感，原因不明卻又躲不掉（Goodwin, 1986）。人之所以焦慮是因曾經受到外在威脅，而根據先前經驗會對尚未發生的情境產生焦慮（Ghinassi, 2010）。如某人若曾對學習口譯有負面的經驗，往後面對口譯相關活動就會焦慮，甚至逃避。

（一）焦慮與口譯

　　焦慮經驗會在個人心中留下陰影。學生若在口譯學習的情境中累積了負面經驗，便可能對口譯學習感到焦慮，甚至對口譯敬而遠之。目前已有研究證實噪音（Gerver, 1974）、工作時間（Klonowicz, 1994）、臨場感（Riccardi, Marinuzzi & Zechin, 1996）、速度（Chiang, 2006）等因素皆會造成口譯員或學習者的焦慮或心理負擔，並影響口譯品質。

（二）口譯學生的焦慮

　　研究指出台灣應用外語系的學生必須在全班面前口譯，讓他們備感壓力，特別是當場才告知演講主題，無法事先準備時，更是造成很大的焦慮感（王名媛，2009；黃子玲，2006）。口譯學生可能因為語言能力不足而產生焦慮感，甚至失去持之以恆的動力（Shaw, Grbic, & Franklin, 2004）。Chiang（2006）則研究大學部口譯學生的外語學習焦慮、口譯學習焦慮和口譯成績表現的關係。

（三）口譯學習焦慮的成因

Chiang（2006）曾訪問大學部的口譯學生，歸納出口譯學習焦慮的五大成因，包括(1)讓人難以理解的講者、(2)聽眾的人數、與口譯學生熟識的程度、聽眾反應、聽眾是否專心聆聽、(3)對個人語言能力的自信不足和自尊感低落、(4)口譯的即時性、同時聽說、通才的知識，以及口譯策略尚不熟練、(5)課堂流程例如被點名上台口譯、未事先告知主題的即席口譯、教師指示不明確等，都會讓口譯學生感到焦慮。

（四）口譯學習焦慮的影響

口譯學習焦慮除了會影響學生的口譯表現，還會影響其生理與認知狀況，甚至影響生活作息，影響範圍擴及教室之外（Chiang, 2006）。受訪者表示，口譯課引起的焦慮感會造成心跳加速、冒汗等生理反應。焦慮也會影響思考，甚至興起逃避的念頭，想翹課、希望臨時停課，或祈禱老師不要叫到自己。口譯焦慮也使學生改變原本的生活作息，像是為了閱讀上課要用的資料而熬夜、早起，或因此失眠、沒胃口。口譯學習的焦慮感也讓某些學生決定放棄學習口譯。

雖然口譯學習的過程有種種因素導致學生的學習焦慮，然而卻也有不少同學仍對口譯表示喜愛。可能是這些學生在學習口譯的過程中同時也體驗了如心流般的正面感受，平衡了學習過程的焦慮感。

二、心流—最優體驗

　　為了探究為何有人在缺乏外在誘因的情況下，也能投入某些困難甚至是危險的活動， Csikszentmihalyi（1975）曾訪談了各界專業人士，包括指揮家、攀岩好手、詩人、舞者、鋼琴家、外科醫師、運動選手等。從訪談內容發現受訪者雖然從事不同的活動，卻近乎一致地表示喜歡活動當下的經驗與發揮技能的機會，而且活動當下很投入時，「自己彷彿浮起來」，或「被一股洪流帶領著」，有一種水到渠成、不費吹灰之力的感覺；這是在日常生活中不曾有過的感受，而且即使缺乏外在誘因也無妨，因為活動本身就是目的。Csikszentmihalyi 借用受訪者不約而同使用的措詞 flow，提出「心流」的概念。

（一）心流的特徵

　　雖然心流狀態的有無以主觀判斷的成分居多，但 Csikzentmihalyi（1975）所訪問的對象對於活動順暢的感覺幾乎都有共通的描述，他歸納出心流的九大特徵分別是：(1)一致的目標（a clear set of goals）、(2)明確立即的回饋（clear and immediate feedback）、(3)主觀的適度挑戰性（a balance between perceived challenges and perceived skills）、(4)全神貫注（concentration on the task at hand）、(5)控制感（a sense of control）、(6)知行合一（the merging of action and awareness）、(7)忘我（loss of self-consciousness）、(8)時間的錯覺（altered sense of time）、(9)自發性（autotelic activities）。（Csikszentmihalyi, 1975, 1990, 1998）。上述各項特徵又可再進一步分成前中後三階段（Chen, Wigand, & Nilan, 1999；Novak &

Hoffman, 1997）。第一階段心流前是產生心流的條件，為一致的目標、明確的回饋、適度的挑戰性；第二階段是心流當下的感受，例如全神貫注、控制感、知行合一；第三階段心流過後則是心流帶來的效果，包括忘我、時間的錯覺、自發性。但心流並不是持續的狀態，心流的三個階段也並非壁壘分明，而是有重疊或交錯的現象，（Csikszentmihalyi, 1975）。

（二）心流的模型

　　關於心流狀態的變化，Csikszentmihalyi（1975）根據挑戰與能力的適配性，發展出三路徑模型（three-channel model）（如下圖），包含心流、焦慮、無趣（boredom）等三種狀態，強調挑戰和技能的適配或平衡是創造心流的主要條件。當個人受到外在情境威脅會產生反應，當挑戰超出個人技能所及，個人判斷受威脅後會產生焦慮。相對地，當活動挑戰性太低則讓個人感到無趣。由此可見，心流是介於焦慮與無趣之間的最佳狀態。活動難度過高或不及都會影響心流。因此有必要調整活動的難易度，才能維持心流的狀態。不論是內在自我調整或是改變外在情境，活動都需有明確範圍（如制定規則、目標等），讓人對情境有某種程度的掌控，才能專心回應活動產生的回饋。這種不斷提升挑戰性，以求平衡的過程，會延展個人能力，促進自我學習與成長（Csikszentmihalyi, Abuhamdeh & Nakamura , 2005）。

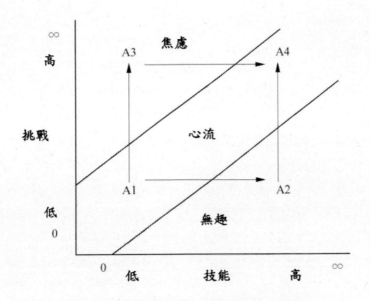

心流之三路徑模型圖（參考藍意茹，2006）

（三）心流與翻譯

　　張方馨（2008）曾以問卷調查臺灣譯者在翻譯過程中的心理狀態，建立翻譯的心流經驗模式，分為「背景階段」、「前提階段」、「特徵階段」、「經驗結果階段」、「心流經驗階段」。在「背景階段」中，以翻譯的目標明確與否，對技巧的影響程度最大；譯者對每次翻譯挑戰所屬的專業知識、時程進度、自我期許愈明確，則掌握文本的能力也愈強、可發揮的語言轉換技巧愈有彈性，也愈有自信能把工作做好。而「前提階段」則以譯者技巧的高低，對專注程度的影響最顯著。進入「特徵階段」會出現專注忘我的感覺。愈是專注則後續「經驗結果階段」的快感與愉

悅感也愈強烈，並連同自發性的挑戰和正面情緒，最後則是促成「心流經驗階段」。

　　周兆祥（2002）則將口譯表現分成五階層次，分別為第一階的譯「形」、第二階的下策譯「意」、第三階的中策譯「意」、第四階的上策譯「意」和第五階的譯「神」。其中最低層次的譯「形」是指「處處譯出每個字的字典解釋意義（sense），而不是一個個字有機組合所形成的真正意義」。第二階的下策譯「意」是「由整個文本（text）的語境（context）和上下文（co-text）」來決定譯文。第三階的中策譯「意」是跳脫原文形式，「用譯文語按自然習慣的方式傳達出這些語意叢」。第四階的上策譯「意」是除了譯出原文的內容訊息之外，還「恰到好處地重現講者的細膩感情和內心狀態」。最後，最高的層次的譯「神」就是出神入化，「任由靈感在主導，那就是一種將講者個人的存有（being）翻譯出來的境界」。他訪問過幾位資深口譯員，發現他們在口譯進入非常理想的狀態時，「都會經驗一種忘我的境界，整個人好像成為了一個 flow（流）的一部份，完全無須出力，無須擔掛該怎樣做」，當下有得心應手的感覺。雖然周兆祥（2002）並未提及 Csikszentmihalyi（1975）的心流理論，但文中描述口譯員工作當下的感受，如忘我、與講者合而為一、喜悅、滿足感、放下一切任由信息帶著自己走等，顯然與心流有許多相似之處。

　　口譯為高壓力的活動，但仍有很多人認為口譯這項工作很吸引人。除了金錢的報酬之外，口譯其實是深具創意和挑戰性的活動，而且當事人可以立即獲得回饋，知道自己表現的好壞。由此推測，口譯的過程中應該存有心流的狀態，值得一探究竟。

參、研究方法

一、研究設計

　　本研究分成兩階段進行資料收集。第一階段使用問卷調查，施測對象為台灣現有六所翻譯研究所學習口譯的碩士班學生。第二階段則進行質性訪談，以瞭解學生學習口譯焦慮的來源與影響範圍，並得知學生在做口譯當下的心流感受，以勾勒出口譯學習過程中焦慮與心流體驗之間的關係。

二、研究對象

　　本研究的對象為六間翻譯研究所中正在或曾經修過逐步口譯、視譯、同步口譯課的同學共 97 人。各校 99 學年度的修這些課人數的依照問卷施測順序排列如下表：

表一　各校翻譯研究所 99 學年度修課人數

學校	碩一	碩二
臺灣師範大學	10	11
彰化師範大學	4	6
長榮大學	14	12
高雄第一科技大學	13	5
文藻外語學院	11	0
輔仁大學	7	4
小計	59	38
總計	97	

　　但因部份同學施測期間未到校上課，因此總共實施 83 份紙本問卷以及 12 份網路問卷。紙本問卷全數回收，網路問卷回收 7 份，共收集 90 份問卷。而剔除 9 份無效問卷後，有效問卷為 81 份。

三、研究工具

（一）量化問卷調查

1.問卷預試

　　為了測試「口譯學習焦慮量表」的適用性，本研究共進行兩次預試，請四名曾經修習過口譯課的翻譯研究所學生作預試者。問卷回收後根據預試者的建議，調整問卷的格式編排與文字敘述。

2.問卷編製

　　本研究的測量工具主要依據 Chiang（2006）的「焦慮與口譯學習問卷調查表」，再按專家意見增刪題目後編製而成。Chiang（2006）問卷的第一部分是調查上口譯課感受，有 44 項陳述性問題外加兩項開放性問題，本研究修訂後成為 49 項陳述性問題外加兩項開放性問題。至於背景資料的部分則有 13 項陳述性問題。

3.問卷信度和效度

　　採用內部一致性來評估信度，分析結果顯示「口譯學習焦慮量表」的 Cronbach α = .91，具良好信度。在效度部分，本研究沿用已證實具良好信效度且經過專家檢測的「焦慮與口譯學習問卷調查表」（Chiang, 2006），亦符合效標關聯效度和構念效度。

4.問卷的構面與題號

正式問卷各構面及所包含的題目編號如下：

構面一：「害怕口譯課與負面評量」：題目為 2、3、10、12、13、15、16、20、21、22、23、24、25、34 等十四題。

構面二：「認知處理焦慮」：題目為 4、11、14、18、19、26、27、28、29、30、31、32、33 等十三題。

構面三：「對口譯的自信心不足」：題目為 1、5、6、7、8、9、17 等七題。

構面四：「口譯技巧與活動」：題目包括 35、36、37、38、39、40、41、42、43、44、45、46、47、48、49 等十五題。

（一）質性訪談

1.訪談取樣

為瞭解不同個體在口譯過程中的心流狀態，本研究採用立意取樣中的最大變異取樣法（maximum variation sampling）（Patton, 2002）。研究者依據口譯學習焦慮量表的平均值，將樣本依焦慮程度分成三組，分別是高度焦慮組（5 點量表中 4 分以上）7 人，中度焦慮者（3 至 3.5 分之間）29 人，以及低度焦慮組（2.5 分以下）5 人，共 41 人。研究者隨後根據問卷上所填受訪意願逐一接洽，最終共有 11 人願意接受個別訪談。

2.訪談大綱

質性資料收集採用半結構式訪談，並以訪談大綱發問。研究者首先根據口譯學習焦慮與心流的相關文獻，擬訂初步的訪談大綱後進行試訪。試訪對象有四人，都曾經修習翻譯研究所口譯課程。

訪談大綱分成兩大部分（見附錄二）：第一部分詢問學生口譯當下的感受，包括心流狀態的有無、心流當下的感受、經歷心流的事後感、口譯心流產生的內外在條件、對心流的主觀控制程度；第二部分則詢問學生對於研究所口譯課程的感受，包括造成焦慮的原因與焦慮相關的影響。

由於心流屬於主觀的感受，也非訪談對象所熟知的詞彙，研究者比照先前心流的文獻（Elkington, 2010；Jackson, 2007; Massimini, Csikszeentmihaly & Delle, 1992），使用 Csikszentmihalyi（1975）訪談結果中的三段引述將心流的概念操作化，描述心流經驗中投入、幸福、抽離現實、與活動合而為一的感受，做為受訪者與研究者達成共識的提詞（見附錄三）。

四、資料收集與分析

（一）資料收集

研究者首先徵求各校教師同意，配合學生上課時間，親自至各班發放紙本問卷。施測時附上問卷同意書，請學生們閱讀後簽名，接著填寫「口譯學習焦慮問卷」，並由研究者當場回收。

訪談程序則依據問卷上回答的受訪意願，徵詢受訪時間。由於各校位置分散北、中、南三地區，考量時間與資源限制，訪談皆以網路電話進行。為確保受訪者瞭解心流感受，研究者於訪談前十分鐘左右，以電子郵件寄出三段話請受訪者閱讀，並確定其瞭解內容所要表達的感受，之後再詢問受試者是否在口譯過程中經歷類似的感受，並針對不同對象使用相同訪談程序。

（二）資料分析

　　第一階段量化問卷使用 IBM SPSS 19 版進行調查結果的統計分析。首先使用描述性統計得出量表平均值，判斷學生口譯焦慮的程度。接著將不同背景變項各分成兩個群組，使用獨立樣本 t 檢定分析兩組之間的差異，以了解不同背景變項與口譯焦慮的關係。

　　第二階段使用半結構式訪談，得到學生的心流現象資料之後，研究者再整理出口譯心流當下與事後等階段的經驗感受，以及產生心流的可能條件。再根據心流相關研究，論證學生學習口譯焦慮與心流體驗之間的關係，並從能力與挑戰適配性，以及產生心流的內外在條件，提出在口譯教學上的建議。

肆、研究結果與討論

問題 1.學生學習口譯的焦慮程度如何？

　　口譯學習焦慮問卷共有 49 項題目，使用李克特式 5 點量表。量表得分總和的範圍是 49 到 245。先將量表中 8 題反向題的分數轉換之後，進行描述性統計。量表的得分越高，表示受試者對於口譯課的焦慮程度越高。本研究所得樣本分數總和之範圍從 79 到 206，平均值為 157.41，標準差為 22.48；五點量表的平均值是 3.43，標準差為.51。在口譯學習焦慮的四大構面中，認知處理焦慮的平均值最高（M=3.98），其次是對口譯自信心不足（M=3.53），害怕口譯課與負面評量（M=3.30），最後則是口譯技巧與活動（M=2.78）。

量表的 49 項題目中，得分最高的前 5 題，平均值從 4.14 至 4.28。根據題目的敘述內容，可發現口譯主題、專業術語、講者口音等是最讓學生焦慮的因素。

表二　口譯學習焦慮問卷平均值最高 5 題

題號	內容	M
28	當我對口譯的主題不熟悉，我會緊張	4.28
31	口譯時，碰到各種領域的專業術語，會讓我困擾	4.26
30	如果講者的英語有很重的口音，我會擔心聽不懂	4.26
6	上口譯課時，我會覺得其他同學的口譯能力比我強	4.20
4	當我聽不懂要口譯的英語原文，我會害怕	4.14

至於焦慮程度最低的 5 題，其平均值從 1.80 到 2.53，以下表三由低到高排列出焦慮程度最低的 5 題。其中題號 5 為反向題，分數已經轉向：

表三　口譯學習焦慮問卷平均值最低 5 題

題號	內容	M
5	我願意再多修一些更進階的口譯課	1.80
46	課堂中聽完一段中文演講，用中文再說一次	1.97
13	我會不想去上口譯課	2.27
44	老師臨時要我用中文演講	2.43
25	課堂上做口譯，我擔心同學會笑我	2.53

就整體平均值而言，本研究對象的焦慮程度（M=3.43）和 Chiang（2006）調查大學部學生的口譯學習焦慮程度一致（M=3.4）。顯示研究所和大學部口譯學生皆具有中等程度的焦

慮。但此結果需要考慮自陳式問卷法可能的填答偏差，其中最普遍的是社會讚許效應（socially desirable responding），也就是受試者為了保有良好的自我形象而有意或無意地調整答案，造成作答上的偏差（Paulhus, 1991）。由於問卷由研究者親自到現場施測，加上「焦慮」一詞帶有負面色彩，這些因素都可能影響受試者作答。

至於口譯學習焦慮各構面的平均值，本研究所得的數值略高於 Chiang（2006）的焦慮構面，但就排序而言仍是一致。至於本研究新增的構面「口譯技巧與活動」（M=2.78）則排在最後。根據後續訪談的結果得知各校僅在碩一上學期初，在課堂上稍微練習「口譯技巧與活動」構面所提及的技巧，作為正式口譯之前的暖身活動。相較於逐步口譯、同步口譯、視譯等核心課程所花費的時數較低，這或許可解釋該構面平均值偏低的原因。

問題 2.背景變項與口譯學習的關係為何？

獨立樣本 t 檢定結果顯示樣本的性別、修課年數、有無口譯實務經驗等背景變項與口譯學習焦慮各構面平均值的關係皆無顯著性差異（p>.05）。換句話說，研究所學生不分性別、修業年數、有無口譯實務經驗，對於學習口譯焦慮感受整體而言大同小異。

表四　背景變項與口譯學習焦慮之 *t* 檢定

自變項		個數	平均數	標準差	t	p
性別	男	24	3.33	.50	-1.10	.963
	女	57	3.47	.52	-1.12	
修業	一年	55	3.50	.55	1.74	.186
	二年	26	3.29	.41	1.93	
經驗	有	4635	3.34	.53	-1.85	.336
	無		3.55	.47	-1.89	

　　以上發現異於先前 Chiang（2006）口譯學習焦慮的相關性研究結果。Chiang（2006）調查大學部學生學習口譯的焦慮感，發現女學生對口譯學習的焦慮感高於男學生，對口譯的自信心也比男學生低許多，達到統計上的顯著水準。年級方面，大學三年級比四年級的學生表現出更高的口譯學習焦慮，然而單就認知處理焦慮的構面來看，兩者則並無顯著差異，與本研究結果相同。

　　根據問卷統計結果，各翻譯研究所的學生在學習口譯過程中平均而言具有中度焦慮（M=3.43）。研究者認為，學生在學習口譯的過程中，或許多少都經歷過口譯的最優體驗，也就是口譯的心流，並從中獲得正面的回饋與成就感，因此緩和了挑戰與能力失衡所引起的焦慮感。

問題 3.翻譯研究所學生在口譯過程的心流體驗如何？

　　訪談對象共有 11 人，分別來自低度焦慮組 3 人，中度焦慮組 7 人，高度焦慮組 1 人。之前研究指出，進行焦慮的訪談研究時，焦慮程度高者比較不願意接受訪談（Price, 1991）。這一點

與本研究受訪意願的分佈狀況相似。以下使用英文字母 A 到 K 做為代碼，呈現受訪學生的背景資料：

表五　受訪學生背景資料

學生	焦慮程度	年級	性別
A	高度焦慮	一	女
B	中度焦慮	一	女
C	中度焦慮	二	女
D	中度焦慮	二	女
E	中度焦慮	一	女
F	中度焦慮	一	男
G	中度焦慮	二	女
H	中度焦慮	二	男
I	低度焦慮	二	女
J	低度焦慮	二	男
K	低度焦慮	一	女

　　研究者也從受訪學生的言談中，歸納出口譯心流當下與事後的感受特徵。

（一）口譯心流當下

1.全神貫注

　　受訪者皆表示口譯是需要專心投入的活動，而且都曾在口譯過程中出現全神貫注的感覺，唯頻率與程度可能因人而異。就受訪學生做口譯時專注投入的感覺而言，主要可分為全神貫注地聆聽，以及刻意讓自己不分心兩類。其中一位受訪者表示，做同步很專心時是將全部注意力放在聆聽演講內容，其他東西可謂視而不見：

「……我是完全沉浸在講者跟我要翻譯的這兩個地方在那邊流動，沒有其他東西，就是我的 output 跟我聽的東西這樣子……就算有看到教室啊，課桌椅啊，我完全不會去在意。」（受訪者 F）

另一位受訪者表示，口譯過程中產生心流的專注感，是一種身心平靜的狀態：

「我覺得在練習的當下，是很 focused、很平靜……就正好在那段時間頭腦比較清楚……就是比較專注吧，把自己身體的狀態調整到一個最平衡的狀態……你翻完的時候，你會覺得你剛才處理的時候，你的身心狀態是個還蠻 balanced 的狀態。」（受訪者 K）

2.掌控自如

口譯學生進入心流狀態時會對自己比較有信心，認為自己可掌控情況，就算有突發問題也不會慌亂，原因是有先前的心流經驗，相信自己面對眼前的問題也可迎刃而解。這也反映在更有彈性地運用翻譯技巧，甚至預測講者接下來的內容發展，而不受限於字面意思或原文結構。如同其中一名受訪者所述，心流所帶來的順暢與自信讓自己能夠隨機應變，臨危不亂：

「忘我一陣子之後，中間就有一段就有點……我就突然ㄟ有點難懂了……可是我覺得那個時候不會很慌張，會很確定自己一定可以救得起來，因為前面都已經忘我那麼久啦，那時候對自己很有信心……所以即使有斷掉的地方，有聽不懂，那時候就會想說我趕快補救一下……我只要過了這個關口，下面就可以回到前面的狀態。」（受訪者 G）

而心流當下的信心與控制感，也反映在學生更有餘裕去調整

翻譯策略，如調整內容順序、自行分點分項、補上弦外之音、使用更道地的措詞、根據重要性有選擇地翻譯、預測講者接下來的內容。就如受訪者所述：

「CI 畫格子……如果知道他在講什麼，就可以把後面移到前面。就是比較漂亮，甚至偶爾會想到一些成語……比較有信心去移動他的順序，或是講者沒有講的部分，譬如說可以去分點……或者是把它的話講得比較 localized 一點，就不用一定要貼著字去硬翻……有餘裕去把它說成我自己的話，或是說得比較漂亮。」（受訪者 C）

3.輕鬆自然

部分受訪學生表示，產生心流狀態的當下，做起口譯來是輕鬆、不費力的感覺，即聽得比較完整清楚，雙言轉換自動化。其中一位受訪者表示：

「……我覺得我順的時候，做起來比較輕鬆；就是聽到的東西，會比較多。不容易踩到……然後 flow 也比較好，就是講話不會斷斷續續，還蠻流暢的，很連貫很流暢……口譯的順是很輕鬆，不費力的感覺，不用太多思考……」（受訪者 I）

對於做口譯輕鬆自然的感覺，有受訪者表示有兩種境界。通常口譯過程中，會先出現不假思索的反應，也就是聽到什麼翻什麼：

「……我想當下就是沒有思考，然後就是聽到什麼常常就是反射性地翻出來，大概就是那種境界……」（受訪者 D）

還有一種狀態是更上一層，進入和講者合而為一，甚至為之動容的境界，如同一位受訪者所述：

「……我覺得很奇妙的就是有兩種狀態存在…如果真的瞭解的話，就完全知道講者在幹嘛，而不只是翻譯出正確的句子，所

以我覺得語氣應該就是所謂的翻譯的最高境界吧！」（受訪者 D）

4.感同身受

部分受訪者表示，在產生心流的口譯經驗中，受演講內容所感動，被講者的情緒感染，非常融入其中，對於講者所要傳達的意思能感同身受。其中一位受訪者表示，當自己受到講者感動而非常投入，就不再擔心自己是否會犯錯或表現優劣。也有受訪者描述自己在某次演講中，因為很融入演講的內容情境，因此會試圖以講者的立場去表達意思：

「……一直揣摩講者的心境，或是他說話的語氣，然後非常忠實地想要把他的意思表達出來……就是說歐巴馬總統他在為利比亞人民爭取權利的心態，然後就覺得說你好像當下真的是總統，然後你真的覺得利比亞人民應該要獲得自由……然後漸漸地你的語氣也會比較像他」（受訪者 D）

另有一位受訪者表示，隨著技巧進步會開始體會到口譯感同身受的境界：

「之前老師有時候還會跟我們講說『我今天練一篇演講，練到哭了』。然後我們同學就會想說，不可思議，怎麼可能哭？……可是當你發現說你真的都聽懂了，然後你還當下在翻譯的時候，你就會終於了解老師那種（感覺），然後會覺得說或許說我有，我已經進步了，然後我真的抓得住這個講者演講的精髓。」（受訪者 D）

以上受訪者表示為之動容的經驗，似乎又比前述全神貫注的狀態又再更上一層，更接近周兆祥（2002）所描述的上策譯「意」，甚至是譯「神」的境界。從以上的訪談回應可發現，即使是仍在學習階段磨練技巧的口譯學生，也可能因題材的難易度或熟悉度

與能力相匹配而進入口譯之譯「神」的境界。

　　前述全神貫注、掌控自如、輕鬆自然、感同身受等四種特徵，表示學生可進入口譯的最佳體驗。由以上的回應內容，也可知中度與低度焦慮者，在心流體驗方面皆經歷過口譯過程全神貫注的感覺。而中度焦慮者似乎又比低度焦慮者更上一層，甚至可進入與講者合而為一的境界。唯有高度焦慮者在心流方面的體驗頻率比較低，同時也較其他兩組受訪者表現出更多對於學習口譯的沮喪感。

（二）口譯心流過後

　　根據訪談資料，口譯完後學生普遍先覺得很亢奮、之後會鬆懈下來、接下來會自我回饋或取得他人的回饋，獲得成就感與動力。

1.亢奮

　　受訪者表示活動結束之後，會有很開心喜悅的感覺。其中一位受訪者甚至描述為「通體舒暢」。另一位受訪者也描述在某一次做得很順、很投入之後的感覺是狂喜：

　　「我蠻興奮的……有一種 thrill 那種感覺……是出了口譯廂之後很興奮。可能因為那個內容本來就蠻慷慨激昂，再加上那個時候覺得瞬間會覺得這是一件很有意義的事情……。」（受訪者 B）

2.鬆懈

　　部分受訪者表示，由於做口譯當下是全神貫注的狀態，結束之後等於是從專注中跳出來，事後往往是鬆懈下來，腦袋一片空白，甚至是虛脫的感覺：

「……等你專注完了的時候，你可能回到現實……就不需要那麼專注，可能就會 lay back，所以就會覺得鬆了一口氣……就是說除了鬆一口氣之外，當同口，我自己從 booth 裡面走出來的時候，我的腦袋是一片空白的，會需要一點點時間才又重新再 focus……」（受訪者 B）

另一名受訪者表示，從口譯的專注中跳脫出來之後，會有一種解脫感，不是從痛苦中解脫，而是因為不用再全神貫注或處於警戒狀態而覺得解脫：

「……當下戰戰兢兢對我來說是一種負擔，就是需要很投入……結束之後，第一個我會鬆了一口氣。」（受訪者 H）

而其中一位受訪者表示，在同步口譯考試的時候雖然也是自動反應，但過程中可能因為緊張而充滿不確定感，異於平常課堂或私下的練習。事後並沒有開心的感覺，反而是虛脫，而非輕鬆自如的忘我。

「……當下就一直充滿不確定感，可是又可以一直講……就是沒有辦法 self-monitor……力氣已經花在擔心上面……是有一種害怕的感覺，因為不太確定自己到底講了什麼。在講完以後，並不會有一種很開心的感覺，而是有一種很虛脫的感覺，覺得自己剛剛是用盡力氣去衝……而不是很輕鬆自如的忘我。」（受訪者 G）

由該名受訪者的描述，對照其他受訪者描述口譯的事後感，發現口譯過程似乎有兩種程度的專注投入，其一是全身戒備的狀態，其二則是忘我融入的狀態。這兩類型的專注投入，也分別反映在事後鬆一口大氣的虛脫感，或是開心亢奮的愉悅感。

3.內外在回饋

受訪學生表示，口譯若做得很好，自己會知道，這屬於內在

自我回饋。若事後聽到他人的正面評價，也會很開心，這屬於外在回饋。有受訪者表示當次表現好，事後會欣賞自己的口譯表現，再加上自評與來自他人的回饋，會很有成就感。

「……當自己表現得很好的時候，聽自己的錄音或同學給我的 feedback，我會得到很大的成就感……做得很好我自己會知道……而同學給的正面回饋也是很大的動力……」（受訪者 E）

有時候甚至不需要他人回饋，只要當次表現很好，學生自己也會知道，就如其中一位受訪者所述：

「……事後放空，不會特別想聽他人回饋，自己知道就好，結束就拋諸腦後。但會根據別人的音檔，確認自己的表現……因為就覺得好與壞，很想要就是自己知道就好，不需要『大家攏知影』……自己默默高興、自己開心就好……」（受訪者 D）

4.成就感與動力

根據受訪者的回應，當次口譯過程若是很順暢投入，學生也會直接從中獲得正面的回饋，對自己的表現感到滿意，或是事後間接由他人提供正面的評價，而產生成就感，進而更有動力去接觸口譯、反覆練習，甚至重拾原本快要熄滅的熱情。就如其中一位受訪者所述：

「比如說去外面做 case，當下做得很好，結束的時候會覺得自己沒有白走這一趟……覺得表現好而有成就感，也覺得學到東西，覺得自己成長了……如果是其他聽眾主動來跟你說，『喔！我覺得你今天表現還不錯』，那個當下我覺得那個成就感會加倍啦。」（受訪者 H）

另一位受訪者表示，原先以逐步口譯為主的練習經驗，幾乎讓她快要放棄學習口譯的動力。不過某次同步口譯的經驗所帶來

的成就感，也讓她重拾對口譯能力的信心與學習動力：

「……挫折感很大，就導致每個禮拜，快上那個課的前一天，我都會開始心情非常低落……我幾乎每個禮拜都會想一次說，我到底適不適合走這一條路……但那次做同步以後，我覺得應該還有一點救，就是建立了一點點的信心……就是把我那個負面的心態，調整了一些回來，然後對於繼續讀這個研究所，有一點點動力。」（受訪者 A）

以上關於口譯心流當下的感覺：全神貫注、掌控裕如、輕鬆自然、感同身受，類似 Elkington（2010）研究深度休閒運動者的心流體驗，在產生心流之前，個人會先集中注意力（鎖定目標）、身心做好準備（蓄勢待發）、感覺心流在即（心無旁鶩）、信任心流的感覺（全力以赴）。產生心流的當下，除了知行合一、掌控自如、忘我、時光飛逝的錯覺之外，也是對當下完全的信任，無後顧之憂，並有置身新境界的感覺。心流的經驗結束之後，個人會進行自我省思、尋求他人回饋、最後則是個人心境的轉變。

（三）影響口譯心流的因素

1.多工的要求

口譯是一種理解、分析、轉換、產出的過程，包含即時性、反應、機智等充滿挑戰性的心智活動，任何環節出問題都會產生連鎖反應，影響後續的動作。由於這些步驟是在毫秒之內完成，同步聽說或是同步聽和記筆記等多工的能力（multitasking）也構成口譯的核心能力。如果同學初學同步口譯，仍在適應多工的要求，做起來會變痛苦的。

然而，也有受訪者表示，就口譯模式而言，同步口譯的線性

特性，比逐步口譯更容易讓人進入全神貫注的狀態。其中一位受訪者表示：

「……我覺得 SI 比較有完全投入的感覺，因為你跟講者同步，有時候你真的覺得你好像講者……如果說你受到這個演講的影響，你真的蠻感動的，或是你蠻亢奮的，你確實是變成跟他一樣的語氣。」（受訪者 D）

由於逐步口譯是講者與口譯員一前一後在說話，並非持續地線性發展，而且口譯員必須一邊看筆記、解讀符號意義、回想內容，又必須不時抬頭看聽眾，這種斷斷續續的進行方式，比較不容易產生心流。有受訪者指出，若做逐步過程產生心流的話，通常是在聽和記筆記的階段。其中一名受訪者並表示逐步口譯記筆記得很順的話，會像「silent SI」，在記筆記當下立刻進行語言轉換，直接使用目標語／輸出語去記筆記：

「逐步如果會有很順的感覺是記筆記的時候，就馬上可以想到說等一下這裡可以怎麼講……有點像 silent SI」（受訪者 G）

根據以上描述，不同口譯模式的心流狀態，多見於各模式的多工階段，即逐步的同時聽寫與同步的同時聽說。可見口譯多工所需的全神貫注有助於產生心流，但前提是必須在能力可應付的範圍之內，而不是難到讓人做不來的地步。

從以上受訪者的回應可發現，多工要求是口譯表現優劣最主要因素。而多工的成敗與否，根據前述的訊息處理階段，第一關便是聽力理解，牽涉到演講主題，包括熟悉度與相關背景知識，以及講者的語速及內容組織等因素都會影響多工的順暢度。而一旦理解出問題就會分心，進而影響口譯心流的狀態。根據受訪者表示，雖然遇到語速快的講者可以調整口譯策略，可以擷取重點

的方式跟上腳步，但其實一意識到講者的語速偏快，就會讓人心慌意亂。至於多數受訪者提到的主題熟悉度，所造成的最大影響在於能否跟上其內容邏輯：

「投入的狀態主要跟講者有關係，題材也有一點。內容組織零碎，邏輯好不好跟，就很難抓內容……聽得懂就可以進入狀態……如果偏快的話就變得只能應付……當下會有趕不上的感覺。」（受訪者 H）

除了演講主題、速度、內容組織會影響口譯表現之外，若能在事前知道主題，也會有安定人心的作用。

「……主題很有關係……如果真的是一個全新的訊息的話……自己本來就會緊張一下了……之後要再把它聽懂，再講出來，就會覺得比較費力。」（受訪者 G）

2.事前準備

事前準備的部分可以分為身心、技巧、背景知識等三方面。除了上述的聽力理解為產生心流的前提之外，受訪學生不分焦慮程度，皆表示身心狀態對於口譯過程的順暢與否有很大影響，包括當天的精神狀態、心情調適以及個人心態的調整：

「我覺得我最大的問題在於我當天的精神狀況好不好，就是前一晚睡眠有沒充足，或是早餐有沒有吃。若當天精神狀態OK 的話，很容易可以進入專注的狀態。有時候覺得很累的時候，要進入那樣的狀態，可能要花比較久一點的時間。」（受訪者 K）

受訪者也表示，若能在開始口譯前先調整自己的心情，讓自己靜下來，進入口譯模式，或稍微暖身或深呼吸，會比較快進入狀況，也會表現得比較好。另一名受者也表示，事前若是給自己

多一點精神喊話，自我打氣一番，那麼當次的口譯做起來會比較順一點：

「對自己有點類似精神喊話那種……我如果對自己說反正就是緊抓著講者不放，聲音要有自信……會感覺自己做的時候會比較順一點……如果當下有信心的話，我就會真的比較不怕，就算這個跌倒，我接下來還可以繼續做下去」（受訪者C）

至於技巧與知識方面的準備則是指平常的練習，以及事前閱讀資料以累積相關主題的背景知識。正如受訪者A所述，事前拿到投影片，先去查單字、猜測可能的演講內容與脈絡，再加上當天的演講內容大多確實也按照投影片的脈絡發展，因此表現得比預期好，進而產生成就感與動力。歸納受訪學生的回應，可發現閱讀資料除了可預先吸收相關主題的語言詞彙，累積背景知識以幫助自己預測演講內容，更重要的是建立信心。

「……準備其實是一個建造你信心的過程……準備其實讓自己上場的時候不要那麼空……做了之後比較有信心。」（受訪者C）

也有受訪者表示，如果有按部就班地練習或是事前有看過資料，會覺得比較踏實、有信心。反之，若練習不足，可能在上課之前就開始害怕，也預期當天的表現不佳，而事後證明也是如此。

3.臨場感

部分受訪同學除了在學校學習口譯之外也有實際提供口譯服務的工作經驗。比較課堂練習與實際工作的差別，同學不約而同地表示，在實際口譯情境比較積極投入，表現也比較好。而造成兩種情境的差別最主要在於臨場感，即是否有實際溝通需求，以及來自聽眾的回饋。如：

「……課堂上做會比較沒有成就感……心電圖也維持穩定，情緒沒有太大的起伏……在課堂上的話，好像講什麼老師也沒有特別的反應這樣子，然後就不知道自己到底做得好不好。……但如果聽眾的反應是好的話，那我覺得就會越做越好。」（受訪者 F）

另一名受訪者也表示，實際工作的情境中不像平常上課會有各種擔心的念頭，擔心翻不好或聽不懂，而是完全專心地幫助服務對象進行溝通。

「……escort 那次，因為親臨現場，所以更有幫助人家的感覺，差別就在這裡…如果說講者想要做的事或說的話，我能夠認同的話，我就會蠻投入的，然後就希望真的能夠幫他們溝通，就真的能夠去幫他們促成這些……」（受訪者 B）

以上臨場感對學生口譯表現的影響，也驗證了過去的研究結果。Moser-Mercer（2003）發現視訊會議中，口譯員會提早出現疲憊感，因為缺乏對現場的控制感，口譯員需要更費力去拼湊視訊畫面之外的現場狀況，以致於負荷增加。由此可見親臨現場與實際溝通的需求，也會對口譯學生的表現有正面幫助，促進口譯心流的產生。

4.外力干擾

也有部分同學表示，情境中的外力干擾是影響口譯時專心與否的因素。其中又以來自其他同學的聲響或動作為最大的干擾源。有受訪者表示，課堂上輪到自己做逐步時，週遭環境的聲響如筆蓋開合、同學間嬉鬧的聲音，都會影響做口譯的思緒。

「……看著筆記在構思要怎樣翻的時候，剛好就會有人在旁邊默默地玩了起來……又剛好那一段裡面有我聽不懂的東西，所

以就瞬間覺得那個聲音又放大了好幾倍……那個開蓋子的時候本來就比較大聲……所以如果我有句子不會翻……情緒就會比較焦躁……身邊任何的聲音都會變大聲，它的分貝就會變大。」（受訪者 A）

　　然而，關於外力干擾與心流中斷的關係，是否可能受訪者原先的專注力就已經降低，從心流狀態中跳出來，以致於注意到外界的干擾，仍有待後續研究進一步探討。

問題 4. 口譯學習焦慮與心流體驗的關係為何？在口譯教學上的意涵？

（一）焦慮與心流的關係

　　根據訪談唯一的高度焦慮者表示，學習口譯過程僅有一次完全專心投入、心無旁騖的狀態。但該名受訪者也表示當次的專注程度，仍未達忘我的狀態，僅是全神貫注，不停地說話。然而該次順暢的經驗也帶給她成就與自信，讓她重拾學習口譯的動力。研究者進一步分析中度焦慮與低度焦慮兩組受訪者的回應。發現整體而言，中度焦慮者比低度焦慮者的投入程度又更高一層。

　　低度焦慮者的心流狀態，比較接近周兆祥（2002）所描述的中策譯「意」，即以「語意群組」為單位去處理，譯文產出與原文的表達形式通常是大異其趣，如受訪者 C 所描述的搬動語序，以及受訪者 H 所述的過濾內容重點。而中度焦慮者的心流體驗，除了前述的中策譯「意」之外似乎又更上一層，較接近第四階段的上策譯「意」，即將自己「帶進去」，重現講者的細膩感情和

內心狀態，讓聽眾不但接收講者的觀點資訊，更感染到他發言時那一份心情與志向（周兆祥，2002）。部分中度焦慮者甚至隱約進入第五階段譯「神」的境界，即：「一種忘我的狀態，好像跟講者共仰息，一起思想一起講話，兩人的隔膜逐漸消失，不分你我，心心相印，譯員化解了自我，變成了講者」（周兆祥，2002）。由此可見，心流與焦慮並非相斥的狀態。保持中度焦慮或戒備狀態有助於專注投入，達到心無旁鶩的境界。

（二）焦慮與心流對口譯教學的意涵

1.挑戰與能力的適配

根據訪談結果可知，口譯焦慮感常來自於不熟悉的主題以及講者說話的速度和內容組織方式，會讓學生覺得比較困難，影響心流狀態的產生。不過就口譯的無聊感受而言，受訪者一致表示口譯活動不會讓人無聊，僅有時候遇到內容空泛或是純粹呼喊口號的演講，如中國的官話、同一概念反覆換句話說、簡單的概念複雜化等，會讓學生譯起來覺得索然無味。也有學生表示，有時做逐步口譯若覺得內容比較簡單無聊，就會有餘裕去思考如何把產出做得更好。換句話說，無論材料太難或太簡單，做口譯都需要動腦思考，因此不會覺得無聊。可見口譯本身雙語轉換與多工的特性極富挑戰性，不會讓人覺得無趣，但演講內容與講者卻似乎是決定焦慮和心流的主要因素。

而挑戰稍微高於自己能力的學習過程，類似 Krashen（1988）針對第二外語習得所提出「可理解的語言輸入」（comprehensible input）或 i+1，以及情感濾網（affective filter）的假說。i+1 是指學習教材比學生的目前能力程度(i)稍再難一點（+1）。如果教材

是 i 則太簡單無法成長，若是 i+2 則太難容易放棄，只有 i+1 最能促進語言習得。與 i+1 相輔相成的是情感濾網（affective filter），如果學習者在學習上產生情感濾網，則無論再多的 i+1 輸入，也無法進一步提升學習成效，因為過多的情感濾網會隔絕接受新訊息的能力。而焦慮就屬於其中一種情感濾網，可見焦慮在學習過程扮演的重要角色。

根據前述的理論，學習者在尋找練習材料方面，可先從感興趣的題材著手，循序漸近提高難度。另外，Gile（1995）以過程導向法（process-oriented approach）為基礎，強調初學階段的教學應著重課堂的過程而非結果。練習評論的重點不是學生的用字遣詞或是語言結構（產品），而是討論問題與相關因應策略（過程）。這比讓學生嘗試錯誤或自行摸索，能夠更有效地熟練策略以便更快速上手。重視過程而非結果的目地是訓練學生在當下迅速判斷並選用適合的策略。至於內容產出的部分，則等進階學習階段再進行修邊微調。

2.事前的準備

從訪談回應也發現，事先預知當次演講主題除了有助於學生預測演講內容，減輕多工的負擔之外，對於信心建立也很有幫助。畢竟技巧與挑戰的適配性牽涉外在因素（主題、講者），個人無法完全預測或控制。然而個人信心的有無，也就是事前相信自己可以表現得好，如此信念有助於拋開煩惱、冷靜以對，專心去達到多工的要求，進而促成順暢投入的感覺。口譯教師若可事先告知主題或上課流程，可讓學生先有準備的方向，也有助於培養信心、安定，降低焦慮感。

雖然現實情況中，口譯員不一定能事先取得會議資料，教師

不先提供相關資料也算貼近真實工作情況。但初學階段強調的是技巧練習與策略培養，事前告知主題可鼓勵學生累積相關領域的語言與知識，畢竟若缺乏一定程度的技巧，活動就變得無意義，當然也無心流可言（Csikszentmihalyi, 1990）。

3.營造溝通的需求

受訪者不約而同地表示，實際工作情境的口譯表現會比平常上課時更好，口譯產出的調整空間、語言靈活度、演講台風等皆有明顯提升。由此可見，真實的溝通需求與現場聽眾的立即回饋，也是產生心流的條件，可促進口譯學生積極進取的動力。

考量學生在實際會議場合實習或許有些顧慮與風險，根據林宜瑾、胡家榮、廖柏森（2005）的研究，大學部口譯課使用國際模擬會議也有助於促進口譯學習成效。根據本研究受訪者肯定實際溝通情境對口譯表現的幫助，若能在教學過程中，營造有實際溝通目的或是臨場感的情境，對於整體口譯表現應有相當助益。

4.明確的目標與回饋

口譯初學階段僅點出最嚴重的錯誤即可，等學生的能力提升之後，再加進更細節的部分；至於反覆出現的錯誤則應在口譯的當下立刻糾正，因為事後檢討的效果可能會打折扣。若學生經過糾正還是重複相同的錯誤，教師可以透過錄音錄影的方式讓學生事後明白自己的錯誤。正如受訪者 G 所述，教師在課堂上給予評語時可以更直截了當，或是針對個別情況描述。若只是對著全班點出一般性的大問題，學生反而會更加忐忑，因為不知道究竟是不是在講自己。

也有受訪者表示，會以練習日誌記錄每次練習的重點與進度，讓練習的目標更明確，有助於找出問題並加以解決。也有部

分受訪者表示，每學期會固定和口譯教師進行課後的個別或小組討論。某校的教師也會在每次課堂結束後填寫評分單，提供個人化的評語，既有助於學生發現問題所在對症下藥，也可避免當眾指正個別學生而尷尬。

　　就教學程序而言，研究者認為除了由口譯教師介紹口譯模式並透過課堂實做來熟練技巧之外，也可從背景知識、雙語語料庫、語言風格等方面協助學生進行事前準備。首先就建立演講主題的背景知識而言，如受訪者 B 表示若可以分專業領域進行口譯教學，將能更有效率地吸收背景知識。根據前述問卷調查與訪談的結果，演講主題不熟悉是學生最大的困擾，教師也可針對某特定主題請學生自行蒐集平行文本，建立專業文本的語料庫。

　　除了累積背景知識之外，專業術語及速度也是引起學生焦慮與阻礙心流的因素。研究者認為，這兩項因素可以透過加速雙語轉換的反應能力來改善，教師可讓學生熟悉固定用語的雙語轉換，除了鼓勵學生建立個人的雙語資料庫，教師也可於課堂上定期進行測驗，要求學生將常見的專有名詞，如國際組織或協定的名稱、政府單位與官員的職稱、開場與結語的套句等背得滾瓜爛熟，如此一來，學生在口譯過程中面對固定詞語時較可不假思索地進行雙語轉換。建立雙語語料庫也可讓學生熟悉中英文搭配詞的用法，進一步藉由累積語料庫並加以分類之後，可針對不同場合需求，調整語言風格或語域，讓口譯產出更加生動。

　　事前準備工作就緒後，下一步便是學以致用。根據受訪學生 F 表示，由於校內某些課程是由外籍教師授課，為了讓師生溝通更順利，該校翻譯研究所的學生會前往課堂上提供逐步口譯的服務。藉著臨場感與實際的溝通需求，讓學生體會口譯的真正目的，

也能發揮所學,累積實戰經驗。教師也可要求學生撰寫學習日誌,記錄個人自評以及教師與同儕的評語,並反思個人體驗的焦慮和心流狀況,讓學生在明確的目標與回饋之下,提高口譯過程的心流頻率,使得每次練習都是一次成長,加速學習口譯的效能。

伍、研究結論

一、結論

　　根據本次問卷調查結果,翻譯研究所學生的口譯學習具有中度焦慮(M=3.43)。至於性別、年級、實務經驗等背景變項對於焦慮程度的影響並不顯著。受訪者也表示,演講主題的熟悉度是影響理解的因素,一般性的主題比較容易產生心流。不過做口譯除了聽懂之外,還需要進行多工的認知處理,需要很積極地聆聽、分析、篩選、整理,又要同時記下聽到的訊息,再以另一種語言重述。對許多學生而言,多工是很陌生的技能,這也反映在問卷中認知處理焦慮構面的平均值最高。訪談中初學同步口譯的受訪者表示還不太熟練多工的要求,以致相較於逐步口譯時感覺小有成就,做同步口譯卻感覺很痛苦。這也驗證了 Csikszentmihalyi (1975)的心流理論,即挑戰與能力的適配才有最優體驗。

　　對於焦慮反應,受訪者也指出做口譯若太過緊張,思緒會突然卡住、講話斷斷續續等,使口譯表現打折扣。不過焦慮雖然通常會引起不適情緒,受試學生卻依舊對口譯活動樂此不疲。問卷中「不想上口譯課」這一問項的平均值也最低,同時也有超過一半的學生希望將來可以從事口譯相關工作。除了能

夠增廣見聞及提升語言技能被視為學習口譯的附加價值，訪談結果也顯示學生除了口譯的高壓力、高負荷特性之外，也曾經歷過口譯的心流狀態，即某種專心投入、掌控自如、輕鬆自然、感同身受的感覺。學生表示，在當次口譯結束之後，會有亢奮、虛脫的感覺，會根據自我檢視或他人評價中，獲得內外在回饋，產生成就感與學習口譯的動力。這與 Csikszentmihalyi 的心流理論不謀而合；產生心流的當下是專注投入、水到渠成的感覺，讓人事後覺得舒暢無比，愉悅感油然而生，進而會想重複該活動以重現這種最優的感覺。

　　由於心流並非日常生活隨蹴可幾的狀態，必須在特定條件滿足的情況下才會產生這種最優體驗。就口譯的情境來說，影響心流的因素，除了前述多工的能力之外，受訪學生也表示如果事前能夠調整心態、做好技巧與知識的準備，對當次口譯表現會有很大幫助。同時，臨場感、實際溝通需求、聽眾回饋等外在條件，也會對口譯表現造成明顯的起伏，比平常課堂或私下練習，更能激發個人的口譯潛力。若能夠根據前述心流的影響因素，營造學習環境，對於學習成效應有相當助益。

　　心流本質上是主觀的感受，雖然受訪學生皆表示經歷過口譯的心流，但仔細分析會發現個別受訪者的心流層次不盡相同。其中高度焦慮的受訪者表示僅有一次接近心流的經驗，其餘受訪者皆表示達到類似周兆祥（2002）所區分出五大口譯層次中的第三階段──「中」策譯意，也就是在不改變核心概念的前提之下，有餘裕去更動原文的順序，能以更道地的方式表達原文的意思。另外，從部分中度焦慮受訪者的描述，可發現他們經歷過口譯層次的第四階段──「上」策譯意，除了達意之外也可表情，

甚至有幾位中度焦慮者表示曾經歷與講者合而為一,渾然忘我的
境界。

　　就焦慮與心流之關係對口譯教與學的意涵,可從多工要求、
事前準備、營造溝通需求、教師回饋四方面著手。多工的要求需
要調和聽話、分析、轉換、產出四步驟,可以 i+1 以及心流之挑
戰與能力適配性為原則,進行選材與課程設計。事前準備部分,
教師在學生初學階段可使用一般性題材,培養學生即興發揮的臨
場口譯反應;待能力提升之後再使用專業題材,並事先告知會議
主題或提供相關資料,協助學生快速熟悉新領域知識。學生則可
藉由定時定量的練習,調整自我心態來促進良好的口譯表現。至
於營造溝通需求部分,課程設計可涵蓋模擬會議、實習、觀摩等
方式,讓學生體會實際的溝通需求以及口譯員在其中的角色。最
後,口譯教師應提供學生切中要點與個人化的表現評語。畢竟除
了挑戰能力的適配性,明確的回饋與目標,也是產生心流的重要
條件(Csikszentmihalyi, 1975)。

二、研究限制

(一)問卷設計

　　由於口譯課程有視譯、逐步、同步口譯之分,且各科目的上
課時數比重不同,若要確切區分學生對不同口譯模式的感受,可
能需要針對各模式各設計一份問卷,但本研究受限於時間與資
源,僅在同一問卷內詢問三種口譯模式的感受。除此之外,受訪
者多少也可能會受社會讚許效應影響,為了維持自我形象而調整
回應方式。

（二）訪談過程

　　由於時間與人力資源的限制，訪談是以網路電話進行，因此無法確定受訪者是否專心接受訪談。訪談所取得的回應也可能受到社會讚許效應的影響。受訪者可能想呈現自己最好的一面，以致未全幅說出實情或扭曲事實。除此之外，訪談本質上的缺失，包括過去經驗的回想過程可能產生偏差，受訪者所想的和表達出來的差距等，也影響訪談結果的外推性。

三、未來研究建議

　　本文僅探討口譯學生的學習焦慮與心流感受，偏向於心理層面的研究，未來也可探討口譯學生的焦慮感如何反映在其生理層面（如心跳加速、冒汗等）並釐清焦慮的心理與生理狀態兩者之間的關係，可讓我們對於焦慮如何影響口譯表現有更全面的認識。至於焦慮與口譯能力之間的關係也值得進一步探究，以了解何種程度的焦慮在口譯上可以表現得最佳。另外，對於口譯心流產生的條件，或許可使用量化研究方法測量口譯過程的心流體驗，進一步驗證主觀的心流體驗與實際口譯表現的關聯。

附錄一

口譯學習焦慮問卷

第一部分　研究所口譯課

　　說明：問卷第一部分共有 49 項陳述性問題（1 到 49），外加兩項開放式問題（50、51）。前 49 項問題主要陳述你對於口譯相關課程的感受（如：逐步口譯、視譯、同步口譯等）。右方的數字，代表你對陳述內容的同意程度：5-非常同意；4-同意；3-普通；2-不同意；1-非常不同意。這些題目並無對錯的答案，請你以直覺反應作答即可。最後第 50 與 51 題是開放式問題，請依問題指示作答。

請讀完每一條陳述，然後圈選你同意或不同意的程度。	非常同意	同意	普通	不同意	非常不同意
1.上課做口譯時，我都對自己的英語很有信心	5	4	3	2	1
2.我擔心在口譯課犯錯	5	4	3	2	1
3.上口譯課，知道自己快被叫到時，我會發抖	5	4	3	2	1
4.當我聽不懂要口譯的英語原文，我會害怕	5	4	3	2	1
5.我願意再多修一些更進階的口譯課	5	4	3	2	1
6.上口譯課時，我會覺得其他同學的口譯能力比我強	5	4	3	2	1
7.口譯考試時，我會感覺輕鬆自在	5	4	3	2	1
8.課堂中，老師臨時要我做進英的口譯，我會驚慌	5	4	3	2	1
9.課堂上用中文口譯，我感到信心十足	5	4	3	2	1
10.要我在口譯課主動回答老師的問題，我會不好意思	5	4	3	2	1
11.口譯時，如果有噪音干擾我聽英語，我會焦慮	5	4	3	2	1

12.即使準備充分，我仍然會對口譯課感到焦慮不安	5	4	3	2	1
13.我會不想去上口譯課	5	4	3	2	1
14.在口譯課中，做進英的口譯，我覺得信心十足	5	4	3	2	1
15.當老師檢視我口譯的準確度，我會焦慮	5	4	3	2	1
16.我擔心我的口譯成績會不及格	5	4	3	2	1
17.上口譯課時，我會覺得其他同學的英語比我好	5	4	3	2	1
18.口譯時，如果有聽不懂的英語單字或片語，我會焦慮	5	4	3	2	1
19.口譯時，如果英語句子很長、很複雜，我會擔心	5	4	3	2	1
20.在同學面前做口譯，我覺得彆扭	5	4	3	2	1
21.上口譯課是可怕的經驗	5	4	3	2	1
22.口譯時必須同時聽、理解、記憶或筆記，讓我壓力很大	5	4	3	2	1
23.口譯課，比其他英語聽講課，更讓我緊張、不安	5	4	3	2	1
24.在同學面前做口譯，我會緊張、腦筋混亂	5	4	3	2	1
25.課堂上做口譯，我擔心同學會笑我	5	4	3	2	1
26.相較於英進中，中進英的口譯更讓我焦慮	5	4	3	2	1

附錄二

心流引述

請您閱讀以下三段話：

1. 我的思緒很集中，不會想東想西。我完全投入在當下的活動。除了講者和自己說話的聲音，幾乎聽不到其他聲音。我似乎和世界隔離了。這時我不太察覺到自己的存在，也不會去想個人的問題

2. 集中注意力就像呼吸一樣，從不用刻意去思考。開始做這件事之後，就不太會注意周遭的事物。可能就算手機響了，或有人開門進來，我也不會注意到。活動開始之後，我彷彿和周遭環境隔離了，活動停止之後才會又回到現實。

3. 不順的時候會開始想到自己的問題，但是順的時候一切都變得自動化，不需要思考。我全心投入在當下的活動，覺得自己和活動合而為一，日常生活的煩惱全都拋在腦後。

附錄三

訪談大綱

一、口譯過程的感受

1. 你喜歡做口譯嗎？原因是什麼？
2. 請問您做口譯的時候，有沒有過類似那三段話描述的心境？
3. 什麼情況下會有這種狀態？
4. 做口譯有無聊的時候嗎？

二、研究所口譯課的感受

1. 上課的感覺如何？
2. 課堂中什麼情況會讓你不自在？（讓你焦慮的原因）舉例
3. 這樣的情況下，身體會出現什麼狀況嗎？這對表現有什麼影響呢？舉例
4. 研究所口譯課與大學英語課的差別？
5. 將來打算、教學看法與建議、能力與努力程度、其他想法？

臺灣大專中英口譯教學現況探討

胡家榮、廖柏森

摘要

在全球化快速發展的今日，世界儼然已成為一個地球村，為與國際接軌，培養企業所需的雙語專業人才便成為國內英、外文系所的要務，而大學部的口譯教學訓練正適合提供此類相關專業人才。然而綜觀國內口譯教學研究，對於大學部的口譯教學現況仍缺乏充足的研究以確保其教學成效。過去的相關研究曾針對全國應用外語科系進行口譯教學概況的調查，然而因國內口譯教學的快速發展，調查的結果已屬過時，而且未包含一般英、外文系所開設的口譯課程，故亦難稱具代表性。為因應目前國內大學部口譯教學迅速發展的需求及彌補之前研究的不足，本研究以問卷調查（survey research）佐以半結構訪談（semi-structured interviews）的方式，針對全國有開設口譯課程的大學英、外文系及應用外語系進行調查，共有 42 位口譯教師參與。調查重點包含現今大學口譯課程設計、師資結構、教學方法、教學困難及教材使用等範疇。研究結果呈現目前大學部實施口譯教學的相關實況，並指出與先前研究不盡相同之處，突顯國內口譯教學近幾年

來快速發展之脈絡。本文並針對目前的大專口譯課程規劃提出建議，希冀能提供口譯教師在教學上的相關資訊以提升口譯教學品質，並為社會培育出更多的外語專業人才。

關鍵字：口譯教學、口譯研究

壹、緒論

在全球化快速發展的今日，世界儼然已成為一個地球村，尤其近年來臺灣為積極與國際接軌，培養企業所需的雙語專業人才便成為國內英、外文系所的要務，而大學部的口譯訓練正適合提供此類相關專業人才。然而綜觀國內目前口譯教學的研究，大多以在翻譯研究所培訓專業會議口譯人員為重點，進行與教學相關之探討，而對於大學部的口譯教學現況，卻相對較為缺乏充足的研究以確保其教學成效。

其實翻譯研究所和大專階段學生在口譯訓練上的教學目標、課程設計和學生的素質是大不相同的，翻譯系所學生以翻譯為專業技能。此技能包含優異的外語和母語能力、兩種語言和文化間的轉換能力、以及不同專業領域的背景知識。語言能力只是翻譯能力的必要條件（necessary condition），而非充份條件（sufficient condition）（廖柏森，2007b），學生通常期許自己未來成為職業的譯者。

另一方面，大專學生在中英語言能力上還有待加強，而且在專業領域、知識廣度、個性志趣等各方面的培養亦尚未成熟，大專學生通常視翻譯為一種語言技能，是在傳統要求的外語聽、說、讀、寫技能之外的第五種技能。學生可能把口譯當作一種專長，增加個人就業的競爭力，但不一定會以口譯作為職業的考量。因此學校在教學上並不太強調口譯市場需求和專業取向。以口譯專家和學者的眼光看來，大專口譯課只是透過口譯方式以提升學生的外語技能和其它相關能力（劉敏華，2002），並非訓練

專業口譯人員的課程。

　　而目前國內大專口譯教學的風潮雖然大興，但其現況尚缺乏較詳實的描述和檢驗，即使是現職口譯教師和研究者往往也難一窺全貌。在口譯教學方面，見諸過去的相關研究文獻中，李翠芳曾於 1996 年針對全國大學部的口譯課程規劃做過全面性的檢討，何慧玲亦於 1999 年針對當時的應用外語科系進行口譯教學概況的調查。但其結果與現今口譯教學的情況相較已有極大的差異，最顯著的不同就是外語科系所開設口譯課程的數量急遽增加。在何慧玲於 1999 年發表的調查報告中，當時全臺設置翻譯課程的應用外語科系共有 22 所，而時至 2005 年，根據網際網路上的資訊國內應用英/外語系所已高達 75 所，傳統英/外文系也有 44 所，其中開設有口譯課的系所則達 99 系。可見短短數年內大專口譯教學生態之變化急速，我們也需要較為即時的調查資訊方能貼切描繪實際的教學現場。

貳、相關文獻探討

　　探討國內口譯教學現況之文獻並不多見，目前對於口譯教學研究的探討主要集中在口譯課程的規劃和教案的設計（楊承淑，1996，1997；王珠惠，2003）、口譯教材教法的分享或建議（湯麗明，1996；何慧玲，2001；陳彥豪，2003；林宜瑾、胡家榮、廖柏森，2005）以及口譯員的訓練方式（鮑川運，1998；關思，1998；陳聖傑，1999；吳敏嘉，1999，2000，2001），針對各大專院校口譯教學現況實施大型的實徵調查（empirical research）則相對較少。

　　雖然調查國內翻譯教學現狀的文獻有限，至少在筆譯教學領域已有全面性的調查研究。戴碧珠（2003）曾就當時全國 43 所設有筆譯課程的系所發出問卷，並針對筆譯課的班級人數、教科書、課程、師資、教學目標與困難、學生的學習困難、作業及考試與評量等方面作調查分析，找出現存筆譯教學的問題和癥結，並提供建議和解決之道。再者，王慧娟（2008）是從學生的角度來調查其筆譯的學習需求，其問卷結果呈現出大專生對於學習筆譯的資源、課程、目標、教材內容、活動和評量等面向的看法。

　　另一方面，中國大陸地區對於全國翻譯教學也曾進行大規模之研究。經由中國國家社會科學基金的輔助，穆雷所著《中國翻譯教學研究》（1999）一書中調查了全中國主要外語院系的翻譯教學情況，涉及學科建設、課程設置、教材建設、師資培養、教學方法、口譯教學、翻譯測試及教學研究等八大方面，最後再從理論上探討如何改革翻譯教學。此種總結翻譯學科發展現況之研究，對翻譯學界、教師、乃至學習者都具有重要的參考價值。臺灣的口譯教學界其實也需要類似的研究成果，雖然全國性的調查實施不易，但本研究仍希望能從事初步的探索，收拋磚引玉之效。

　　目前有關描述國內口譯教學現狀的文獻，最常被引用的有李翠芳（1996）所作〈大學部口譯課程的教學規劃〉以及何慧玲（1999）之〈臺灣大專應用外語科系口筆譯教學概況與分析〉。首先，李翠芳（1996）分析國內六所大專的口譯課程教案並針對該課程學生實施問卷調查。研究發現各校教案都盡可能涵蓋口譯技巧、言談分析、知識領域和語言表現等項目，而大部份學生上口譯課的反應是希望藉由口譯課來增強其外語能力，只有少數英

文系學生希望將來當口譯員，因此李翠芳主張大專口譯教學應該定位為外語教學的一環。

　　何慧玲（1999）亦使用問卷調查全國大專應用外語科系口譯教學概況，分析其師資、課程安排、教學目標與內容、教學的困難和需要之協助。研究中發現，口譯教師為因應學生外語能力不足之困境，對口譯課設定之課程目標前三項分別為(1)熟悉口譯之技巧、(2)加強英／外文之口語表達能力及(3)提升英／外文之理解能力。至於口譯課程應該訓練之技巧，按重要性排列依序為視譯（sight translation）、口語表達能力（oral presentation skills）及改說（paraphrasing）。可見一般大專口譯教師心目中也是以培養學生語言技能為教學重點。

　　但國內口譯教學生態變化急遽，短短幾年間各校口譯課數量暴增，教學現場不斷呈現新的風貌、問題與困難，過去的教學調查結果已難符現狀，亟需更新。再者，上述兩項調查研究的樣本數（sample size）較小，例如李翠芳只選擇六所大學做教案分析和問卷調查；而何慧玲的研究是同時針對口譯和筆譯的教學概況作調查，其中口譯課程所回收的有效問卷僅有十份。以上研究結果是否能普遍推論到其它口譯教學情境可能會有外在效度（external validity）的問題。因此本研究以較大的樣本數來提高研究結果的外在效度，希望能更深入透析國內口譯教學現場以符改進口譯教學之所需。

　　綜合以上之研究背景和文獻探討，本研究之主要目的為瞭解國內大專口譯教學之實際現況，以問卷調查各校口譯課之課程設計、教材教法、師資結構、教師教學困難和需求等範疇（categories），最後並討論改進口譯教學之建議。

參、研究方法

（一）研究設計

　　此研究旨在探討目前國內大專口譯教學之現況，研究方法以問卷調查（survey research）佐以半結構訪談（semi-structured interviews）的方式，針對全國英、外文相關科系中教授口譯課程的教師進行研究。

　　問卷調查是透過問卷等工具及系統化的程序，經由蒐集樣本（samples）的資料，以推論整個母體（population）的特性和現象。但由於研究對象的口譯教師遍及國內各大專院校，親身調查往返不易，因此採用郵寄問卷調查（mail survey），其主要優點為：(1)節省費用、(2)在較短時間內可以調查大量受訪者、(3)可讓受訪者有足夠時間作答、(4)受訪者可保有隱私權、(5)受訪者可在自己方便的時間內作答、(6)受訪者可理解系列問題之間的關係、(7)受訪者較不易受到研究者的干擾（Mangione, 1995）。

　　另外，除了問卷調查所得的量性資料外，為深入瞭解口譯教師對於口譯教學的態度和看法，本研究亦邀請口譯教師進行半結構訪談以取得深度質性的資料。半結構訪談的特色在於研究者事先只擬好題綱，而不以具體特定的問題來限制受訪者發表意見的方向，使訪談過程具有相當的彈性（Nunan, 1992），也希望能讓受訪的口譯教師暢所欲言。

（二）研究對象

　　一般而言，研究樣本數若愈接近母體數則愈能減少抽樣誤

差（sampling error）。而本研究的母體為國內設有口譯課程之大專英／外語科系中擔任口譯教學之教師，研究者經由各校在網際網路上所提供的課程資料和口譯師資搜集研究對象名單，以總數共 92 名的口譯教師作為研究母體寄發問卷，其中有 42 位教師回覆問卷，成為此研究的樣本，而且這些教師執教的地理區域遍及全國，所收集的資料應可具備基本的外在效度以推論至整個母體。另外在訪談上，從答覆問卷的 42 位口譯教師中有六位願意受訪，其中三位是主修口譯的教師，另外三位則是主修外語教學。

（三）研究工具

　　研究工具為研究者自行設計之口譯教學問卷調查表，問卷設計過程首先是由研究者訪談四位現職大專口譯教師，以瞭解現行口譯教學之實際狀況；接著參考國內類似之教學調查問卷（李翠芳，1996；何慧玲，1999；戴碧珠，2003）並撰擬本研究問卷之初稿。之後實施問卷的預試（pilot test），邀請之前參與訪談的四位口譯教師和另外五位主修英語教學的研究生填寫，再根據受試者之反應和意見修訂該問卷的架構和修辭，俾使問卷於正式大規模施測時能更加清楚周延。

　　問卷題目分為兩大部份，第一部份為口譯教師的個人學經資歷背景和所任教課程的基本資料（共 13 題）；第二部份則使用五點李克特式量表（5-point Likert scale）請受測者就口譯課程的教學目標（共 16 題）、所教授的口譯技巧（共 12 題）、教學方法（共 8 題）、教學困難（共 15 題）和教學需求（共 10 題）等範疇之各項問題作答；最後還有兩題開放性問題（open-ended questions），請教師進一步說明對口譯教學的看法或問卷中未提及的問題。

（四）資料收集

　　研究者先在網際網路上搜尋教育部和各大專院校網站，全國計共有 44 所傳統英／外文系和 75 所應用英／外語系。再經查各校教務處的開課資訊或經由打電話查詢，確認只有 99 個系實際有提供口譯課程，而教授這些口譯課程的教師共有 92 位[1]。研究者隨即寄發附有回郵之問卷給這 92 位口譯教師，而教師可透過回郵信封、電子郵件或傳真方式回覆問卷。整個資料的收集時間費時約兩個月，初期的問卷回收率並不理想，研究者需透過電子郵件或打電話再次請託口譯教師回覆，最後共計回收 42 份問卷，回收率達 46%。

　　另外質性的訪談資料，則是由研究者邀請填寫過問卷的 6 位口譯教師進行訪談，期間約一個月。每次訪談都先請受訪者填具研究同意書，以中文進行訪談並錄音保存內容，事後加以謄錄成文字稿，作為分析的依據。

（五）資料分析

　　在問卷調查資料的分析方式上，首先進行內在一致性信度分析（internal consistency reliability），計算出此問卷反應之 Cronbach's alpha 信度係數（Cronbach, 1951）。接著採用描述性統計（descriptive statistics）計算問卷反應之次數分配（frequency distribution）、平

---

[1]　因有多名口譯教師是同時在不同學校任教，因此口譯教師人數 92 位是低於開設口譯課程的系所數量 99 所。

均數（means）、標準差（standard deviations）和百分比（percentage）等數據，以求得全體受測教師對問卷的反應。而部份類別變項（nominal variables）的題目則進行卡方檢定（Chi-square test）以確定其次數是否存有顯著性差異。另外，質性的開放性問題和訪談內容則是由研究者詳加閱讀後，歸納出其中幾個重要的主題加以組織分類，其內容則作為量性問卷資料的輔助。

肆、研究結果與討論

一、問卷信度

　　根據 42 位口譯教師回覆的問卷，研究者使用 SPSS 統計軟體計算其內在一致性的信度，所得的 Cronbach's alpha 信度係數為.83，顯示問卷結果為高度可信。

二、口譯教師的背景資料

　　問卷首先調查口譯教師的背景資料（詳請見附錄），目前大專院校中大部份口譯教師的最高學歷為碩士（71.4%）任教的職稱以講師居多（73.8%），專任（57.1%）多於兼任（42.9%），其中口譯教學年資在 1 到 3 年間為最多(40.5%)，性別則是女性(76.2%)遠多於男性（23.8%）。這些教師的主修專長在可複選的情況下依序為口譯（78.6%）、筆譯（66.7%）、英/外語教學（33.3%）、語言學（16.7%）、其它（9.5%）、文學（4.8%），而有受過口譯專業訓練和有從事過口譯實務工作的教師皆佔 88.1%。

　　從以上資料可看出，雖然目前教育部和各大學在聘任師資時均以具博士學位或助理教授以上資格者為原則（李憲榮，2006），但因為口譯屬於專業技能，通常是在研究所的碩士班訓練完成；而具有博士學位或助理教授資格者多以學術研究為職志，不一定具備專業口譯之能力、興趣或實務經驗，導致國內口譯師資大多集中在碩士學位和講師資格，與大學其它系所學科例如英文系的師資結構相比似乎略遜一籌，但這是口譯學科的特性使然，也是各校必須接受的現實。

　　從另一個角度來看，以何慧玲於 1999 年所發表的大專口譯教學概況作為對比，當時接受問卷調查的 10 位口譯教師中曾從事口譯工作的只有 3 位，絕大多數教師既無口譯經驗，亦未曾接受專業訓練，何慧玲對此現象表示教師本身的專業素養可能會影響教學品質（1999:128）。但與本研究的調查結果對照，目前的口譯師資具備口譯主修專長和口譯實務經驗的比例已大為提高，可見國內口譯教學的師資在短短數年內已有長足進步。至於口譯教師專業素質提升的原因，有接受訪談的口譯教師表示，會議口譯的市場極為競爭，僧多粥少，而口譯教學的工作機會則較為充足，由於大專院校於近年來競相開設口譯課程，加上對於師資水準的要求提高，專業口譯員在擔任自由譯者（freelancer）之餘，從事教職的比例也隨之增加。這顯示口譯教學的專業性愈來愈受到重視，是值得欣慰之處。

　　另外，口譯專任教師比例雖然略高於兼任教師，但在實際人數上專任教師 24 人與兼任教師 18 人的差別其實不大。因此研究者使用卡方檢定，結果發現兩者在統計上並無顯著性差異，而且也發現有不少口譯教師是同時在不同學校兼課，這顯示國內口譯

教學以兼任師資任教的情況相當普遍。雖說兼任教師對國內口譯教學的也有相當大的貢獻，但畢竟專任教師較能長時間留在學校協助輔導學生學習口譯，因此長期以往各校還是應該以聘用專任教師為主，以符合學生需求和改進口譯教學品質。

三、口譯教學課程規劃

本口譯教學問卷的第一部份集中在教師對於課程規劃的意見（詳請見附錄），結果顯示目前國內大專口譯課程超過半數（54.8%）是開放外系選修的，而且大部份課程（59.5%）對於修習口譯課的學生是沒有資格上的限制。這樣的結果意謂著大多數學校仍將口譯課程定位為一般的選修課程，並非只針對英文系主修學生而設置，也未考量學生英文程度上的差異。但是口譯技能的培訓仍是需有堅實的語言能力作基礎，否則容易造成學生學習上的困難，或者讓教師降低教學標準。為促進口譯教學成效，事先對學生的能力有適度的篩選或分級才開課，可能是對師生雙方都是有助益的作法。

至於國內目前口譯課的學生人數，大部份為 11 至 20 人（33.3%）和 20 至 30 人（31%），考量口譯課在課堂上需要大量實作練習，以上班級人數已屬偏多，問卷中卻還有班級人數多達 40 人以上（21.4%）者，令人懷疑學生是否有時間練習口譯並接受教師的指導。例如一位教師接受訪談時提到，她的班級人數高達 50 人，她根本無法兼顧每位學生口譯練習的表現，只能以講課（lecture）的方式進行。可見各校的口譯教學資源不一，在授課的班級人數上也有很大的差距。而反觀何慧玲（1999）的研

究中有半數以上的口譯班級是超過 40 人，其餘班級至少有 30 人至 40 人，則可證明英文系所過去幾年來確有致力於縮減班級人數。不過以口譯教師的立場而言，他們認為理想的授課人數還要再降為 5 至 10 人（33.3%）或 10 至 15 人（33.3%），如此小班的編制對校方行政和教學成本上可能是種負擔，但長遠來看是提升教學品質的重要因素，值得繼續努力。

　　再者，有 71.4% 的口譯教師表示其教學方法並無理論依據，也未使用任何教科書。而在口譯課中最常教授的主題，根據問卷結果依序為商業、政治、新聞等，而最少教授的主題為法律、運動、娛樂等；至於最常出的作業方式為課前預習、錄音、搜尋資料等。以上的結果反映出一般口譯教師並不重視教學方法的理論基礎，而是憑藉個人的經驗和直覺從事教學，也因多數口譯教師缺乏教學理論的訓練，對其教學效果可能有所影響。而在教科書使用上，由於口譯技能的專書相當缺乏，可供選擇的書籍稀少，在難易程度、時效性和編撰方式上也不見得適合課堂使用，所以很多教師寧可自編教材講義來上課。例如受訪教師中提到，因為口譯的題材通常來自各種不同領域的最新知識，教科書往往來不及納入，因此他們偏好使用最新的資訊或演講稿來編製成上課用的講義。不過自編教材相對就需耗費許多時間精力，讓教師難以負擔，可能的解決方式是由第一線的口譯教師與出版社密切合作，即時利用最新題材編纂能符合不同口譯程度班級所需的多樣書籍。而由於國內口譯教學風氣興盛，對於口譯教科書有大量的市場需求下，其實許多出版社也樂於出版口譯教科書，只是缺乏有心的教師投入編寫，相當可惜。

　　最後，在評量方式上，絕大多數的口譯教師（92.9%）都有

實施考試，只是評量的技能和施測的方式各有不同。根據教師的
填答，在評量學生的技能上包括了記憶、逐步口譯、視譯、跟述，
甚至也有部份老師實施同步口譯的測驗。一般而言，大專生的語
言能力尚未足以接受同步口譯的訓練，但有些學校為吸引學生修
課而開設該課程，因此可能不得不降低評量的難度。至於教師施
測的過程則可歸納如下表：

表一　教師評量學生的口譯技能和過程

評量的技能	施測過程
記憶	1. 播放英文演講的片段 2. 之後由學生用中文講述他所記憶的內容 3. 將學生的語言輸出錄音
跟述	1. 學生在口譯廂內 2. 聆聽一則學過的和另一則全新的演講 3. 兩則演講約為五分鐘時間 4. 學生跟述他們所聽到的內容 5. 學生個別測驗 6. 將學生的語言輸出錄音 7. 跟述完後學生再做記憶回顧
視譯	1. 試卷上有兩篇文章 2. 學生有 10 分鐘時間可瀏覽文章內容 3. 學生個別測驗 4. 在視聽教室施測 5. 將學生的語言輸出錄音
逐步口譯	1. 學生聆聽英文演講並做筆記 2. 學生參照其筆記並做口譯 3. 將學生的語言表現錄音 4. 學生個別測驗 5. 在視聽教室施測 6. 施測時間約為二到三分鐘
同步口譯	1. 學生在口譯廂內 2. 聆聽一則學過的和另一則全新的演講

評量的技能	施測過程
	3. 演講長度約為 15 分鐘 4. 學生做英到中的口譯 5. 學生個別測驗 6. 將學生的語言輸出錄音

四、口譯課程的教學目標

本口譯教學問卷的第二部份則是採用 5 點李克特式量表調查口譯教師的意見，第一個範疇是關於大專口譯課的教學目標，教師依題目中的敘述可選擇從(1)「最不重要」依程度遞增到(5)「最重要」的選項。問卷的回答經分析後，各題的平均數（M）和標準差（SD）結果如表二：

表二　口譯教學目標

項目敘述	M	SD
1. 學生能對口譯建立負責的態度	4.31	.77
2. 學生能具備基礎口譯技巧	4.52	.67
3. 學生能提升中/英文理解能力	4.51	.64
4. 學生能習得口譯理論	2.95	1.06
5. 提升學生一般背景知識	4.36	.69
6. 拓展學生其他專業知識	4.08	.84
7. 激發學生學習口譯的興趣	4.68	.80
8. 學生能掌握語言/文化的轉換	4.54	.79
9. 學生能獨立蒐集資料	4.33	.82
10.學生能符合市場的需求	3.74	1.13
11.學生能注重邏輯推理與分析	4.38	.59
12.培養學生溝通的自信和能力	4.55	.60
13.培養學生自主學習的能力	4.38	.78
14.學生能增進中/英文的口語表達能力	4.52	.68

項目敘述	M	SD
15.介紹口譯這門專業	3.90	.79
16.重視真實的溝通語境	4.18	.88

　　表二結果透露出口譯教師認為最重要的教學目標為：(1)激發學生對於學習口譯的興趣（第 7 題）、(2)培養學生溝通的自信和能力（第 12 題）、(3)教導學生掌握語言和文化的轉換（第 8 題）、(4)具備基礎口譯技巧（第 2 題）和(5)增進口語表達能力（第 14題）等；相對地，教師認為最不重要的教學目標包括了：(1)教授口譯理論（第 4 題）、(2)符合市場的需求（第 10 題）和(3)介紹口譯的專業（第 15 題）等。由此可見大專口譯教師皆能務實看待大專學生的能力與需求，教學目的主要是在提升學生的學習興趣，而讓培訓專業口譯員相關的理論、專業、市場等議題退居次要的角色，這樣的看法與大部份口譯教學專家的建議相符（李翠芳，1996；何慧玲，1999；王珠惠，2003；Golden, 2001）。例如何慧玲（1999）的調查中，教師是以熟悉口譯技巧為首要目標，其次為加強外文口語表達及理解能力，而瞭解口譯理論則殿後，基本上與本次調查的結果相當一致。至於口譯教師為何不注重口譯理論的教授呢？除了口譯是實務的技能而不重理論外，從訪談的資料中，3 位具口譯專業訓練背景的教師都表示，他們在研究所進修時就很少修習相關課程或自行學習口譯理論，大部份時間都是在做口譯技巧練習。而現在當他們擔任教師時，也是沿用過去接受口譯教育的方式來教導學生，因此口譯理論的角色就長期被忽略了。

五、教授的口譯技巧

本問卷第二部份的第二個範疇，是調查教師在課堂上所教授的口譯技巧，請受測教師按這些技巧的重要性，選擇從(1)「最不重要」依程度遞增到(5)「最重要」的選項。問卷中各題的平均數（M）和標準差（SD）結果如表三：

表三　教授的口譯技巧

項目敘述	M	SD
中／英文正音、語調訓練	3.70	1.35
朗讀及讀稿技巧	3.95	1.02
換句話說	4.28	.51
摘要	4.53	.51
公眾演講	4.38	.64
視譯	4.54	.61
記憶力訓練	4.56	.55
筆記技巧	4.35	.62
一心多用（分神訓練）	4.22	.75
演講預測及邏輯分析	4.38	.74
跟述	4.17	.92
數字轉換	4.37	.75

此範疇題目所得的平均數都較高，整體的平均數為 4.29，表示口譯教師都很重視這些口譯技巧，其中又以記憶力（第 23 題）、視譯（第 22 題）、摘要（第 20 題）的技巧相對最受重視。此處口譯教師將記憶力列在首位的原因可能是與訓練學生的聽力有關，畢竟英文聽力愈佳，對於接收口語訊息的短期記憶容量就愈大；反之若記憶力愈好，也有助聽力理解和詮釋。另外，視譯與閱讀技能相關，可訓練學生的英文閱讀能力和瞭解中英文結構的

差異（何慧玲，1997），而摘要則需要聽力和口說技能配合，上述這些技能除了可增進英語技能外，也都是訓練口譯能力的基本功，既符合大專口譯課學生的程度，亦可為將來所要學的專業口譯技能奠定基礎。

六、口譯教學的方法

本問卷第二部份的第三個範疇，是調查教師在課堂上所使用的口譯教學方法，請教師按使用這些教學法的頻率，選擇從(1)「最不頻繁」依程度遞增到(5)「最頻繁」的選項。各題的平均數（M）和標準差（SD）結果如表四：

表四　教授口譯時所使用的方法

項目敘述	M	SD
時常與學生互動	4.64	.58
讓學生得到充分的口譯練習機會	4.78	.70
指正學生的口譯表現	4.57	.64
以學生為主的教學方式	4.59	.59
讓學生分組練習	4.26	.99
讓學生扮演會議的角色	3.81	1.45
安排學生參訪有口譯服務的會議	2.58	1.50
讓學生互助合作，籌辦模擬會議	3.18	1.49

此範疇的題目設計大體上是以社會建構（social constructivism）的教育理論為本，其要旨在於以學生為中心（student-centered），訓練學生獨立思考、主動學習、並與他人互動共同建構知識，而反對讓學生被動接受知識，這也是許多研究者所提倡的一種適合翻譯

教學的理論（Kiraly 2000, 2003；劉敏華，2003；廖柏森，2007b）。
而在此範疇的統計結果顯示整體的平均數達 4.05，雖然如前述大
部份口譯教師認為其教學方法並無理論依據，但於此則突顯出教
師在課堂上仍時常不自覺地使用社會建構論的教學原則來教導
學生；反之可推論社會建構論的教學觀可有效支持目前大專的口
譯教學課程，未來對於口譯師資的培訓亦可以社會建構論為教學
理論的基礎，訓練口譯教師使用各種教學活動和技巧，以期更有
效提升其教學的效能。

　　而教師使用頻率相對較高的項目為充分練習（第 30 題）、
與學生互動（第 29 題）、以學生為主（第 32 題）等教學方式。
這幾種教學方式都是需要在學生人數較少的班級才得以順利實
施，這與前述教師心目中理想的小班授課人數結果相符。相反
地，教師使用最少的教學方法為參訪實際的口譯會議（第 35
題），這當然是受限於教師個人的資源和時間，而且大專口譯
課程目標並不重視市場需求，不過若有機會帶領學生參觀實務
口譯工作之情境，也未嘗不是提高學生學習口譯動機和興趣的
機會。

七、口譯教學的困難

　　本問卷第二部份的第四個範疇，是請口譯教師表達他們在口
譯教學過程中所遇到的困難，以(1)代表「完全不是問題」依程度
遞增到(5)「最嚴重」的選項。問卷中各題的平均數（M）和標準
差（SD）結果如表五：

表五　教授口譯時所遇到的困難

項目敘述	M	SD
學生中文程度不夠	3.30	.91
學生外文程度不夠	4.14	.84
學生背景知識不足	4.00	.75
學生學習動機不強	2.56	1.27
上課人數過多	3.38	1.53
難覓適當的教學教材	3.05	1.41
教學方法一成不變	2.27	1.28
本身缺乏專業口譯訓練	1.62	1.28
本身缺乏市場口譯經驗	1.85	1.25
系上對口譯課程的定位不明確	1.91	1.15
口譯評量困難	1.97	1.04
進修口譯的機會不多	2.50	1.40
系上口譯設備不足	1.95	1.33
感覺像在教英文，而非口譯	2.42	1.44
口譯教學時數過短	3.18	1.35

　　在表五中，教師於口譯教學過程中自認面對的最大困難依序為學生的外文程度不夠（第 38 題）和背景知識不足（第 39 題），這樣的結果與何慧玲（1999）的研究完全一致，反映出大專口譯課過去數年來至今仍有相同的問題，其優先任務也仍在於培訓學生的語言和知識能力，才有可能進一步訓練口譯能力，否則只是徒增教學的困擾和學生的挫敗感。雖然可能有人質疑口譯課並不是語言訓練課，為何要加強語言技能而不是口譯技能，但是口譯課卻常用以增進學生的外語技能和擴展知識領域（廖柏森、徐慧蓮，2005），也符合一般大專口譯課的教學目標，仍值得口譯教師努力克服上述這些困難。

　　而令人振奮的，是目前教師覺得教學上沒有困難的項目較多，依序為缺乏專業口譯訓練（第 44 題）、缺乏市場口譯經驗（第

45 題）、口譯課程的定位不明確（第 46 題）和口譯設備不足（第 49 題），這顯示出口譯教師的素質和以往相比有明顯提升，有更多主修口譯和具備實務經驗的專業譯者投入教學工作，而且大都瞭解大專口譯課程的定位，因此並不覺得有太多困難之處；加上大部份系所為了招攬學生和應付評鑑，亦不吝於花費鉅資投資口譯的教學視聽設備。所以口譯教學的環境不論是軟硬體整體看來都是頗為樂觀，只有待學生語言能力和努力程度的成長，才能更充份利用這些優秀人力和充分物力的資源來學習口譯。

八、口譯教學的需求

本問卷第二部份的第五個範疇，是請教師反應他們在口譯教學過程中還有哪些需求可以增進教學成效，選項從(1)「完全不需要」依程度遞增到(5)「最需要」。結果如下表六的各題平均數（M）和標準差（SD）：

表六　口譯教學的需求

項目敘述	M	SD
口譯教學教材	3.95	1.06
口譯教學大綱指引	3.53	.91
口譯教學活動	3.78	.99
口譯教學研究刊物	3.60	.96
口譯教學研討會	3.35	1.10
口譯教學工作坊	3.67	1.05
口譯教師相關組織	3.25	1.17
與業界之聯繫合作	3.63	1.29
會議演講稿來源	3.72	1.43

　　根據上表可知，在口譯教學上教師最需要的項目依序為教學的教材（52題）、教學活動（第54題）和會議的演講稿（第60題）等。如同本問卷第一部份的課程規劃中曾提及，缺乏適當的口譯教科書使得很多教師勢必要自編上課講義而耗費大量心神。另外，接受訪談的教師也指出，課堂的口譯教學活動向來脫離不了大量的學生練習和教師評論，上課氣氛緊張而單調，教師極需創新而多元的口譯教學活動來協助同學學習。例如模擬會議（mock conference）就是個鼓勵同學實際參與口譯工作和增進合作學習的教學活動（林宜瑾、胡家榮、廖柏森，2005）。而舉辦更多的口譯教學工作坊、研討會和發行刊物也都可提供教師分享彼此教學的心得。至於會議的演講稿其實也算是教學教材的一種，而且它是真實而自然的教材，比較貼近職場需要並能提高學生的學習動機，可是教師通常很難有管道取得；但也有受訪教師持不同意見，認為會議演講稿對學生程度而言是難度太高的教材，通常還要經過改寫才能在課堂上使用，並不是很好用。

　　另外，目前口譯課的教材都是以書面的課本或講義為主，最多輔以錄音的CD等有聲教材，對學生的幫助仍有其限制。筆者認為未來也可嘗試開發出具有口譯員影像和聲音的教材，包括適合大學口譯課教學目標的逐步口譯、導覽隨行口譯和企業內談判溝通口譯等，都可將這些實務的口譯工作情境攝製成DVD的視聽教材，並搭配書面的文字教材，相信更能傳達口譯員的雙語轉換和肢體表情等技能使用，有效增進課堂口譯教學之成效。以上這些教學需求其實並不是個別教師有能力可以解決，還需要學界、出版社和業界共同努力才能促進口譯教學的發展。

伍、結論

本研究呈現國內目前大專口譯教學的相關資訊，並指出與之前研究結果之異同，突顯國內口譯教學近幾年來迅速發展之脈絡。主要的研究發現可歸結如下：

(1) 口譯課程的教師多為主修口譯和具備專業經驗的碩士學位者，雖然尚未達到一般系所對於博士或助理教授以上師資的要求，但以口譯學科的特性和目前國內專業口譯人才結構而論，如此的師資配置仍應屬恰當。

(2) 目前大部份的口譯課程可開放給非英文系學生選修，亦未採行任何篩選措施，修課學生的程度參差不齊，導致教師難以控制授課品質，建議未來各校應有分級授課的機制。

(3) 現行口譯班級的學生人數大多介於 11 至 30 人之間，但教師普遍認為可以再減少至一班 5 至 15 人，才有可能在課堂上提供學生更多練習的機會，提升教學效果。

(4) 多數口譯教師認為自己的教學方式並未有任何理論基礎，但是從教師所實施的教學活動和方式，其實相當符合社會建構論的教育原則，未來也可依據社會建構的教學理論來培訓口譯師資。

(5) 教師認為大專口譯課程目標主要在激發學生學習口譯的興趣，教授的口譯技巧亦多與語言技能相關，此種定位相當務實，可針對大專學生的能力因材施教，並與研究所以培訓專業口譯員的教學目標作出區隔。

(6) 口譯教學最大的困難則是學生的語言程度和知識背景不足，雖然口譯課並不是語言技能課，但可經由口譯課來增

進學生的語言和知識能力。另外口譯課也可和英語的聽、說課程搭配，共同發展學生的語言能力。

(7) 多數教師上課並未使用教科書，而是使用自製的教材，其中最常教授的主題為商業和政治。但是缺乏合適教材和教學活動也是大多數教師的困擾，期待有更多現職教師與出版社合作創作適用的教材，納入更新的題材和更真實的視聽學習工具。也盼望有更多的口譯教學工作坊、學術研討會和專業刊物供口譯教師分享更多元有效的教學活動。

本研究也有其限制，首先，問卷回收率 46%若能再提高，此研究樣本就更具代表性。但是很多口譯教師因為口譯工作和教學事務繁忙，經多次聯繫亦未回覆。不過此次研究是以全國性 92 位口譯教師為母體的規模下寄發問卷，能回收來自各個不同縣市學校的 42 份回覆問卷，較之於過去類似研究的小樣本數已屬難能可貴。另外，未來的研究方向也可探討教師的背景變項例如專兼任、口譯教學年資以及具專業口譯背景和其它領域背景的口譯教師在教學方法、教學成效和學生觀感上有何差異，以期豐富國內口譯教學的研究。

最後，本文所得的研究結果，希冀能提供最新的口譯教學相關資訊予規劃大專口譯課程的行政主管及教師，或許他們也能於現今的口譯教學概況中獲得某些啟發，或借鏡其他教師的口譯教學方法，進而截長補短，提升口譯的教學品質，為社會培育出更多的外語專業人才。

附錄

一、口譯教師背景資料

姓名		最高學歷	□學士（2.4%）　□碩士（71.4%） □博士（26.2%）		
年齡		任教職稱	□講師（73.8%） □助理教授（9.5%）、副教授（11.9%）、 　正教授（4.8%）		
性別	□男（23.8%） □女（76.2%）	專、兼任	□專任教師(57.1%)　　□兼任教師(42.9%)		
主修專長（可複選）	□口譯（78.6%） □筆譯（66.7%）	□語言學（16.7%） □英／外語教學（33.3%）		□文學（4.8%） □其他（9.5%）	
口譯教學年資	□未滿1年（9.5%） □5~10年（11.9%）	□1~3年（40.5%） □10年以上（16.7%）		□3~5年（21.4%）	
電子郵件			聯絡電話		
01.您是否受過相關口譯訓練？ □否（11.9%） □是（88.1%）					
02.您是否（曾）從事口譯工作？ □否（選此項者無須填答下一題）（11.9%）　　　　□是（88.1%）					
03.您曾從事的口譯工作性質為何？（可複選） □視譯（59.5%）□逐步口譯（81.0%）　□同步口譯（66.7%） □隨侍口譯（64.3%）					

二、口譯教學問卷內容

第一部分：

01.貴系口譯課程是否開放外系選修？

　　□否（45.2%）　□是（54.8%）

02.貴系學生修習口譯課程是否有資格上之限制？

　　□否（59.5%）（選此項者，請直接跳答第 4 題）

　　□是（40.5%）

03.修習口譯課程之限制為何？（可複選）

　　□篩選考試（41.1%）　□擋修（35.2%），須先修過＿＿＿＿＿

　　□其他＿＿＿＿＿

04.您在設計大學部的口譯課程時，是否有教學理論的依據？

　　□否（71.4%）

　　□是（28.6%）（選此項者，請詳填教學理論名稱，謝謝）

　　(1) "You can't teach what you can't do" by Jennifer Mackintosh

　　(2) "Effort Models" by Daniel Gile

　　(3) "Achievement Goal Theory" by Elliot et al.

　　(4) "Social-constructivism" by Don Kiraly

　　(5) "Communicative Language Teaching"

　　(6) "Analysis, Transfer, and Restructuring" by Engene Nida and Peter Newmark

05.您目前的口譯班學生平均人數為：

　　□10 人以下（2.4%）□11~20 人（33.3%）

　　□21~30 人（31.0%）□30 人以上（11.9%）

□40 人以上（21.4%）

06.您認為最合適的口譯班上課人數為：

　　□5 人以下（14.3%）　□5~10 人（33.3%）

　　□10~15 人（33.3%）　□15~20 人（19.0%）

　　□20 人以上（0%）

07.您是否使用口譯教科書？

　　□否（71.4%）

　　□是（28.6%）（選此項者，請詳填書名及作者，謝謝）

Book Title／書名	Author／作者	Publisher／出版社
1. 同步翻譯（1~4）	郭岱宗	東華書局
2. 實戰口譯	林超倫	經典傳訊
3. 口譯的理論與實踐	周兆祥、陳育沾	臺灣商務印書館
4. 實用口譯手冊	鍾述孔	中國對外翻譯出版公司
5. 口譯精華	黃佩蕙	文鶴出版有限公司
6. 英中翻譯 Step by Step	張中倩	文鶴出版有限公司
7. CNN 互動英語雜誌	Live ABC 編輯團隊	希伯崙股份有限公司

08.您目前所用口譯教材（教科書或自製講義）之內容性質為何？

　　（請排序，使用最多者為 1，其次為 2，依此類推，未用者則無須填答）

　　□文史哲（42.9%）　　□商業（76.2%）　　□科技（45.2%）

　　□經貿（57.1%）　　　□政治（66.7%）

　　□法律（16.7%）　　　□觀光（47.6%）　　□新聞（61.9%）

　　□運動（26.2%）　　　□娛樂（38.1%）

　　□其他_____

09.您的口譯課程是否有指定作業？

　　□無（0%）（選此項者，請直接跳答第 12 題）

　　□有（100%）

10.您多久給一次作業？

　　□每週皆有（40.5%）□兩、三週一次（21.4%）

　　□不一定（38.1%）

11.您出的作業為：

　　□個別作業（52.4%）□小組作業（0%）

　　□兩者皆有（47.6%）

12.您所出的作業方式為何？

　　□錄音（66.7%）　　　□回家分組練習（31.0%）

　　□課前預習（76.2%）

　　□籌備模擬會議（42.9%）

　　□搜尋資料（61.9%）□完成課本習題（21.4%）

　　□其他＿＿＿＿＿＿＿＿＿＿＿＿＿＿＿

13.您所教授的口譯課程是否有考試？

　　□否（7.1%）　　□是（92.9%）

台灣大學生對於口譯課程看法之探討

李亭穎、廖柏森

摘要

　　近年來國內大學口譯教學風氣大興，不論是翻譯系和應用英語系學生都熱衷於修習口譯課程。而為了解大學口譯教學中相關的現象和問題並增進教學成效，已有許多專家學者提出研究成果，但是目前大多數研究都是從口譯教師的立場出發來探討口譯的課程規劃、教學方法及師資培訓等問題；而從學生的視角來理解其學習需求、學習過程、學習效果和學習困難等問題的研究則相對較為缺乏。因此本研究旨在以學生對大學口譯課程的需求等角度切入，探討大學部口譯課程的教學現況。研究方法使用問卷調查和訪談，對象為國內四所大學（兩所翻譯系和兩所應用英語系）中修習口譯課程的學生共 89 人。問卷和訪談問題包括學生修習口譯課程的原因、對於口譯課的期待、學習口譯的困難、改善口譯課的方向、輔助口譯教學的相關課程和未來希望的工作出路等。研究資料分析則兼採量性和質性兩種方式。研究結果呈現目前大學口譯教學現況，由學生看待口譯教學之觀點，配合之前從口譯教師立場所提出之研究結果，應有助於全面性理解國內現

行大學口譯教學的現象和問題，並提出解決之道，用以增進口譯教學的成效，提升口譯的跨文化溝通效能。

關鍵詞：口譯教學、學習需求、學習成效

壹、緒論

在全球化的浪潮下，各國對於外語專業人才的需求迅速增加，扮演語言文化溝通者的口譯人才之需求亦大幅提高。而口譯的相關知識與技能，也因學術的發展而逐漸形成一門獨立的學科，因此國內近年來翻譯系所不斷成立，截至 2012 年止國內已設有七所翻譯研究所或碩士學程（台大、台師大、彰師大、輔大、高雄第一科大、長榮大學、文藻外語學院）和兩所翻譯學系（長榮大學、文藻外語學院）。而在翻譯系所之外，口譯課程亦被納入許多應用英語系的課程當中，學生所需培養的外語能力不再只是聽說讀寫而已，現在又新增一項翻譯能力。

一般而言，學生在大學階段接觸口譯，能夠對此專業有進一步的了解固然是好事，但在各校大量提供口譯課程的同時，也應該要評估學生對於口譯課程的學習情況及效果。口譯課程所需的訓練範圍極為廣闊，從基礎的跟述、視譯等技巧到進階的逐步、同步口譯等技能，要求相當專業；另方面，受到學生能力、教學目標、授課時數及教學環境、設備等因素限制，通常難以達到理想成效，因此目前大學實施口譯課程的現況確實值得檢討。

為了解口譯教學中複雜的現象和問題，已有許多專家學者從事相關的研究，然而多數研究都是從課程規劃、教學方法及師資問題等方面著手。而教學行為是建立在教師與學習者的關係上，教學研究除強調從教師觀點探討之外，亦需要針對學習者的角度探究其需求、學習過程、學習效果和學習困難等各種問題。唯有透過教師與學生之間的合作，才能實現完滿的教學。教與學二者

存在著一體兩面的關係，缺一不可。因此本研究旨在探究大學生對現行口譯課程的看法，使用問卷調查與訪談收集資料，研究對象由翻譯系和應用英語系兩組學生組成，探討其修習口譯課程之學習需求、學習成效和學習困難等相關議題，並提出改善口譯教學之建議。透過以上問題的討論與研究，本研究盼能更全面而具體地理解國內口譯教學既有的現象和問題，並據以改進以提升口譯教學的成效，培養更多優秀的人才，增進口譯專業在社會和學術等方面的地位。

貳、文獻探討

一、大學口譯課程之定位

　　國內近年來除翻譯系所外，各外語相關學系亦紛紛設立口譯課程，而不同系所設立的口譯課程教學目標難免存有差異。例如李翠芳（1996）以六所大學外語系（包括英語和日語系）所開設的口譯課程做了全盤探討，仔細分析各校口譯課的教案，並以其學生為問卷調查對象；該研究發現各校教案重點雖不同，卻都盡可能涵蓋口譯技巧、言談分析、知識領域和語言表現等方面的訓練。而其問卷結果顯示，外語系學生修口譯課的主要目標是為了要加強語言能力（佔 87%），次要目標才是學習口譯技巧（佔 62.1%），真正希望成為專業口譯員的僅佔 19.8%。她表示台灣大學生在大學前學習英語至少六年的時間，再經過大學部的訓練之後，英語基礎會更為健全；加上大學畢業入社會工作之後英語口譯技能也很重要，所以在大學部中增設口譯課程教授口譯技巧

實是無可厚非。但是她也提出在大學部中設立口譯課程必須要有兩項前提：(1)至少須有兩年以上的課程設計，(2)課程不該包含會議口譯員的訓練。口譯教學應該被定位為外語教學中的一環，而不是以培養口譯員為最終目標。

何慧玲（2001）也認同以上觀點，她認為翻譯學研究所已負起培訓專業會議口譯員的責任，大學部的口譯課程實在不需要將目標訂得過高。她更指出，隨著學校系所的層級和教學實際狀況的不同，口譯課程需要訂定出明確的教學目標，並依據不同的目標制定出訓練方式。

另外，劉敏華（2002）也表示口譯課程需要有更清楚的定位，究竟是要培訓外語人才或是口譯人才，各校應正視口譯教學對象的程度和需求。她認為目前大學階段的口譯課程出現了一些問題，除了課程目標不明之外，還有師資不足以及學生程度低落等，實在無法培訓出專業的口譯人員。然而她也認為，雖然無法培養專業口譯人才，卻不可否認口譯教學對外語教學上的貢獻。大學部的口譯教學和溝通式外語教學的本質接近，皆旨在結合聽和說的能力，強調真實溝通情境，以提升學生的外語溝通能力。因此她認為只要能將口譯課程定位釐清、定義出適當的教學法，並且正視教學對象的程度和需求，在大學部設立口譯課有其必要。

二、翻譯系和應用英語系口譯教學目標之比較

口譯課程雖然普遍分佈在各國內各外語相關系所，然而多數仍然是開設在翻譯系和應用英語系當中。翻譯系和應用英語系的科系名稱不同，實質內涵也形成二個不同的知識系統和教學團

體。本研究比較翻譯系和應用英語系學生對口譯課程的看法,可以對這兩個不同學系的特性有所區分和認識。

　　根據本研究中四校系網站所提供的課程資訊[2],可以其教學目標、課程規劃和畢業出路三方面作對照比較。在教學目標方面,翻譯系致力於培養口筆譯基本技巧穩固的學生,而應用英語系則訓練學生在一般職場上應用英文的能力。因為翻譯系和應用英語系的教學目標不同,對口譯課程的教學目標也有差異。在課程規劃中,應用英語系設立翻譯學程供學生選修,但並未以翻譯為主要課程;反觀翻譯系課程是以口筆譯為核心課程,再加上其他專門領域之課程輔助口筆譯課的成效。對應用英語系而言,提升學生的英語能力才是口筆譯課中最主要的教學目標(劉敏華,2002)。楊承淑(2000)也持有同樣觀點,認為應用英語系是英語為主,口譯為輔的教學方式,而翻譯系的教學目標則以培養企業內口譯人才為要務,以訓練逐步口譯為主體,同步口譯為選修。

　　至於畢業出路方面,翻譯系和應用英語系畢業後設定的出路卻是大同小異,多數還是需要應用到英語技能的職業,尤其翻譯系學生並非只朝翻譯界發展。李憲榮(2006)曾表示,長榮翻譯系的設系目標為培養專業口筆譯人才,但是根據調查顯示,長榮翻譯系的學生畢業後,幾乎無人以口筆譯為專職(特別是口譯),頂多是找份企業內與翻譯相關之工作。他認為專業口筆譯人員的養成所需要的訓練範圍極為廣泛,大學部翻譯系的訓練若不足,

---

2　四校系網站之網址如下:
　　長榮大學翻譯系 http://www.cjcu.edu.tw/~h-alst/2Program_1.htm
　　文藻外語學院翻譯系 http://www.wtuc.edu.tw/dti/DTI.htm
　　高雄第一科技大學應英系 http://www.eng.nkfust.edu.tw/Chinese_index/ intro.htm
　　中原大學應外系 http://www.cycu.edu.tw/~alls/

還要以研究所的訓練來補救；但光只有研究所的訓練也不太夠，最好還是有大學部的翻譯訓練作為基礎。

三、口譯教學調查之研究

　　國內對於口譯教學的研究不少，但是目前大多數研究都是從口譯教師的立場出發探討口譯的課程規劃、教學方法及師資培訓等問題（如吳敏嘉，1999，2000，2001；王珠惠，2003；陳彥豪，2003；林宜瑾、胡家榮、廖柏森，2005 等），而從學生的視角來理解其學習需求、學習過程、學習效果和學習困境等問題的研究則相對較為缺乏。首先從口譯教師觀點來審視國內口譯教學的研究有何慧玲（1999）探討大學部應用英語系口筆譯教學概況，她針對口筆譯授課老師進行問卷調查，其中口譯教學部分涵括修課年限、師資問題、教學目標與內容、教科書使用、學生能力等問題。研究結果指出口譯教師對於課程目標之設定前三項為(1)熟悉口譯之技巧、(2)加強英外文之口語表達能力及(3)提升英外文之理解能力，可看出口譯教師心目中是以培養學生語言技能為教學重點。她建議未來各應用英語系可發展出自己的特色，為市場分工作準備，朝更多元、專業化的目標發展，並讓學生在學時就與業界密切合作，於畢業後能立刻發揮所長。

　　胡家榮、廖柏森（2009）的研究針對全台灣應用英語系共 92名口譯教師發出問卷調查口譯課程教學狀況，共收回 42 份有效問卷。透過其研究可更進一步了解口譯教師對於口譯教學的看法。研究內容顯示出口譯教師的專業背景、課程設計方向、口譯課程主要的教學目標、課堂中所教授的口譯技巧及方式、口譯教學上

遇到的困難和需求。研究發現教師認為大學口譯課程主要在激發學生學習口譯的興趣，所教授的口譯技巧亦多與語言技能相關，此種定位與研究所以培訓專業口譯員的教學目標作出區隔。另外，教師也認為口譯教學最大的困難是學生的語言程度和知識背景不足，雖然口譯課並不是語言技能課，但可經由口譯課來增進學生的語言和知識能力，而口譯課也可和英語的讀寫聽說課程搭配來共同發展學生的整體能力。例如口譯課中的跟述對於學生的英語聽力、視譯對於英語閱讀和口說、乃至於逐步口譯對於英語的聽說能力等都能有不同面向的刺激和應用，就算學生未能精通口譯技能，但其語言能力仍有某種程度的提升，亦未嘗不是好事。

另外，也有少數研究是從學生角度切入的調查，其一為李翠芳（1996）除分析口譯課教案之外，同時亦對六所大學英文系和日文系學生進行問卷調查。問卷內容包括修課動機、修課收穫、認為有效之學習方式、課程對於學生的幫助、上課重點和練習時間等問題，藉以了解學生對於該課程的滿意度與收穫。

香港學者 Li（2002）則是針對香港中文大學翻譯系學生進行問卷調查。該研究之調查內容包括幾項主題：(1)學生選擇主修翻譯的原因、(2)未來當翻譯員或口譯員的意願、(3)語言在翻譯教學中所扮演的角色、(4)課程中是否需包括理論相關課程、(5)翻譯教學是否符合市場需求以及(6)改善翻譯訓練與教學的方法。Li發現多數學生並不是因為想要成為譯員而主修翻譯系，而且他們認為實務課程比理論性課程重要，目前的翻譯系教學並未符合市場需求。Li 指出香港的翻譯系當前最需要加強語言訓練課程，並且從學生角度切入來協助課程規劃與發展，而教師在批改作業上也需更用心並給予更詳盡的指示。

　　目前國內大學部口譯教學所面臨的問題仍然相當多，雖然已有不少從教師立場所提出的研究建議，但若能整合學生視角的觀點，相信對於口譯教學能有更全面的觀照。因此本研究是從學生的學習需求角度切入，分析大學部口譯課學生的看法，找出口譯課程的定位，並希望對未來口譯課程設計與教學有所助益。

參、研究方法

一、研究對象

　　本研究之對象是大學部翻譯系及應用英語系口譯課的學生。為比較兩種不同系別之學生對於口譯課程的看法，研究者選擇兩所翻譯系（文藻外語學院和長榮大學）和兩所應用英語系（高雄第一科技大學和中原大學）的學生共 89 人。其中文藻外語學院學生 15 名，長榮大學學生 40 名，高雄第一科技大學學生 10 名，以及中原大學學生 24 名。翻譯系開設的必修口譯課程較應用英語系多，也不像應用英語系對於選修口譯課的學生還有篩選制度，因此研究對象中翻譯系學生人數比應用英語系稍多。而之所以選擇高雄第一科技大學和中原大學的應用英語系，是因為這兩系之口譯課程設計較為完善，採取循序漸進的方式，先教導逐步口譯再導入同步口譯的課程，加上這兩系皆有受過專業口譯訓練的專任口譯教師擔任教學，較一般未具系統化口譯教學的應用英語系適當。另一方面，國內只有兩間翻譯系：文藻外語學院和長榮大學，且都設有研究所（文藻外語學院為多國語複譯研究所），規模和師資皆稱完善。因此以這四所學校分為兩組，其比

較基礎較為恰當。而且本文之研究對象皆已修習過一年的口譯課程，對於口譯有一定程度的了解。

二、研究工具

研究者首先根據自身上口譯課的經驗，擬定出基本的問卷架構和問題，再參考之前 Li（2002）、胡家榮和廖柏森（2009）研究中的問卷題目，製定出初步的問卷。該問卷採五點李克特量表（5-point Likert Scale）以評量學生對題目陳述的同意或需要程度（1 代表「非常不同意／非常不需要」，2 代表「不同意／不需要」，3 代表「普通」，4 代表「同意／需要」和 5 代表「非常同意／非常需要」等五點）。問卷初稿擬定之後，以電子郵件傳給長榮翻譯系五名同學進行預試（pilot test）。同學填答之後再將問卷以電子郵件傳回給研究者。之後研究者還對此五名接受預試同學進行電話訪談，以了解問卷題目中是否有語義模糊或表達不清等問題，再針對同學提出的問題加以檢討修改，使問卷的文字表達更加順暢清晰，同時研究者也可進一步理解施測的流程和受測者對於題目認知的程度。

問卷內容分為兩大部分：第一部分為學生基本資料，包括學生學習英文之年數、已修過口譯相關的總學分數、英語檢定測驗程度以及學生本身對於未來朝口譯專業發展或升學意願等資料。問卷的第二部分則分為六大類問題：(1)選擇修習口譯課程的因素；(2)對於口譯課的期待；(3)學習口譯時所遭遇到的困難；(4)認為未來口譯課須加強或改善的方向；(5)認為系上應該開設哪些輔助口譯教學的周邊課程；(6)未來希望的工作出路。

以上六大類問題之中又各包含八至十題細項問題，共計有 56 題問卷題目。

　　問卷調查之後進一步執行訪談，訪談問題包括五大類：(1)對於系上口譯課程的定位、目標和教學內容的感受；(2)口譯課中遇到的問題；(3)課餘練習的狀況與困難；(4)課程需要加強的地方；以及(5)畢業後的理想出路和修習口譯課程的收穫等方面進行討論。

三、資料收集過程

　　本研究的資料收集過程分為問卷填答與訪談兩部份。因文藻外語學院、長榮大學和高雄第一科技大學位在南部，研究者委託各校之老師、系辦助理或學生班代表代發問卷。而中原大學位於中壢，研究者則親身參與調查過程。由於研究者未能親身參與南部各校的調查，問卷首頁附上給接受調查學生的說明，解釋本研究的主題和目的。再者，研究者請受委託者代向同學解釋本問卷之答案和資料將全部保密。待學生填答完畢後，再將所有問卷以郵寄寄回給研究者。至於中原大學則由研究者親自到現場觀看學生填答情況，也當場向同學介紹並解釋本研究之目的，保證資料僅作為研究用途。從發出問卷至全部回收完畢費時約三個月，四所大學問卷回收份數總計 89 份。問卷調查結束之後，研究者再從研究對象中隨機邀請八位學生作為訪談對象，對其問卷填答結果做更深入了解。

四、資料分析

　　本研究採量性和質性兩種分析方式。量性部分使用 Excel 軟體做統計分析，質性部分則針對問卷調查的結果作深入訪談。量性部份在統計分析上首先採描述性統計，得到平均數（mean）、標準差（standard deviation）以及次數分配（frequency）等數據，藉此看出兩種不同系所學生對於體口譯教學的看法有何類似和不同之處。另外，為了解兩類科系學生的回答數據之間是否存在顯著差異，抑或只是單純抽樣誤差，將根據兩類科系問卷所得之平均數再進行 T 檢定。

　　訪談內容的分析方面，翻譯系共有五名長榮大學的學生受訪，但由於遠在南部，因此研究者以 Skype 軟體在進行線上訪談，並在對方同意下以線上錄音系統將訪談內容錄音。至於應用英語系學生方面，研究者邀請中原大學三位學生見面討論，訪談方式亦在告知訪談對象的情況下進行錄音。訪談結束後，研究者將錄音內容謄錄成逐字稿和編碼以便深入分析，作為輔助和解釋問卷答案的資料。

肆、研究結果

　　本研究以問卷調查為主，訪談內容為輔。問卷以描述性統計和 T 檢定分析兩類科系學生針對各類別題目的回應以及兩類科系之間是否呈現顯著性差異[3]。訪談內容也是以以上六大主題為基

---

[3]　顯著差異係指在對兩類科系平均值進行 t 檢定之後，p 值小於或等於 0.05 者，代表兩類科系學生對該題之反應確實有差異存在。而 p 值越大，超過

準。訪談對象共八人，五名為**翻譯系學生**，代碼為 IT-A、IT-B、IT-C、IT-D、IT-E；三名為應用英語系學生，代碼為 AE-A、AE-B、AE-C。以下研究結果除討論統計數據之意義之外，亦加上學生訪談內容作為輔助。

一、學生修習口譯課程的原因：

　　由以下表一可知翻譯系和應用英語系學生修習口譯課程原因的平均數（M）雖然呈顯著性差異（p=0.05），但其排序大致上相同，都是以「增加外語溝通能力」、「有助於未來職場需求」和「將提高其競爭力」為主；反之最不列入考量的修課原因為「未來想繼續朝口譯方面升學」、「未來成為專業會議口譯員」和「畢業後希望從事口譯工作」。

表一　兩類科系學生修口譯課原因

修口譯課程的原因	翻譯系(M)	應英系（M）	P值
1.　單純對口譯有興趣	3.49	4.03	0.02
2.　想了解口譯為何	3.62	4.21	0.00
3.　想提升口語能力	3.95	4.24	0.17
4.　想增加外語溝通能力	4.11	4.35	0.23
5.　視口譯為學習外語的方式之一	3.67	4.26	0.00
6.　認為口譯能力會提升競爭力	4.11	4.50	0.03
7.　希望口譯技巧有助於未來職場需求	4.04	4.38	0.07
8.　畢業後希望從事口譯工作	3.33	3.47	0.56
9.　未來想繼續朝口譯方面升學	3.13	3.56	0.10

0.05 且越趨近於 1.0 者，則表示兩類科系之間反應差異較小而接近一致。

修口譯課程的原因	翻譯系（M）	應英系（M）	P 值
10. 未來想成為專業會議口譯人員	3.18	3.38	0.45
總平均	3.66	4.04	0.05

　　而訪談時發現有位翻譯系同學雖然一開始修口譯課的原因是有意朝專業譯員的生涯發展，但修過課後才覺得自己能力尚且不足，該同學說：

　　ITD：原本自己想當翻譯人員，是我的興趣，但越唸越深，就越覺得四年來也只是學到皮毛而已，或許連皮毛都稱不上。口譯領域真的太廣。

　　另外與學生修習口譯課原因相關的訪談內容是對於口譯課程定位的看法。有學生回應如下：

　　ITB：口譯課讓我們了解口譯在做什麼，讓我們建立對口譯的觀念，有機會接觸到，讓我們對口譯有興趣，或許可以考慮這方面的工作。

　　由上可知學生了解自己的能力與需求，在修習口譯課的原因上主要為增進外語以提升職場競爭力，而就讀翻譯研究所和從事專業口譯工作是相對較不考慮的因素。

二、學生對口譯課程的期待

　　學生對於口譯課程的期待反映在以下表二中，兩類科系整體類別數據進行 T 檢定後，p 值為 0.01，呈顯著差異，但兩類科系對各題回應的排序相當一致。翻譯系和應用英語系的學生對於口譯課程的期待，最主要皆為「教授口譯的技巧」，再來是「提昇各領域之背景知識」。而應用英語系學生對於這一組

問題的所有回答分數平均數都在 4 以上，翻譯系同學回答的最低項目也有 3.82，可能是因他們認為這些項目皆為口譯課程應該要包括的內容。

表二　兩類科系學生對口譯課的期待

對口譯課程的期待	翻譯系（M）	應英系（M）	P 值
11. 訓練專業口譯人才	3.89	4.00	0.58
12. 使學生了解口譯市場狀況	3.76	4.12	0.05
13. 介紹口譯為一門專業	3.89	4.29	0.03
14. 幫助學生符合市場需求	3.89	4.18	0.14
15. 教授學生口譯技巧	4.22	4.56	0.05
16. 激發學生對口譯的興趣	3.82	4.15	0.07
17. 增強英語理解能力	4.02	4.03	0.95
18. 加強英語口語表達能力	4.05	4.24	0.37
19. 提升各領域之背景知識	4.09	4.41	0.12
20. 培養學生溝通能力	4.07	4.03	0.80
總平均	3.97	4.20	0.01

受訪同學大部份是期待口譯課能增進其口譯技巧與興趣，並未期待成為專業口譯員，如有同學表示：

ITD：課程目標應該是讓我們了解口譯，讓我們稍微有點經驗，但不可能學這四年，出去就能當口譯人員。學校課程只是像我們提到有視譯、逐步、同步、隨行等口譯類別，知道它們是做些什麼，稍微有點經驗與認識。

不過也有受訪同學對口譯課的期待相當高，只是仍需投入相當多的努力才能達成，例如：

AEC：這兩年的課上完，我是還滿希望能夠變成真正的口譯員的，但是自己還是得要很努力才能達成。

可見同學對於口譯課程的期待相當務實，也知道口譯是專業技能，光靠修大學口譯課仍不足，需要再額外努力才能符合專業要求。

三、學生學習口譯的困難：

對於學生學習口譯的困難所得結果如下表三。兩類科系之數據經 T 檢定分析後 p 值為 0.44，並未呈現顯著差異，可知兩類科系學生在口譯學習上所碰到的困難相當雷同。其中翻譯系同學最認同的是「專業領域知識不足（M=4.18）」以及「英語詞彙不夠（M=4.04）」；至於應用英語系同學認為最困難的地方在於「一般背景知識不夠（M=4.35）」，其次才是「專業領域知識不足（M=4.29）」。另外，學生咸認最無困難之處則是「感覺在學英文，而非口譯」，這一項目分數是整份問卷中最低，可知學生普遍感受到在大學的口譯課堂中學到的是口譯能力與技巧，而非學習英文。

表三　兩類科系學生學習口譯的困難

學口譯時遭遇的困難	翻譯系(M)	應英系（M）	P 值
21. 本身中文能力不足	3.36	3.82	0.04
22. 本身英語能力不足	3.85	3.94	0.70
23. 本身英語詞彙不夠	4.04	4.18	0.49
24. 本身一般背景知識不夠	3.87	4.35	0.01
25. 本身專業領域知識不足	4.18	4.29	0.55
26. 口譯課程時數不夠	3.55	3.94	0.07
27. 練習口譯時數過少	3.75	4.06	0.10
28. 班級人數過多	3.22	3.24	0.94
29. 缺乏學習方向	3.24	3.24	1.00

學口譯時遭遇的困難	翻譯系（M）	應英系（M）	P 值
30. 感覺在學英文，而非口譯	2.60	2.50	0.65
總平均	3.57	3.76	0.44

　　而接受訪談學生也提出他們在口譯學習上遇到的難題，例如：

　　ITA：困難點在於我們真的必需要自己找很多資料。字彙方面不足，包括英文字彙和專業字彙的不足。名詞動詞的搭配等，這些都是問題。聽力方面也有問題。

　　ITE：聽不懂最嚴重。聽不懂，什麼也都沒辦法表達。還有人數太多，都不夠時間檢討。我們本身能力也有問題。背景知識不夠，英文能力也不夠。又不夠時間練習。但最主要還是知識跟能力問題。

　　AEA：逐步口譯的筆記是很大的問題。要如何把筆記做得好，很精簡，然後又要搭配很強的記憶，把細節連結起來，我覺得超困難的。說到同步的話，根本就還太早，都反應不太過來。英文能力也不夠，聽說能力，詞彙方面都需要加強。就連經常講出來的中文，我都會想，我講的是中文嗎？

　　AEC：最大的問題應該是對語言的不熟悉吧。英文畢竟不是自己的母語，當然會有很多單字或是諺語都聽不懂，也就不知道怎麼翻譯。知識也滿缺乏的，因為翻譯沒有限定主題，每個領域不論科學或商業都要懂。所以這方面也很困難。

　　由以上訪談內容可感受到同學對於上口譯課似乎是處處都感到困難，因為口譯課的時數有限，再加上短期內有太多口譯技巧要學，難怪學生會有每個環節都有困難的感受。而訪談中學生所透露的最大困難似乎仍與語言問題脫不了關係，可見在大學部

學習口譯的最基本問題仍是學生的語言能力不足。

四、口譯課程需要加強的方向：

　　此類問題檢視學生認為應該如何加強口譯課程的方法，從表四中可見以 T 檢定分析之結果得知 p 值為 0.01，顯示出翻譯和應用英語兩類科系學生認為需要加強的方向有顯著不同。在十題問題即有六題結果出現顯著差異，為所有六大類別問卷題目中出現最多差異的一大類。翻譯系學生最希望能夠「增強英語聽力（M=4.15）」、「安排實習機會（M=4.07）」和「提高英語會話能力（M=4.04）」，主要偏向加強英語語言方面的能力。應用英語系學生則表示最希望「提高口譯練習的臨場感（M=4.56）」「增加實習機會（M=4.44）」和「增加課堂上練習機會（M=4.35）」，希望增強實作和練習機會的需求較高。

表四　　兩類科系學生認為口譯課需加強方向

口譯課程需加強的方向	翻譯系（M）	應英系（M）	P 值
31. 減少選課人數	3.36	3.44	0.71
32. 增加課堂上練習機會	3.85	4.35	0.02
33. 增加上課時數	3.64	4.32	0.00
34. 提供更多模擬實境的環境	3.95	4.35	0.04
35. 安排實習的機會	4.07	4.44	0.05
36. 採用口譯教材	3.69	4.15	0.02
37. 增強英語聽力	4.15	4.24	0.64
38. 提高英語會話能力	4.04	4.12	0.67
39. 提高口譯練習的臨場感	3.98	4.56	0.00
40. 訓練口語表達能力	3.93	4.29	0.08
總平均	3.87	4.23	0.01

受訪同學幾乎都表示口譯實習經驗非常少，且皆表示實習必定會提高其學習效果。例如：

ITB：希望能夠有多一點實際在做的案子，讓我們有機會練習試試看。目前都沒有實習的機會，也沒有看過人家真正在做口譯，如果有機會會比較好且會更了解。

ITD：口譯要進步還是需要多些實際上台的經驗或者實務的經驗。這樣進步比較快。像我們畢業專題要舉辦模擬會議，這種機會多的話，一定會增加口譯能力的。

有趣的是，在問卷結果顯示出最不需要加強的部份對兩類科系學生來說雖然都是「減少上課人數」，但是在訪談中卻發現，幾乎所有同學都認為人數過多無法充份練習。研究者認為此矛盾現象在兩類科系同學的心裡可能有不同理由。在翻譯系可能因同學在口譯課上感受到的壓力太大，如果減少上課人數，每個人課堂上練習的壓力會變得更大，因此不願意減少人數。例如有翻譯系同學認為：

ITA：每次上口譯課都超緊張的啊，特別是遇到要考試我就一定拉肚子。

ITB：上課會怕上台，怕出糗講不出來。但是其實上課時間不夠每個人都輪流做到練習。很少有辦法每個人都輪到練習機會。

但對應用英語系同學來說，因該系的口譯課有篩選機制，只有每班成績前 20 名者才能修口譯課，有機會上課的人數原來就不是很多。倘若減少課堂人數，同學之間競爭勢必更嚴重。如有應用英語系同學說：

　　AEA：口譯課程有篩選。大二有口譯筆記課程，那堂課所有人都可以修；然後再看那堂課的成績，取排名前 20 名的人才能繼續修口譯課。想上口譯課又不能上的人，很不開心又覺得不公平，畢竟大家都繳一樣學費。

　　AEB：上課時數可能需要增加。其實跟人數減少是一樣的。如果人數減少的話，時數就不需要增加；但因為我們上課人數多，所以可能就得靠增加時數的方式。我比較不建議再減少人數，因為我們目前有篩選制度，很多想要修口譯課的同學都已經被篩選掉不能再上課了；如果再以減少人數來改善目前問題的話，那同學之間的競爭壓力會太大，而且似乎也不是太公平。

五、口譯教學中需增加或應有的周邊課程

　　口譯課除了作為主要的口譯技巧訓練的核心課程外，口譯練習、口譯理論、口譯歷史、一般及專業知識背景、演說能力等相關的知識即是所謂的周邊課程，用以加強口譯訓練的成效。下列表五中兩類科系整體類別數據進行 T 檢定之 p 值為 0.25，代表無顯著差異，整體而言兩類科系對於應設置之周邊課程需求頗為類似。翻譯系和應用英語系學生皆認為最應該設立的課程為「口譯練習課程」、「各領域專業知識」和「英語言能力課程」，僅重視順序不同。而兩類科系學生亦一致認為較不需要的周邊課程為「口譯理論課程」和「口譯史課程」，這些課程或可留待就讀翻譯研究所時再修習。

表五　兩類科系學生認為應設之周邊課程

應設的周邊課程	翻譯系(M)	應英系（M）	P 值
41. 口譯理論課程	3.02	3.53	0.01
42. 一般背景知識課程	3.91	4.26	0.05
43. 各專業領域知識課程	4.04	4.32	0.10
44. 中文語言能力課程	3.71	4.15	0.01
45. 英語言能力課程	4.02	4.29	0.11
46. 公眾演說課程	3.71	3.91	0.32
47. 口譯史課程	2.98	2.97	0.96
48. 口譯練習課程（課堂上練習，算學分）	4.11	4.29	0.35
總平均	3.69	3.97	0.25

在訪談中學生表示只有靠不斷練習才能使口譯技巧精進，可是研究者深入探究後發現，多數同學所謂的練習方法並非真正在做練習，而僅是在做課前準備作業。練習應該針對實質的口譯技巧作演練，例如有講者和口譯者一起練習，並在做完口譯後彼此能夠互相批評、給予建議和鼓勵。而大多數受訪同學表示他們只是在課前做預習功課，如「自己在家查資料」、「上網找相關資料」、「回家準備資料」、「自己一人練習、偶爾才有同學一起練」等方式。另外，同學也常因課業壓力太重而缺乏練習時間。例如有同學表示：

ITA：會練習啊，可是不會一起練。我的練習方式就是自己在家看資料，然後試著說說看，或聽講稿作筆記。我們沒有聚在一起練習。

ITD：我們的練習其實就是準備資料，光是這樣就已經耗掉很多時間。像是老師如果有給個主題的話，我們會上網找相關網站的資料看，這樣稍微有點概念再上台做筆記或課堂上做，會比

較順。

AEC：練習方面我是自己一個人，把要翻譯的稿子先錄起來，再聽自己錄的稿子，然後作翻譯，再把自己翻的內容錄下來，聽聽自己到底翻了什麼。只有偶爾會有同學一起練習。但因為課業壓力滿重的，練習時間還不是很夠。

除了練習和實作課程之外，學生表示加強英語語言能力和專業背景知識的課程是必要的。對於理論課和口譯史課程，許多人採取排斥的態度，認為這些理論性科目與口譯實務技能的關係不大。同學認為口譯就是需要靠練習和實務，這種信念非常強烈。例如：

ITB：口譯理論也沒有必要。口譯還是需要靠練習和實務。不是理論講一講就會做了。

AEA：需要加強語言方面的課程。口譯理論不需要，翻得出來就是翻得出來，翻不出來就是翻不出來，講再多理論都沒有用。

除了以上多數同學皆提出的問題之外，另外有同學希望增加練習空間，對教材內容也要求不要限於單一類型，而採取多元的內容。單一主題的教材內容雖然較為集中且深入，但不免於枯燥，感覺容易疲勞。多元變化的主題則較有刺激，在學習廣度和效果上也許比較好一點。有同學說：

AEC：我比較希望改進的是提供設備，希望能夠開放口譯教室讓我們放學後晚上想練習的同學有多一點練習的空間。還有教材上可以提供多一點不同類型的講稿作練習。老師選的多是他們自己翻過的會議，都是同一種類型的，我是希望口譯內容有多一點變化。

六、學生未來的希望出路

以下表六之項目詢問學生對於未來的希望出路，由結果可看出兩類科系整體比較顯示 p 值為 0.01，為顯著差異。但是對翻譯系和應用英語系同學來說，最希望的工作都是「企業內譯者（包括口筆譯）」和「自由譯者（包括口筆譯）」；而平均分數最低的則都是「語言教學」。這些數據也顯示翻譯系同學的分數非常集中，分布範圍不廣，僅從 3.22 到 3.67，並未表現出太大的好惡，可能是同學並未對自己未來的出路設限，接受範圍因而頗廣。

表六　兩類科系學生希望未來出路

未來希望的出路	翻譯系(M)	應英系（M）	P 值
49. 自由譯者（包括口筆譯）	3.56	3.91	0.14
50. 企業內（In house）譯者（包括口筆譯）	3.67	4.24	0.00
51. 專職口譯人員	3.42	3.56	0.58
52. 專職筆譯人員	3.42	3.71	0.18
53. 語言教學	3.22	3.35	0.56
54. 政府機關任職	3.35	3.65	0.17
55. 上班族（任何與語言相關職務）	3.24	3.88	0.01
56. 其他（不受限於與語言或翻譯相關工作）	3.27	3.65	0.14
總平均	3.39	3.74	0.01

雖然問卷上顯示翻譯系同學對於「上班族（任何與語言相關職務）」工作的意願相對偏低，然而在訪談中受訪同學仍認為這是有可能的工作。翻譯系同學部份訪談結果如下：

　　ITA：我自己對英文很有興趣，但未來不見得想走翻譯或口譯。我認為比較重要的是能夠溝通跟對話。每個人的需求不同，我自己沒有想過要這麼專業。我希望能夠在外商公司上班，或者是做編譯。工作或許能跟英文相關就好，不一定要是與翻譯方面相關的。

　　ITB：希望能夠往編譯方面走，在電視台或者報社都不錯。雖然我對口譯比較有興趣，但是我想自己能力還不夠，應該不會往那方面發展。口譯比較即時性，筆譯還有時間想。

　　幾乎每一位翻譯系受訪同學都提到未來想到外商公司上班或者找編譯工作，也都認為翻譯系畢業學生並不見得要從事翻譯工作。大致上同學都表示希望能夠在企業內上班，是否為翻譯或是與英文相關之職位並不是重要考量。

　　至於應用英語系同學的意見則包括：

　　AEB：我很確定我應該不會當專業的口譯人員。筆譯方面比較可能。但是如果只是當專業的口譯或筆譯員的話，應該會餓死吧，因為市場真的很小。我希望以後的工作是能跟英文有關的，最好是跟翻譯有關，但是卻又不想只做單純的專業翻譯。單純作翻譯太枯燥乏味了，所以希望是一個能夠應用到翻譯能力的工作，像是秘書之類的。在有一個這樣的正職工作之外，如果遇到有興趣的案子也可以偶爾接一下。

　　AEC：我還是比較希望是在公司裡面工作。現實一點的話，台灣翻譯市場並不大。單是要作專職翻譯口譯的話需要很大的勇氣，而且還得有能力去跟其他比較資深的口議員競爭。所以我比較偏向去公司裡面，像是當秘書什麼的，能夠利用口譯能力。但是不希望是作跟翻譯或跟英文不相關的工作，一定要有關。

　　應用英語系同學也指出應該會找「與翻譯或英文相關」的工作。另外，學生普遍認為口譯壓力太大，學習訓練非常辛苦，但是市場小，要想當個專業口譯人員，機會應該微乎其微，甚至會「餓死」。所以同學並不把口譯工作當作生涯規畫的目標，而以到一般公司上班為主。

　　在訪談最後，研究者詢問學生對於修習口譯課程的收穫，他們全都表示學到非常多口譯相關的知識與技巧，是非常正面的反應。他們的意見可歸納為以下幾點：

　　ITA：學到的東西很多，語言方面若有一定的基礎，再加上回家之後準備資料，上課時再加以應用資料的話，那些自己準備找來的資料全都變成自己的，這樣吸收到的很多。口譯技巧、能力等都會加強。而且會有責任感。不敢翹課，很認真上這堂課。這堂課很困難，大家都很用功準備。

　　ITB：訓練我們口譯技巧，但是英文中文的進步也是附加的價值。但是學口譯英文進步不多，因為不是主要的目標。好處還有增加很多知識，範圍大，得一直自己找背景資料，知識面會變大。

　　AEB：口譯技巧方面的收穫非常多，英文上也是有一些進步。口譯技巧是一定會有的，因為之前完全沒有接觸過口譯，所以所有教的都是新的東西。英文方面的聽力會變比較強，對英文的反應力也變比較快。常常聽到一句英文，不需要想很久很快就會知道該怎麼翻譯它。這應該是我最大的收穫吧。

　　AEC：我想是反應能力吧。對語文的反應力。聽力上也還蠻有幫助的。但主要是教我們口譯，我想主要還是學習到口譯技巧，但學口譯的過程中英文能力也會提昇的。而且也會知道自己有哪些地方不足，自己會想辦法去加強。

　　簡言之，同學認為在上口譯課過程中學習到許多不同領域的知識。在口譯技巧上雖然無法學得非常精深，但已學習到基本的功夫；在練習口譯的過程中，雖然不是以學習英文為主，然而英文能力也多少有些進步。就是連反應能力也加強許多，許多同學都指出對於英文語言的敏感度有顯著進步。可見同學對於修習口譯課的成效都有相當正面的回應。

伍、討論

一、研究結論

　　以上研究結果呈現翻譯系和應用英語系的學生在六大類別題目當中，有四大類出現顯著性的不同認知，包括「修口譯課的原因」、「對口譯課的期待」、「口譯課應加強的方向」和「未來的希望出路」；另外兩大類題目「學習口譯上遇到的困難」和「口譯課應該設置的課程」則未出現顯著不同的認知或需求。研究者進一步發現，問卷結果中雖然應用英文系學生平均分數普遍高於翻譯系學生，但是對於各大類別中細項問題的認同程度和排序趨勢卻大致相似。因此研究者揣測這種結果主要係因兩類科系學生給分的標準不同，亦即學生對於問題的認知或是重要性的順序都一致，但是兩者平均數之不同卻足以造成 p 值小於 0.05，呈現出顯著性差異。因此可見，兩類科系學生對於口譯教學上的需求或重要性順序的意見極為近似或一致，只是程度上有些許不同。此次研究可歸納出以下結果：

(1)兩類科系學生修口譯課的最大原因都是希望口譯能力能夠提高自身的語言競爭力。

(2)兩類科系對於口譯課程最大的期待都是該課程能夠教授口譯技巧。

(3)口譯學習上兩類科系學生所遇到的困難非常相似，而其學習問題主要都是英語能力不足。

(4)兩類科系學生對於口譯課程應加強的方向差異較大，翻譯系學生較偏向加強語言能力，應用英語系學生則希望能有更多練習和實習機會。

(5)兩類科系學生對於應該增設輔助口譯課成效的課程也頗為類似，皆認為需要增加各專業領域知識的課程、英語言能力課程、口譯練習課程等，而且都認為口譯理論和口譯史課程並不重要。

(6)對於未來畢業後出路方面，在企業內擔任譯者工作（包括口筆譯）為兩類科系學生心目中最理想的工作。

二、研究結論與先前研究之比較

先前研究中胡家榮、廖柏森（2009）調查國內口譯教師的教學現況與本研究以學生對於學習口譯的感受可以作一對照，相互闡明其研究結果，為國內口譯教學提供教師與學生雙方的觀點，呈現較為全幅的面貌。另外，Li（2002）的研究則是調查香港大學生修習口譯課的觀感，也可以與本研究台灣大學生學習口譯的看法作一比較，了解台港學生對於口譯課感受的異同。

（一）修口譯課的原因和對口譯課程的期待

　　問卷中第一和第二類別問題分別為修口譯課的原因以及對口譯課程的期待。多數同學認為修口譯課能夠提高自身的語言競爭力，並期待學習到口譯技巧。本研究與 Li（2002）的研究結果相當類似，該研究探討香港翻譯系學生選擇就讀翻譯系的原因，對象總共 70 人，其中對於中英文語言有興趣者達 55.7%，想加強中英文語言能力者有 25.7%，但真正想要成為口筆譯人員者僅佔 17.2%。香港和台灣的大學生選擇就讀翻譯系或者是選擇修習口譯課程的原因，多數並非想要成為專職口譯員，主要在於想要提升語言能力，並且希望透過習得口譯能力來提高其競爭力。

　　本研究也與胡家榮、廖柏森（2009）以調查口譯教師的研究比較，發現學生的學習目標與教師的教學目標頗為一致。該研究顯示口譯教師在教授口譯時主要以激發學生學習口譯興趣、教授基礎口譯技巧、培養學生溝通能力等為目標，這與學生選口譯課的原因和期待相符合，也顯示教師和學生雙方對於目前口譯教學的目標和期待有相當的共識。

（二）口譯學習上的困難和問題

　　問卷中第三大類的問題是關於學生在學習上遇到的困難，兩類科系學生的回答非常類似，都與語言能力和背景知識不足有關。在 Li（2002）的研究中也發現 51.4% 的受訪學生認為若能夠在開始學習翻譯之前，於第一年的課程先提供密集的語言訓練，在加強雙語能力後再學習翻譯會更有效率，只有 5.7% 的學生認為應直接進入翻譯訓練。

　　與胡家榮、廖柏森（2009）對於口譯教師的研究比較，教師認為教學困難中也是以學生語言程度和專業背景知識不足的問題最為嚴重；但是該研究並未觸及學生學習口譯的困難，而本研究在訪談過程中發現學生強烈表達練習時間和實習機會都不夠多。在練習口譯的過程中，除學生本身需要投入大量的時間和努力之外，老師是否能夠有效指導學生並提示努力的方向也扮演非常重要的角色。另外，胡家榮和廖柏森（2009）在研究中也有詢問教師對於口譯課人數和教學時數的看法，但多數教師都表示沒有太大問題，不像學生有較為負面感受。

（三）口譯課程需要加強的方向

　　問卷中第四大類的問題是有關口譯課程需要加強的方向，翻譯系和應用英語系學生出現不同需求。翻譯系學生認為最需要加強的是語言，因翻譯系課程中語言訓練的課並不多，學生可能對於自身語言能力的信心不足，成為口譯學習上的障礙。應用英語系學生則認為需要增加實際練習口譯機會，應用英語系課程內容包括許多英語技能和應用方面的課程，因此應用英語系學生可能在英語言能力上較佔優勢，但是因口譯課程所佔整體課程比例的時數不多，實際練習和實作機會也不夠。

　　根據 Li（2002）的研究，香港學生也希望能夠加強課程設計，以提供更多實務課程和語言訓練課程，57.2%的受訪者認為透過實務和語言課程方面的加強，最能改善整體翻譯課程的成效。胡家榮和廖柏森（2009）在其研究中也曾詢問教師在教學上的需求，其中有教師指出需要與業界聯繫合作，就與學生認為需要增加實習機會相符，可見教師與學生對於需要加強的口譯課程有部份共識。

（四）應有的周邊課程

　　問卷中第五大類問題有關口譯教學應有的周邊課程，兩類科系並未出現明顯差異，但只有對口譯理論和口譯史這兩門課程的需求相對較低。兩類科系學生皆認為口譯理論和口譯史課程過於空洞抽象，對於加強口譯技巧本身的功效不大。

　　Li（2002）的研究顯示香港翻譯系學生認為語言學習非常重要，不過一般性語言訓練對於翻譯專業並無太大助益，希望系上能夠提供專門為他們設計的語言加強課程，例如針對各種特別領域的專門術語以及語用之課程，使學生能夠更熟悉特殊領域的術語使用。學生還建議應該將中英文語言課程定為必修而非選修課程，可免除學生因偷懶心裡而不願上語言加強課程的問題。另外，Li（2002）的研究也顯示學生偏愛實務性課程，在翻譯系所有課程當中，學生認為最有幫助的課程前三名為口譯課程、專門領域課程和技巧課程；而最沒有幫助的課程前三名則分別為翻譯史、翻譯原則和文化與翻譯。因此 Li（2002）和本研究又得到相同結論，不論台灣或是香港的學生，都偏好實務練習和實際作業，也認為唯有實作才能夠提昇學習效果。

　　此結果也與胡家榮和廖柏森（2009）的研究吻合，以教師角度來看也認為口譯理論是教學目標中最不重要的一環，其文中提及：

　　「至於口譯教師為何不注重口譯理論的教授呢？除了口譯是實務的技能外，從訪談的資料中，3 位具口譯專業訓練背景的教師都表示，他們在研究所進修時就很少接觸口譯理論，大部份時間都是在做口譯練習。而現在當他們擔任教師時，也是沿用過

去接受口譯教育的方式來教導學生，因此口譯理論的角色就長期被忽略了。」（頁164）

　　以上研究顯示，教師和學生似乎都認為口譯理論在教導和學習口譯過程當中無需扮演重要的角色，而且對於口譯技巧的習得也無關鍵性的影響。

（五）未來希望出路

　　問卷中第六大類的問題有關學生對未來出路的期望，兩類科系學生主要都希望未來能夠到企業擔任譯者。

　　再回顧 Li（2002）研究中香港翻譯系學生希望的工作，受訪學生中有27.1%希望能夠進入政府機關、24.3%希望能夠進入私人企業，而有21.5%的學生希望能夠當口筆譯人員，其餘的27.1%則希望擔任中學老師或其它工作。透過這些數據可知香港多數學生並非以擔任專職譯員為主要考量，主要還是希望能夠從事其它專職工作，此情況與台灣翻譯系多數學生的想法頗為接近。

三、改進口譯教學的建議

　　本研究調查大學生對於口譯課程的看法後，以下幾項建議提供國內口譯教學作為參考：

（一）教學目標與定位

　　目前大學翻譯系和應用英語系所提出的教學目標和規劃課程內容雖然不盡相同，但本研究發現兩類科系學生對於現行口譯課程的看法大體上相當一致，沒有太大區隔。未來兩類科系在開設口譯課時可提供更明確多元的教學目標，培養不同層次口譯的

技能。事實上職場對於口譯的需求相當多元，並不是每種口譯工作的技術門檻都很高，例如社區口譯（community interpreting）和對話口譯（liaison interpreting），其口譯情境通常為訪談（interview）和會議（meeting），常用口譯形式為逐步口譯（Hale, 2007；Gentile, Ozolins & Vasilakakos, 2001），因此翻譯系也許可以更明確地以企業內譯者為目標進行初級口譯人才訓練，而應用英語系也可配合系上其它語言應用或專業語言課程朝導覽或社區型譯者等多元方向培訓，以符合各系所提供的教學目標並有效利用其教學資源。

（二）教學加強方向

　　本研究結果指出學生修習口譯課最主要原因是想增進外語能力，在未來出路上以擔任企業內的譯者為最理想選擇。兩類科系都必須加強口譯教學的內容，例如翻譯系的課程應該包涵更多專業語言訓練課程，以補足學生語言能力的不足，讓他們在學習口譯時，不會因為語言程度影響口譯學習成效。應用英語系的口譯課程應該納入更多練習和實習的機會，或者讓學生接觸實際口譯的會議場合，讓學生更能貼近口譯工作的現場。另外，減少班級修課人數可給予學生更多課堂上練習的機會，讓學生都能接受老師個別的建議和指導。但小班制也常因學生信心低落，造成上課時怯於表現，害怕被老師叫到台上演示，因此建議教師設法緩和上課緊張氣氛和盡量以鼓勵來取代指正，例如糾正學生口譯錯誤時應對事不對人，並教導學生將錯誤視為學習的良機，也以其他同學的錯誤作為借鏡；而當同學的口譯表現有進步時，教師也不要吝於讚美。畢竟大學口譯課並不是在培訓專業譯員，教師可

以多用鼓勵和期許來增進學生學習口譯的興趣，而不是只以口譯的專業要求來造成學生學習的焦慮。

（三）開放口譯設備之使用

有同學反應雖然學校設備完善，但在課餘時間口譯教室並未開放讓同學練習使用，學生缺乏練習場地，只好各自回家練習。研究者建議系上可開放口譯教室或設置練習空間供學生練習，不但可提升口譯學習之成效，亦可補足上課時數和練習不足之缺憾。惟校方恐對開放配備高價位器材之口譯教室有所顧慮，則可以採登記使用方式，讓使用者負起使用時間內器材保管之責任，相信學生也會因此更加小心操作並愛惜器材。

（四）增加實習機會

不論是翻譯系或者是應用英語系學生都表明「若有實習機會，口譯技巧一定會加強」的想法。因此教師可以舉辦模擬會議（mock conference），讓同學參與安排整個會議過程和執行口譯工作，增加臨場口譯經驗的成就感和提升對口譯的興趣（林宜瑾、胡家榮、廖柏森，2005）。或者學校舉辦學術研討會時，能讓學生進入多餘的口譯廂，以不開麥克風的方式（Dumb Booth）進行練習，如此也能體會並模擬實際會場狀況的臨場感。老師也可以帶領同學到實際的會議場合，觀看專業口譯員的臨場表現，讓同學能夠體會口譯工作的實際狀況，提升學生對於口譯專業的認同感。

四、研究限制和對未來研究的建議

　　本研究也有其限制和不足的地方，如研究對象僅 89 位學生，所得結果僅適用於受訪的學校系所，未來希望可擴大研究對象，將範圍擴展到全台所有修習口譯課的學生實施口譯課程之調查，更能貼切深入了解學生在學習的需求。

　　未來研究亦可針對翻譯學研究所和大學部翻譯系的教學目標、教學方法、教學內容、教學困難等各方面進行比較探討課程銜接的問題。如此更能了解兩種不同程度學生在學習口譯上的不同需求，並藉此更明確定義出不同階段與程度學生學習口譯的目標、定位、內容和方向。

　　最後，本研究之結果期望能有助了解國內大學的口譯教學的現象和問題，以增進口譯教學成效，提升口譯的跨文化溝通效能。

附錄：

大學生對口譯課程意見之問卷

請選擇您修習口譯課程的個人因素，依照您的認同程度填答（由左而右，1 非常不同意，2 不同意，3 普通，4 同意，5 非常同意）

	1	2	3	4	5
1. 單純對口譯有興趣	□	□	□	□	□
2. 想了解口譯為何	□	□	□	□	□
3. 想提升口語能力	□	□	□	□	□
4. 想增加外語溝通能力	□	□	□	□	□
5. 視口譯為學習外語的方式之一	□	□	□	□	□
6. 認為口譯能力會提升競爭力	□	□	□	□	□
7. 希望口譯技巧有助於未來職場需求	□	□	□	□	□
8. 畢業後希望從事口譯工作	□	□	□	□	□
9. 未來想繼續朝口譯方面升學	□	□	□	□	□
10. 未來想成為專業會議口譯人員	□	□	□	□	□

請選擇您對口譯課程的期待，依照您的認同程度填答（由左而右，1 非常不同意，2 不同意，3 普通，4 同意，5 非常同意）

	1	2	3	4	5
11. 訓練專業口譯人才	□	□	□	□	□
12. 使學生了解口譯市場狀況	□	□	□	□	□

13. 介紹口譯為一門專業 ☐ ☐ ☐ ☐ ☐
14. 幫助學生符合市場需求 ☐ ☐ ☐ ☐ ☐
15. 教授學生口譯技巧 ☐ ☐ ☐ ☐ ☐
16. 激發學生對口譯的興趣 ☐ ☐ ☐ ☐ ☐
17. 增強英語理解能力 ☐ ☐ ☐ ☐ ☐
18. 加強英語口語表達能力 ☐ ☐ ☐ ☐ ☐
19. 提升各領域之背景知識 ☐ ☐ ☐ ☐ ☐
20. 培養學生溝通能力 ☐ ☐ ☐ ☐ ☐

　　請選擇您目前學習口譯時所遇到的困難，依照您的認同程度填答（由左而右，1 非常不同意，2 不同意，3 普通，4 同意，5 非常同意）

　　　　　　　　　　　　　　1　2　3　4　5
21. 本身中文能力不足 ☐ ☐ ☐ ☐ ☐
22. 本身英語能力不足 ☐ ☐ ☐ ☐ ☐
23. 本身英語詞彙不夠 ☐ ☐ ☐ ☐ ☐
24. 本身一般背景知識不夠 ☐ ☐ ☐ ☐ ☐
25. 本身專業領域知識不足 ☐ ☐ ☐ ☐ ☐
26. 口譯課程時數不夠 ☐ ☐ ☐ ☐ ☐
27. 練習口譯時數過少 ☐ ☐ ☐ ☐ ☐
28. 班級人數過多 ☐ ☐ ☐ ☐ ☐
29. 缺乏學習方向 ☐ ☐ ☐ ☐ ☐
30. 感覺在學英文，而非口譯 ☐ ☐ ☐ ☐ ☐

　　請選擇您認為未來口譯課需加強的項目，依照您的認同程度填答（由左而右，1 非常不同意，2 不同意，3 普通，4 同意，5 非常同意）

	1	2	3	4	5
31. 減少選課人數	☐	☐	☐	☐	☐
32. 增加課堂上練習機會	☐	☐	☐	☐	☐
33. 增加上課時數	☐	☐	☐	☐	☐
34. 提供更多模擬實境的環境	☐	☐	☐	☐	☐
35. 安排實習的機會	☐	☐	☐	☐	☐
36. 採用口譯教材	☐	☐	☐	☐	☐
37. 增強英語聽力	☐	☐	☐	☐	☐
38. 提高英語會話能力	☐	☐	☐	☐	☐
39. 提高口譯練習的臨場感	☐	☐	☐	☐	☐
40. 訓練口語表達能力	☐	☐	☐	☐	☐

　　請選擇系上應該增加或已經有的課程，而您認為是必須、且能夠加強口譯課成效的周邊課程，請依照您認為的需求度填答（由左而右，1 非常不需要，2 不需要，3 沒意見，4 需要，5 非常需要）

	1	2	3	4	5
41. 口譯理論課程	☐	☐	☐	☐	☐
42. 一般背景知識課程	☐	☐	☐	☐	☐
43. 各專業領域知識課程	☐	☐	☐	☐	☐
44. 中文語言能力課程	☐	☐	☐	☐	☐
45. 英語言能力課程	☐	☐	☐	☐	☐

46. 公眾演說課程 □ □ □ □ □

47. 口譯史課程 □ □ □ □ □

48. 口譯練習課程（課堂上練習，算學分）□ □ □ □ □

　　身為翻譯系／應英系學生，您對未來希望出路為何？請依照認同程度填答案（由左而右，1 非常不同意，2 不同意，3 普通，4 同意，5 非常同意）

	1	2	3	4	5
49. 自由譯者（包括口筆譯）	□	□	□	□	□
50. 企業內（in house）譯者（包括口筆譯）	□	□	□	□	□
51. 專職口譯人員	□	□	□	□	□
52. 專職筆譯人員	□	□	□	□	□
53. 語言教學	□	□	□	□	□
54. 政府機關任職	□	□	□	□	□
55. 上班族（任何與語言相關職務）	□	□	□	□	□
56. 其他（不受限於與語言或翻譯相關工作）	□	□	□	□	□

從傳聲筒到掌控者
——法庭口譯角色之探討

陳雅齡、廖柏森

摘要

　　法庭口譯屬於社區口譯的一種，較強調溝通私人的重要議題（Hale, 2007），但過去的中文研究文獻較少探討，相當可惜。本文旨在以臺灣法庭的實際情境為例，探討法庭口譯員如何在傳統的傳聲筒角色以外，於法庭形勢及語言翻譯兩方面扮演更積極主動之掌控角色。傳統上，口譯員被視為被動隱形的傳聲筒，在溝通過程中忠實地把資訊從一種語言轉換成另外一種語言（Dysart-Gale, 2005）。不過目前有愈來愈多的研究主張社區口譯員不一定需要遵循傳聲筒模式，而應轉化為互動過程中的協調者（如謝怡玲，2009）。而法庭口譯員也不只是語言服務者，更應身兼控制訊息傳遞者，在法庭形勢（如打斷對話、要求重複、改變語速及音量等）及語言翻譯（選擇精確措詞、注意說話者重複、停頓、猶豫之現象、保持語域對等）兩方面加以掌控（趙軍峰、張錦，2011）。國內目前的法庭口譯研究多圍繞在譯者中立的原則，檢

視口譯員的角色及實際運作（張立珊，2010；張安篋，2008）或法
庭口譯的制度沿革與現況（魯永強，2006）。本論文嘗試重新檢視
「譯者中立」原則，並就法庭口譯之實際現場，擴大趙軍峰和張錦
（2011）對形勢及語言控制的定義，提出相對於傳聲筒角色之「積
極掌控者」的概念。本文首先比較社區口譯與會譯口譯的不同，
包括(1)文本模式與活動模式、(2)單向性與對話性的不同；接著
探討目前國內外討論法庭口譯的文獻。研究方法則由研究者身兼
法庭口譯者，採取實地參與觀察法（participant observation）。研
究者不僅反思個人在從事法庭口譯時的語言掌握和心理認知狀
態，也觀察其他場次口譯員的現場表現。在法庭形勢（如等待位
置、翻譯位置、諭知米蘭達權利、打斷與要求重覆、音量控制及
離開方式等）及語言翻譯（如注意說話者的手勢、重覆與停頓、
保持精確措詞、更正與補充等）上進行記錄與分析。研究結果指
出，法庭口譯員除了扮演傳聲筒角色，被動地接受與傳遞訊息之
外，大多情況下其實是採取主動，具有影響審判結果、法庭機構
及翻譯知識的三層論述權力，在法庭形勢及語言翻譯上行使不同
型態的掌控。這些研究結果期望能對未來的口譯研究及口譯員從
事法庭口譯工作有實質的助益。

關鍵詞：法庭口譯、傳聲筒、社區口譯

壹、導論

　　進入二十一世紀後，口譯學界開始注意會譯口譯之外的口譯多重面貌，Garzone 和 Viezzi（2002）認為 2000 年於義大利舉辦的第一屆口譯研究大會（The First Forli Conference on Interpreting Studies）是口譯研究突破過去獨厚會譯口譯的里程碑，其會後論文集並提到：除了會譯口譯之外，社區口譯、隨行口譯、商務口譯與法庭口譯等活動向來也都存在，但在研究上卻長期被忽略；口譯學者 Pöchhacker 在探討口譯品質時，將會譯口譯與社區口譯視為同等重要，其中也隱含著拒斥會譯口譯員自恃態度的意義（by attracting equal importance to conference and community interpreting, Pöchhacker's paper implicitly rejects the elitist attitude often displayed by the group of professionals）。其實社區口譯也極需研究者的關注，才能拓展並深化口譯活動的全幅面貌，而本文即是從社區口譯觀點出發，特別針對其中的法庭口譯來探討口譯員的角色。

　　依照 Mikkelson（2008）的定義，社區口譯是社區居民在日常生活中所進行的口譯事務，而 Pöchhacker（2004）則定義社區口譯為主流社會為次文化社群所從事的口譯服務。綜合這兩個定義，社區口譯可說是主流社會為次文化社群在面臨生活上的問題所進行的語言服務。其中法庭口譯就是社區口譯中重要的一環，在法庭上提供法律訴訟時所需的語言溝通服務。

　　歷史上首次正式僱用大量法庭口譯員，應屬二次大戰後同盟國對德國 21 名納粹戰犯所進行的紐倫堡大審，當時涉及 5 種不

同語言，必須採用同步口譯的設備。另外，保障口譯服務的法源則可追溯至聯合國於 1948 年所宣布的世界人權宣言，明載法律之前人人平等；聯合國於 1966 年再通過公民與政治權力國際公約，指出任何刑事判決，若有人不明白法庭所使用之語言時，有權免費取得口譯的協助。美國是在 1978 年通過聯邦法院口譯法案，確保非英語為母語訴訟參與者的權利。歐洲國家也召開人權會議，制定人權公約，規定當事人若聽不懂法官、檢察官或律師或其他人的語言，有權要求以他能懂的語言來瞭解起訴的本質與源由（Townsley, 2007）。這些法案均顯示出提供正確與有效的口譯是社會獲得公平審判所不可或缺的要件，法庭口譯也逐漸成為一項專業活動。在我國，法院組織法第九十八條亦規定：「訴訟當事人、證人、鑑定人及其他有關係之人，如有不通國語者，由通譯傳譯之。」透過口譯，當事人才可清楚理解整體訴訟程序和相關法律規定，可知譯者的角色定位與即時翻譯能力，乃至於利益衝突迴避等問題，在在影響當事人能否獲得公平之審判。

　　近年來國內的法庭口譯研究，大抵集中在譯者中立的原則，檢視法庭口譯員的角色及實際運作（張立珊，2010；張安箴，2008），或臺灣法庭口譯的制度沿革與現況（魯永強，2006）。本文則旨在重新檢視所謂「譯者中立」原則，並就法庭口譯現場之實際觀察，擴大趙軍峰和張錦（2011）對法庭形勢及語言翻譯控制的定義，提出有別於傳統口譯員傳聲筒角色之「積極掌控者」的概念。

　　本文首先比較社區口譯與會譯口譯的差異，包括(1)文本模式與活動模式、(2)單向性與對話性的不同。接著探討目前國內外討論法庭口譯的相關文獻，包括傳聲筒、譯者中立及權力機構守門

人三方面。研究方法乃是由研究者身兼法庭口譯者，採取實地參與觀察法（participant observation），不僅反思研究者個人在從事口譯時的語言掌握和心理認知狀態，也觀察其他場次口譯員的現場表現。在法庭形勢（如等待位置、翻譯位置、具結、諭知米蘭達權利、打斷與要求重覆、音量控制及離開順序等）及語言翻譯（如注意說話者手勢、重覆與停頓、保持精確措詞、提出更正與補充等）上進行記錄與分析。期望這些研究結果能有助於法庭口譯實務工作並提供新進法庭口譯員的訓練。

貳、文獻探討

一、社區口譯的特點

Wadensjö（1998）認為社區口譯與會譯口譯的差別主要在於：(1)文本模式與活動模式(2)單向性與對話性的不同。以下歸納Wadensjö 所主張的這些差異，同時試從德國 Nord 的翻譯目的論、後結構主義 Foucault 的權力主張與 Spivak 的文化論來做整體的探究。

（一）從口譯「文本」模式到口譯「活動」模式

自古以來口譯與文本的淵源頗深，唐代玄奘大師曾口述，由其弟子僧辯機筆撰《大唐西域記》，這部作品堪稱中國歷史上的經典遊記。清末民初的林紓不懂外文，卻經由旁人口譯協助而撰寫出英、法、俄、德等語文的一百六十多部世界名著。而德國學者 Nord 也曾探討口譯活動之目的性，其《翻譯乃是目的性的活動》（*Translation as a Purposeful Activity*）（1997）一書中，引述

Pöchhacker 對口譯「活動模式」的主張：譯者可將講者的各個小文本，如說話內容、手勢、投影片、圖畫等包括在整體的活動下來討論。Wadensjö（1998）則進一步區分文本及活動模式的差異如下：

(1) 口譯「文本」模式（Talk as text – text production and text processing）：

- Language use is explored as speakers' productions of different types of text(s).

- The functions of verbal actions are understood as being tied to meanings inherent in the respective languages in which the texts are produced (vocabulary, syntax, prosodic patterns, etc.).

- Utterances are viewed as units of meaning that consist of smaller units of meaning such as words and morphemes; each of them is equally meaningful.

(2) 口譯「活動」模式（Talk as activity – interaction and situated sense making）：

- Language use is explored as an inter-activity occurring simultaneously with other kinds of human activity.

- The functions of verbal actions are understood as being tied to the actors' understanding of these actions in the situation at hand. The actors' view, in turn depends on their expectations and communicative projects.

- Utterances are viewed as activities that are part of situated interactions, and make sense to those involved, depending on the type of situation at hand, on the number of people present, and their mutual alliances and mutual involvement.

　　上文指出：口譯文本模式來自於各文本的產出，口語功能與文本的字彙、句型與文體形式等密切相關。口語的最小單位是字素，每個字素在意義上同等重要。而口譯活動模式是一種溝通行為，同時會有其它行為產生，活動者對此溝通行為常抱持特定期望與溝通計畫。口語行為是溝通行為的一部分，影響因素還有當時的狀況、在場人士及相互的關係等。

（二）從單向性到對話性

　　進入二十世紀後，國際間頻繁交流，會譯口譯員的需求量大增。會議口譯員主要從事同步口譯，在口譯間工作並配戴耳機，大部分由演講人對聽眾作單向溝通，講者與聽眾的同質性相對較高，講題範圍明確，語域變化較小。這種口譯型式和觀念受傳遞（transfer）模式的影響很深，主要是種單向傳輸的過程（unidirectional process of transfer）。而社區口譯如醫療口譯與法庭口譯則是以逐步口譯進行，通常是在公開場合以對話性的溝通解決某些人的問題，講者與聽眾通常同質性較低，語域變化較大（陳子瑋，2011）。這種口譯形式需要聽者注意個人說話時的背後語意與表達用意（semantic and expressive intention）。Wadensjö（1998）認為Bakhtin（1981）的對話理論（dialogism）可以描述這種對話現象，其論述如下：

The word 〔…〕 becomes one's own only when the speaker populates it with his own intensions, his own accent, when he appropriates the word, adapting it to his own semantic and expressive intention. Prior to this moment of appropriation, the word does not exist in a neutral and impersonal language (it is not, after all, out of the dictionary that the speaker gets his words!), but rather it exists in other people's mouths, in other people's contexts, serving other people's intentions: it is from there that one must take the word, and make it one's own. (Bakhtin, 1981:293-294)

　　Bakhtin 並主張，對話時每個人的字義有三種層面，第一層是表面字義，沒有情感與價值觀附加在上面；第二層是說話者所賦予的價值觀與情感；第三層面是說話者針對該特定情境所賦予的特定意涵。其「對話理論」中更有「眾聲喧嘩」（raznorechie; heteroglossia）一詞來反映現代社會語言的多元化現象。這種現象存在於社會中人與人交流、價值交換和傳播的過程，凝聚於個別言談的音調和語氣之內。將此對話理論應用在法庭上的適切性在於：法庭上也不是只有一個人在講話，而且法官、檢察官、律師及各當事人的背景不一，口譯員特別需要注意這種法庭上多人對話中個別音調、語氣的流動性與轉換。而口譯員協助傳達講話者的用意時，語言與非語言元素都很重要，更不用說口譯結果將影響該案件的法律判決。後殖民文化學者 Spivak（1993）所說翻譯（筆譯）是最親密（intimate）的閱讀，而法庭上的對話攸關當事人的權益，口譯員與法庭人士的對話也可說是最親密的溝通（interaction）。

　　從上述社區口譯的特點來檢視法庭訴訟活動的對話性，根據研究者的親身經驗，法庭口譯員可能同時為外籍辯護人、外籍證人、或外籍告訴人服務，其所在位置有三種可能性，但通常安排在最主要說話者的旁邊，如以下圖示：

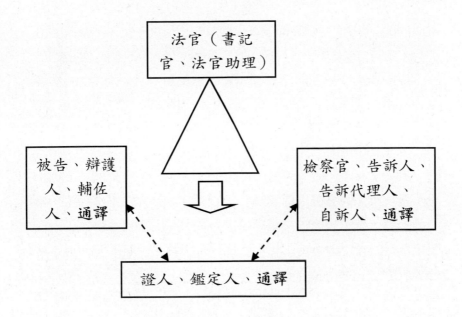

圖 1　法庭訴訟活動通譯位置的可能性，參考張安箴（2008）

二、法庭口譯角色的現有研究

（一）傳聲筒

　　傳統對於法庭口譯員的角色認知類似一種逐字翻譯的機器（translation machine），譯者必需客觀忠實地轉移來源語的內容訊息，保持說話者原有的語言程度、表現細節，不得添加任何自我的主張。Dysart-Gale（2005）不講「翻譯機器」，而提出「傳聲筒」／「導管」（conduit）來描述譯者在口譯過程中的透明隱身性。說及傳聲筒，一般人可能還會聯想到電話、回聲筒（echo

369

machine）、代言人（mouthpiece）或機器人的角色，「翻譯機器」與「傳聲筒」的形象是重疊的。但口譯過程會涉及兩種不同文化，文化差異會造成語言的不對等，而這種不對等性就會導致翻譯時某種程度的不可譯性。加上口譯員也有個人的認知方式和意見情感，是否只能作為純粹的傳聲筒，不無疑義。

其實口譯員除了傳聲筒外，還有扮演其它重要角色的可能性。例如 Lee（2009）針對法官、律師、檢察官及口譯員施放問卷，發現雖然大多數人都認為口譯員是翻譯機器，但接著依次還有溝通者、語言專家、文化專家、及證人的辯護者等角色。而從醫療口譯來看，Hsieh（2008）指出美國跨文化醫療研究小組對口譯員的角色認定依序為：傳聲筒、訊息澄清者、文化中介及推動者，而且 Hsieh（2008）研究發現，口譯員除了遵循傳聲筒模式之外，更多情況是扮演互動過程中的協調者（coordinator），為病人爭取權益（advocate and acting on behalf of patients），掌管醫療資訊（manager of medical resources），也同時為一名專業人員（professional）。

（二）譯者中立

國內目前的法庭口譯研究大體還圍繞譯者中立的原則，探討法庭口譯員的實務運作。如張安箴（2008）主張口譯員應發揮如專家證人般的中立功能，忠實傳達譯意以供法官與當事人決斷事實與參與法庭程序，並以此為基礎來檢視國內法庭通譯制度設置之背景、發展與現狀，並提出新制之建議。而張立珊（2010）則是針對目前法庭實務困境提出改善司法通譯制度之道，並透過社會心理學來延伸對通譯代言角色的詮釋，探討其社會整合的機能。

　　雖然法庭每次審訊前都會要求口譯員具結，以白紙黑字保障口譯的倫理及立場的中立。但實際上，法庭上除了本國人之間不同背景與價值的眾聲喧嘩，法庭口譯員居於外籍人士與法庭人士之間更是從事跨文化的溝通，要達到完全的中立實為難事。任文（2010）曾引述 Spivak 主張文化中介不等同於文化中立，中立或自由的對話是一種虛幻的錯覺，翻譯時追求譯文邏輯性的結果，往往忽略原文的修辭與靜默，會對原文造成一種暴力。如同不同文化作家的作品經過翻譯，譯者無法完全掌握原文化寫作者的修辭觀，易形成「翻譯的政治」，而沒有真正的翻譯，Spivak 的論述如下：

　　…rhetoric may be disrupting logic in the matter of the production of an agent, and indicating the founding violence of the silence at work within rhetoric. Logic allows us to jump from word to word by means of clearly indicated connections. Rhetoric must work in the silence between and around words in order to see what works and how much. The jagged relationship between rhetoric and logic, condition and effect of knowing, is a relationship by which a world is made for the agent, so that the agent can act in an ethical way, a political way…Unless one can at least construct a model of this for the other language, there is no real translation. (Spivak, 1993: 181)

　　上述 Spivak 所謂的「翻譯暴力」與「翻譯的政治性」也有可能發生在法庭的情境，形成口譯的暴力與口譯的政治。任文（2010）主張社區口譯員容易持有「非中立立場」的主體意識，不過筆者認為絕對的「譯者中立」或許是個神話，但法庭口譯員

若依循法庭口譯倫理，在法庭形勢及語言翻譯上扮演適當的「掌控」角色，作為文化中介的法庭口譯員還是能保持某種程度的文化中立。

（三）權力機構的守門人

　　兩次世界大戰後全球發生大規模移民，移民與當地人民之間溝通的口譯需求愈來愈多，進而促進社區口譯的發展。口譯員可掌握溝通事件的發展，除翻譯雙方的對話之外，還扮演多重角色，包括文化溝通、資訊補充整合等（Rosenberg, Seller & Leanza, 2008）。趙軍峰和張錦（2011）也主張法庭口譯員為法庭機構的守門人（gate keeper），不只是語言服務者，更身兼控制傳遞訊息者，在法庭形勢上會呈現以下行為：(1)打斷：當講者說話時間愈長，口譯員的記憶負擔愈大，產出訊息容易流失時，可打斷講者的說話；(2)要求重複：為了確認某些專有名詞、數據或其他訊息的正確性時，可要求對方重新陳述；(3)要求語速和音量：為完整理解講者訊息，可要求對方轉換語速或提高音量；(4)省略：譯者在口譯過程中會省略一些非正式或非必要的對話；(5)添加：對一些聽者不熟悉的文化概念、專有術語如地名等，譯者可添加額外的解釋說明。而在語言翻譯上，譯者會採取以下行為：(1)精確措詞和適時使用法律術語；(2)保持講者的重複、停頓、猶豫、含糊、語調等特色，以便法官更能準確掌握講者的深刻內在意涵；(3)保持講者使用的語域，包括莊重體，正式體，商議體，隨便體及親密體等不同語域，可呈現程度不同的話語權力。

　　而口譯員的工作地點也從會議角落的口譯間走到法庭對話者的中心，法庭口譯員的身分不但從隱身轉為顯性，更身兼國家

機構守門人，掌握了某些權力（power）。美國社會學家 Anderson 就認為口譯員掌握雙語資源，控制溝通的手段，因而是一個具有權力的角色（任文，2010）。而 Berk-Seligson（1990）研究法庭口譯員與法庭其他參與者的互動，也認為法庭口譯員的工作是一種權力濾器（powerful filter）。這種對權力的詮釋來自於法國思想家 Foucault（1972）的「權力與論述」理論（theory of power and discourse），他主張「權力」是廣義的一種控制力與支配力，也是一種多元動態的關係，包括有形的權力如國家政府機構、法律條文，無形的權力如意識形態、文化傳統等。而「論述」則不只是指語言學與文學的話語概念，而是任何「權力」表現的形式。而且論述的形成都必有一套相關的知識體系，所以一般人研習的文學、政治等學科都可稱為一種論述，論述內容與其中的知識體系就構成了權力。舉例來說，醫院體系包括醫生和護士之專業知識與病人之看病程序便是一種權力論述，現代法庭程序涉及法官、律師專業知識及問審答辯程序，也是一個權力論述機構。

　　任文（2010）根據 Foucault 的權力觀提出口譯員的賦權意識，他認為譯者掌握兩種語言與文化的資源，因而也掌控口譯時溝通的話語權。例如在法庭口譯時，除了溝通內容的訊息之外，譯者還需了解說話者的社會文化背景、意圖、表達方式等，另外也要考量聽話者的社會文化背景、接受能力、可能產生的反應等。在如此複雜流動的溝通過程中，譯者免不了要採取協商、制衡和調停等策略，使溝通活動能夠順利進行，不能只擔任被動隱形的傳聲筒。因此口譯者是擁有權力的角色，而且是種積極而具建設性的權力，而不是用來壓抑或否定其他人的權力。

　　筆者再對任文（2010）的主張進一步分析。首先，法庭程序規定，當法庭內有任何外籍人士涉入，必須有口譯員在場，才能讓審查程序有效，這是法庭口譯員所掌握的第一種權力：法庭機構權力。而執行翻譯工作時，口譯準確性會影響法官的刑度運用與法律審判結果，這是第二種權力。再者，法庭口譯員除了身為法庭論述的專業人員，亦為法庭上唯一具有翻譯論述專業知識的人員，Foucault 所謂「知識即是權力」或「權力即是知識」（pouvoir-savoir），這是法庭口譯員的權力性之三。根據以上主張，法庭口譯員具有國家機構守門人的角色，顯然不同於其他情境如會議的口譯員。

參、研究方法

　　本研究主要採用質性的參與觀察（participant observation）法，研究者身兼法庭口譯員全程參與法庭口譯，不僅可反思個人親身從事口譯時的語言掌握和心理認知狀態，也能觀察其他場次不同口譯員的現場表現。自 2011 年 10 月至 2012 年 3 月間，研究者曾前往台灣高等法院刑事及民事庭、台北地方法院刑事庭及民事庭、士林地方法院等。其中有兩次機會觀察到其他法庭口譯員（一位女性中英口譯員和一位女性中法口譯員）。研究者就法庭形勢及語言翻譯的狀況加以記錄，並撰寫實地札記（field notes）與個人反思所得的備忘錄（memorandum），以供事後分析。在本文附錄附有基於保密原則所製作某些場次的實地札記。

肆、結果與討論

筆者身兼法庭口譯員數度到高院及地方法院觀察，由於法院不願公開何日有口譯員的場次，因此執行研究期間只有實際觀察到兩名口譯員的表現。以下就台灣法庭口譯之實際現場，從口譯員等待出庭到退庭，記錄觀察所得並作自我反思，資料的分析大抵是根據趙軍峰和張錦（2011）所討論的面向，並補充筆者個人在旁聽席對兩位口譯員的觀察與自我省思，以下是分析結果。

一、法庭形勢的掌控

（一）到場與等待

我國法律規定任何外籍人士涉案需要有口譯員在場，法庭審查程序方才有效。法庭口譯員的到場彰顯了法庭口譯員被賦予的機構權力，等待位置則暗示著法庭口譯員依照執業倫理所應遵守的中立角色。

筆者觀察的這位中英口譯員到場後在走廊等待，與其他人無任何交談。另一位中法口譯員到達的時間有些晚，法官叫庭務員去外面打電話聯絡她是否記得來，並指示必須等她到達後才能開庭。筆者個人則盡可能提前半小時到達法庭，而且為了不與當事人或外籍人士有任何場外的交談，通常直接進入法庭旁聽席等候（另參見附錄之省思札記一）。

（二）口譯員的座位

進法庭後法官會指示法庭口譯員該坐的位置，位置的選擇通常是在幫助口譯員掌控外籍當事人或證人的任何發言或反應，以

方便進行口譯。前文提及，Spivak （1993）認為翻譯是最親密（intimate）的閱讀，而法庭上的對話悠關當事人的利害，法庭口譯員與外籍人士的對話也無異是最親密的溝通，而口譯員的所在位置就凸顯並掌握這種親密的關係。

筆者觀察兩位口譯員的位置，經法官指示皆坐在外籍當事人的旁邊。筆者個人有一次經法官指示，單獨坐在法官的正對面，外籍被告與其委任律師反倒坐在法官的左側。筆者因與外籍當事人的距離較遠，怕聽不清楚，馬上要求外籍被告移動位置到口譯員旁邊。

以下為法庭中對話的實例：

口譯員：距離太遠，可否請當事人移動到我這兒？

法官：（看著外籍被告），他想跟他律師坐一起！

Defendant: You may move up here with me.

該名外籍被告似乎聽得懂中文，馬上同意口譯員來跟他坐在一起。

（三）宣誓與具結

就座後，筆者觀察到法官會先問口譯員認不認識兩方，接著請口譯員大聲朗讀「通譯結文」以表示對其所口譯內容的忠實。Leanza（2005）研究社區口譯員的權力，認為說話（speech）是論述權力（discoursive power）非常重要的一部分，「說話」會改變世界觀感，能畫清是非，畫清自我與他人的界線。據此，法庭口譯員大聲朗讀通譯結文，便是告知法庭人士和口譯員各項權力關係的開始。

（四）諭知「米蘭達權利」（Miranda Rights）

法庭上「米蘭達權利」的諭知乃為正式審判程序的第一步，法官通常會對辯護人作陳述，此時口譯員需完整譯出，不能有任何遺漏。研究者觀察法官通常會仔細凝聽並觀察辯護人被諭知的神情，還會問口譯員該辯護人是否已充分瞭解他（她）的這些權力。可見法庭上以當事人聽得懂語言諭知「米蘭達權利」的重要性。以下為法庭對話：

法官：你有保持沉默的權利。你說或做什麼都可以在法庭上造成不利你的證據。你有權請律師為你說話。如果你請不起律師，法庭將任命一位給您。最後，你有權利要求法院調查你認為有必要的證據。你了解這些權利嗎？

Interpreter：You have the right to remain silent. Anything you say or do can and will be held against you in a court of law. You have the right to speak to an attorney. If you cannot afford an attorney, one will be appointed for you. Lastly, you have the right to ask the court to investigate anything you consider necessary. Do you understand these rights as they have been read to you?

Defendant:（nodding）I understand these rights.

口譯員：法官，他說他瞭解這些權利。

（五）打斷與要求重覆

由於法庭上通常有許多具有不同文化社會背景的人士在對話，若是外籍人士的英文帶有某種腔調而不易理解，常見口譯員會主動中斷對話，向說話者確認語義或重求重述。

以下為法庭中對話的實例：

Defendant: I thought it was an only parcel sent by my friends in Malaysia. I didn't know there is drug hidden….

Interpreter: You said it was a what?

Defendant: a parcel, a package.

Interpreter: P-A-R-C-E-L, you mean?

Defendant: That's right.

有時法官會講出某些法庭術語，如證據能力、主交互詰問、反交互詰問、拒絕答辯等法律專用名詞，口譯員若是初次接觸，可能需要打斷對話流程，請法官、律師或當事人先做簡單解釋，再繼續進行口譯工作。

（六）音量控制

法庭口譯員的職責在於協助法庭權力能夠順利行使，口譯員在法庭上說話的音量可能是最大，也可能是小聲交耳，必須適時掌控自己的音量。大部分情況下法官會要口譯員保持大聲，讓坐在法庭前面的書記能夠確切作紀錄並錄音。其他人在對話時，法官也會要求口譯員對外籍人士作耳語口譯（whispering），以使其瞭解法庭進行的狀況。

例如某次開庭不久，筆者注意到這位中法口譯員聲音稍小，法官提醒她提高音量。證人進場時，口譯員又轉而將音量降低，小聲在外籍當事人的耳邊口譯。

（七）口譯員離開方式

法庭口譯員離開的方式再度暗示法庭口譯員應遵循的中立原則。筆者觀察到法官宣布審訊完畢，便會先要求口譯員離開，

當事人馬上致謝，未見雙方後來在走廊有任何互動。筆者則通常故意搭乘不同電梯，領完酬勞後，盡可能避開當事人才離去。

二、語言翻譯的掌控

（一）說話者肢體動作

前文述及眾聲喧嘩的現象凝聚於個別言談的音調、語氣之內。法庭各種關係人因社會背景階級的不同，其用字與肢體動作的背後有其特別的用意（intention），口譯員對於各種語言與非語言訊息的傳遞，必需適時作出決定，筆者曾觀察到以下狀況：

說話者站起來作勢要打對方，一邊罵三字經，口譯員一邊模仿該行為一邊翻出了三字經，讓口譯員顯得有些忙碌與滑稽。另有次當事人反覆哭泣，法官問話，她也不回答，旁邊的口譯員輕輕拍打說話者的肩膀，當事人卻愈哭愈不能控制。

法庭上當事人有任何肢體動作，法官通常都會注意，口譯員似乎沒有必要刻意模仿這些動作。又說話者除了言詞或肢體動外的情緒反應，口譯員出於本能性的安撫行為是否遵守中立的要求，亦值得商榷。

（二）反覆與停頓

根據 Bakhtin 的對話理論，社會中人與人的交流、價值的交換和傳播會凝聚於言談的音調與語氣中，說話言詞的反覆或停頓也是一種表徵。法庭上，當事人的語氣反覆與停頓現象尤其容易透露出當事人的心態，影響法官對他的印象與刑罰。口譯員對這類的副語言元素要儘可能地掌握並傳達出來。以下為法庭中對話的實例：

法官問：你撞傷了這名運動選手，在決定賠償金額前你有何話跟他說？

Interpreter: You have knocked down and injured this athlete. What would you like to say to her, her father here before I decide compensation?

Defendant: I like to say to her and her father that I am truly very very sorry for her and the accident.

口譯員：我想跟她和她的父親說，對這場意外我真的感到萬分萬分的抱歉。

筆者注意到，口譯員此處以第一人稱代表被告說話，避免了若以第三人稱轉述時需使用很多的「他」。再者，口譯員也注意到被告反覆使用"very"，口譯員有意以「萬分萬分的」來達成效果的對等。以下為法庭中對話的另一實例：

法官：你回頭看看後面，他們是不是你的小孩？

Interpreter: Now you look behind. Are they your kids?

Defendant: (without turning back, hesitating for several seconds):
They are not my kids. Only DNA test says they are.

口譯員：（停頓幾秒）他們不是我小孩，只是 DNA 檢測結果是我的小孩。

此處口譯員選擇同樣的猶豫語氣傳譯，應是意識到辯護人的任何情緒反應對法官都是重要的線索，而這樣的線索會間接影響到法律刑罰的運用，傳達這類型的副語言元素給法官是非常重要的事。

（三）保持精確措詞

法庭口譯員掌握翻譯與語言的知識，而且「知識即權力」，有些專業術語如貿易保險領域等名詞，口譯員不見得都很熟悉，為求審慎，口譯員應當謹慎措詞，掌握後話跟前話的相關性，免得一步錯步步錯。以下為法庭實例：

檢察官：XXX 對於其他會員權益佯稱可以收購、承受、接受原有會員權益，這與推銷不同，應屬詐欺行為。

此處筆者觀察口譯員停頓了數秒，似乎在思考收購、承受、接受三者的可能差異，以求精確措詞。口譯員最後採用 acquire, assume, accept 三個動詞來表達（另參見附錄之省思札記二）。

（四）更正與補充

若口譯員發現任何訊息傳達的錯誤或流失，應主動及時提出更正或補充，才是專業的態度。有次筆者自認已經譯出外籍當事人說話的重點，當事人的台灣未婚妻退至走廊，準備具結時，跟口譯員表達有句話漏翻，而她認為那句話算是重要，筆者馬上帶著外國人準備具結的筆錄進去等候法官再次開庭補充更正，以示負責（另參見附錄之省思札記三）。

伍、結論

以往對法庭口譯員的角色有兩極看法，一是認為法庭口譯員在於確保清晰的理解並修飾答話，甚或幫助弱勢的非母語人士得到有利結果；另一看法是將口譯員視為逐字翻譯的機器（趙軍峰、張錦，2011）。不過幫助語言弱勢者得到有利結果可能超出

口譯執業倫理的範圍；另一方面，由於語言機構及文化差異，逐字翻譯的要求並不實際，也無法達到良好的溝通效果。從本研究中的實例更可看出，法庭口譯員在現場除了扮演傳聲筒角色，例如保持精確措詞、保持說話者反覆停頓等副語言元素及採用第一人稱轉述等之外，其實口譯員在許多情況下的權力使用是會影響法庭程序進行，包括到場時間與等待位置、移動譯員座位、具結和諭知米蘭達權利及音量控制等，還有譯員必須及時作出決定，例如肢體動作需不需要翻譯、當事人哭泣是否要安慰、口譯有瑕疵是否應馬上向法官作出更正等。在這些現象的背後，其實口譯員集三種論述權力於一身：法律的審判結果、法庭機構權力與翻譯知識權力。法庭口譯員身為國家機構的守門人，更是積極的法庭形勢及語言翻譯的掌控者。本文嘗試結合後現代理論和實徵研究資料來探討法庭口譯員的角色，期望能對國內口譯理論發展有所啟迪，並對法庭口譯工作以及新進法庭口譯員訓練有實質的助益。

附錄

自我省思札記一

12-16-2011

這次翻的是公共危險罪。雖然自認已經翻出外籍當事人控訴的重點，他的台灣未婚妻調查結束退至走廊，準備具結時，馬上跟我表達有句話漏翻，而她認為那句話算是重要。換成兩年前的我，一定很緊張。從容的我帶著外國人準備具結的筆錄進去等候法官再次開庭。還好法官說她懂外國人的意思，寫出來祇是 summary。這幾次幫外國人翻譯，外國人都會帶著一位他的朋友 坐在旁聽席，無形中形成我的 check interpreter，不敢掉以輕心。

自我省思札記二

11-15-2011

今天得跑法院偵查庭。在走廊等待許久，知道那一群有外國人的男女應是我等一下要口譯的對象，因為無法作庭外的交談，只得大大豎起耳朵，偷聽他們的談話主題，以便進場後馬上進入狀況。那外國人手上拿著一大疊保險資料。我腦袋的專有名詞庫存開始努力搜尋有關保險理賠的部分。因為平常一向不太關心保險業程序，心裡開始有些緊張。審訊完畢檢察官跟我說 她能聽講英文，但由於國家尊嚴，必須由口譯員當橋樑。回家的路上我

383

不斷想著檢察官對我講的話：由於國家尊嚴，必須由口譯員當橋樑⋯⋯所以我在法庭代表國家尊嚴，我的心變的更嚴肅起來⋯⋯

自我省思札記三

10-18-2011

被告指明由我口譯，我又繼續出現在士林。一樣一身黑，提早半小時到，怕與被告正面接觸，趕快躲進另一場的旁聽席⋯⋯輪到我們上場，我與被告律師坐在被告兩側，我觀察被動的側面，心想被告的先前是怎樣的人生！

第三篇

翻譯學書評

翻譯理論與實務的關係

書評書名：*Can Theory Help Translators? A Dialogue between the Ivory Tower and the Wordface*（理論有助於譯者嗎？象牙塔與字面的對話）

書籍作者：Andrew Chesterman & Emma Wagner（安德魯・契斯特門與艾瑪・華格納）

書籍出版資料：Chesterman, A., & Wagner, E. (2002). *Can Theory Help Translators? A Dialogue between the Ivory Tower and the Wordface*. Manchester, UK: St. Jerome.

總頁數：152 頁

ISBN：1-900650-49-5

售價：£ 19.50（19.5 英鎊）

　　許多譯者心裡或多或少都會質疑：「翻譯理論有什麼用？」很多人不懂理論還是會作翻譯；相對地，懂了理論後就會翻譯了嗎？沒有實際操作經驗的話還差得遠呢。就像只會把游泳的姿勢和原理講得頭頭是道的人，一旦下了水可能很快就滅頂了。劉靖之教授根據他個人的觀察和理解說道：「翻譯理論家擅長於理論，大多數不是出色的譯者。」（2008: 189），他還舉例如傅雷、霍克斯（David Hawkes）、閔福德（John Minford）、朱生豪、

梁實秋等翻譯大師都只鍾情於翻譯,而不太理會理論。加上很多專業譯者從來沒有學過任何翻譯理論,卻仍然可以在市場上生存活躍,所以翻譯理論對翻譯工作者有何價值呢?這個問題一直是翻譯實務工作者與翻譯理論學者之間一道難以跨越的鴻溝,甚至是彼此誤解乃至於相輕的根源。

　　翻譯理論與實務之間有何關係?這個重要議題可以透過一本小書來獲得深刻的理解,那就是 *Can Theory Help Translators? A Dialogue between the Ivory Tower and the Wordface*。這本書是由英國 St. Jerome Publishing Ltd.於 2002 年所出版,距今雖已 9 年,但討論的主題和內容仍具深刻意涵。兩位作者分別是安德魯・契斯特門(Andrew Chesterman)與艾瑪・華格納(Emma Wagner),其中契斯特門是芬蘭赫爾辛基大學(University of Helsinki, Finland)的翻譯理論教授,而華格納則是歐盟執行委員會(European Commission)的譯事行政主管兼譯者。這本書就是兩位作者分別以翻譯理論學者和翻譯實務工作者的立場所展開的對話錄(dialogue)[1]。而且成書的因緣相當有趣,最初是契斯特門出版了一本翻譯理論專書 *Memes of translation: The spread of ideas in translation theory* (1997),而華格納讀了之後就寫了一篇文章批評,認為翻譯理論只是很有意思(interesting stuff),但對於實際翻譯工作沒有什麼用處。之後兩個人開始用 email 通信討論翻譯理論與實務關係之間的各種議題,此機緣也就促成了

---

[1]　以對話型式來陳述理論觀點的文本最有名的當屬柏拉圖的《對話錄》,而以對話型式來闡釋翻譯理論與實踐的中文專書則有葉子南教授所撰寫的《英漢翻譯對話錄》(2003),其特色都是假想老師和學生之間的問答,以淺顯易懂的文字型式來表達抽象的概念,讓一般讀者容易進入學問的堂奧。

本書的出版。

　　全書篇幅並不長，以兩位作者對話的口語形式寫成，讀起來清楚易懂。內容分為七章，分就七個主題提出理論與實務間相對的論述和不同的觀點。第一章題為 *Is translation theory relevant to translators' problem?* 討論翻譯理論和翻譯實務之間的關係，筆者認為是全書最重要的議題。文中華格納首先發難，質問翻譯理論到底能不能幫助譯者？可是契斯特門的回應卻是先質疑「翻譯理論應該幫助譯者」的預設（assumption）是否正確。如同文學理論是幫助我們理解文學的藝術型式，並非只為了創作更好的作品；翻譯理論也是為釐清翻譯現象、增加對翻譯本質的了解，而不是只為了翻譯實務上的應用，對譯者提出規範性的指導。以礦坑採礦為比喻，傳統的看法認為譯者有如礦工在地底下等待高高在上的理論學者指示他們要如何作翻譯。但契斯特門認為現代的翻譯學者反而應該是待在底層（"down here"）研究上層（"up there"）的實務譯者如何翻譯，才能對翻譯活動提出真實的描述、解釋和認識。筆者也認為這樣的觀點可鼓勵大學翻譯教授放下身段，自行從事翻譯或平等地與譯者一起研究翻譯，才能對翻譯有更全面實質的體察，值得鼓勵。

　　其實華格納是希望譯者能和醫師、律師或建築師一樣都有一套完整的知識體系可以遵循，這就有賴翻譯理論學者觀察分析實務工作，並提出指導原則。為此契斯特門提出幾個概念工具（conceptual tools），包括轉換詞性（transposition）、脫去除語言型式（deverbalization）、類像性（iconicity）、相關性（relevance）和改進原文（improving the original）等，而華格納也同意這些概念工具是譯者常用，但不見得有意識察覺到的理論，的確有助於

實務工作。

　　第二章 *Who am I? What am I doing?* 主要是探討譯者的身份認同（identity）和角色等議題，契斯特門從學者的立場徵引從古至今對於譯者和翻譯活動的眾多隱喻（metaphors），包括建築者（builders）、海關（customs）、採礦（mining）、複製（copying）、模仿（imitating）、不忠實的美人（belles infidèles）、食人者（cannibal）、符碼轉換（decoding and recoding）、創造（creating）、溝通（communication）、目的（skopos）、操控（manipulation）、狂歡（carnival）等，指出翻譯在歷史中各種定位的演進過程，反映了不同時期對於翻譯的多樣意識型態。

　　但有些隱喻及其背後的翻譯思維與華格納在歐盟的實務工作格格不入。例如食人主義（cannibalism）主張可以因宗教或政治目的來改變原文，而解構主義者德希達（Derrida）則認為意義是不穩定而且不斷轉移和延異的。華格納回應說這些理論「不太實際（somewhat unrealistic）」（頁25），她覺得身為譯者就是要基於意義的某種客觀性並決定文本的意圖（intention），以接近對等的型式（approximately equivalent form）表現出來，才能從事歐盟各國官方文書的翻譯並達到溝通的效果。但華格納還是能夠接受翻譯的多重角色，對於不同性質和目的的文本採取複製、模仿、符碼轉換、創造、或者少許的操控，而溝通才是最重要的。從此章我們可看到理論與實務之間的相容和抵觸並不是絕對的，而是視情境和需求而具相對的關係。

　　第三章 *I translate, therefore I am not*，標題是仿自法國哲人迪卡兒（Descartes）的名言 I think, there I am（我思故我在），此話本是用來肯定人類思想的真確基礎，但在本章標題改成否定句

之後卻充滿反諷意味，凸顯譯者被認可（recognized）以及能見度（visibility）的問題。華格納從翻譯非文學文本的角度來看，譯者應該是隱形（invisible）和中立（neutral）的，她也贊成將譯文顯化（explicitation），讓讀者易讀易懂，只有譯文出錯時才會感受到譯者的存在。但契斯特門從理論出發，對於譯者的能見度就有不同的觀點，例如韋努蒂（Venuti）主張要抗拒流暢的譯文，譯者才會被看見（visible）；食人（carnival）的翻譯論則認為譯者必須取代已死的作者；這些觀點都力求凸出譯者的地位。契斯特門自己也承認在這些議題上，理論能幫助譯者的程度很有限。但筆者覺得有趣的是，因為這些學者拋開翻譯技術的考量，提出脫離實務需求的抽象理論，反而翻譯才能被學術界看見和肯定，形成一個新興的學門而在大學成立系所乃至於博士班，也直接推升了翻譯工作者的專業地位和社會形象，形成理論與實務之間分合愛憎的弔詭關係。

第四章 *What's It all for?* 主要是討論翻譯的目的和型態。契斯特門再次從理論的角度提出目的論（skopos theory）、關聯論（relevance theory）、布勒（Bühler）的文本分類模式、希傑（Sager）的翻譯階段模式、紐馬克（Newmark）的語義翻譯（semantic translation）和溝通翻譯（communicative translation）、豪斯（House）的顯性翻譯（overt translation）和隱性翻譯（covert translation）、諾德（Nord）的文獻性翻譯（documentary translation）和工具性翻譯（instrumental translation）、高爾德克（Gouadec）的七種翻譯型態等。但華格納直言這些翻譯目的和分類方式充斥繁複的術語，對譯者的工作難有助益。契斯特門也坦承這些概念「在理論上很有意思，但少有實用價值（theoretically interesting, but would be of little practical use）」（頁51），反而稱許華格納所提出的非文學文本的翻譯型態分類。由此可知其實學者心中也自知理論與實務間的先天限隔，並未強迫譯者在工作上必須服膺這些理論。

　　第五章 *How do I get there?* 則是以翻譯策略為焦點，也就是解決翻譯問題的方法和程序。契斯特門先提出搜尋策略（search strategies）、創造性策略（creativity strategies）和文本策略（text strategies）三大類，每類策略之下又包含許多更具體詳盡的翻譯策略或技巧。華格納則以專業譯者的經驗分享了距離策略（distancing strategies），契斯特門認為此種策略接近他所說的搜尋策略和創造性策略，值得進一步以實徵研究加以探討。而筆者覺得在此章兩人的翻譯策略可說是相輔相成，較少理論與實務觀點上的歧異。

　　第六章 *Is it any good?* 討論翻譯品質評量（quality assessment）的問題，從理論上來看，契斯特門認為有四種評量翻譯的基本方式：(1)比較譯文與原文，(2)比較譯文與平行文本，(3)一般典型讀者的反應，(4)翻譯時的決策過程。但從實務上來說，翻譯的好壞主要是取決於顧客滿意度，包括交稿期限、排版和電腦格式等，華格納還介紹業界採用國際標準認證如 ISO-9002 和 DIN 2345 的優缺點。接著兩人話鋒一轉提到翻譯錯誤和規範的議題，契斯特門引用皮姆（Pym）的理論將錯誤分為二元性錯誤（binary error）和非二元性錯誤（non-binary error），並提出四個規範：接受性規範（acceptability norm）、關係規範（relation norm）、溝通規範（communication norm）、責任規範（accountability norm）。華格納卻認為這種錯誤分類太簡單而不實用，對於規範

的分析和內容也是有所保留。兩位作者在此章的歧見顯然較大，對於翻譯中出現的性別、意識型態、權力等議題都有針鋒相對的論述。

第七章 *Help!* 是最後一章，針對輔助翻譯工具來立論，尤其是探討電腦的使用如何改變翻譯的工作型態。而在這章中，契斯特門一反前幾章中以學者姿態闡述理論，而改以較多的提問，由華格納來回答使用電腦輔助翻譯（computer-aided translation）的甘苦談，特別是在歐盟機構中使用機器翻譯系統如 Systran 的情況。契斯特門對於業界的技術問題頻頻請教華格納，也透顯出翻譯理論在此領域較無著力處，必須向操作機器翻譯的專家請益。

綜觀全書，筆者歸納幾點簡單感想如下：

(1)本書將各種翻譯理論放在對話的情境中陳述，每段對話的篇幅不長，用字和句型也不會太複雜，好處是內容緊湊易讀，可視為翻譯理論的入門性綜述。但相對地，許多翻譯理論的系統性和精微層次就難以在簡短的對話中呈現。另外，兩人對談的焦點並不集中，偶有脫離議題或過度引申之處。例如第二章主題是討論譯者的角色，可是對話中卻旁及目的論和翻譯規範等；或如第五章探討翻譯策略，可是到最後卻擴大到放聲思考法（Think-aloud protocols）和法國社會學家布迪爾（Bourdieu）所提出的習性（habitus）概念。雖然這些延伸不至於說是不相干的議題，但由於全書篇幅已短，再旁出許多枝節難免削弱原來設定的論證主軸，這可能也是口語對話文體不如書面文體來得嚴謹的地方。

(2)本書雖稱是理論學者與實務譯者間的對話，但除了最後一章之外，譯者華格納大部份還是扮演提問與質疑的角色，在書中的篇幅相對較少；而學者契斯特門則通常是藉回答華格納的問題

來闡述各種翻譯理論的要義，佔了較多的篇幅。雖然雙方偶爾還是會激盪出一些辯證的火花，但全書讀起來反較像是學者對實務工作者的解惑釋疑。而且筆者認為很可惜的是兩位作者的爭論時常缺乏交集，契斯特門的翻譯理論主要是針對文學翻譯作論述，探討範圍包括文學、宗教等不同文本；而華格納提出的翻譯工作大多是在歐盟執業所需的政治文件或技術文本。兩種翻譯文類的要求標準和使用策略都不一樣，對談容易失焦。例如華格納常對契斯特門提出的理論抱怨道：「又是只能適用在文學翻譯上（and again applicable only to literary translation）」（頁22），兩人難以在同一觀念平台上討論，通常只能各自表述。另外也可看出實務工作者通常只專注關切自己所從事的專業領域，但是理論學者卻常被要求廣泛研究所有翻譯活動和相關現象並提出解決方案，這其實對學者不太公平，也是譯者和學者顯著不同之處。

　　(3)從文中也常見實務譯者相當排斥文學和後現代的翻譯理論，華格納稱這些學者所關切的議題非常「費解（esoteric）」（頁41）。但其實學者契斯特門在書中只提及部份翻譯理論，尚未講述的還有哲學進路的史坦納（Steiner）和本雅明（Benjamin）、文化學派的巴斯奈特（Bassnett）、多元系統的埃文佐哈（Even-Zohar）等人的翻譯理論。如果將全盤的翻譯理論托出，理論與實務的鴻溝勢必加鉅，恐怕華格納也就更難理解這些理論對實務工作的意義和用途了。而在經過與契斯特門的長期對話後，華格納在書中最後的結論中也了解規範性的翻譯理論終究不可得，不能期待學者提出一種放諸四海皆準的翻譯圭臬，讓譯者奉行不渝。而相對地，譯者需要的是實用具體的指引，一種「以實務為導向的理論（practice-oriented theory）」（頁133），反

映出譯者對翻譯理論的需求，也足以讓理論學者多加省思。

(4)最後就翻譯理論與實務的關係而言，契斯特門認為理論並不只是為了指導實務而存在。翻譯理論也有必要描述、解釋、預測和評估翻譯的過程和成品。以色列學者圖里（Toury）（1995）甚至主張翻譯實務是屬於譯者和翻譯教師要探討的事，翻譯理論學者沒有為其理論找出實際用途的義務。譯者對於翻譯理論不宜只有指導「如何翻譯」的期待和要求，因為翻譯理論還要處理「翻譯是什麼」和「為何需要翻譯」等問題，以及翻譯對於目標語的語言、心理、社會、歷史和文化等各層面的影響等，都是非常重要的研究議題。換言之，指導翻譯實踐只是翻譯理論的部份目的，不是全部、也不一定是最重要的目的。

但是不可否認，許多學者精心建構出來的翻譯理論並未受到譯者歡迎，他們若未習得大量術語以進入該套理論系統的脈絡內，就難以理解這些學者的抽象論述。而且術語概念脫離日常語言用法愈遠似乎就顯得理論愈純粹，最後導致只限於少數學者在象牙塔內孤芳自賞，自絕與外在翻譯市場現實對話，理論和實務完全脫鉤。這就難怪會引起職業譯者的不滿或甚至輕視，因為這些論述自始從未把譯者工作上的需求考慮在內。不過並不是所有的翻譯理論都是脫離實務，也有理論是從語言功能或文本分析比較的角度來檢視翻譯活動，理論與實務的關係就十分緊密。例如翻譯功能理論學派所提出的目的論（Vermeer, 1987）、功能加忠誠原則（Nord, 2005）等皆是從實務經驗中反省提煉出來，具有高度指導翻譯實踐的意涵，值得翻譯工作者參考應用。簡言之，不是所有翻譯理論都與實際譯事無涉，部份理論仍是與實務息息相關，雙方可相互印證闡發而互惠。

　　目前國內的學者和譯者也常一廂情願地認為對方應該多了解自己的立場,而較少嘗試去了解對方的問題。只有像本書兩位作者透過對話,彼此之間才可能有同情的理解。讀完本書,正如大陸學者穆雷和李文靜(2007)在評介本書時說道:「實踐者可以透過本書在較短的時間內了解翻譯理論的概貌。研究者也可從中得到種種警示和啟發。」(頁65)。總結而言,這本小書給我們最大的啟示,或許是學術象牙塔內的翻譯學者,未來不妨也將翻譯實務作為立論的基礎或驗證的對象。相對地,實務譯者也應理解理論學者的責任並非只在指導實務工作。翻譯理論旨在深入了解翻譯活動的本質,推進翻譯領域的發展,直接或間接也有助於實務的譯事。本書對於翻譯理論研究者與實務翻譯工作者都值得一讀,相信可增進彼此的了解,消弭誤解輕視,進而相互尊重合作,方為譯界之福。

翻譯研究方法的入門指引

書評書名： *The Map: A Beginner's Guide to Doing Research in Translation Studies*（翻譯研究地圖：初學者指引）

書籍作者： Jenny Williams（珍妮・威廉斯）、Andrew Chesterman（安德魯・契斯特門）

書籍出版資料： Williams, J., & Chesterman, A. (2002). *The map: a beginner's guide to doing research in translation studies.* Manchester, UK: St. Jerome.

總頁數： 149

ISBN： 1-900650-54-1

售價： ￡19.50（19.5 英鎊）

　　翻譯研究（Translation Studies）是晚至廿世紀下半期才蓬勃發展，在全球學界漸次獨立成為一門學科。近年來國內也興起翻譯教學的風潮，許多大學院校紛紛競設翻譯系所、學程和相關課程。但不可諱言，現時的翻譯學科在理論建構和研究方法上仍缺乏自身的學術傳統，這是因為翻譯身為新興學科，不僅是種跨語言和跨文化的活動，其研究又具有跨領域和跨學科的特質，勢必要借鑒其它學科如語言學、心理學、文化研究（cultural studies）、教育學的理論基礎和研究方法，進而造成翻譯研究方法的複雜度

和多元性。

　　國內目前從事翻譯研究的學者仍屬相對少數，發表的論文和著作都相當有限，研究主題亦嫌窄化（胡功澤，2004-2005；廖柏森，2007a）。值得注意的是過去探討翻譯的文章多是個人翻譯經驗的隨感分享，但這類的文章通常缺乏系統性的方法作為論證的依據。Campell（1998）就曾批評過傳統的翻譯研究往往是個人觀點直感式或推測性（speculative）的論述，有其侷限性，而實徵性（empirical）的研究方法卻仍在起步的階段，有待後續的努力和發展。顯示研究方法在翻譯研究中雖然重要，但仍處於初步發展的期間。

　　另一方面，國內長久以來都認為翻譯是實務導向的專業工作，而忽略其研究方法和理論發展。例如國內翻譯研究所課程在碩士班階段多以訓練實務翻譯技能為主，教師較少開設研究方法的課程，坊間有關翻譯研究方法的專書也幾近闕如，導致學生難得涉獵研究方法的專門知識，以致到了撰寫學位論文或進了博士班作研究時往往無所適從而備感辛苦。近年市面上總算出現一本翻譯研究方法的專書 *The Map: A Beginner's Guide to Doing Research in Translation Studies*，對於需要作研究的年輕學子不啻是一大福音，而對於需要教授翻譯研究方法的教師也多了一本教學用書的選擇。

　　此書是於 2002 年由出版優質翻譯學術叢書和期刊而著有全球聲譽的英國 St. Jerome 公司所出版，作者是愛爾蘭都柏林城市大學（Dublin City University）教授 Jenny Williams 和芬蘭赫爾辛基大學（University of Helsinki）教授 Andrew Chesterman。本書緒論（Introduction）首段開宗明義先指出：「由於翻譯領域具跨

學科的特性，其主題和方法常使缺乏經驗的研究者感到困惑，因此全書的主旨即在於提供按部就班從事研究的概論。」（"The Map aims to provide a step-by-step introduction to doing research in an area which, because of its interdisciplinary nature, can present the inexperienced researcher with a bewildering array of topics and methodologies.": p.1）。本書設定的讀者為高階大學生和碩博士班研究生，但筆者相信也能協助國內缺乏研究經驗的翻譯教師和專業譯者步入翻譯研究的堂奧。

　　全書除緒論外共分為十章，首章為「翻譯研究領域（Areas in Translation Research）」，列舉出 12 個不同的研究領域，包括文本分析（text analysis）、翻譯品質評量（translation quality assessment）、文類翻譯（genre translation）、多媒體翻譯（multimedia translation）、翻譯與科技（translation and technology）、翻譯史（translation history）、翻譯倫理（translation ethics）、術語和詞語彙編（terminology and glossaries）、口譯（interpreting）、翻譯過程（the translation process）、譯者培訓（translator training）和翻譯專業（the translation profession）。作者對各領域都作了基本概念的介紹以及列出可能的研究方向，並提供該領域的重要學術期刊和研究文獻。可看出作者於卷首先鉤勒出整個翻譯研究領域的地圖，讓讀者有個可以依循的路線指引找到自己有興趣的研究題目，對初涉翻譯研究的讀者應有相當大的助益，筆者個人認為這可說是全書最有價值的一章。

　　本書從第二章到第七章都是有關執行研究的過程所應注意的原則事項。第二章「從初始的概念到成形的計畫（From the Initial Idea to the Plan）」，是教導讀者如何從起初的研究想法落實成為

可行的研究計畫，其步驟包括與人討論、批判性閱讀、作筆記、記錄參考書目（bibliographic records）、作計畫、乃至於與指導教授共事等，算是實務性的具體建議。

而第三章「翻譯的理論模式（Theoretical Models of Translation）」強調研究中抽象架構或模式的重要性，本章舉出三種模式，分別為比較模式（comparative models）、過程模式（process model）和因果模式（causal model），研究者應該根據這些模式來選擇研究問題、收集資料和描述其所研究的現象或活動。第四章「研究的種類（Kinds of Research）」則介紹幾種主要的研究取向，包括概念性研究（conceptual research）和實徵性研究（empirical research）、質性研究（qualitative research）和量性研究（quantitative research）的區別和特點，最後再提到應用研究（applied research）的目的。對於初學研究方法者而言，這是重要的一章，有必要了解這些不同研究的定義和特性。

到了第五章「問題、主張、假設（Questions, Claims, Hypotheses）」則是教導讀者如何在研究時提出有效的研究問題、合理的主張並測試其可能的假設。而第六章「變項間的關係（Relations between Variables）」討論在實徵研究中需要檢視變項間的關係，例如在翻譯研究中就常會探討文本（text）和其文境（context）兩個變項之間的關係，作者並舉幾個過去的研究作為實例來說明。第七章「選擇與分析資料（Selecting and Analyzing Data）」也是研究過程中的重頭戲，涉及資料的分類和統計技術的運用，比較特別的是作者還介紹了語料庫語言學（corpus linguistics）中幾個量性分析的基本方法，顯示作者體認到語料庫在翻譯研究中所扮演的角色。

　　第八章和第九章的內容則與翻譯研究的方法論無關，而是轉向講解如何「撰寫研究報告（Writing Your Research Report）」和「口語報告研究（Presenting Your Research Orally）」。其中第八章提到參考書目（references）、引文（quotations）、論文結構（structure）和修辭言步（rhetorical moves）之寫作方式；第九章則是分為口語報告結構、表現（delivery）和視覺輔具（visual aids）三節。這兩章對於研究人員的論文寫作和口語報告多少有實務上的協助。

　　全書最後是以第十章「評量你的研究（Assessing Your Research）」作總結，也就是評量自己所完成的研究是否合乎一定的學術水準，評量的來源包括自我評量（self-assessment）、來自於指導教師的內在評量（internal assessment）和期刊審稿人的外在評量（external assessment）。評量中較常見的項目有論文的長度、組織、文獻回顧（literature review）、研究方法、邏輯、寫作風格、附加價值（added value）和抄襲（plagiarism）等，作者都提出在這些項目下應該力求避免的缺失。

　　整體而言，全書的內容精要、組織連貫、文字簡明，讀起來流暢易懂。書中所論及翻譯研究方法的基本原則和觀念亦相當具體重要。但要以這樣一本書關照像翻譯這樣龐雜的領域，仍不免有其限制。首先全書著重於介紹實徵研究，因此從事後現代翻譯理論的研究者可能就覺得這本著作並不適合其文化研究的取向。

　　其次，筆者覺得這本書的「企圖心」過高，在扣除書目和索引後的 128 頁內文裡就分為十章 61 節（sections），包納了翻譯研究方法中眾多的重要主題，但是相對地每一節平均僅佔兩頁，內容就只能「淺嚐即止」，缺乏深入的義理闡釋和詳盡的

操作說明。舉例來說，第四章對翻譯方法的分類僅作到質性和量性研究的區別，但研究者在實際收集研究資料時，在量性研究方法上可使用調查法（survey）、實驗法（experiment）等；而質性研究中也還有人種誌研究（ethnographic research）、訪談法（interview）、個案研究（case study）等作法（Brown, 2001；Brown & Rodgers, 2002；Gall, Borg & Gall, 1996；Nunan, 1992）。而且每種研究方法都有其特定的假定原理和使用技術，可是本書卻未進一步觸及在翻譯議題上如何操作這些研究方法，讓讀者只能停留在分辨量性和質性研究的觀念理解層次，卻可能還是不知如何動手作研究。

　　第七章的資料分析也有類似的情況，作者在質性分析上只提到分類（categorization），在統計分析上只提到平均數（mean）、中位數（median）、眾數（mode）和標準差（standard deviation）等概念，但這些概念在實際從事分析資料時是遠遠不夠的。質性資料常用的分析方法還有依紮根理論（grounded theory）（Strauss & Corbin, 1998）、語篇分析（discourse analysis）、內容分析（content analysis）等不同研究方法下的分析方式（Gall, Borg & Gall, 1996）；而量性資料除了書中所提的描述性統計（descriptive statistics）外，能發表或通過論文審查的量性分析通常至少要做到簡單的推論性統計（inferential statistics）如 t 檢定（t-test）、變異數分析（ANOVA）或卡方檢定（chi-square test）、相關性分析（correlation）（Brown, 2001；Brown & Rodgers, 2002；Gall, Borg & Gall, 1996；Nunan, 1992）等。換句話說，本書所提供的資料分析方法只是基本的概念，雖然重要，卻不足以應付實際研究所需。

另外，本書從第二章至第七章是論述研究過程所需的原則、方法和工具，可說是全書的精華所在，但是這些篇幅對資訊科技（information technology）在翻譯研究過程中功能的著墨卻相當少，殊為可惜。畢竟目前的翻譯研究中機器翻譯（machine translation）、翻譯記憶（translation memory）和語料庫翻譯研究（corpus-based translation studies）等領域都已佔有一席之地（史宗玲，2004；Baker, 1996; Bowker, 2001），而且電腦科技更可輔助研究者作為資料收集、分析和整合的利器（Coombes, 2001）。在翻譯研究工作中，研究者使用網際網路和搜尋引擎來收集譯文語料、建置語料庫，使用電腦軟體如 QSR N6 來分析質性資料（劉世閔，2006）和使用 SPSS 來分析量性資料（Barryman & Cramer, 2001），都已是非常便捷而普遍的現象。

最後，本書主旨既然是在引介翻譯研究方法，是否需要耗費第八和第九兩章的篇幅來談及論文寫作與口語報告就有待商榷。因為此舉不但分散全書焦點，而且也讓論文寫作與口頭報告這兩個重要議題在短短數頁間亦如「蜻蜓點水」般掠過，若有撰寫論文和口頭報告需求的讀者其實不妨參考其它專書如 *Academic Writing for Graduate Students*（Swales & Feak, 2004）和 *Giving Academic Presentations*（Reinhart, 2002）則可能受益更為直接充實。

總結言之，這本 *The Map: A Beginner's Guide to Doing Research in Translation Studies* 的涵蓋面雖廣，但各章節深度不足，正如書名所言是提供初學者按圖索驥的地圖或入門書，有助於建立翻譯研究方法的正確觀念和應遵循的原則；但如果真要從事學位論文或發表期刊論文的研究，可能還需要針對不同的研究主題和研究方法，尋求更專業書籍的協助。幸好作者在每一章節的內文中都

提供了他們所引用的相關專書書目和研究文獻，有心的讀者可以
依照這些參考資料再作深入一層的研讀，這也算是本書的貢獻。

　　不過話說回來，在翻譯研究方法的探索中，本書已是難得的
開先河之作，對於國內翻譯系所的學生、甚至缺乏研究經驗的翻
譯教師和譯者應當都有啟蒙之效。放眼未來國內學界，若要建立
一符合嚴格學術規範的翻譯學門，就應跳脫過去以經驗和直覺道
斷的論述方式，轉而使用嚴謹客觀的研究方法來描述分析翻譯現
象、論證翻譯本質、乃至於建構翻譯理論。因此本書也可視為一
種觸媒，希望能促使更多研究者意識到翻譯研究方法的重要性，
進而執行具學術品質的研究，帶動國內譯學的永續發展和深化。

參考文獻

中文部分

王大傳、魏清光（2005）。《漢英翻譯技巧教學與研究》。北京：中國對外翻譯。

王名媛（2009）。《口譯訓練使用同儕評量之研究：感知層面之探討》。台灣科技大學碩士論文，台北。

王珠惠（2003）。〈大專口譯課程教案設計及實踐〉。《翻譯學研究集刊》，8，181-195。

王慧娟（2008）。〈A study on Applied English Department students' needs for Chinese to English translation courses〉，《第十二屆口筆譯教學研討會論文集》，1-31。台南：長榮大學。

王艷（2008）。〈試析「歐化」現象的惡化〉。《中國科技翻譯》，21(3)，40-43。

中時電子報（2008）。〈指考英翻譯、作文五分之一零分〉。2008 年 7 月 19 日，取自：http://news.chinatimes.com

史宗玲（2004）。《電腦輔助翻譯》。台北：書林。

任文（2010）。《聯絡口譯過程中譯員的主體性意識研究》。北京：外語教學與研究出版社。

何慧玲（1997）。〈Binary error analysis of sight interpretation from English into Chinese and its pedagogical implications〉。《翻譯學研究集刊》，2，111-135。

何慧玲（1999）。〈台灣大學應用外語科系口筆譯教學概況與分析〉。《翻譯學研究集刊》，4，121-156。

何慧玲（2001）。〈大學口譯課程筆記的學習與教法探討〉。《翻譯學研究集刊》，6，53-77。

余佳玲（2003）。《由〈珍稀地球〉看科普翻譯》。國立台灣師範大學翻譯學研究所碩士論文，台北。

吳明隆（2010）。《SPSS 操作與應用：問卷統計分析實務》（第 2 版）。台北：五南。

吳敏嘉（1999）。〈A step by step approach to the teaching of simultaneous interpretation〉。《翻譯學研究集刊》，4，265-280。

吳敏嘉（2000）。〈Teaching Chinese-English interpreting from a intercultural perspective〉。《翻譯學研究集刊》，5，181-195。

吳敏嘉（2001）。〈The importance of being strategic – a strategic approach to the teaching of simultaneous interpretation〉。《翻譯學研究集刊》，6，79-92。

呂正中等（2003）。《物理學》（第三版）。台北：滄海。

呂俊、侯向群（2006）。《翻譯學：一個建構主義的視角》。上海：上海外語教育出版社。

李亭穎、廖柏森（2010）。〈台灣大學生對於口譯課程看法之探討〉。《翻譯學研究集刊》，13，255-292。

李振清（2008）。2008 年學測所凸顯的英語文學習訣竅（上）（下）。英語充電站。2008 年 2 月 6 日，取自：http://cc.shu.edu.tw/~cte/gallery/ccli/index.htm

李翠芳（1996）。〈大學部口譯課程的教學規劃〉。《翻譯學研究集刊》，1，117-140。

李德鳳（2009）。《新聞翻譯：原則與方法》。香港：香港大學出版社。

李憲榮（2006）。〈在台灣設立翻譯學系大學部的問題〉。《國立編譯館刊》，34，3，59-66。

周正一（1996）。《大學聯考英文科翻譯試題之探究：1979～1994》。台北：輔大譯研所。

周兆祥（2002）。〈左右腦兼用，翻譯新境界──論專業口譯為何要有「心」〉。下載日期 2011 年 5 月 12 日，網址：http://www.simonchau.hk/Chinese_B5/translation_papers/newground.htm

周兆祥、陳育沽（1999）。《口譯的理論與實踐》。台北市：台灣商務印書館。

周兆祥（1986）。《翻譯實務》。香港：商務印書館。

林佑齡（2007）。《中譯英筆譯教學法探討：詞語搭配與回譯的應用》。長榮大學翻譯學系碩士班碩士論文，台南。

林秀慧（2008）。選才通訊，163。2009 年 10 月 4 日，取自：http://www.ceec.edu.tw/ceecmag/articles/163/163-7.htm

林宜瑾、胡家榮、廖柏森（2005）。〈口譯課程使用國際模擬會議之成效探討〉。《翻譯學研究集刊》，9，81-107。

林清山（2006）。《心理與教育統計學》。台北：東華。

邱皓政（2009）。《量化研究與統計分析》（第 3 版）。台北：五南。

施玉惠、林茂松、黃崇術、Sarah Brooks (2006)。《新高中英文──第一冊》。台北：遠東圖書公司．

施彥如（2004）。《會議口譯員之人格特質及焦慮程度初探：以台灣地區自由會議口譯員為例》。臺灣師範大學翻譯研究所碩士論文，台北。

柯平（1994）。《英漢與漢英翻譯》。台北：書林。

胡功澤（2004-2005）。〈翻譯理論的發展與省思：以台灣地區為例〉。《翻譯學研究集刊》，9，109-126。

胡家榮、廖柏森（2009）。〈台灣大專中英口譯教學現況探討〉。《編譯論叢》，2，1，151-178。

范伯余（2001）。〈九十年度大學聯考試題分析──英文科〉。台北：大考中心。

張方馨（2008）。《翻譯過程「心流經驗」之初探》。長榮大學翻譯系碩士論文，台南。

張世忠（2001）。《建構教學：理論與應用》。台北：五南。

張立珊（2010）。《入無人之境——司法通譯跨欄的文化》。國立台灣大學法律研究碩士論文，台北。

張安箴（2008）。《從譯者中立談台灣法庭外與通譯制度》。輔仁大學翻譯研究所碩士論文，台北。

張裕敏（2009）。〈A corpus-based study of errors in the Chinese translation of translator trainees and its pedagogical implications〉。《第十四屆台灣口筆譯教學國際研討會論文集》，331-359。

張靜嚳（1996）〈傳統教學有何不妥〉。《建構與教學》，4，http://www.bio.ncue.edu.tw/c&t/issue1-8/v4-0.htm。

郭建中（2007）。〈重寫：科普文體翻譯的一個實驗〉。《中國科技翻譯》，20(2)，1-5。

陳子瑋（2011）。〈社區口譯——臺灣口譯研究新領域〉。《編譯論叢》，4(2)，207-214。

陳彥豪（2003）。〈英語說服性演說的逐步口譯教學評量機制設計〉。《翻譯學研究集刊》，8，153-194。

陳桂琴（2005）。〈科技英語長句翻譯方法例析〉。《中國科技翻譯》，18(3)，5-7。

陳純音（2000）。《遠東新英文法》。台北：遠東圖書公司。

陳雅玫（2009）。《英漢新聞編譯意識型態規範之探索》。《編譯論叢》2(2)，1-36。

陳聖傑（1999）。〈A structured decomposition model of a non-language-specific interpreter training program〉。《翻譯學研究集刊》，4，81-119。

陳獻忠（1999）。〈錯誤分析在翻譯教學中的應用〉。《翻譯學研究集刊》，4，51-80。

傅粹馨（2002）。〈信度、Alpha 係數與相關議題之研究〉。《教育學刊》，18，163-184。

游春琪（2004）。〈九十三學年度指定科目考試試題分析——英文考科〉。台北：大考中心。

游春琪（2006）。〈九十五學年度指定科目考試試題分析——英文考科〉。
　　台北：大考中心。

湯麗明（1996）。〈大學「口譯入門」課程英譯中視譯練習之運用與建議〉。
　　《翻譯學研究集刊》，1，141-161。

黃子玲（2006）。《口譯課程使用檔案評量之研究》。台灣科技大學碩士論
　　文，台北。

黃自來（2003）。〈強化英語詞語搭配教學與培養英語運用能力〉。《第十二
　　屆中華民國英語文教學國際研討會論文集》，403-413。台北：文鶴。

黃俐絲（2005）。〈What sense makes sense? Beginning translators' difficulties
　　with English polysemous words〉。《翻譯學研究集刊》，9，201-234。

黃燦遂（1994）。《大學聯考英文試題分析》。台北：文鶴。

楊承淑（1996）。〈「口譯入門」課的教案設計、修正與評鑑〉。《翻譯學研
　　究集刊》，1，163-182。

楊承淑（1997）。〈我國碩士班口譯課程規劃與模態建立〉。《翻譯學研究集
　　刊》，2，17-27。

楊承淑（2000）。《口譯教學與研究：理論與實踐》。台北：輔仁大學出版社。

葉子南（2003）。《英漢翻譯對話錄》。北京：北京大學出版社。

董大暉、藍月素（2007）。〈提昇學生中譯英篇內文字能力的語料庫研究〉。
　　《第十二屆口筆譯研討會論文集》，82-101。台南：長榮大學翻譯系。

解志強（2002）。〈中譯英時的詞彙搭配問題〉。《長榮學報》，5(2)，135-149。

廖柏森（2007a）。〈台灣口譯研究現況之探討〉。《翻譯學研究集刊》，10，
　　189-217。

廖柏森（2007b）。《英語與翻譯之教學》。台北：秀威資訊科技。

廖柏森（2007c）。《新聞英文閱讀與翻譯技巧》。台北：眾文。

廖柏森（2008）。〈使用 Moodle 網路平台實施筆譯教學之探討〉，《翻譯學
　　研究集刊》，11，163-186。

廖柏森、徐慧蓮（2005）。〈大專口譯課是否能提升學生口語能力之探討〉。
　　《翻譯學研究集刊》。9，313-332。

趙軍峰、張錦（2011）。〈作為機構守門人的法庭口譯員角色研究〉。《中國翻譯》，1，24-28。

劉世閔（2006）。《質性研究資料分析與文獻格式之運用：以 QSR N6 與 EndNote 8 為例》。台北：心理出版社。

劉其中（2006）。《新聞編譯教程》。北京：中國人民大學出版社。

劉和平（2005）。《口譯理論與教學》。北京：中國對外翻譯。

劉宓慶（1997）。《文體與翻譯》。台北：書林。

劉敏華（2002）。〈口譯教學與外語教學〉，《翻譯學研究集刊》，7，323-338。

劉敏華（2003）。〈從實徵主義到建構主義：口譯研究與教學的新思維〉，《第七屆口筆譯教學研討會會前論文集》，20-34。台北：輔仁大學。

劉靖之（2008）。〈翻譯：學術、專業、半專業〉。《編譯論叢》，1(1)，183-192。

劉毅（2005）。《歷屆大學聯考英文試題全集》。台北：學習。

潘佳幸（2001）。〈大學聯考英文科翻譯試題之研究：1979～1999〉。《屏東師院學報》，14，437- 464。

鄭貞銘（2002）。《新聞採訪與編制》。台北：三民。

鄭聲濤（2008）。〈科技英語長句漢譯的括號翻譯法〉。《中國科技翻譯》，21(2)，42-46。

魯永強（2006）。《臺灣法庭外語通譯現況調查與檢討》。國立台灣師範大學翻譯研究所之碩士論文，台北。

盧慧娟、林柳村、白芳怡（2007）。〈以語料庫為本之語學教學應用研究—語詞搭配之分析〉。《外國語文研究》，6，39-58。

穆雷（1999）。《中國翻譯教學研究》。上海：上海外語教育。

穆雷、李文靜（2007）。〈理論對譯者有用嗎？象牙塔與語言工作面之間的對話評介〉。《外語與外語教學》，216(3)，63-65。

賴慈芸（2003）。〈他們走了多遠？——大學部學生、翻譯所學生與專業譯者的翻譯表現比較〉。《第八屆口筆譯教學研討會論文集》。台北：國立臺灣師範大學。

賴慈芸（2006）。〈學院的翻譯與禁忌〉,《第十一屆口筆譯教學國際研討會論文集》,105-118。台北：國立師範大學。

賴慈芸（2008）。〈四種翻譯評量工具的比較〉。《編譯論叢》,1 (1),71-92。

賴慈芸（2009）。《譯者的養成：翻譯教學、評量與批評》。台北：國立編譯館。

賴慈芸譯（2005）。《翻譯教程》。台北：朗文。

鮑川運（1998）。〈同步口譯的過程及分神能力的訓練〉,《翻譯學研究集刊》,3,21-36。

戴碧珠（2003）。《台灣各大學英文系及應用英文系筆譯教學現狀探討》。輔仁大學翻譯學研究所碩士論文,台北。

謝怡玲（2003）。〈對話口譯對翻譯理論發展的重要貢獻〉,《翻譯學研究集刊》,8,283-322。

羅彥潔、劉嘉薇、葉長城（2010）。〈組織控制與新聞專業自主的互動：以台灣報紙國際新聞編譯為例〉。《新聞學研究》,102,113-149。

關思（1998）。〈Interpretation training for the non-language major〉。《翻譯學研究集刊》,3,81-102。

英文部分

Abraham, R. G. (1985). Field independence-dependence and the teaching of grammar. *TESOL Journal, 20* (4), 689-702.

AIIC. (2002). The AIIC Workload Study: International Association of Conference Interpreters.

Anthony, E. M. (1963). Approach, method and technique. *English Language Teaching*, 17, 63-67.

Bahns, J., & Eldaw, M. (1993). Should we teach EFL students collocations? *System, 21*(1), 101-114.

Baker, M. (1992). *In other words: a cousrsebook on translation.* London: Routledge.

Baker, M. (1996). Corpus-based translation studies: the challenges that lie ahead. In H. Somers (Ed.), *Terminology, LSP and Translation* (pp. 175-186). Amsterdam: John Benjamins.

Bakhtin, M. (2002). trans. Carly Emerson and Michael Holoquist. *The Dialogic Imaginaion.* Austin: University of Texas Press.

Baloche, L. A. (1998). *The cooperative classroom: Empowering learning.* Upper Saddle River, NJ: Prentice Hall.

Bell, R. T. (1991). *Translation and translating.* Harlow: Addison Wesley Longman.

Benson, M., Benson, B., & Ilson, R. (2010). *The BBI combinatory dictionary of English* (3rd ed.). 台北：書林。

Benson, M., Benson, E., & Ilson, R. (1999). *The BBI dictionary of English word combinations.* 台北：書林。

Berk-Seligson, S. (1990). *The Bilingual Courtroom.* Chicago: The University of Chicago Press.

Bielsa, E. (2007). Translaion in global news agencies. *Target, 19*(1), 135-155.

Bowker, L. (2001). Toward a methodology for a corpus-based approach to translation evaluation. *Meta, XLVI*(2), 345-364.

Bowker, L., & Bennison, P. (2003). Student translation archive and student translation tracking system: design, development and application. In F. Zanettin & S. Bernardini & D. Stewart (Eds.), *Corpora in translator education* (pp. 103-117). Manchester, UK: St. Jerome.

Brown, H. D. (2007). *Principles of Language Learning and Teaching* (5th ed.). White Plains, NY: Addison Wesley Longman.

Brown, J. D. (2001). *Using surveys in language programs.* Cambridge: Cambridge University Press.

Brown, J. D., & Rodgers, T. (2002). *Doing second language research.* Oxford: Oxford University Press.

Bryman, A., & Cramer, D. (2001). *Quantitative data analysis with SPSS for Windows.* Hove, East Sussex: Routledge.

Bühler, K. (1965). *Die Sprachtheorie.* Jena.

Campbell, S. (1998). *Translation into the second language.* New York: Addison Wesley Longman.

Canale, M., & Swain, M. (1980). Theoretical bases of communicative approaches to second language teaching and testing. *Applied Linguistics, 1,* 1-47.

Candlin, C., & Murphy, D. F. (1987). *Language learning tasks.* Englewood Cliffs, NJ: Prentice Hall.

Canfield, A. A. (1992). *Learning Styles Inventory (LSI).* Los Angeles: Western Psychological Services.

Cao, D. (1996). A model of translation proficiency. *Target,* 8(2), 325-340.

Chamot, A. U., & O'Malley, J. M. (1994). *The CALLA handbook: Implementing the Cognitive Academic Language Learning Approach.* White Plains, NY: Addison Wesley Longman.

Chan, T.-P. (2004). *Effects of CALL approaches on EFL college students' learning of verb-noun collocations.* Unpublished master's thesis, National Tsing Hua University, Hsinchu, Taiwan.

Chapelle, C., & Green, P. (1992). Field independence/dependence in second language acquisition research. *Language Learning, 42,* 47-83.

Chen, H., Wigand, R. T., & Nilan, M. S. (1999). Optimal experience of Web activities. *Computers in Human Behavior, 15,* 585-608.

Chen, P. (2002). *A corpus-based study of the collocational errors in the writings of the EFL learners in Taiwan.* Unpublished master's thesis, National Taiwan Normal University, Taipei, Taiwan.

Chesterman, A. (1997). *Memes of translation: The spread of ideas in translation theory*. Amsterdam: John Benjamins.

Chiang, Y.-n. (2006). Connecting Two Anxiety Constructs: An Interdisciplinary Study of Foreign Language Anxiety and Interpretation Anxiety. Doctor of Philosophy, The University of Texas at Austin.

Chiang, Y.-n. (2008). *Consequences of Interpretation Learning Anxiety.* Paper presented at the 17th International Symposium on English Teaching, Taipei.

Chiang, Y.-n. (2009). Foreign Language Anxiety in Taiwanese Student Interpreters. *Meta, 54*(3), 605-621.

Chomsky, N. (1965). *Aspects of the theory of syntax*. Cambridge, MA: Massachusetts Institute of Technology Press.

Chu, C.-y. (2006). Lexical collocations and their relation to speaking proficiency of English majors at a national university of science and technology in Taiwan. Unpublished master's thesis, National Kaohsiung First University of Science and Technology, Kaohsiung, Taiwan.

Colina, S. (2003). *Translation teaching, from research to the classroom: a handbook for teachers*. Boston: McGraw-Hill.

Conzett, J. (2001). Integrating collocation into reading and writing course. In M. Lewis (Ed.), *Teaching collocation: further developments in the lexical approach* (pp. 70-87). Hove, UK: Language Teaching Publications.

Coombes, H. (2001). *Research using IT*. New York: Palgrave.

Corbin, J., & Strauss, A. (2008). *Basics of qualitative research: techniques and procedures for developing grounded theory* (3rd ed.). Thousand Oaks, CA: SAGE.

Corder, S. (1967). The significance of learners' errors. *International Review of Applied Linguistics, 5*, 161-170.

Corder, S. (1971). Idiosyncratic dialects and error analysis. *International*

Review of Applied Linguistics, 9, 147-159.

Corder, S. (1974). Error analysis. In J. P. B. Allen and S. Corder (Eds.), The Edinburgh Course in Applied Linguistics. Volume 3 –Techniques in Applied Linguistics, pp. 122–131. London: Oxford University Press.

Cronbach, L. T. (1951). Coefficient alpha and the internal structure of tests. *Psychometrika, 16*(3), 297-334.

Csikszentmihalyi, M. (1975). *Beyond boredom and anxiety: The experience of play in work and games* (1 ed.). San Fransisco, CA: Jossey-Bass.

Csikszentmihalyi, M. (1990). *Flow: The Psychology of Optimal Experience* (1 ed.). New York: Harper & Row Publishers.

Csikszentmihalyi, M. (1998). *Finding flow: the psychology of engagement with everyday life*（陳秀娟, Trans.）: Commonwealth Publishing Co. Ltd. 天下文化.

Csikszentmihalyi, M., Abuhamdeh, S., & Nakamura, J. (2005). Flow. In A. J. Elliot & C. S. Dweck (Eds.), *Handbook of Competence and Motivation*. New York: The Gullford Press.

DeVellis, R. F. (1991). *Scale development: theories and applications*. Newbury Park, CA: Sage.

Dixon, N. M. (1985). The implementation of learning style information. *Lifelong Learning, 9*(3), 16-18.

Domino, G. (1979). Interactive effects of achievement orientation and teaching style on academic achievement. *ACT Research Report, 39*, 1-9.

Dörnyei, Z. (1997). Psychological process in cooperative language learning: group dynamics and motivation. *The Modern Language Journal, 81*, 482-493.

Dörnyei, Z., & Skehan. (2003). Individual differences in L2 learning. In C. Doughty & M. Long (Eds.), *The handbook of second language acquisition* (pp. 589-630). Malden, MA: Blackwell.

Dunn, R. (1983). Can students identify their own learning style? *Educational Leadership, 40*(5), 60-62.

Dysart-Gale, D. (2005). Communication models, professionalization, and the work of medical interpreters. *Health Communication*, 17, 91-103.

Ehrman, M. E. (1998). Field independence, field dependence, and field sensitivity in another light. In J. M. Reid (Ed.), *Understanding learning styles in the second language classroom* (pp. 62-70). Upper Saddle River, NJ: Prentice Hall Regents.

Ehrman, M., & Leaver, B. L. (2003). Cognitive styles in the service of language learning. *System, 31*, 393-415.

Elkington, S. (2010). Articulating a systematic phenomenology of flow: an experience-process perspective. *Leisure/Loisir, 34*(3), 327-360.

Ely, C. M. (1989). Tolerance of ambiguity and use of second language strategies. *Foreign Language Annals, 22*(5), 437-445.

Ewing, D. (1977). Discovering your problem solving style. *Psychology Today, 11*, 69-73.

Felder, R. M., & Silverman, L. K. (1988). Learning and teaching styles in engineering education. *Engineering Education, 78*, 674-681.

Foucault, Michel (1972). trans. A.M. Sheridan Smith. *The Archaeology of Knowledge*. New York : Panteheon Books.

Gall, M. D., Borg, W. R., & Gall, J. P. (1996). *Educational research: An introduction* (6th ed.). White Plains, NY: Longman.

Garzone, G. & Viezzi, M. (eds.) (2002). *Interpreting in the 21st Century: Challenges and Opportunities.* Amsterdam/ Philadelphia: John Benjamins.

Gentile, A., Ozolins, U., & Vasilakakos, M. (2001). *Liaison interpreting: a handbook.* Carlton South, Australia: Melbourne University Press.

Gerver, D. (1974). The effects of noise on the performance of simultaneous interpreters: Accuracy of performance. *Acta Psychologica, 38*(3), 159-167.

Ghinassi, C. W. (2010). Anxiety. Retrieved from http://ebooks.abc-clio.com/ reader.aspx?isbn=9780313362439

Gile, D. (1992). Basic theoretical components in interpreter and translator training. In C. Dollerup & A. Loddegaard (Eds.), *Teaching translation and interpreting: training, talent, and experience* (pp. 185-193). Amsterdam: John Benjamins.

Gile, D. (1994). The process-oriented approach in translation training. In C. Dollerup & A. Lindegaard (Eds.), *Teaching translation and interpreting 2* (pp. 107-112). Amsterdam: John Benjamins.

Gile, D. (1995). *Basic concepts and models for interpreter and translator training.* Amsterdam/ Philadelphia: John Benjamins.

Golden, S. (2001). Professional translator and interpreter training programmes. In S.-w. Chan & D. E. Pollard (Eds.), *An Encyclopaedia of Translation* (pp. 1074-1084). Hong Kong: Chinese University Press.

Goodwin, D. (1986). *Anxiety.* Oxford: Oxford University Press.

Hale, S. B. (2007). *Community Interpreting.* New York: Palgrave Macmillan.

Hatim, B. (2001). *Teaching and researching translation.* Essex, UK: Pearson Education.

Hatim, B., & Mason, I. (1997). *The translator as communicator.* London: Routledge.

Henry, J. (1994). *Teaching through project.* London: Kogan Page.

Hill, J. (2003). *The place of collocation in the syllabus.* Paper presented at the Twelfth International Symposium on English Teaching and Learning, Taipei, Taiwan.

Hill, J., & Lewis, M. (Eds.). (2005). *LTP dictionary of selected collocations.* Hove, UK: Language Teaching Publications.

Hill, J., Lewis, M., & Lewis, M. (2001). Classroom strategies, activities and exercises. In M. Lewis (Ed.), *Teaching collocation: further developments in the lexical approach* (pp. 88-117). Hove, UK: Language Teaching Publications.

Howatt, A. P. R. (1984). *A history of English language teaching.* Oxford: Oxford University Press.

Hsiao, H.-M. (2004). Trust me, you really can make it?— A study on high school students' learning collocations. Unpublished master's thesis, Providence University, Shalu, Taiwan.

Hsieh, E. (2008). "I am not a robot!" Interpreters' views of their roles in Health care settings. *Qualitative Health Research. 18*(10), 1367-1383.

Hsu, J.-y. (2005). *The effect of lexical collocation instruction on Taiwanese college EFL learners ' listening comprehension.* Unpublished master's thesis, National Kaohsiung First University of Science and Technology, Kaohsiung, Taiwan.

Hsueh, S.-c. (2003). An analysis of lexical collocational errors in the English compositions of senior high school EFL students. National Kaohsiung Normal University, Kaohsiung, Taiwan.

Hymes, D. (1971). Competence and performance in linguistic theory. In R. Huxley & E. Ingram (Eds.), *Language acquisition: model and methods* (pp. 3-28). London: Academic Press.

Hymes, D. (1972). On communicative competence. In J. Pride & J. Holmes (Eds.), *Sociolinguistics* (pp. 269-293). Harmondsworth, UK: Penguin Books.

Jackson, S. (2007). Factors Influencing the Occurrence of Flow State in Elite Athletes. In D. Smith & M. Bar-Eli (Eds.), *Essential readings in sport and exercise psychology*: Human Kinetics.

Jenkins, J. M. (1982). Teaching to individual student learning styles. *The Administrator, 6*(1), 10-12.

Jensen, E. (2000). *Brain-based learning.* San Diego: The Brain Store.

Johnson, D. W., & Johnson, R. T. (1991). *Learning together and alone.* Englewood Cliffs, NJ: Prentice Hall.

Jones, R. W. (2007). The influence of students learning styles and faculty teaching preference on medical school approaches to problem-based learning. *Journal of Medical Sciences, 27*(5), 189-196.

Kaufman, D. (2004). Constructivist issues in language learning and teaching. *Annual Review of Applied Linguistics, 24*, 303-319.

Keefe, J. W. (1979) Learning style: An overview. In NASSP's *Student learning styles: Diagnosing and proscribing programs* (pp. 1-17). Reston, VA. National Association of Secondary School Principles.

Kelly, D. (2005). *A handbook for translator trainers: a guide to reflective practice.* Manchester: St. Jerome.

Kinsella, K. (1995). Perceptual learning preferences survey. In J. M. Reid (Ed.), *Learning styles in the ESL/EFL classroom* (pp. 221-225). Boston: Heinle & Heinle.

Kinsella, K., & Sherak, K. (1995). Classroom work style survey. In J. M. Reid (Ed.), *Learning styles in the ESL/EFL classroom* (pp. 235-238). Boston: Heinle & Heinle.

Kiraly, D. C. (1995). *Pathways to translation: pedagogy and process.* Kent: The Kent State University Press.

Kiraly, D. C. (2000). *A social constructivist approach to translator education. Manchester*, UK: St. Jerome.

Kiraly, D. C. (2003). From teacher-centered to learning-centered classrooms in translation education: Control, chaos, or collaboration? In A. Pym, J. Fillada, R. Biau & J. Orenstein (Eds.), *Innovation and E-learning in translator training: Reports on online symposia* (pp. 27-31). Terragona: University Rovira I Virgili.

Klonowicz, T. (1994). Putting one's heart into simultaneous interpretation. In

S. Lambert & B. Moser-Mercer (Eds.), *Bridging the gap: Empirical research in simultaneous interpretation*. Amsterdam and Philadelphia: John Benjamins.

Krashen, S. (1988). *Second language acquisition and second language learning*. Hertfordshire: Prentice Hall.

Krashen, S. (2004). *The power of reading* (2nd ed.). Portsmouth, NH: Heinemann.

Kurz, I. (2001). Small projects in interpretation research. In D. Gile, H. V. Dam, F. Dubslaff, B. Martinsen & A. Schjoldager (Eds.), *Getting started in interpreting reseach: methodological reflections, personal accounts and advice for beginners* (Vol. 33, pp. 114): John Benjamins

Kurz, I. (2003). Physiological stress during simultaneous interpreting: A comparison of experts and novices. *The Interpreters' Newsletter, 12,* 51-67.

Larsen-Freeman, D. (2000). *Techniques and principles in language teaching* (2nd ed.). Oxford: Oxford University Press.

Leanza, Y. (2005). Roles of community interpreters in pediatrics as seen by interpreters, physicians, and researchers, *Interpreting*, 7, 167-192.

Lee, J. (2009). Conflicting views on court interpreting examined through surveys of legal professionals and court interpreters. *Interpreting, 11,* 35-5.

Lewis, M. (2002a). *Implementing the lexical approach*. Boston: Thomson Heinle.

Lewis, M. (2002b). *The lexical approach*. Boston: Thomson Heinle.

Lewis, M. (Ed.). (2000). *Teaching collocation: further development in the lexical approach*. Hove, UK: Language Teaching Publications.

Li, D. (2006). Translators as Well as Thinkers: Teaching of Journalistic Translation in Hong Kong. *Meta, 51*(3), 611-619.

Li, D.(2002). Translator training: what translation students have to say. *Meta,*

XLVII (4), 514-531.

Liao, P (2007). College students' translation strategy use. *Studies in English Language and Literature, 19*, 77-88.

Liao, P. (2005). The Role of Translation in Foreign Language Teaching and Learning.*Studies in English Language and Literature, 15*, 29-40.

Lin, Y.-p. (2002). The effects of collocation instruction on English vocabulary development of senior high students in Taiwan. Unpublished master's thesis, National Kaohsiung Normal University, Kaohsiung, Taiwan.

Liu, C.-P. (1999). *An analysis of collocational errors in EFL writing.* The Proceedings of the Eighth International Symposium on English Teaching and Learning, 483-494, Taipei, Taiwan.

Liu, C.-P. (2000). A study of strategy use in producing lexical collocations. Selected Papers from the Twelfth International Symposium on English Teaching, 481-492, Taipei, Taiwan.

Malmkjar, K. (Ed.). (1998). *Translation & language teaching: Language teaching & translation.* Manchester: St. Jerome.

Mangione, T. W. (1995). *Mail survey: improving the quality.* Thousands Oaks, CA: Sage.

Massimini, F., Csikszentmihalyi, M., & Delle F., A. (1992). Flow and biocultural evolution. In M. Csikszentmihalyi & I. S. Csikszentmihalyi (Eds.), *Optimal experience: psychological studies of flow in consciousness*: Cambridge University Press.

McCarthy, M., & O'Dell, F. (2005). *English collocations in use: how words work together for fluent and natural English.* Cambridge: Cambridge University Press.

Melis, N. M., & Albir, A. H. (2001). Assessment in translation studies: research needs. *Meta, 46*(2), 272-287.

Merriam, S. B. (1998). *Qualitative research and case study applications in education*. San Francisco: Jossey-Bass Publishers.

Mikkelson, H. (2008). *Introduction to court interpreting*. Shanghai: Shanghai Foreign Language Education Press.

Moser-Mercer, B. (2003). Remote interpreting: Assessment of human factors and performance parameters Retrieved December 18, 2010, from http://www.aiic.net/ViewPage.cfm/page1125.htm

Myers, I. B., & McCaulley, M. H. (1985). *Manual: a guide to the development and use of the Myers-Briggs type indicator*. Palo Alto, CA: Consulting Psychologists Press.

Naiman, N., Fröhlich, M., Stern, H. H., & Todesco, A. (1978). *The good language learner*. Toronto: Ontario Institute for Studies in Education.

Nattinger, J. R., & DeCarrico, J. S. (1992). *Lexical phrases and language teaching*. Oxford: Oxford University Press.

Nesselhauf, N. (2003). The use of collocations by advanced learners of English and some implications for teaching. *Applied Linguistics, 24*(2), 223-242.

Newmark, P. (1981). *Approaches to translation*. New York: Pergamon.

Newmark, P. (1988a). *Approaches to translation*. London: Prentice Hall

Newmark, P. (1988b). *A textbook of translation*. London: Prentice Hall.

Nida, E. (1964). *Toward a science of translating*. Leiden, Netherlands: E. J. Brill.

Nida, E. (2001). *Language, culture, and translating*. Shanghai: Shanghai Foreign Language Education Press.

Nida, E., & Taber, C. R. (1969). *The theory and practice of translation*. Leiden, Netherlands: E. J. Brill.

Nord, C. (1997). *Translating as a purposeful activity: Functionalist approaches explained*. Manchester: St. Jerome.

Nord, C. (2005). Text analysis in translation: theory, methodology, and didactic application of a model for translation-oriented text analysis (2nd ed.). Amsterdam/ New York: Rodopi.

Novak, T. P., & Hoffman, D. L. (1997). Modeling the structure of the flow experience among Web users. Available from ebookbrowse   Retrieved 2011-5-14, from Vanderbilt University http://ebookbrowse.com/ modeling-the-structure-of-the-flow-experience-among-web-users-hoffman-novak-y iu-fai-yung-dec-1997-pdf-d30201591

Nunan, D. (1992). *Research methods in language learning*. Cambridge: Cambridge University Press.

O'Brien, L. (1990). *Learning channel preference checklist (LCPC)*. Rockville: MD: Specific Diagnostic Services.

O'Keeffe, A., & Farr, F. (2003). Using language corpora in initial teacher education: pedagogic issues and practical applications. *TESOL Quarterly, 37*(3), 389-418.

Oxford collocations Dictionary for students of English. (2002). Oxford: Oxford University Press.

Oxford, R. (1997). Cooperative learning, collaborative learning, and interaction: three communicative strands in the language classroom. *Modern Language Journal, 81*, 443-456.

Oxford, R. L. (1993). *Style analysis survey (SAS)*. Tuscaloosa: AL: University of Alabama.

Oxford, R. L. (2003). Language learning styles and strategies. *GALA*, 1-25.

Patton, M. Q. (1989). *Qualitative evaluation methods*. Beverly Hills: CA: Sage.

Patton, M. Q. (2002). *Qualitative research & evaluation methods*（吳芝儀 & 李泰儒譯，初版）. 嘉義市：濤石.

Paulhus, D. L. (1991). Measurement and Control of Response Bias. In J. P. Robinson, P. R. Shaver & L. S. Wrightsman (Eds.), *Measures of personality and social psychological attitudes* (pp. 17-59). San Diego,

CA: Academic Press.

Piaget, J. (1970). *The science of education and the psychology of the child.* New York: Basic Books.

Piaget, J., & Inhelder, B. (1969). *The psychology of the child.* New York: Basic Books.

Pöchhacker, F. (2004). *Introducing Interpreting Studies.* London: Routledge.

Price, M. L. (1991). The subjective experience of foreign language anxiety: interviews with highly anxious students. In E. K. Horwitz & D. J. Young (Eds.), *Language anxiety: from theory, research to classroom implications.* Englewood Cliffs: Prentice-Hall.

Pym, A. (1992). Translation error analysis and the interface with language teaching. In C. Dollerup & A. Loddegaard (Eds.), *Teaching translation and interpreting: training, talent, and experience* (pp. 279-288). Amsterdam/ Philadelphia: John Benjamins.

Reid, J. (1987). The learning style preferences of ESL students. *TESOL Quarterly, 21*(1), 87-111.

Reid, J. (1990). The dirty laundry of ESL survey research. *TESOL Quarterly, 24*, 323-338.

Reid, J. (1995). *Learning styles in the ESL/EFL classroom.* New York: Heinle & Heinle.

Reid, J. (1998). *Understanding learning styles in the second language classroom.* Upper Saddle River, NJ: Prentice Hall Regents.

Reinhart, S. M. (2002). *Giving academic presentations.* Ann Arbor, MI: The University of Michigan Press.

Riccardi, A., Marinuzzi, G., & Zecchin, S. (1998). Interpretation and stress. *The Interpreters' Newsletter, 8*, 93-106.

Richards, J. C., & Rodgers, T. (1986). *Approaches and methods in language teaching: A description and analysis.* Cambridge: Cambridge University

Press.

Richards, J. C., Platt, J., & Platt, H. (1992). *Longman dictionary of language teaching & applied linguistics.* Essax: Longman.

Riding, R., & Cheema, I. (1991). Cognitive styles: an overview and integration. *Educational Psychology, 11,* 193-216.

Robinson, D. (2007). *Becoming a translator* (2nd ed.). London: Routledge.

Rosenberg, E., Seller, R., & Leanza, Y. (2008). Through interpreters' eyes: Comparing roles of professional and family interpreters. *Patient Education and Counseling, 70,* 87-93.

Sabry, K., & Baldwin, L. (2003). Web-based learning interaction and learning styles. *British Journal of Educational Technology, 34*(4), 443-454.

Sainz, M. J. (1993). Student-centered correction of translations. In C. Dollerup & A. Lindegaard (Eds.), *Teaching translation and interpreting 2* (pp. 133-141). Amsterdam/Philadelphia: John Benjamins Publishing Company.

Schachter, J., & Celce-Murcia, M. (1977). Some reservations concerning error analysis. *TESOL Quarterly, 11*(4), 441-451.

Seguinot, C. (1990). Interpreting errors in translation. *Meta, 35*(1), 68-73.

Selinker, L. (1972). Interlanguage. *International Review of Applied Linguistics, 10,* 201-231.

Serway, R., & Jewett, J. (2002). *Principles of physics* (3rd ed.). New York: Harcourt College Publisher.

Shaw, S., Grbic, N., & Franklin, K. (2004). Applying language skills to interpretation: student perspectives from signed and spoken language programs. *Interpreting, 6*(1), 69-100.

Sinclair, J. (1991). *Corpus, concordance, collocation.* Oxford: Oxford University Press.

Spivak, G.C. (1993). *Outside in the Teaching Machine.* London:Routledge.

Strauss, A. L., & Corbin, J. M. (1998). *Basics of qualitative research: Techniques and procedures for developing grounded theory* (2nd ed.). Thousand Oaks, CA: Sage.

Suliman, W. A. (2010). The relationship between learning styles, emotional intelligence, and academic success of undergraduate nursing students. *Journal of Nursing Research, 18*(2), 136-143.

Swales, J. M., & Feak, C. B. (2004). *Academic writing for graduate students* (2nd ed.). Ann Arbor, MI: The University of Michigan Press.

Tang, Y.-T. E. (2004). A study of the collocation errors in the oral and written production of the college students in Taiwan. Unpublished master's thesis, National Taiwan Normal University, Taipei, Taiwan.

Tarone, E. (1981). Some thoughts on the notion of communication strategy. *TESOL Quarterly, 15*(3), 285-295.

Teubert, W. (2003). Collocations, parallel corpora and language teaching. *Selected Papers from the Twelfth International Symposium on English Teaching*, 143-156, Taipei, Taiwan.

Torrance, E. (1980). *Your style of learning and thinking, Forms B and C.* Athens, GA: University of Georgia Press.

Toury, G. (1995). *Descriptive translation studies and beyond.* Philadelphia and Amsterdam: John Benjamins.

Townsley, B. (2007). Interpreting in the UK Community: Some reflections on public service interpreting in the UK. *Language and Intercultural Communication*, 7(2), 163 -170.

Tsai, C. (2005). Inside the television newsroom: an insider's view of international news translation in Taiwan. *Language and Intercultural Communication, 5*(2), 145-153.

Tseng, F.-p. (2002). A study of the effects of collocation instruction on the collocational competence of senior high school students in Taiwan.

Unpublished master's thesis, National Taiwan Normal University, Taipei, Taiwan.

Vermeer, H. J. (1987). What does it mean to translate? *Indian Journal of Applied Linguistics, 13*(2), 25-33.

Vermeer, H. J. (1998). Didactics of translation. In M. Baker (Ed.), *Routledge encyclopedia of translation studies* (pp. 60-63). London: Routledge.

Vivanco, H., Palazuelos, J. C., Hormann, P., Garbarini, C., & Blajtrach, M. (1990). Error analysis in translation: a preliminary report. *Meta, 35*(3), 538-542.

Vygotsky, L. S. (1978). *Mind in society: the development of higher psychological process*. Cambridge, MA: Harvard University Press.

Wadensjö, C. (1998). *Interpreting as Interaction*. London and New York: Longman.

Watson-Gegeo, K. (2004). Mind language, and epistemology: toward a language socialization paradigm for SLA. *Modern Language Journal, 88*, 331-350.

Wilss, W. (1982). *The Science of translation*. Tübingen: Gunter Narr.

Woolard, G. (2004). *Key words for fluency*. London: Thomson Heinle.

Wu, L.-H. (2005). *A study of English verb-noun collocational knowledge of technological university English majors in Taiwan*. Unpublished master's thesis, National Kaohsiung First University of Science and Technology, Kaohsiung, Taiwan.

新・座標11　PF0098

新銳文創　翻譯教學論集
INDEPENDENT & UNIQUE

作　者	廖柏森
責任編輯	林千惠
圖文排版	鄭佳雯、姚宜婷
封面設計	王嵩賀

出版策劃	新銳文創
製作發行	秀威資訊科技股份有限公司
	114 台北市內湖區瑞光路76巷65號1樓
	電話：+886-2-2796-3638　傳真：+886-2-2796-1377
	服務信箱：service@showwe.com.tw
	http://www.showwe.com.tw
郵政劃撥	19563868　戶名：秀威資訊科技股份有限公司
展售門市	國家書店【松江門市】
	104 台北市中山區松江路209號1樓
	電話：+886-2-2518-0207　傳真：+886-2-2518-0778
網路訂購	秀威網路書店：http://www.bodbooks.com.tw
	國家網路書店：http://www.govbooks.com.tw
法律顧問	毛國樑　律師
圖書經銷	貿騰發賣股份有限公司
	235 新北市中和區中正路880號14樓
	電話：+886-2-8227-5988　傳真：+886-2-8227-5989

出版日期	2012年9月　初版
定　價	520元

國家圖書館出版品預行編目

翻譯教學論集 / 廖柏森作. -- 初版. -- 臺北市：新銳文
創, 2012.09
　　面；　公分
　ISBN 978-986-6094-96-5 (平裝)

　1. 翻譯學　2. 語文教學　3. 文集

811.707　　　　　　　　　　　　　101012365

讀者回函卡

感謝您購買本書，為提升服務品質，請填妥以下資料，將讀者回函卡直接寄回或傳真本公司，收到您的寶貴意見後，我們會收藏記錄及檢討，謝謝！
如您需要了解本公司最新出版書目、購書優惠或企劃活動，歡迎您上網查詢或下載相關資料：http:// www.showwe.com.tw

您購買的書名：＿＿＿＿＿＿＿＿＿＿＿＿＿＿＿＿＿＿＿＿＿＿＿

出生日期：＿＿＿＿＿年＿＿＿＿＿月＿＿＿＿＿日

學歷：□高中 (含) 以下　　□大專　　□研究所 (含) 以上

職業：□製造業　□金融業　□資訊業　□軍警　□傳播業　□自由業
　　　□服務業　□公務員　□教職　　□學生　□家管　□其它＿＿＿

購書地點：□網路書店　□實體書店　□書展　□郵購　□贈閱　□其他

您從何得知本書的消息？

　□網路書店　□實體書店　□網路搜尋　□電子報　□書訊　□雜誌

　□傳播媒體　□親友推薦　□網站推薦　□部落格　□其他＿＿＿＿＿

您對本書的評價：(請填代號　1.非常滿意　2.滿意　3.尚可　4.再改進)

　　封面設計＿＿　版面編排＿＿　內容＿＿　文／譯筆＿＿　價格＿＿

讀完書後您覺得：

　□很有收穫　□有收穫　□收穫不多　□沒收穫

對我們的建議：＿＿＿＿＿＿＿＿＿＿＿＿＿＿＿＿＿＿＿＿＿＿＿

＿＿＿＿＿＿＿＿＿＿＿＿＿＿＿＿＿＿＿＿＿＿＿＿＿＿＿＿＿＿＿

＿＿＿＿＿＿＿＿＿＿＿＿＿＿＿＿＿＿＿＿＿＿＿＿＿＿＿＿＿＿＿

＿＿＿＿＿＿＿＿＿＿＿＿＿＿＿＿＿＿＿＿＿＿＿＿＿＿＿＿＿＿＿

11466
台北市內湖區瑞光路 76 巷 65 號 1 樓

秀威資訊科技股份有限公司　　　收

BOD 數位出版事業部

....

（請沿線對折寄回，謝謝！）

姓　　名：_____　年齡：_____　性別：□女　□男

郵遞區號：□□□□□

地　　址：_____

聯絡電話：(日)_____ (夜)_____

E-mail：_____